Kritiken zu *Das Echo der Liebe* (Gewinner der Goldmedaille für Liebesromane bei den Independent Publisher Book Awards 2014):

„Einer der besten Liebesromane, die jemals geschrieben wurden … Eine epische Liebesgeschichte, wunderschön erzählt." **The Sun**

„Fans von Liebesromanen werden es in einer Sitzung verschlingen."
The Lady

„Weist alle Elemente einer sehr guten romantischen Fiktion auf."
BM Magazine

„Dieses Buch wird dazu führen, dass Sie sich wünschen, in Italien zu leben." **Fabulous**

„Das Buch ist die perfekte Lektüre für alle Leser, die eine Leidenschaft für Liebe, Leben und Reisen haben." **Love it!**

„Romantik und Spannung mit viel italienischer Kultur."
Press Association

„Eine Geschichte mit Wendepunkten und voller Drama, Liebe und Tragödie." **Italia!**

„Es gibt viele wunderschön gestaltete Passagen, insbesondere die, die sich auf die Landschaft und Architektur der Toskana und Venedigs beziehen … Es war einfach, sich selbst an diesen magischen Orten vorzustellen."

Julian Froment blog

Kritiken zu *Indiskretion* (Gewinner der Goldmedaille für Liebesromane bei den IBPA Benjamin Franklin Awards und in der Kategorie „Best Romance" bei den USA Best Book Awards):

„Eine fesselnde Geschichte von Liebe, Eifersucht und Skandalen."
The Lady

„*Indiskretion* fesselt von Anfang an. Alexandra ist eine betörende Heldin und Salvador ein überzeugender, charismatischer Held … Die schimmernde Anziehungskraft zwischen ihnen ist immer straff wie ein Faden. Eine kraftvolle und romantische Geschichte, die man einfach genießen muss."
Lindsay Townsend – Autorin historischer Romane

„Eine reichhaltige Beschreibung, eine wunderschöne Kulisse, viele wundervolle Details, leidenschaftliche Romantik und das zeitlose, klassische Gefühl, das für puren, nachsichtigen Eskapismus sorgt. Ein Glücksfall!" **Amazon.co.uk review**

„Ich dachte, Mrs. Fielding hätte sich mit ihrem zweiten Roman selbst übertroffen, aber mit diesem dritten hat sie es erneut geschafft. Diese Liebesgeschichte hat mir den Atem geraubt … Ich konnte das Buch kaum weglegen." **Amazon.com review**

Kritiken zu *Maskerade* (Gewinner der Silbermedaille für Liebesromane bei den IBPA Benjamin Franklin Awards):

„Geheimnisse und Überraschungen … im Spanien der 1970er-Jahre. Sie werden in dieser atmosphärischen Geschichte um Liebe und Täuschung versinken." **My Weekly**

„Hannah Fielding schreibt über Liebe, sexuelle Spannung und Sehnsucht mit einer erstaunlichen Zartheit und Üppigkeit. In diesem Roman steckt so viel von den Legenden und Überlieferungen der Zigeuner und den Überzeugungen Spaniens. Pferdeauktionen, sinnliche Träume, Stierrennen, Stierkämpfer, Schwimmen im Mondschein, Hitze und Blumen sowie Farben und Kostüme des Landes. Eine hervorragende Lektüre." **Amazon.co.uk review**

„Dies war ehrlich gesagt eines der ästhetischsten und sinnlichsten Bücher, die ich seit langer Zeit gelesen habe." **Amazon.co.uk review**

„*Maskerade* enthält die Art von Romantik, die Ihr Herz höherschlagen und Ihre Knie zittern lässt. Dies war eine faszinierende und dramatische Lektüre, die mich mit einem verträumten Gefühl zurückließ." **Amazon.co.uk review**

„Diese fesselnde, wunderschöne, romantische Geschichte war eine meiner Lieblingslektüren in jüngster Zeit. Dieses Buch hat Intrigen, Rätsel, Rache, Leidenschaft und verlockende Liebesszenen zu bieten, die den Leser gefangen halten und ihm keinen Moment Ruhe bei all den Drehungen erlauben … Wundervoll vom Anfang bis zum Ende." **Goodreads.com review**

SCHWELENDE
GLUT

HANNAH FIELDING

LONDON
WALL
PUBLISHING

Erstveröffentlichung in den USA im Jahr 2012
durch Omnific Publishing

Erstveröffentlichung der eBook-Ausgabe in Großbritannien
im Jahr 2014 durch London Wall Publishing Ltd (LWP)

Erstveröffentlichung der Taschenbuch-Ausgabe
in Großbritannien im Jahr 2018
durch London Wall Publishing Ltd (LWP)

Übersetzung: Martin Wick
Korrektur: Sandra J. Kade
Konsultationen: Thea Prüfer
DTP: Point Plus
Drucken und Binden: Colonel, Krakau, Polen

ISBN 978-83-956892-0-8

London Wall Publishing sp. z o.o. (LWP)
Hrubieszowska 2, 01-209, Warschau, Polen

Für meinen Ehemann Nicholas,
ohne den meine Bücher wohl als Blätter
in einer Schublade liegen geblieben wären.

Die schwelende Glut flackert,
Verbindung zweier Blicke,
Die Ahnung eines Funken,
Verboten sein Entzücken.

Unbekannt

KAPITEL 1

1970 – Auf hoher See

Coral Sinclair war fünfundzwanzig, und dies hätte ihre Hochzeitsnacht sein sollen. Nun aber beobachtete sie, wie der Vollmond den Indischen Ozean mit silbrigen Strahlen streichelte, während ein Schiff sie bei leichtem Wellengang durch die Nacht trug. Es war dunstig, die Luft war frisch und eine sanfte Brise strich durch ihr wallendes, blondes Haar. Eine einsame Passagierin an Deck, eine Silhouette in einem trägerlosen Abendkleid aus weißer Seide, so stand sie aufrecht da, ihre schlanken Finger um die Reling geschlungen, ihr Schal aus Voile wie hinter ihr im Wind schwebend.

Coral konnte nicht schlafen. Sie blickte starr in das schwache Licht des Mondes, fühlte sich hilflos, einsam und gänzlich elend. Das einzige Geräusch war das sonore Brummen der Schiffsmotoren und das rhythmische Echo der unablässig gegen den Schiffsrumpf schlagenden Wellen.

Nach dem Abendessen war sie in ihrer stickigen Kabine auf und ab gegangen, hatte versucht, sich auf ein Buch zu konzentrieren oder hatte geistesabwesend durch eine Zeitschrift geblättert. Unfähig, sich zu konzentrieren, war sie hinauf an Deck gegangen, um etwas frische Luft zu schnappen. Es war wie ausgestorben, abgesehen von einigen leeren Deckstühlen. Ihre geisterhaften Schatten im blassen Mondlicht verliehen dem Ort eine trostlose Atmosphäre, die gleichzeitig ihre Stimmung widerspiegelte.

Es war eine wundervolle Kreuzfahrt gewesen, sagte sie sich wehmütig, in einem weiteren Versuch, sich aus ihrer Depression zu reißen. Sie hatte die Reise nicht wirklich voll ausgekostet, und sie wusste, dass sie das eines Tages bereuen würde.

Immerhin war dies das Abenteuer, von dem Coral in den vergangenen Jahren immer geträumt hatte. Sie fühlte, wie sich ihre Kehle zuschnürte. „Nein, nicht ganz …", flüsterte sie sich zu. Die Umstände, die die Reise herbeigeführt hatten, waren schmerzhaft. Sie war auf dem Weg, ihr Erbe in Besitz zu nehmen.

Das Schiff brachte sie nach Hause – oder zumindest in das Zuhause, das sie als Kind in Kenia gekannt hatte. *Mpingo* … Sogar der Name wärmte Corals Herz wie die afrikanische Morgensonne. Auf Suaheli bedeutete es *Der Baum der Musik,* so genannt nach dem sehr begehrten dunklen Kernholz, das bei der Herstellung von Blasinstrumenten verwendet wurde. Wie der Großteil der weißen Gemeinschaft in Kenia – eine eklektische Mischung aus Aristokraten ohne Grundbesitz, Großwildjägern und ehemaligen Soldaten – so war auch Corals Familie dorthin ausgewandert. Die öden, baumlosen Landschaften, erstickt vom Staub und verbrannt von der Sonne, die auf manche bedrohlich wirken konnte, waren von Coral in ihren frühen Jahren ganz anders empfunden worden. Dem fantasievollen Kind war jeder Tag voller verlockender Aussichten und Gelegenheiten erschienen, die im goldenen Licht der afrikanischen Sonne erforscht werden konnten. Sie war davon ausgegangen, auf ewig dort zu leben, und es hatte sie vollkommen unvorbereitet getroffen, dass sich alles plötzlich änderte.

Coral versuchte, sich den klaren Aprilmorgen vor sechzehn Jahren vor Augen zu rufen, an dem sie sich von der Welt, die sie liebte, verabschiedet hatte – von Afrika und ihrem Vater. Sie war neun Jahre alt gewesen, und obwohl ein Großteil ihrer Erinnerungen an diese Zeit verschwommen erschienen, waren manche für sie noch sehr lebendig.

Die ständigen Auseinandersetzungen ihrer Eltern hatten eine ansonsten heitere Kindheit verdunkelt. Oft quälten diese Erinnerungen sie nachts, immer dominiert von der hoch aufragenden Gestalt ihres Vaters, Walter Sinclair, einem Mann, dessen heiterer Charme und Ruf als Abenteurer (ganz abgesehen von seiner Schwäche für die Ehefrauen anderer Männer) ihm bei der einheimischen Bevölkerung den liebevollen Spitznamen *Weißer Pirat* eingebracht hatte. Trotzdem hatte Coral ihren schneidigen Vater geliebt und bewundert und ihn lange Zeit verzweifelt vermisst.

Sie erinnerte sich an die Rückkehr nach England mit ihrer Mutter Angela im Frühling 1956, die darauffolgende Scheidung ihrer Eltern und daran, ins Internat geschickt zu werden. Das war die schlimmste Zeit gewesen. Für ein Kind, das an die windgepeitschten Flächen im Busch und die kaleidoskopische Szenerie der Tropen gewöhnt war, stellte sich die plötzliche Beengtheit einer englischen Schule wie eine Einzwängung dar, an die sie sich nur schwer anpassen konnte und an die sie sich nie gewöhnt hatte. Sie fand während dieser endlos erscheinenden Jahre bis zum Erwachsenwerden Zuflucht in der herrlichen Welt ihrer nostalgischen Träume, und nahm sich heimlich vor, eines Tages in ihr richtiges Zuhause zurückzukehren.

Dann, als Coral sechzehn war, hatte ihre Mutter Sir Edward Ranleigh geheiratet, einen verwitweten Anwalt mit ausgezeichnetem Ruf. Trotz seiner häufigen Besuche in ihrer Londoner Wohnung war die Verlobung für sie ein Schock gewesen. Zu Beginn hatte sie ihn gehasst und sich rundweg geweigert, bei der Hochzeit anwesend zu sein. Coral konnte sich nicht vorstellen, dass jemand den Platz ihres Vaters im Herzen – oder im Bett – ihrer Mutter einnehmen konnte.

Onkel Edward, wie sie ihn nannte, war ein fröhlicher und geselliger Mann, ein *bon viveur*, großzügig und bodenständig. Wie ihr

Vater hatte er die Welt bereist; nicht, um ein Vermögen anzu-
sammeln, sondern zu seinem eigenen Vergnügen. Sie waren alle
in seine luxuriöse Londoner Wohnung mit Blick auf den St.
James's Park gezogen und hatten den Großteil ihrer Ferien auf
seinem Landsitz, Ranleigh Hall, in Derbyshire verbracht. Edward
hatte schließlich ihre Zuneigung durch Zurückhaltung und Geduld
gewonnen. Er hatte ihr das Reiten und Segeln beigebracht und ihre
Fantasie mit Geschichten seiner Abenteuer in fremden Ländern
angeregt. Allmählich hatte Coral sich an seine Gegenwart gewöhnt und ihre Einstellung zu ihm wurde nachgiebiger. Innerhalb
einiger Monate wurden sie Freunde.

   Das folgende Jahr hatte ihre Welt erneut durcheinanderge-
rüttelt, denn dem jungverheirateten Paar wurden Zwillinge geboren. Lavinia und Thomas, ihre Halbgeschwister. Coral hatte die
plötzliche, dramatische Änderung in ihrem Leben verstört. Sie
hatte ihre Gefühle sorgfältig verborgen und wäre gern zurück
nach Kenia gezogen, aber es wurde ihr deutlich gemacht, dass eine
Rückkehr keine Option war. Wieder ergab sie sich in ihr Schicksal,
und mit der geduldigen Hilfe von Onkel Edward, für den Coral
wie eine eigene Tochter war, hatte sie sich für die Kinder erwärmt
und sogar gelernt, sich um sie zu kümmern. An Corals acht-
zehntem Geburtstag hatte Onkel Edward einen Ball für sie ausgerichtet und eine großzügige Summe in einem Treuhandfonds für
sie angelegt. Zu diesem Zeitpunkt hatte sie sich mit dem ihr auf-
gezwungenen neuen Leben versöhnt. Sie liebte die Zwillinge
und mochte Onkel Edward sehr gern, aber er hatte niemals ihren
Vater in ihrem Herzen ersetzen können, und sie sehnte sich weiterhin nach Kenia, dem Land ihrer glücklichen Kindheit.

   Gedankenverloren ging Coral auf die Zehenspitzen und beugte
sich über die Reling, um die schäumenden, weißen Pferde im Kiel-
wasser des Schiffes zu betrachten. Der salzige Dunst umwehte sie
und blies Haarsträhnen über ihre Augen, die sie sich von ihrer
breiten Stirn zurückstrich, damit die feine Gischt ihr Gesicht erfri-

schen konnte. Coral hätte nie damit gerechnet, dass solche Umstände sie nach Hause bringen würden. Wieder dachte sie daran, wo sie eigentlich zu diesem Zeitpunkt hätte sein sollen. Es war ihre Hochzeitsnacht. „Eine Märchenhochzeit" hatten die Klatschspalten einstimmig verkündet. Sie hatte Dale Halloway, einen jungen amerikanischen Magnaten, 1968 bei der Eröffnung der Halloway African Exhibition in New York City kennengelernt. Es war ihr erster journalistischer Einsatz im Ausland gewesen; ein Auftrag, darüber zu berichten und Bilder von den fantastischen afrikanischen Skulpturen und Bildern zu machen; eine einmalige Möglichkeit, ihre Karriere voranzubringen, dazu noch eine, die junge Fotografen – insbesondere Frauen – nicht oft erhielten. Obwohl die Dinge sich rasch änderten und 1970 ein aufregendes, neues Jahrzehnt einläutete, war es weiterhin hart, in eine solch männerdominierte Welt einzudringen. Coral hatte Fotografin werden wollen, seit sie zurückdenken konnte, und während all ihre Freundinnen aufgewachsen waren und den vorhersehbaren Weg der Ehe eingeschlagen hatten, hatte Coral ihre Traumkarriere verfolgt.

Als sie Dale bei der Ausstellung getroffen hatte, war es Liebe auf den ersten Blick gewesen. Er hatte das Aussehen des typisch amerikanischen Helden und verströmte eine Art Great-Gatsby-Stil. Immer im neuesten Anzug von Halston oder Ralph Lauren verkörperte er den mächtigen und erfolgreichen amerikanischen Magnaten. Es verstärkte die Anziehung noch, dass Dale und seine Familie Verbindungen zu Afrika hatten. Dales häufige Reisen auf den afrikanischen Kontinent brachten ihn oft nach Kenia, und seine Geschichten halfen, Corals Hunger nach Informationen über das Leben in dem von ihr so sehr vermissten Land zu stillen.

Monatelang war das Paar untrennbar gewesen, und obwohl Coral die letzten Jahre ihrer Teenagerzeit und ihre frühen Zwanziger damit verbracht hatte, die Ausbreitung der sexuellen Revolution um sich zu betrachten, hatte sie sich vorgenommen, ihre Jungfräulichkeit bis zu ihrer Hochzeitsnacht zu bewahren. So war

die Beziehung keusch geblieben. Dale war von Coral ebenfalls bezaubert gewesen, hatte aber weniger Enthusiasmus für ihre tradi-
tionellen Ansichten über Sex vor der Ehe empfunden. Trotzdem
hatte er ihr versichert, dass er warten würde, bis sie bereit war,
und da sie auf gegenüberliegenden Seiten des Atlantiks ihre je-
weils eigenen Leben führten, schienen die Monate nur so vorbeizufliegen. Nach achtzehn Monaten hatten sie ihre Verlobung verkündet. Die Hochzeit sollte drei Monate später in New York stattfinden, und sie wollten ihre Hochzeitsreise nach Kenia machen.

An einem Feiertagswochenende war sie unangekündigt nach
New York geflogen, um ihren Verlobten zu überraschen. Unangenehm überrascht wurde dann allerdings sie selbst, da Dale
wenig davon berührt schien, dass sie ihn bei der Ankunft in seinem
Büro dabei erwischt hatte, wie er seine Sekretärin küsste. *Das typische Klischee,* dachte sie. Mit gebrochenem Herzen war sie aus
dem Raum geflohen und am selben Abend noch nach England
zurückgekehrt.

Einen Monat später hatte Coral einen Brief von einem Anwalt
erhalten, in dem sie informiert wurde, dass ihr Vater gestorben
und sie die Erbin eines erheblichen Nachlasses in Kenia war. Der
Brief war verspätet eingetroffen – die Post in Afrika war nicht
sehr zuverlässig – und so hatte sie nicht an seiner Beerdigung
teilnehmen können. Innerhalb von wenigen Monaten war ihr
Leben, bis dahin ereignisarm und ordentlich, chaotisch und unsicher geworden.

Trägheit hatte sie daraufhin überwältigt. Eine Zeit lang hatte
Coral sich von einem Tag zum nächsten treiben lassen, nicht
in der Lage, klar zu denken oder Entscheidungen zu treffen. Dann
ergab sich aus heiterem Himmel heraus eine Gelegenheit. Freunde
ihrer Mutter, Dr. Thomas Atkinson, ein Mitglied der Weltgesund-
heitsorganisation, und seine Frau, würden im neuen Jahr nach
Somalia aufbrechen. Sie hatten sich Kajüten auf einem von
London ablegenden Frachtschiff buchen können, das einen Halt

in Kilindini, dem neuen Hafen von Mombasa in Kenia, machen würde. Coral musste nach Kenia zurückkehren, um ihr Erbe anzutreten und die Angelegenheiten ihres Vaters zu regeln, und dieses zufällige Angebot hatte sie zur Einsicht gebracht.

„Die Reise wird dir Zeit geben, dich von der schmerzhaften Erfahrung, die du durchleben musstest, zu erholen", hatte ihre Mutter gesagt. „Und es wird eine Gelegenheit sein, eine gemütliche Kreuzfahrt zu den afrikanischen Häfen zu machen, eine Möglichkeit, die du vielleicht nie wieder bekommst. Außerdem haben sich die Dinge in Kenia seit dem Attentat auf Mboya geändert. Die Leute sagen, dass Präsident Kenyatta selbst dahintersteckt, aber wer weiß das schon. Diese Stammespolitik gerät außer Kontrolle. Eines Tages kannst du vielleicht gar nicht mehr nach Afrika zurückkehren, Liebes." Wie immer war ihre Mutter direkt gewesen.

Coral seufzte. Auch wenn sie aufgeregt war, in das Zuhause ihrer Kindheit zurückzukehren, würde Mpingo ohne ihren Vater nicht dasselbe sein. Sie zitterte.

„Frieren Sie?" Eine sanfte, tiefe Stimme erklang aus der Dunkelheit hinter ihr und störte ihre Gedanken.

Erschrocken fuhr Coral zusammen und drehte sich um.

„Hier, das wird Sie wärmen", sagte der Fremde, schlüpfte aus seinem Jackett und legte es ihr um die nackten Schultern.

Sie betrachtete den Mann, der vor ihr im Schatten stand. Sie versuchte, seine Gesichtszüge auszumachen und erkannte ihn dann als den neuen Passagier, der an diesem Morgen in Mogadischu auf das Schiff gekommen war. Sie hatte an Deck gestanden und Dr. Thomas und seiner Frau zugewinkt, die gerade von Bord gegangen waren, und hatte ihn die Gangway hinaufkommen sehen. Am Abend hatte sie beim Essen einen weiteren Blick auf ihn erhascht, als er am Kapitänstisch saß.

Er war groß, dunkelhaarig und schlank. Im Mondlicht wirkten seine Augen, die sie ruhig ansahen, schwarz, aber sie nahm an, dass sie im Tageslicht eine andere Farbe haben würden. Sein Gesicht war nicht besonders attraktiv, zeigte aber etwas Stärkeres, Mächtigeres als konventionelles gutes Aussehen: eine unverhohlene Sinnlichkeit, einen charmanten Magnetismus, der ihre Aufmerksam anzog, obwohl sie ihn gern ignoriert hätte

„Diese tropischen Nächte sind trügerisch", sagte er. „Die Kälte kann Sie unvorbereitet erwischen." Der Fremde hatte einen französischen Akzent, mit einem deutlich singenden Tonfall, der nicht unattraktiv war.

Coral nickte zustimmend und lächelte schüchtern, wodurch sich das kleine Grübchen an ihrem Mundwinkel zeigte.

„Wir werden bald ankommen."

„Wie spät ist es?", fragte sie.

„Es ist vier Uhr. In einigen Minuten wird die Morgendämmerung sich dort am Horizont zeigen." Seine Nähe irritierte sie, sein Hemdsärmel strich unbeabsichtigt über ihre Wange, als er auf einen unsichtbaren Punkt zeigte. „Der Sonnenaufgang über dem Indischen Ozean ist atemberaubend, besonders, wenn man ihn von einem Schiffsdeck aus betrachtet." Er sprach mit einer Wärme, die die tiefe Tonlage seiner Stimme leicht vibrieren ließ.

Ein weiterer Tag beginnt. Traurigkeit überwältigte sie. Wie viel weiteren Kummer und Einsamkeit würde er wohl bringen? Heiße Tränen sammelten sich in Corals Augen und ließen ihre Sicht verschwimmen. Bald würden sie unkontrolliert herausquellen und sie wollte sich auf keinen Fall vor diesem Fremden blamieren. Sie biss die Zähne zusammen und schluckte hart.

„Kann ich irgendwie behilflich sein?"

Coral schüttelte ihren Kopf. Normalerweise hätte sie ihm das Eindringen in ihre Trauer übelgenommen, aber auf seltsame Weise fand sie seine Besorgnis recht tröstend.

Sie sah den Fremden an. Er war zurückgetreten und betrachtete sie, die Arme vor der Brust verschränkt. Fältchen bildeten sich um seine Augen, als er lächelte. Was wollte er? Suchte er nach einem

Abenteuer? Sicher nicht, dachte Coral. Er hatte keine Ähnlichkeit mit den jungen Männern, die ihr so oft in ihrem gesellschaftlichen Umfeld begegnet waren. Er war nicht einmal ein junger Mann, sondern schlichtweg ein Mann: warmherzig, mitfühlend und taktvoll.

Sie entspannte sich. „Sie scheinen diesen Teil der Welt gut zu kennen", wagte sie zu sagen, während sie nun auf den dunklen Ozean hinter ihnen blickte.

„Ich wurde in Afrika geboren."

„In Kenia?"

„Nein, in Französisch-Guinea. Ich bin erst vor acht Jahren nach Kenia gekommen, aber ich habe den Kontinent recht ausgiebig bereist." Einen Moment schwieg er, dann wurde seine Stimme etwas leiser. „Ungezähmtes Afrika", flüsterte er, wie zu sich selbst.

Etwas in der Weise, wie er die Worte aussprach, ließ Coral ihren Kopf heben. Die Worte ihrer Mutter hallten in ihrem Kopf wider. Die Dinge in Kenia haben sich geändert … Sie wandte sich ihm zu und begegnete dem dunklen Blick, der fest auf ihr Gesicht gerichtet war. Er blickte unverwandt in ihre blauen Augen und lächelte im Halbdunkel. Plötzlich fühlte sie den Drang, sich diesem ruhigen und ermutigenden Mann anzuvertrauen. „Ich wurde auch in Afrika geboren", murmelte sie, „aber ich habe es schon vor langer Zeit verlassen. Und seitdem hat sich so viel geändert, dass ich Angst davor habe, was mich dort erwartet."

Sie standen eng beieinander, berührten sich fast. Er streckte seinen Arm aus und berührte mit unendlicher Zärtlichkeit ihre schlanken Finger, die immer noch die Reling umklammerten. Eine angenehme Wärme durchströmte sie. Sie hatte Angst, sich zu bewegen, den ersten, aber machtvollen Kontakt zwischen ihnen zu unterbrechen. Für einen flüchtigen Moment – in diesem blassen Licht, und weil er mit so sanfter Stimme sprach – gab ihr verwundetes Herz der wohltuenden Stimme dieses Fremden nach.

Der Himmel klarte sich am Horizont langsam auf. Der schwarze Mantel der Nacht hob sich allmählich, machte Platz für eine monochrome Morgendämmerung aus blassen Farbtönen, von Indigo bis zu Stahlblau. Die ersten Strahlen der afrikanischen Sonne brachen hervor, ein fahler Farbstreifen, der den östlichen Horizont konturierte. Coral spürte, wie der Fremde sie ansah, und ihre Wangen wurden plötzlich warm.

Ihre Augen trafen sich. Sie schauderte und zog sein Jackett enger um ihre Schultern. Als sein Blick auf ihre weichen, vollen Lippen fiel, errötete er unter seiner tiefen Sonnenbräune, schien sich dann aber plötzlich zusammenzunehmen und wandte sich ab. Coral sah mit pochendem Herzen schweigend mit einer Mischung aus Neugier und Verwunderung zu ihm auf. Was sie empfand, war ihr völlig neu. Es war, als ob in einem einzigen Moment eine unausgesprochene Anziehung entdeckt und eine Verbindung geschaffen worden wäre.

Verschiedene Rosatöne breiteten sich sanft auf dem Himmel aus, kämpften sich ihren Weg durch die blaue Farbsinfonie. Einige Minuten später brach die Sonne durch, überwältigend an diesem vielfarbigen Firmament, und die dunkle Silhouette der Landschaft bildete sich allmählich am Horizont. Zuerst erschien das dunkelgrüne, graue und rostbraune Kleid verschiedener Palmen und anderer Bäume, bevor der Dschungel zum Vorschein kam, der sich vor dem Hinterland erhob. Kurz danach wurde der Hafen von Kilindini sichtbar, gemütlich am Ende des Meeresarms inmitten überschwänglicher Vegetation eingebettet. Coral konnte ihn hinter den eng geschlossenen Reihen der Kokosnusspalmen und zarten Kasuarinen hervorblitzen sehen, während der alte Leuchtturm mit stoischer Ruhe aus dem Halbdunkel grüßte. Die Küstenlinie aus niedrigen Wanderdünen erschien und vervollständigte das Bild, schuf hier und dort makellose, weiße Strände.

Obwohl ihr Gehirn voller Kindheitserinnerungen war, fiel es Corals Augen schwer, die Farbopulenz, den Eindruck der Weite und den Überfluss strahlenden Lebens in ihrer Gesamtheit aufzunehmen, da sie an die ruhigere, englische Landschaft gewöhnt waren. Der brennende Himmel wurde langsam blau, die reichhaltige Erde rot und die unbezähmbare Vegetation grün.

Coral wurde von ihren Gefühlen übermannt, erinnerte sich an das letzte Mal, als sie diese Landschaft gesehen hatte. Sie dachte an ihren Vater, der heute nicht auf sie warten würde. Wie leer ihr Kindheitszuhause ohne ihn erscheinen würde. Ihr Hals schnürte sich zu, und sie biss sich auf die Unterlippe, während sie darum kämpfte, die Tränen zurückzuhalten. Sie war so von ihrer Traurigkeit umfangen, dass sie die Anwesenheit des Fremden vergessen hatte, und so zuckte sie zusammen, als er sprach.

„Bitte nicht …", flüsterte er sachte.

Sie antwortete nicht, bewegte sich nicht einmal. Sie stand einfach nur schlaff und matt da, Tränen trübten weiterhin ihre hübschen Züge. Er strich mit der Spitze seines Zeigefingers leicht über ihr Kinn und bewegte sanft ihr Gesicht zu sich. Mit einem aus seiner Tasche genommenen weißen Taschentuch wischte er vorsichtig ihre Tränen fort.

„Ein afrikanisches Sprichwort sagt, dass Trauer wie Reis in der Vorratskammer ist, sie wird täglich weniger." Trotz seines ernsten Tons sah er sie mit lachenden Augen an, die das Morgenlicht goldbraun gefärbt hatte, die aber weiterhin so hypnotisch wie im Mondlicht waren.

„Verzeihen Sie mir", murmelte Coral, lächelte hinter Tränen. „Ich wollte mich nicht so gehen lassen. Es war wohl recht kindisch, nehme ich an."

Er bewegte leicht den Kopf und zwinkerte ihr zu. „Wissen Sie, sogar große Jungs weinen manchmal." Seine Stimme hatte einen leicht harten Unterton, und erneut ertappte sie sich dabei, wie angenehm sie seine rauchige Stimme fand.

Im Licht dieser prächtigen Morgendämmerung fuhr das Schiff in den Hafen von Kilindini ein. Alles war ruhig. Die See hier war glatt und glänzend, das Wasser so durchsichtig, dass Coral die regenbogenfarbenen Fische sehen konnte, die faul zwischen den schwankenden Korallen dösten.

„Wir werden nicht vor Mittag ausschiffen. Sie haben Zeit, sich eine Weile auszuruhen", sagte der Fremde. „Kommen Sie, ich bringe Sie zurück zu Ihrer Kabine." Ohne herrisch zu sein, wirkte er wie ein selbstsicherer Mann, der es gewohnt war, Entscheidungen zu treffen, und es nicht kannte, dass sich jemand seinem Willen widersetzte.

Coral nahm es hin und gab ihm sein Jackett zurück. „Meine Kabine ist unten", teilte sie ihm mit. Als er ihren Ellbogen ergriff, versuchte sie, die kleine, durch ihren Körper schießende Schockwelle zu ignorieren. „Direkt hier", flüsterte sie, als sie die Tür erreichten.

Coral sah zu ihm auf, begegnete seinen Augen, die sich nachdenklich auf sie konzentrierten. Er legte seine großen Hände auf ihre Schultern. Coral war zierlich, sodass er ihre zarte Gestalt deutlich überragte. Sie wurde sich bewusst, wie gefährlich nah sie seinem festen, muskulösen Körper war. Sein Kopf war zur ihr geneigt, sein Blick auf ihre geöffneten Lippen gerichtet. Einige Sekunden lang dachte sie, er würde sie tatsächlich an sich ziehen und küssen. Ihr Puls raste, als sie den Atem anhielt; sein Kiefer spannte sich an, seine Augen verengten sich und sein Griff auf ihren nackten Schultern wurde ein wenig fester.

„Nun, junge Dame, müssen Sie versuchen zu schlafen." Sein Ton war unbeschwert, seine Stimme tief. „Sie werden sich dann viel besser fühlen." Er löste seine Finger, ließ seine Handflächen noch einen Moment auf ihrer Haut ruhen, dann ließ er seine Arme sinken. „Schlafen Sie gut", sagte er, bevor er sich abrupt auf dem Absatz umdrehte und davonschritt.

Verwirrung kam plötzlich in Coral auf. War sie enttäuscht oder erleichtert, dass er sie losgelassen hatte? Sie konnte es nicht sagen, war sich nur des hitzigen Schlagens ihres Herzens und dem

Chaos ihrer Gedanken bewusst. Nie zuvor hatte sie eine derart sofortige Anziehung gefühlt. Erst als sie die Kabinentür hinter sich schloss, erkannte sie, dass sie nicht einmal den Namen ihres freundlichen Samariters kannte.

Sie lag auf der Koje und schloss ihre Augen, hoffte, alle Gedanken an ihn davonwischen zu können. Aber es half nichts – er war dort, in Lebensgröße. Bilder von ihm krochen durch ihre Gedanken, seine kräftigen, gebräunten Hände, die über ihren Körper strichen, diese starken Arme, die sie an ihn pressten, sein voller Mund, der sie leidenschaftlich küsste. Wurde sie wahnsinnig? Sie wusste nichts über diesen Mann, weder seinen Namen noch seine Herkunft. Trotzdem lief ein Schauder über ihren Rücken, als sie daran dachte, wie er sie einen Moment lang berührt und sie die Wärme seiner Handflächen auf ihrer Haut gespürt hatte. Ihre weiblichen Sinne sagten ihr, dass dies ein Liebhaber war, dessen Liebkosungen – einmal erfahren – man nie wieder vergessen würde. Ihr Instinkt riet ihr, zu flüchten und sich zu verstecken, während die Logik ihr sagte, dass sie sich wie ein alberner Teenager verhielt, dass er wahrscheinlich verheiratet war, ein halbes Dutzend Kinder hatte und sich ihre Wege nie wieder kreuzen würden.

*　　*　　*

Coral schrak aus dem Schlaf hoch. Jemand klopfte an ihre Tür – kurze, scharfe, wiederholte Schläge. Als sie zur Tür taumelte und sie öffnete, begriff sie, dass sie eingeschlafen sein musste.

Ein junger Mann mit strahlendem Lächeln sah ihr direkt in die verschlafenen Augen. „Miss Coral Sinclair?"

„Ja, das bin ich", sagte sie etwas verunsichert.

„Ausgezeichnet! Robin Danvers, zu Ihren Diensten. Ich bin der Manager von Mpingo und hier, um Sie willkommen zu heißen und Sie nach Hause zu fahren."

„Wie spät ist es?" Coral fuhr mit ihren Fingern durch ihr unordentliches Haar. Er grinste. „Es ist elf Uhr."

„Ich muss eingeschlafen sein", murmelte sie. „Verzeihen Sie mir, ich bin noch nicht ganz fertig."

„Keine Eile. Wenn Sie mir Ihren Pass geben würden, werde ich mich um Ihr Gepäck kümmern."

Der Anwalt, der den Nachlass ihres Vaters verwaltete, hatte in seinem Brief erwähnt, dass Robin Danvers, der Manager von Mpingo, sie vom Schiff abholen würde. Irgendwie hatte sie sich einen älteren Mann vorgestellt. In ein weißes, kurzärmeliges Safarihemd und dunkle Hosen gekleidet, sah er sehr gepflegt und nicht unattraktiv aus.

„Bitte", sagte sie, als sie ihren Pass aus ihrer Tasche holte und dem jungen Mann überreichte. „Ich werde fertig sein, wenn Sie zurückkommen."

„Sind dies Ihre?" Er wies auf zwei aufeinandergestapelte Koffer. Sie lächelte leicht verlegen. „Sie sind leider recht groß."

„Das macht nichts. Ich habe den Zollbeamten mitgebracht, damit er Ihr Gepäck abfertigt. Dann werde ich es mitnehmen und mich um alle anderen Formalitäten kümmern. Lassen Sie sich Zeit. In Afrika haben wir ein langsameres Tempo", fügte er fröhlich hinzu. „Die Herausforderungen des hiesigen täglichen Lebens haben den Kenianern beigebracht, jeden Tag so zu nehmen, wie er kommt und für den Moment zu leben. Sie werden sich rasch daran gewöhnen. Es ist eine sehr weise und ansteckende Philosophie – wir nennen es *pole-pole,* also übersetzt langsam-langsam."

Er verließ sie, und Coral hatte die Möglichkeit, ihre Gedanken zu sammeln. Nachdem sie sich von ihrem fahrenden Ritter verabschiedet hatte, hatte sie sich auf der Couch ausgestreckt, ihre Augen geschlossen und ihre Gedanken schweifen lassen. Das Letzte, an das sie sich erinnerte, war ihr Versuch, sich eine alternative Entwicklung der Geschehnisse vorzustellen, wenn die Umstände anders gewesen wären – wenn er sie geküsst hätte, anstatt sie so hastig an ihrer Kabinentür stehen zu lassen. Wahrscheinlich war sie in dem Moment in einen tiefen, traumlosen Schlaf gefallen. Sie fühlte sich dadurch weitaus besser: ausgeruht und enthusiastisch. Er hatte gesagt, dass sie sich so fühlen würde, und dieser Gedanke ließ sie lächeln. Coral fragte sich, ob sie ihn wiedersehen würde und entschied, dass sie nach ihm Ausschau halten würde, wenn auch natürlich nur, um ihm für seine Freundlichkeit zu danken.

Coral trug nur ein wenig durchsichtigen Lipgloss auf und kniff sich in die Wangen, um sie rosiger zu machen, dankbar dafür, dass ihr Aussehen kein künstliches Make-up erforderte. Ihr Spiegel reflektierte Augen in einem strahlenden Kornblumenblau. Da sie für die Fahrt praktische Reisekleidung brauchte, hatte sie sich umgezogen und trug nun weiße, ausgestellte Hüfthosen, die ihre langen, wohlgeformten Beine betonten. Das blau-weiß gestreifte Männerhemd, dessen Enden an ihrer Taille zu einem großen Knoten gebunden waren, verstärkte die goldene Bräune, die sie beim Sonnenbaden an Deck erlangt hatte und hob ihre schlanke Figur hervor. Sie hatte ihre Haare gerade zu einem französischen Zopf geflochten, als Robin Danvers zurückkehrte, um sie abzuholen.

Coral stand an Deck am oberen Ende der Gangway, von der Spiegelung des leuchtenden Lichts überwältigt. Die späte Morgensonne breitete ihren Fächer aus Feuer über die schimmernde See aus. Die Backofenhitze war ihr plötzlich sehr vertraut und nicht unangenehm. Hier und dort brachen fliegende Fische in einem funkelnden Strahl aus dem Wasser hervor. Wohlriechende Aromen beherrschten die Luft. Es kam nun alles zu ihr zurück: die Mischung aus Teer, Meer, Seilen, modrigem Holz, Gewürzen und getrockneten Fischen, die über jedem Hafen hing, die Coral aber in Gedanken mit Kenia und ihrer Kindheit verband.

Nach der Ruhe ihrer Kabine war das lärmende Gewimmel, das den Hafen erfüllte, geradezu körperlich spürbar. Die schmetternden Sirenen der Frachtboote, die exotische Waren mit sich führten, wechselten sich mit dem schrillen Pfeifen der ächzenden Schlepper ab, die ihre Holzflöße zogen. Ab und zu wurden sie von dem Getöse des schweren Feuerholzes übertönt, das beim Laden in die Schiffsräume krachte. Aber es war das ständige Knarren und Knirschen der dicken Hafenketten, das ihre bereits gereizten Nerven angriff.

Unten auf dem Kai formte sich ein ganz eigenes Chaos aus der farbenfrohen, gemischten Menge aus afrikanischen Ureinwohnern, Fremden, Tieren und Autos. Kenianische Männer und Frauen plauderten, lachten, riefen und rempelten sich an. Manche hievten Säcke und Kisten auf Lastwagen, die nach Mombasa und in die Hauptstadt Nairobi fahren würden, andere scharten sich um Essensstände, handelten lautstark mit Verkäufern. Kinder flitzten durch ein Meer an Beinen, während Hupen ertönten, Ziegen meckerten und Hühner in alle Richtungen aufflogen.

Es waren zu viele Jahre vergangen, seit Coral sich in einer solchen Szenerie befunden hatte, und nach der friedlichen Einsamkeit des Schiffes war es auf unerwartete Weise alles zu viel. Sie zögerte einen Moment und sah sich nach Robert Danvers um, hoffte, dass er ihr den Mut geben würde, dieser einschüchternden neuen Welt entgegenzutreten, aber der junge Manager war nirgends zu sehen. Von plötzlicher Panik überkommen war sie drauf und dran, in die Sicherheit ihrer Kabine zurückzukehren, als eine feste Hand ihren Arm ergriff.

„Ihr Begleiter ist nicht weit hinter Ihnen", sagte eine tiefe, beruhigende Stimme, die sie sofort erkannte. „Er wurde aufgehalten. Wir stehen im Weg. Kommen Sie, gehen wir gemeinsam hinunter. Er wird Sie zweifellos am Pier treffen." Es war kein Vorschlag, sondern ein Befehl. Sein Griff gab ihr keine Möglichkeit, als sich die wacklige Gangway hinunterführen und durch das Gewühl zu einem etwa zwanzig Meter entfernt parkenden, vage bekannt wirkenden dunkelgrünen Buick schieben zu lassen.

Sie hatten das Auto fast erreicht, als Robin Danvers sich leicht außer Atem zu ihnen gesellte. „Verzeihen Sie mir, Miss Sinclair, wenn ich Sie warten ließ", keuchte er. „Ich wurde von einem Zollbeamten aufgehalten."

„Das ist in Ordnung, Robin", erwiderte sie geistesabwesend, immer noch aufgewühlt. „Dieser Herr hat sich sehr freundlich meiner angenommen. Übrigens", fügte Coral hinzu, während sie sich an ihren Retter wandte, „ich weiß nicht einmal …"

Aber er war bereits in der bunt zusammengewürfelten Menge verschwunden. „Vor einem Moment war er noch hier", sagte sie, unfähig, ihre Irritation zu verbergen. „Ich würde mir keine Sorgen machen", sagte der junge Manager scharf. „Er war sicher in Eile, seine Familie zu finden."

Coral zuckte gleichgültig mit den Schultern, blieb aber verwirrt und fühlte sich, als ob sie etwas übersehen hatte. Woher hatte der Fremde gewusst, wohin er sie führen sollte? Sie erreichten das Auto, und ein kenianischer Chauffeur erschien umgehend, um ihr die Tür aufzuhalten. „*Karibu*. Willkommen, Miss Coral", sagte er lächelnd. Seine forschenden, freundlichen Augen erinnerten sie daran, wie instinktiv herzlich die Kenianer waren, wie sehr sie Gastfreundlichkeit gewährten und genossen.

„Moses ist einer der zu Mpingo gehörenden Fahrer", erklärte Robin. „Er ist loyal und arbeitet seit acht Jahren für uns. Er spricht außerdem gutes Englisch."

„Hallo, Moses." Sie erwiderte das strahlende Lächeln des Fahrers.

„Ich muss Sie leider bitten, noch zehn weitere Minuten zu warten", entschuldigte sich der Manager. „Es müssen noch einige Formalitäten erledigt werden. Die hiesige Bürokratie ist ziemlich umfangreich. Ich hoffe, Sie werden es im Auto bequem haben. Ich schlage vor, dass Sie die Sonnenschutzblenden herunterziehen, dadurch wird es ein wenig kühler und Sie sind vor neugierigen Blicken geschützt. Mr. Sinclair ist nie dazu gekommen, eine Klimaanlage in dieses Auto einbauen zu lassen. Ihm lag nicht viel daran."

„Sie vergessen, dass ich hier geboren wurde, mir macht die Hitze nichts aus", versicherte sie ihm. „Außerdem werde ich es genießen, mir die Menschenmenge anzusehen. Ich bin so neugierig auf sie wie sie auf mich."

Er lachte. „Nun gut, aber wenn Sie das Bedürfnis nach etwas Privatsphäre haben, zögern Sie nicht, Moses zu rufen. Er wird sich um Sie kümmern." Er wandte sich an den Fahrer und sprach auf Kisuaheli mit ihm. Es klang für Coral vertraut, auch wenn sie kein Wort verstehen konnte. Vor langer Zeit hatte sie Kisuaheli gesprochen und nun, da ihr Aufenthalt in Kenia länger dauern konnte, hoffte sie, dass sie ihre Kenntnisse durch Übung wieder auffrischen würde.

Coral kletterte auf den Rücksitz des Buick und sah aus dem Fenster, während der Manager auf die grauen Gebäude am anderen Ende des Kais zuging, neben denen langgestreckte Warenhäuser voller Säcke und Ballen standen. Im Eingang zu den Gebäuden fertigten große, schlanke afrikanische Frauen diverse Seile an.

Coral widmete ihre Aufmerksamkeit den gigantischen Kränen, deren Arme sich in der Luft drehten. Die Art, wie sie ihre seltsame Fracht hoben und senkten, erinnerte sie an Drachen mit stählernen Fangzähnen, die auf der Suche nach ihrem nächsten Opfer waren. Der Hafen florierte offensichtlich. Coral war über die Entwicklungen in Kenia auf dem Laufenden geblieben und wusste, dass, auch wenn der Präsident Jomo Kenyatta von einigen für seine zunehmend autokratische Regierung des Landes kritisiert wurde, Kenia zumindest die wirtschaftlichen Vorteile zunehmender Exporte und Hilfen aus dem Westen genoss. Die Vision eines neuen Kenia schien hier vor ihren Augen Wirklichkeit zu werden. Und dann, weiter rechts, wo der morastige Grünstreifen aus Grasland sich sanft zum Ozean neigte, sah sie eine uralte Szene. Prachtvolle, halbnackte Ebenholzathleten gingen hin und her und transportierten die schweren Lasten, die durch Ruderboote von den großen, vor der Küste ankernden Schiffen hereingebracht wurden. Manche trugen ihre Lasten auf den Schultern, andere auf dem Kopf.

Corals Blick wanderte zurück zu dem Menschenstrom, der emsig auf den Docks herumeilte. Sie prüfte dieses Durcheinander an Formen und Farben auf der Suche nach ihrem Fremden.

Plötzlich entdeckte sie ihn. Er schritt energisch auf einen luxuriösen schwarzen Cadillac Fleetwood zu, der gerade in den Hafen geglitten war. Zum ersten Mal konnte sie ihn gut aus der Ferne sehen. Ein Riese von einem Mann, in seinem tadellos geschnittenen Yves-Saint-Laurent-Anzug und seiner Sonnenbrille. Groß und elegant zugleich.

Seine Anziehungskraft verursachte Coral sogar aus der Entfernung Schmetterlinge im Bauch. Der Cadillac hielt neben ihm an und die Fondtür öffnete sich, bevor der uniformierte Chauffeur die Möglichkeit hatte, auszusteigen. Fasziniert fokussierte Coral ihren Blick, damit sie nichts verpasste, aber ihre Mühen wurden kaum belohnt. Sie hatte nur Zeit, einen Blick auf den juwelenbehängten Arm einer Frau zu erhaschen, der sich ausstreckte, um ihn in den rollenden Palast zu ziehen, der sofort wendete, um im dichten Verkehr zu verschwinden.

Robert Danvers ließ sich Zeit, und sie war der Betrachtung der Szenerie um sich müde. Coral lehnte ihren Kopf zurück, schloss die Augen und konzentrierte sich auf ihre eigenen Gedanken. Ganz gleich, wie sehr sie sich bemühte, sie im Griff zu halten, sie schienen doch immer wieder zu ihrem schwer fassbaren Fremden zurückzueilen. Wer war dieser Mann? Sein Benehmen, seine befehlende Stimme, alles an ihm zeugte von Selbstbewusstsein, Macht und Erfolg.

„So, ich bin endlich fertig", verkündete der Manager und riss Coral damit aus ihren Gedanken. „Ich hoffe, Ihnen wurde die Wartezeit nicht zu lang."

„Ganz im Gegenteil", teilte sie ihm mit. „Das Gewimmel in Ihrem Hafen war sehr unterhaltsam. Es scheinen so viele Dinge hier zu passieren."

„Der Hafen von Kilindini ist zum größten und modernsten Hafen Ostafrikas geworden", erklärte er. „Er bedient ganz Kenia und die Nachbarländer. Aber die wirklich faszinierendsten Gegenden Mombasas sind der alte Hafen und die arabische Stadt nahe des Mombasa Shooting Club. Wir können zum Mittagessen dorthin. An Samstagen bieten sie dort einen speziellen Lunch für Damen an, die sonst nicht in den Club dürfen. Nach dem Mittagessen, und wenn Sie nicht zu müde sind, können Sie sich ein wenig in den Geschäften umsehen, bevor wir uns nach Mpingo aufmachen."

Coral nahm diesen Vorschlag enthusiastisch an. Sie hatte das Frühstück versäumt und am Abend zuvor das Abendessen kaum angerührt. Die Hitze und Schwüle schwächten sie ein wenig, und ein Mittagessen in zivilisierter Umgebung klang nach einem sehr vernünftigen Vorschlag.

Sie durchquerten die Stadt, kamen durch das opulente Viertel, in dem die weißen Siedler, die *mzungus,* lebten. Hier waren die Straßen von ihren Villen im Kolonialstil gesäumt, deren rote Ziegeldächer unter Kaskaden scharlachroter Bougainvillea, violetter Glyzinien und gelben Akazien begraben wurden. Graue Bürogebäude aus Beton und Touristengeschäfte unterbrachen diese farbenfrohe Siedlung gelegentlich, hier und dort standen Gruppen von Häusern im arabischen Stil, die letzten Überbleibsel der alten Harems. Bald kam das mächtige Fort Jesus in Sicht, das den alten Hafen bewachte. Sie fuhren an den rosa Mauern vorbei, bevor sie durch hohe Tore in den alten Hafen kamen. Die Sonne war mittlerweile sengend. Einige Hundert Dhaus – elegante Boote mit dreieckigen Segeln, die nach einem uralten Plan gebaut wurden – lagen apathisch am Strand.

Moses parkte das Auto auf dem Platz neben dem Old Custom House und stieg aus. Coral fühlte sich, als ob sie eine neue Welt betreten hätte. Hier war die Atmosphäre mit einem östlichen Ambiente von Magie, Faszination und Gewürzen geschwängert.

Sie gingen durch ein Gewirr gewundener, enger, unbefestigter Straßen. Auf jeder Seite standen Gruppen winziger Häuser, die wie Honigwaben zusammenklebten, und dunkler, verrauchter Geschäfte, in denen der durchdringende Geruch von Weihrauch hing.

„Hier findet der Großteil des Handels statt, ein Paradies für Käufer", erklärte Robin, während sie an Verkäufern exotischer Parfums, Anbietern gebrauchter Perserteppiche und Händlern, die Truhen aus Sansibar zu reduzierten Preisen feilboten, vorbeikamen. Er ging voraus, suchte sich vorsichtig einen Weg durch den Schwarm gerissener Händler, Schmuggler, korrupter Polizisten und aufreizender Huren, die sich den Platz teilten. „Halten Sie Ihre Tasche gut fest", empfahl er, als er Corals Arm nahm. „Diese Gegend ist ein Paradies für Taschendiebe."

Sie zuckte ruhig mit den Schultern. „Das gehört alles zur Atmosphäre." Sie liebte die gemächliche Art, in der die Leute sich eingehüllt in glückliche Trägheit bewegten. Sie hielten von Zeit zu Zeit an, um sich zu unterhalten, zu feilschen, oder einfach die Vielfalt der vor ihnen ausgebreiteten Waren zu genießen. „Ich könnte diese dunklen Ali-Baba-Höhlen tagelang durchstöbern. Wer weiß, vielleicht stolpere ich ja über einen alten Schatz?"

„Ich hoffe, dass Sie nicht vorhaben, hier allein herzukommen. Das wäre sehr unklug", erklärte Robin. „Diese Gegend wird von gefährlichen Banden beherrscht. Ab und zu wurden europäische Frauen angegriffen. In manchen Fällen verschwinden sie und werden nie wiedergefunden."

Seine hastigen Worte und der eindringliche Ton irritierten Coral. „Die Leute scheinen doch harmlos zu sein."

„Genau da liegen Sie falsch. Sie müssen wissen, dass der Sklavenhandel in einigen Teilen des Mittleren Ostens noch nicht völlig ausgerottet ist."

„Ich werde bei meinem nächsten Ausflug daran denken", gab sie zurück. Der Gedanke schien ziemlich abwegig, aber sie beschloss, den Frieden zu wahren und das Thema zu wechseln. Sie hörte nur halb zu, wie Robin sie über das Leben in Kenia belehrte. Sie fand ihn langweilig und bevormundend. Schade, da er so gut aussah. Welche Verschwendung! Unbewusst verglich sie ihn mit ihrem schwer fassbaren Fremden, wünschte sich, sie würde das Mittagessen mit Sir Lancelot, wie sie ihn genannt hatte, einnehmen.

Sie konzentrierte sich auf die exotische Umgebung. Inmitten des lärmenden Summens der Menge konnte sie das monotone Klopfen eines Handwerkerhammers ausmachen. Ab und zu wurde es von dem lautstarken Ruf eines Verkäufers, dem klagenden Geheul eines Bettlers, dem wiederholten Ringen einer Fahrradklingel oder sehr gelegentlich dem panischen Hupen eines Automobils übertönt.

Sie bogen in eine dunkle Straße ein, die von kleinen Häusern aus Korallenkalkstein gesäumt wurde. Es war so eng, dass die Balkone der oberen Stockwerke manchmal jene auf der anderen Seite berührten. Sie hatte irgendwo gelesen, dass diese winzigen Straßen gerade breit genug gebaut worden waren, um ein Kamel hindurchzulassen, und dass die seltsame Farbe der Häuser von den großen Ziegeln herrührte, die aus den weichen Korallen geschnitten worden waren, die vor der Benutzung trocknen mussten, um eine härtere Beschaffenheit zu erlangen. Sie dachte sich, dass es hier wahrscheinlich so ähnlich aussah wie im frühen sechzehnten Jahrhundert.

„Wir sind da", verkündete Robin, als der Mombasa Shooting Club sichtbar wurde. Es war fast genau so, wie Coral erwartet hatte: ein Stück England, das nach Afrika verpflanzt worden war. Sie gingen eine marmorne Treppe hinauf und fanden sich in einer weitläufigen Halle mit einem Fußboden aus poliertem Teak wieder. Ein Porträt der Königin hing an einem auffälligen Platz über dem

Kamin und beherrschte monarchisch den Raum. Die Möbel waren europäisch, ebenso wie die Bilder und Teppiche. Überall waberte der Geruch von Bienenwachs und erinnerte sie an zu Hause, und aus dem Restaurant erklangen englische Stimmen.

Sie saßen neben einem Fenster, das auf einen sonnendurchfluteten Garten und das dahinterliegende, funkelnde Meer blickte. „Es wird hier leider nur vernünftige, englische Küche serviert", teilte Robin ihr mit. „Sie müssten eines der einheimischen Restaurants ausprobieren, wenn Sie etwas Abenteuerlicheres möchten."

„Die einzige Erinnerung, die ich an kenianisches Essen habe, ist *ugali*", sagte sie mit einem kleinen Lachen. „Es war ein wichtiger Bestandteil meiner Kindheit. Aluna, meine *yaha*, bestand darauf, mir jeden Tag eine Schüssel zu servieren. Tatsächlich mochte ich es recht gern. Es ist dem Haferbrei ziemlich ähnlich. Übrigens, wie geht es der alten Aluna? Ich nehme an, sie lebt noch auf Mpingo? Nachdem Mutter und ich gegangen sind, hat sie keinen Kontakt gehalten, obwohl ich ihr viele Briefe schrieb, besonders anfangs."

„Aluna ist noch dort", sagte er mit ruhiger Stimme. Er schwieg kurz, fügte dann, vielleicht ein wenig vorsichtig, hinzu: „Mr. Sinclairs Tod hat sie sehr betroffen gemacht und …"

„Und?" hakte Coral nach, da sie spürte, dass es dem jungen Mann widerstrebte, fortzufahren.

Der Manager rutschte auf seinem Sitz herum. Ungemütliche Sekunden vergingen, während derer er überlegte und sorgfältig seine Worte wählte, bevor er antwortete. „Seit dem Tod Ihres Vaters ist die arme Aluna nicht mehr ganz sie selbst", sagte er schließlich. „In den zwei Wochen nach seinem Ableben sprach und aß sie nicht. Die Nachricht Ihrer bevorstehenden Ankunft scheint sie aber wieder aufleben zu lassen. Es ist, als ob ihr ein neuer Lebenszweck gegeben wurde. Trotzdem bleibt sie weiterhin über lange Zeitspannen stumm, und wenn sie spricht, erzählt sie seltsame Geschichten, die auf altem Aberglauben und ihren eigenen Halluzinationen beruhen."

„Es überrascht mich nicht, dass Aluna so tief betroffen ist. Sie ist seit so vielen Jahren bei meiner Familie. Sie war um die zwanzig, als sie nach Mpingo kam. Sie war dort, als das neue Haus gebaut wurde. Daddy brachte ihr Englisch bei."

Sie lächelte bedauernd. Im Rückblick waren ihre Gefühle hinsichtlich dieser Zeiten gemischt. Sie erinnerte sich, dass Walter Sinclair und Aluna stundenlang im Arbeitszimmer ihres Vaters gewesen waren, einem freistehenden Außengebäude am unteren Ende des Gartens, während er ihr die Sprache Shakespeares beibrachte. Sie erinnerte sich an den Unmut ihrer Mutter und verstand diesen jetzt besser. Aluna war eine gutaussehende Frau, damals in der Blüte ihres Lebens, und Coral wusste jetzt, dass Walter dafür bekannt war, dass er Frauen gern schöne Augen machte. In Aluna hatte er eine intelligente Schülerin gefunden. Er hatte ihr Klassiker zum Lesen gegeben und sie sogar mit der Oper vertraut gemacht, die sie ziemlich ernst nahm. Sie war sogar bei der Erledigung ihrer täglichen Arbeiten durch das Haus gegangen und hatte Arien aus La Traviata geträllert. Er hatte oft gesagt, dass sie es weit gebracht hätte, wenn sie in einer anderen Gesellschaft geboren worden wäre. „Sie hat das Gehirn einer Gelehrten. Ein Pech, dass noch immer so viel Hokuspokus darin steckt – eine seltsame Mischung", hatte er einmal gesagt. Coral fragte sich nun, ob es zwischen ihrem Vater und ihrer *yaha* eine unpassende Beziehung gegeben hatte. Das würde erklären, warum Angela Sinclair sich entschieden hatte, Afrika plötzlich und endgültig zu verlassen und ihre Tochter mitzunehmen.

Sie aßen schweigend. „Wie starb mein Vater?", wagte sie schließlich zu fragen.

„Eines Tages hat sein Herz einfach aufgehört zu schlagen", erwiderte Robin langsam.

„Er war immer so ein gesunder Mann."

„Ihr Vater war siebzig, als er starb. Er war kein junger Mann mehr und musste in den letzten Jahren viele körperliche und seelische Belastungen durchleben."

„Daddy war immer tatkräftig und fit", erklärte Coral energisch. „Er sah immer jünger aus. Ich traf vor einigen Jahren jemanden, der ihn gesehen hatte und überrascht war, zu erfahren, dass er über sechzig war." Sie hielt inne. „Daddy liebte Afrika und sein Leben. Welche Beschwerden könnte er gehabt haben? Ich wusste nicht, dass er krank war. War das Anwesen nicht profitabel?"

Sie hörte, wie Robin scharf einatmete, aber er fand seine Fassung fast sofort wieder. „Mr. Sinclair hat ein ausgeprägtes Alkoholproblem entwickelt. Wenn sein Herz nicht aufgegeben hätte, hätte Leberzirrhose ihn innerhalb von einigen Monaten getötet. Es tut mir weh, Ihnen das sagen zu müssen, Miss Sinclair, aber in den meisten Nächten mussten Aluna und Juma, der erste Diener, ihn in sein Zimmer tragen, weil er wieder im Vollrausch war."

Ihre Augenbrauen kamen in einem verwunderten Stirnrunzeln zusammen. „Warum? Hatte mein Vater Probleme? Liefen die Geschäfte nicht gut? Ich wusste nicht, dass er finanzielle Schwierigkeiten hatte."

Der Manager sah beleidigt aus. „Das Anwesen läuft ausgezeichnet, das kann ich Ihnen versichern. Ich verwalte es selbst. Sie könnten sich heute Nachmittag nach unserer Rückkehr die Bücher ansehen und sich vergewissern, wenn Sie möchten. Alles ist in Ordnung."

Coral unterdrückte eine gereizte Geste. Es ging nicht um den Manager des Anwesens, sondern um ihren Vater. „Das klingt gut", antwortete sie knapp. Es gab eine Pause in der Unterhaltung, bevor sie wieder sprach. „Ist Daddy während einer seiner Trinkereien gestürzt? Ist er so gestorben?"

„Nein, Mr. Sinclair starb in seinem Bett, im Schlaf. Mrs. Sinclair entdeckte ihn am Morgen. Sie rief den Hausarzt an, der nach einer gründlichen Untersuchung sagte, dass er eines natürlichen und friedlichen Todes gestorben sei. Er schlief ein und wachte nicht mehr auf."

„Sagten Sie Mrs. Sinclair?" Coral war perplex. „Ich wusste nicht, dass mein Vater wieder geheiratet hatte!"

Robert Danvers hustete kurz. Er fand die Unterhaltung offensichtlich problematisch. „Ihr Vater heiratete die derzeitige Mrs. Sinclair, Mrs. Cybil Sinclair, vor einigen Jahren."

„Wir wussten nichts von dieser Ehe. Daddy würde es uns doch sicher geschrieben haben? Warum würde er es vor uns verbergen? Meine Mutter und mein Vater blieben auch nach der Scheidung Freunde", protestierte Coral. „Ja, er schrieb selten, aber was ich sagen möchte, ist, dass ihre Scheidung nicht erbittert verlief." Ein Schatten senkte sich über ihre Augen. „Ich nehme an, nach Mutters Heirat mit Onkel Edward fühlte er sich von uns tatsächlich entfremdet – als ob er uns für immer verloren hätte. Ich schickte ihm jedes Jahr zu Weihnachten eine aktuelle Fotografie von mir und berichtete ihm über alles Wichtige, das in meinem Leben geschehen war. Er hat es nie kommentiert, obwohl er mir eine Weihnachtskarte schickte." Sie grübelte einige Sekunden. „Der Brief des Anwalts erwähnte nie eine Ehefrau. Bedeutet das, dass ich nicht die einzige Erbin meines Vaters bin?" Sie mochte nicht, wie sie klang – gierig und gefühllos. Trotzdem spürte sie, dass etwas nicht in Ordnung war und sie wollte herausfinden, was es war.

„Tim Locklear, der Anwalt Ihres Vaters, kann Ihnen die Feinheiten der Angelegenheit viel besser erklären als ich. Ich bin sicher, er wird alle Ihre Fragen beantworten."

Es war offensichtlich, dass der Manager des Anwesens sich damit unwohl fühlte, solche Familienangelegenheiten mit ihr zu besprechen, und obwohl sie ihn nicht sehr mochte, nahm sie Rücksicht auf die Gefühle anderer. „Sie haben recht", stimmte sie zu. „Ich verstehe Ihre Lage. Verzeihen Sie mir. Ich klinge wohl schrecklich geldgierig, aber ich war auf diese Information nicht vorbereitet. Ich werde Ihrem Rat folgen und mich in der Angelegenheit an Mr. Locklear wenden."

Sie sprachen über andere Dinge, aber Coral fühlte sich während des restlichen Essens verwirrt und unbehaglich. Sie nahm sich vor, sich die Bücher anzusehen und Mr. Locklear so bald wie möglich aufzusuchen.

Nachdem der Kaffee serviert wurde, räusperte Robin sich. „Miss Sinclair, ich weiß, dass es mir nicht zusteht, Ihnen diese Information zu geben, aber nun, da Sie nach Kenia zurückgekehrt sind, sollten Sie sich der momentanen politischen Situation hier bewusst sein."

Coral setzte sich aufrecht hin. Sie wusste genug über die politischen Unruhen, die Kenia seit der Unabhängigkeit 1963 durchlebt hatte, um sich dessen bewusst zu sein, dass sie sich mit diesem Thema befassen musste. Aber sie hatte nicht damit gerechnet, dass es so kurz nach ihrer Ankunft schon aufkommen würde.

„Kenia ist auf einem neuen Weg. Die Briten sind nicht mehr an der Macht, und wir müssen uns darüber bewusst sein, dass wir eine neue Regierung haben, hoffentlich eine neue Demokratie. Ich bin jung, und so kann ich erkennen, dass es offensichtlich die Zukunft ist." Robin zuckte mit den Schultern. „Ganz sicher sehe ich keinen Sinn darin, sich darüber aufzuregen."

Coral rührte nachdenklich ihren Kaffee um. „Es scheint, als ob sich hier viel verändert hat, seitdem ich ein Kind war."

„Ja und nein. Kenyatta hat sich einen Slogan ausgedacht, Harambee: ‚Lasst uns alle zusammenarbeiten' und die Regierung hat in diesem Sinne versucht, die Leute zu einen. Aber man darf das alte Suaheli-Sprichwort nicht vergessen: ‚Wenn zwei Elefanten miteinander rangeln, ist es das Gras, das verletzt wird!' Änderungen bringen Konflikte mit sich. Stammesunruhen haben in Gemeinschaften schon Opfer gefordert. Hinzu kommt, dass viele der älteren weißen Siedler sich vor der neuen Ordnung fürchten. Und natürlich hat das Attentat auf den Regierungsminister Tom

Mboya im letzten Juli sie alle verunsichert. Auch einige kleine Firmen, die Indern gehören, wurden angegriffen, sodass die Eigentümer nach Großbritannien oder zum Subkontinent abgereist sind." Robin hielt inne und schien seine Worte sorgfältig zu wählen. „Lassen Sie mich das Folgende sagen, Miss Sinclair. Ich glaube an eine helle und aufregende Zukunft hier, aber es ist eine Zukunft für jüngere und flexiblere Menschen, die sich an das neue Kenia gewöhnen können. Die alten Methoden des Umgangs miteinander sind verschwunden, und es gibt keinen Grund, warum Mpingo sich nicht weiterhin gut entwickeln könnte – aber wir müssen vorsichtig sein."

Coral bedachte das und nickte. „Ich verstehe. Nun, Robin, möchten Sie damit sagen, dass ich Mpingo verkaufen sollte? Ich kann Ihnen gleich sagen, dass ich nicht deshalb hier bin. Im Gegenteil, ich möchte es wieder zu meinem Zuhause machen."

Robin lächelte erleichtert. „Ich bin glücklich, das zu hören. Trinken wir darauf", sagte er und hob sein Glas, während sie ihr Essen beendeten und die Rechnung bezahlten.

Draußen im Sonnenschein hatten sie fast das Auto erreicht, als Coral mit einem Mann zusammenstieß, der aus einem Teppichgeschäft hinausstürmte. Es geschah zu plötzlich, um sie vorzuwarnen. Das Gefühl, das durch ihren Körper schoss und das alles in ihr zum Zittern brachte, hätte sie warnen sollen. Sie blickte auf und zuckte zusammen, während ihr Herz wild zu schlagen begann. Unbewusst war er den ganzen Morgen in ihren Gedanken gewesen, und nun war er hier. Ein seltsamer Zufall – oder vielleicht sollten sie einander wieder begegnen. Ihre Lippen teilten sich, um etwas zu sagen, aber er eilte an ihr vorbei, ohne sie zu sehen. In ihrem Kopf drehte sich alles. Sie stand dort, für einige Sekunden wie gelähmt, ihre Augen folgten der schlanken, machtvollen Silhouette, die sich über der Menge erhob. Aber er bewegte sich rasch und war schon bald mit der Ebbe und Flut des menschlichen Flusses verschmolzen.

KAPITEL 2

Der grüne Buick fuhr zwischen zwei großen schmiedeeisernen Torflügeln auf die Einfahrt des Anwesens. Langsam glitt er an blühenden Jacarandas vorbei auf das Haus zu. Sonnenbeschienene Flecken und sich bewegende violett-blaue Schatten vermischten sich fröhlich im späten Nachmittagslicht. Und hier, am Ende des überwachsenen Weges, wie in einem leuchtenden Glorienschein, stand Mpingo, das Zuhause ihrer Kindheit, umgeben von überbordender und farbiger Vegetation. Es wirkte auf romantische Weise unwirklich, unverletzbar, als ob es sich außerhalb von Zeit und Raum befand.

Zum zweiten Mal an diesem Tag musste Coral den Ansturm ihrer Gefühle niederkämpfen. Wie oft hatte sie sich in den letzten Jahren diese Rückkehr vorgestellt? Und doch war die Szenerie noch schöner als alles, was sie sich in ihren liebevollsten Vorstellungen ausgemalt hatte.

Während ihre Augen auf Mpingo ruhten, legte Coral ihre schlanke Hand auf Moses' Schulter. „Bitte, würden Sie den Wagen anhalten?", fragte sie mit erstickter Stimme. „Ich möchte zu Fuß zum Haus hinaufgehen."

Sie öffnete die Autotür. Ein vage vertrauter Hauch warmer Luft mit dem Duft reifer Früchte und süßduftender Blumen begrüßte sie. Coral richtete sich auf, stand einen Moment da, nahm den überwältigenden Anblick vor sich auf. Eine Welt aus Bildern,

Empfindungen und widerstreitenden Gefühlen kämpfte in ihren Gedanken. Sie ging die schattige Allee auf Mpingo zu, zuerst zurückhaltend, dann mit allmählich schnelleren Schritten, eine kleine Gestalt inmitten des Blumenmeers.

Mpingo! War es ein Heim oder ein prächtiges Gebäude, eine Herausforderung, eine Narretei oder ein Traum – die Verkörperung von Walter Sinclairs Traum? Er war, als schwarzes Schaf der Familie betrachtet, von seinem Umfeld abgelehnt worden, da er die rigiden Regeln einer Bankiersdynastie nicht beachten wollte, also hatte Walter Sinclair sich in den Dreißigern entschlossen, dem Beispiel so vieler europäischer Siedler zu folgen. Nachdem er um die Welt gereist war und durch Handel mit landwirtschaftlichen Geräten und überschüssigen Rüstungsmaterialien ein bemerkenswertes, persönliches Vermögen erwirtschaftet hatte, hatte er sich entschlossen, sich in dieser abgelegenen Ecke des Universums niederzulassen.

In jenen Tagen hieß das Anwesen Orchard Coast Estate und gehörte einem alten englischen Siedler. Er war Ende sechzig, hatte weder Erben noch Angehörige und war froh, seinem Lebenswerk durch den Verkauf an den Weißen Piraten eine neue Zukunft zu ermöglichen und nach England zurückzukehren.

Das alte Haus war ein einfaches, funktionales Gebäude mit acht Zimmern und verfügte über keinerlei bemerkenswerte architektonische Merkmale. Walter Sinclair war durch den zwanzig Kilometer langen makellosen Strand an der Grundstücksgrenze und die fünfhundert Morgen umfassende Pflanzung überzeugt worden. Auf hundert Morgen davon waren Schwarzholz-Akazien angepflanzt, der seltene und rasch verschwindende *mpingo*-Baum.

Mit der Hilfe von geplanten und durchgeführten Renovierungen eines unbekannten Architekten sollte Walter Sinclairs neues Mpingo zum krönenden Gipfel seiner Ambitionen werden. Der junge Abenteurer war noch keine dreißig Jahre alt, wollte aber eine solide Grundlage herstellen, um frische Wurzeln zu schlagen und für künftige Generationen ein Vermächtnis zu schaffen. Während der schwierigen Jahre der Mau-Mau-Rebellion, jenen unsicheren Zeiten, die Kenias Unabhängigkeit im Jahr 1963 vorangingen, hatte er mutig und entschlossen darum gekämpft, das Anwesen für eine neue Sinclair-Dynastie zu bewahren. Es war nicht immer einfach gewesen, insbesondere nicht mit einer Ehefrau, die Afrika verabscheute, und einem kleinen Kind.

Die Fassade des weitläufigen Gebäudes war aus Stein – in einer warmen, kräftigen Farbe, die an die Korallenriffe des Indischen Ozeans erinnerte. Dieser war von jeder der panoramaartigen Fenstertüren auf der Nordseite sichtbar. Die Räume waren in ein getöntes, strahlendes Licht getaucht. Alle Fenster hatten braune Läden, die während der Monsunmonate fest verschlossen werden konnten. Die prachtvolle geschwungene Flügeltreppe, die Wandtäfelung, die riesigen Deckenbalken und die Böden waren alle vor Ort sorgfältig aus importiertem Zedernholz gefertigt worden. Vor den Räumen im oberen Stock umgab eine überdachte Veranda das Haus, von der aus die Außengebäude zu erkennen waren. Coral erinnerte sich, wie sie als dreijähriges Kind durch die zierliche Balustrade gelugt hatte, um die Gärtner bei der Arbeit zu betrachten, und wie sie später faule Nachmittage mit ihrer Mutter dort verbracht hatte, während derer sie kalte Limonade nippten und dem Vogelgesang mit seiner Begleitung aus rauschenden Palmen und flüsterndem Meer zuhörten. Liebgewonnene Erinnerungen an Versteckspiele mit ihren Freunden erwachten, und sie lächelte. Sie hatten sie nie finden können, ihr bevorzugtes Versteck war der Gartenschuppen gewesen.

Als sie aus dem Schatten der Einfahrt trat, dachte Coral, dass Mpingo eine außerordentliche Mischung aus Fantasie und Realität darstellte. Und dennoch war es mit rein praktischen Überlegungen zum Leben in diesem herausfordernden Umfeld erbaut worden. Doch als sie es mit Erwachsenenaugen betrachtete, begriff sie, dass es auch eine pompöse Kulisse für die Eitelkeit ihres Vaters gewesen war.

Als sie sich der zweiflügeligen Eingangstür näherte, schwang diese auf, und eine Gestalt erschien auf der Schwelle. Obwohl sie noch weit weg war, glaubte Coral, sie zu erkennen. Sie ging schneller und ihre Augen wurden groß. Aluna! Sie war es! Coral begann zu rennen.

Als sie nur noch Schritte voneinander entfernt waren, lächelte die *yaha* und streckte ihre Arme nach ihrem früheren Schützling aus. Ihre Hände vereinten sich schweigend. Die Frau hielt Coral eine Armlänge entfernt, um sie genauer anzusehen. Dann ergriff sie Coral fest, zog sie an sich und wurde plötzlich von heftigen Tränen geschüttelt.

„Oh, Missy Coral, liebe Missy Coral", sagte sie zwischen zwei Keuchern. „Aluna dachte, sie würde sterben, ohne ihre kleine *malaika* je wiederzusehen. Lass mich dich ansehen." Sie trat zurück und betrachtete die junge Frau, ihre Augen voller glücklicher Ungläubigkeit. „Du bist als Kind gegangen und kehrst als wunderschöne junge Frau zurück." Alunas Stimme bebte vor unendlicher Zärtlichkeit und Stolz.

Coral antwortete mit einem hellen, kristallklaren Lachen. „Es ist herrlich, zurück zu sein. Gerade, als ich die Auffahrt hochkam, war es, als ob die Jahre angehalten worden wären. Nichts scheint sich verändert zu haben." Sie hatte die Worte gerade ausgesprochen, als ihre Augen sich trübten und ihre Kehle sich zuschnürte. „Natürlich hat sich alles geändert, da Daddy nicht mehr hier ist", brachte sie mit gebrochener Stimme hervor und kuschelte sich wieder in Alunas Umarmung.

„Weine nicht, Kleines. Du bist jetzt hier, und das ist das Wichtigste."

Coral riss sich zusammen. Aluna hatte recht: Sie war wieder in Mpingo und nur das zählte jetzt. Als sie die Halle betrat, klapperten ihre Absätze laut auf dem glänzend polierten Boden und füllten den Raum mit misstönenden Echos. Sie sah hinauf und ihr Blick fiel auf den riesigen Kristalllüster, einer weiteren exzentrischen Extravaganz Walters. Flüchtig erinnerte sie sich an den Albtraum ihrer Kindheit. Er endete immer auf die gleiche Art: Das durchsichtige Monster krachte mit einem solch dröhnenden Knall hinunter, dass sie aus dem Schlaf schrak. Die Glastropfen bewegten sich leicht in der durch die offene Tür kommenden Brise und klimperten sanft, als ob sie über ihre beunruhigenden Gedanken lachten.

Coral sah sich um. Zu ihrer Rechten standen die polierten Zederntüren zur Bibliothek offen, und sie ging in ein Zimmer, das sie nicht einmal mehr annähernd wiedererkannte. Die tiefbraune Täfelung, die schweren ledernen Chesterfield-Sofas ihres Vaters, Erbstücke, die den ganzen Weg aus England nach Kenia gebracht worden waren, die abgetretenen Perserteppiche, die hellen Vorhänge, die an heißen Nachmittagen die Sonne abhielten – alles, was diesen Raum zu Walter Sinclairs Zufluchtsort gemacht hatte – waren verschwunden. Eine offensichtlich weibliche Hand hatte einen Zauberstab durch das Zimmer geschwungen und es völlig verändert. Die modernen Teppiche auf dem Boden, das Pastell der Wände, die zarten Farbtöne der Vorhänge und Möbelüberzüge – alles verkündete den exquisiten Geschmack einer Frau. Coral hasste es.

„Dein Vater war ein großer Mann", sagte Aluna, „aber wie jeder Mensch hatte er seine Schwächen. Seine nannte sich Eva, die Verführerin, die Adams Ruin war. Es war schon immer so mit *Bwana* Walter. In meinem Volk sagen die weisen Männer, dass man mit Seilen aus Frauenhaar leicht einen Elefanten festbinden kann. Eine Frau muss ihren Ehemann mit Lächeln und Liebe und gutem Essen halten. Sonst geht er fremd. Deine Mutter war eine dieser modernen Frauen, und sie konnte einen Mann nicht so halten. Er wusste nie, wie er einer Frau widerstehen kann, und durch die Letzte hat er fast seine Seele verdammt."

„Wie meinst du das, Aluna?" fragte Coral, durch den düsteren Ton ihrer *yaha* beunruhigt.

Das Gesicht der älteren Frau wurde so verschlossen und reserviert wie ein Tonklumpen. Nur ihre Augen unter den schweren Lidern waren noch lebhaft. „Nun", murmelte sie, „es ist eine lange Geschichte. Ich werde sie dir eines Tages erzählen, aber jetzt musst du all das vergessen und dich ausruhen."

Sie kehrten in die große Halle zurück, die Robin gerade betreten hatte, gefolgt von Moses und zwei weiteren, in weiße Gewänder gekleidete Bedienstete, die Corals Gepäck hineinbrachten.

„Bringt Miss Sinclairs Koffer hinauf", befahl der Manager. Dann wandte er sich an das alte Kindermädchen, sprach bestimmt, während er seine Worte mit dem entwaffnendsten Lächeln begleitete. „Aluna, würdest du die beiden hinauf in die Räume deiner Herrin begleiten? Ich muss etwas mit ihr besprechen."

„Meine Missy ist von der langen Reise müde", gab das Dienstmädchen missmutig zurück. „Was Sie ihr zu sagen haben, kann warten, da bin ich mir sicher."

Robin Danvers ignorierte Alunas schlechte Laune. Er tätschelte liebevoll aber bevormundend ihren Rücken. „Ich zweifele nicht daran, dass du es kaum erwarten kannst, mit deiner Missy allein zu sein, aber es gibt ein paar Dinge, die leider nicht warten können. Ich verspreche, sie nicht zu lange aufzuhalten", fügte er langsam hinzu, als ob er mit einem schwierigen Kind spräche.

Er wandte sich an Coral und wies sie an, ihm in das frühere Nähzimmer ihrer Mutter zu folgen. Wie die anderen Zimmer war es bis zur Unkenntlichkeit verändert worden. Einst ein privater Wohnbereich, intim und gemütlich, war es zu einem Funktionsraum mit stählernen Ablageschränken und anderer moderner Geschäftsausstattung geworden, ein kaltes und unpersönliches Büro.

Robin zog einen Stuhl für Coral heran. Er setzte sich ihr gegenüber, hinter den beeindruckenden Mahagonischreibtisch, der einst dem Weißen Piraten gehört hatte und in seiner neuen Umgebung nun seltsam unpassend aussah. Sie zuckte leicht zusammen, was dem Manager nicht verborgen blieb. Er lächelte entschuldigend.

„Nach dem Tod Ihres Vaters hielt Mrs. Sinclair es für einfacher bezüglich der Verwaltung des Anwesens, dass ich zu allen relevanten Dokumenten und Unterlagen Zugang habe, und so haben wir dieses Zimmer vorübergehend zu einem Büro gemacht. Ihr Vater und ich hatten uns gemeinsam um den Betrieb und die Finanzen gekümmert, während ich allein für die praktischen Verwaltungsfragen zuständig war. Nun obliegt es alles Ihrer Verantwortung, und Sie können entscheiden, ob Sie mich weiterhin mit der Verwaltung des Anwesens betrauen möchten."

Coral nickte vage. Buchhaltung, Finanzen, Verwaltung – das waren alles Tätigkeitsfelder, mit denen sie keine Erfahrung hatte. Plötzlich fühlte sie sich ausgelaugt. Sie hatte nur einen Wunsch: allein gelassen zu werden, damit sie eine Möglichkeit hatte, sich an die plötzliche Verschmelzung ihrer Vergangenheit mit ihrer Gegenwart und höchstwahrscheinlich ihrer Zukunft zu gewöhnen.

„Können diese Geschäftsangelegenheiten nicht bis morgen warten?", frage sie erschöpft. „Es war ein langer Tag und ich bin ziemlich müde. Ich würde diese Unterhaltung gern auf morgen früh verlegen, wenn Sie nichts dagegen haben."

„Es tut mir leid, wenn ich Sie belästigt habe, aber es schien Ihnen vorhin so wichtig, sich so bald wie möglich in die Angelegenheiten vertiefen zu können. Ich reise morgen bei Morgengrauen nach Nairobi ab und werde erst nächste Woche zurückkehren."

„Ich verstehe." Coral fragte sich plötzlich, was die Existenz einer neuen Mrs. Sinclair für das Anwesen bedeuten könnte. „Gibt es etwas Wichtiges, um das man sich kümmern muss und von dem ich Ihrer Meinung nach vor Ihrer Rückkehr wissen sollte?"

„Nicht wirklich. Alle hier wissen, was sie zu tun haben. Wie ich Ihnen beim Mittagessen sagte, behalte ich alles genau im Auge, und das Anwesen läuft fast wie ein Uhrwerk."

„Sehr gut. Ich denke, wir können diese Unterhaltung bei Ihrer Rückkehr fortsetzen." Sie lächelte.

„Bevor Sie gehen, muss ich Ihnen diese persönlich übergeben", sagte er, während er aufstand und zu dem großen, altmodischen Holzsafe ging. Er öffnete ihn und nahm einen Schlüsselbund heraus. „Diese gehören zu den Kellerräumen. Ich weiß nicht, warum Ihr Vater darauf bestand, dass Sie sie haben sollten. Ich weiß nur, dass Mr. Sinclair am Abend seines Todes zu mir in den Pavillon am unteren Ende des Gartens kam, den ich als Büro nutzte und wo ich an diesem Abend noch spät arbeitete. Er sah krank aus, aber ich fragte mich zu dieser Zeit, ob er eventuell getrunken hatte. ‚Nehmen Sie diese Schlüssel, es sind die Kellerschlüssel', sagte er zu mir. ‚Bewahren Sie sie sicher auf, bis meine Tochter Coral ankommt.' Als er ging, wusste ich nicht, dass ich ihn nie wieder lebend sehen würde. Er starb in jener Nacht im Schlaf … ein Herzinfarkt."

Sie blieben eine Weile still. Coral betrachtete die Schlüssel. Drei waren in etwa gleichgroß, nur einer war wesentlich größer. Ein kleiner Schlüsselring mit intarsierten Türkisperlen hielt sie zusammen. „Zu welchen Räumen genau gehören diese Schlüssel?" frage sie schließlich, während sie sie in ihre Tasche steckte.

„Abgesehen vom Weinkeller und einigen anderen unwichtigen Kellerräumen, die Mrs. Sinclair mit einer Menge altem Kram gefüllt hat, kann ich mir keine Räume denken, die mit diesen Schlüsseln geöffnet werden können."

„Ich werde Aluna fragen. Sie ist seit den ersten Tagen hier und kennt alle Ecken und Winkel des Hauses."

„Vielleicht ziehen Sie es vor, mit der Erforschung des Kellers bis zu meiner Rückkehr zu warten. Ich werde Sie gern begleiten."

Coral unterdrückte einen ungeduldigen Seufzer. Danvers' übertrieben beflissenes Benehmen ging ihr allmählich ein wenig auf die Nerven. Sie stand auf und streckte dem Manager die Hand entgegen, entschloss sich, ihm entgegenzukommen. „Danke für

Ihre Hilfe, Robin. Ich werde Sie vielleicht nachher noch einmal aufsuchen."

„Noch eine Sache", fügte er hinzu, als Coral den Raum verlassen wollte. „Mrs. Sinclair ist für einige Tage weg. Das wird Ihnen Zeit geben, sich einzugewöhnen und sich mit Haus und Umgebung erneut vertraut zu machen. Ich kann mir vorstellen, dass es sich seit Ihrer Abreise sehr verändert hat. Touristen sind in den letzten Jahren hier eingefallen. Soll ich Sie hinaufbegleiten?"

„Nein, danke, ich glaube, ich werde den Weg allein finden."

„Ich hoffe, Sic bleiben eine Weile bei uns", sagte der Manager, als sie die Treppen erreichten. „Dieses Haus braucht Liebe. Es wurde auf vielerlei Weise zu lange vernachlässigt."

Coral drehte sich um und sah direkt in die hellen, lachenden Augen des jungen Mannes. Er hatte ein hinreißendes Lächeln, es war schade, dass ihm das gewisse Etwas fehlte, das ihm das Besondere verliehen hätte, das er so dringend gebraucht hätte.

Sie betrat die frei schwebenden Treppen, strich mit ihren Fingern über das polierte Akaziengeländer und ging langsam, mit fast religiöser Ehrfurcht, die zwei Stockwerke hinauf, die sie von den Kinderzimmern trennten. Als sie den Treppenabsatz erreichte, ging sie den Flur entlang, an dessen Ende die drei Räume lagen, die sie als Kind bewohnt hatte, zumindest, wenn sie nicht am Strand herumgestreift war. Coral blieb vor ihrem früheren Schlafzimmer stehen, die Hand auf der Klinke, den Atem angehalten.

„Ah … Da bist du, meine Prinzessin!" Aluna hatte Corals Schritte gehört und plötzlich die Tür geöffnet, sodass die junge Frau zusammenschreckte. „Was hatte er dir nur so Wichtiges zu sagen, das nicht bis zum Morgen warten konnte? Komm jetzt schnell. Ich habe dir ein heißes Bad eingelassen. Ich habe deine Koffer geöffnet und deine Kleidung weggeräumt: die Kleider hier, die Blusen und Hosen hier. Deine Unter- und Nachtwäsche müssen in einen anderen Schrank. Du hast mehr Kleider als früher … Aber natürlich bist du jetzt eine junge Dame."

Aluna ging geschäftig umher und redete unablässig, wie in den alten Zeiten. Die Aufregung der älteren Frau war ansteckend, und Coral spürte, wie sich ihre Laune aufhellte. Sie griff nach ihrer *yaha* und zog sie in einem verrückten Walzer mit sich durch das Zimmer.

„Genug, genug, bitte, Miss Coral!", rief Aluna aus. „Ich bin nicht mehr so jung wie früher."

Die junge Frau ließ sie los und wirbelte allein herum, bis sie sich müde und außer Atem auf das Bett warf. „Es ist herrlich, zurück zu sein", sagte sie, streckte sich beschwingt aus, nahm die gemütliche, bekannte Umgebung in sich auf.

„Der Herr sei gepriesen. Ich dachte, ich würde meine kleine *malaika* nie wiedersehen."

„Liebe Aluna. Denkst du wirklich, ich würde dich, Mpingo und meine Kindheit je vergessen? Früher oder später musste ich zurückkehren." Sie stand auf und drückte zwei dicke Küsse auf die faltigen Wangen der Frau.

„Ich habe mir das immer und immer wieder gesagt, um nicht die Hoffnung zu verlieren", meinte ihre *yaha* träumerisch. Ihr Ton änderte sich jedoch plötzlich. „Wir reden hier und dein Bad wird inzwischen kalt. Beeil dich, meine Kleine. Gib mir deine Kleider. Ich wette, dort draußen wurden sie nie so weiß gewaschen wie Aluna sie wusch."

Coral antwortete mit einem Lachen, als sie ins Badezimmer verschwand. Dort blieb sie eine ganze Weile in der Wanne, genoss die sinnliche Wärme des Wassers an ihrem Körper, spielte gedankenverloren mit den Schaumblasen. Sie plauderte glücklich, berichtete dem alten Dienstmädchen Anekdoten aus ihren Teenagerjahren. Aluna kicherte ab und zu heiser, während sie im Nebenzimmer ihrer Arbeit nachkam.

„Was für eine Art Frau ist Cybil Sinclair?" Coral hüpfte aus der Wanne und schlüpfte in einen Morgenmantel aus dicker blauer Baumwolle. „Ich hatte nie von ihr gehört, bis Robin sie heute erwähnte. Daddy schrieb nie über …" Sie kam ins Schlafzimmer und zuckte zusammen. Aluna stand neben dem Bett, hielt die Schlüssel in der Hand und starrte sie an. Coral ging zu der alten Frau und nahm ihr die Schlüssel entschlossen aus den Händen. „Danke, Aluna", sagte sie sanft. „Das sind meine. Sie sind mir wahrscheinlich aus der Tasche gerutscht, als ich mich auf dem Bett ausgestreckt habe."

„Woher hast du diese Schlüssel?", fragte die *yaha* mit zitternder Stimme. Sie sah auf seltsame Weise wütend aus.

„Nun komm, Aluna, was ist über dich gekommen?", antwortete Coral, der Frage ausweichend.

„Woher hast du diese Schlüssel?", wiederholte Aluna, während sich ihre schwarzen Augen verengten.

„Ist es wichtig, wo ich sie herhabe?", fragte Coral, während sie die Schlüssel in ihre Handtasche schob. „Was ist überhaupt so außergewöhnlich an diesen Schlüsseln?"

„Dies sind die verfluchten Schlüssel zu einem Ort, der tabu ist", flüsterte die afrikanische Frau, während sie eindringlich zu Coral aufsah. „Dein Vater war von diesem Teufel verwünscht worden und hätte seinen bösen Schatz nicht verschlossen halten sollen."

„Daddys Schatz? Was meinst du damit, Aluna? Welcher Schatz?" Alunas Augen zeigten nun einen abwesenden, leeren Ausdruck und sie begann, in sich hinein zu murmeln. „Er hätte ihn nie in dieses Haus lassen und seine verfluchten Trophäen niemals hier aufbewahren sollen. Aluna hätte ihn aufhalten sollen. Dieser Teufel hat ihn betrogen, und mein armer Herr starb wegen des Bösen in ihm."

„Mein Vater starb an einem Herzinfarkt", antwortete Coral mit ruhiger Stimme, aber Aluna hörte nicht mehr zu. Ihre Arme hingen schlaff herunter, und sie summte eine Art unverständliche Litanei, bewegte ihren Kopf von Seite zu Seite. Sie ging zweimal im Raum herum, direkt an Coral vorbei, öffnete die Tür und verließ das Zimmer. Die Augen der jungen Frau folgen ihr, als sie um die Ecke in den dunklen Flur verschwand, dann schloss Coral die Tür und setzte sich gedankenverloren auf ihr Bett. Aluna sprach ständig über Teufel, Flüche und Zauberei. Sie hatte den ganzen Hokuspokus vergessen, der in diesem Teil der Welt zum täglichen Leben dazugehörte. Es hatte ihre Mutter verrückt gemacht, besonders, dass ihr Vater sehr an das Okkulte glaubte. Sie hatte den geheimen Verdacht, dass er sich selbst an der Magie versucht hatte, und er hatte viele Bekannte, wenn nicht sogar Freunde unter den Afrikanern, die mit Medizinmännern und anderen sogenannten Zauberern Kontakt hatten.

Sie erinnerte sich an ihre Unterhaltung mit Robin. Was genau hatte er über Aluna gesagt? Verlor die arme Frau wirklich den Verstand und waren dies lediglich die wilden Vorstellungen einer abergläubischen Seele? Das alte Dienstmädchen hatte angesichts des plötzlichen und unerklärlichen Todes ihres geliebten Herrn wohl ihre eigenen Schlussfolgerungen zu dieser Tragödie gezogen. Wer war dieser Teufel – ein Medizinmann? Coral hatte gehört, dass diese Medizinmänner große Macht über die Menschen hatten. Wieder erinnerte sie sich, dass ihr Vater sehr an Voodoo und Zauberei geglaubt hatte.

Es wurde dämmrig, Schatten hatten sich verstohlen im Raum gesammelt. Coral stand endlich auf. Gequält von dunklen Vorstellungen, hatte sie die Zeit vergessen. Sie zitterte, obwohl es nicht kalt war. Sie schlang ihre Arme um ihre Schultern und stellte den Kragen ihres Morgenmantels auf, bevor sie auf den Balkon ging. Als sie sich gegen das alte Geländer lehnte, wurden ihre düsteren Gedanken von der Erinnerung an ein kleines Mädchen vertrieben, das seinen Kopf durch das Geländer steckte, um eine bessere Sicht auf den Garten zu bekommen. Aluna hatte das Haar der kleinen Coral immer geflochten, und das kleine Mädchen hatte seine Mutter gefragt, warum seine *yaha* manchmal so viele verschiedene farbenfrohe Perlen und Blumen in ihr eigenes Haar flocht. „Viele Kenianer lieben es, ihre Haare zu verzieren, also macht Aluna dich dafür mit Bändern hübsch", hatte Angela Sinclair gesagt.

Ein Vogel begann mit seinem Abendlied. Andere stimmten ein, bis der ganze Garten durch ihr Zwitschern lebendig wurde. Sie liebte diese Stunde. Sie erfüllte sie mit seltsamer Nostalgie, und als das Licht sich von bernstein- zu amethystfarben änderte, stand sie dort und schaute zu, wie die weite Landschaft allmählich in der Nacht versank.

Coral dachte an Dale, und eine Woge der Bitterkeit schwappte über sie. Ihr Herz war voller Hoffnung und romantischer Träume gewesen. Es gab nichts, das sie nicht für ihn getan hätte. Ein Häuschen und viel Liebe hätten zu ihrem Glück ausgereicht, aber ihre Träume waren von der harschen Realität zerstört worden. Sie dachte an ihren Vater, und der Geist der früheren Auseinandersetzungen ihrer Eltern lauerte in ihrer Erinnerung. Sie erinnerte sich an die Vorwürfe, die ihre Mutter ihm gemacht hatte. „Du bist hinter jedem Rock her." *Waren alle Männer gleich?*

Das Gesicht ihres Fremden erschien unvermittelt vor ihrem geistigen Auge. Sie konnte seine Züge ziemlich deutlich sehen: funkelnde, hintergründige Augen, gutgeschnittene Lippen und eine energische Kieferpartie. Eine seltsame Sehnsucht, ihn wiederzusehen, mit ihm zu reden, ihn besser kennenzulernen, überkam sie. Sie hatten nur einige oberflächliche Worte gewechselt, aber etwas Undefinierbares im Verhalten des Mannes hatte sie sofort fasziniert. Der schwarze Cadillac und der juwelenbehängte Arm der Frau drängten sich wieder in ihre Gedanken. Er war offensichtlich gebunden. Widerwillig verbannte sie ihn aus ihrem Kopf.

Nun war die Sonne hinter dem Horizont verschwunden. Die große äquatoriale Nacht war angebrochen. Dort, unter den wachsamen Sternen, lag der schlafende Dschungel, verlassen und geheimnisvoll, sein Wesen den Schatten vielleicht eher verratend als dem Sonnenschein.

Die Geräusche, die Coral hörte, waren ihr alle bekannt und Teil ihrer Kindheit gewesen. Einen flüchtigen Moment lang schloss sie ihre Augen, versuchte, in der Stille der Nacht jedes Geräusch zu identifizieren. Es war, als ob sie nie fort gewesen wäre. Das zischende Flüstern der Moskitos, das klagende Lied der Frösche in benachbarten Teichen, das dumpfe Quieken der Fledermäuse, während in der Ferne die Rufe unsichtbarer *muezzins* zum Gebet von den Türmen ihrer Moscheen tönten.

„Miss Coral, du wirst dir den Tod holen, wenn du hier nur in diesem Morgenrock stehst. Die Nächte werden kalt, und du willst doch nicht, dass die Feuchtigkeit in deine jungen Knochen kriecht." Aluna betrat den Raum, in ihren Händen ein Tablett mit kaltem Fleisch, Salaten und diversen Früchten. Sie stellte es ab und eilte mit missbilligendem Kopfschütteln auf den Balkon. „Eine junge Dame deines Alters sollte auf sich zu achten wissen", schalt sie, „aber, oh nein, du nicht. Du hast, wie man so sagt, schon immer den Teufel herausgefordert. Du bist auf die höchsten Bäume geklettert, Treppengeländer heruntergerutscht, raus ins Meer geschwommen, ohne darüber nachzudenken, wie du zurückkommen würdest." Aluna ging ins Schlafzimmer zurück, um ihrer Herrin ihre Nachtkleidung zu bringen. „Hier, zieh das an", befahl sie, als sie ihr einen Pyjama reichte.

Coral folgte ihr ins Zimmer. Aluna war nun wieder ganz die Alte. Es war, als ob die Episode mit den Schlüsseln nie stattgefunden, als ob Coral sich die ganze Sache nur eingebildet hätte.

„Ich dachte, du würdest heute lieber hier oben essen, anstatt im Esszimmer", sagte sie. „Du mochtest dieses Esszimmer nie. Stickig, hast du immer gesagt, stickig und bedrückend. Du hattest recht. Jetzt ist es noch stickiger und bedrückender."

„Ich bin nicht sehr hungrig", gestand Coral. „Wir hatten ein reichhaltiges Mittagessen, und ich bin es nicht gewohnt, öfter als einmal am Tag zu essen."

„Unsere saubere Seeluft wird dir diese schlechten Angewohnheiten bald austreiben, junge Dame. Hier gibt es nicht diese scheußliche Luftverschmutzung, die ihr in London habt."

Coral lachte. „Aluna, hörst du jetzt auf, mich wie ein Kind zu behandeln?"

Sie kehrten auf den Balkon zurück. In geselligem Schweigen saß Coral im Schaukelstuhl, während Aluna es sich ihr gegenüber in einem der Rohrsessel mit hoher Rückenlehne bequem machte. Der schwere Duft von Magnolien füllte die Abendluft. Die junge Frau schloss ihre Augen, lehnte ihren Kopf gegen die Lehne ihres Stuhls und schaukelte langsam.

Aluna schälte unterdessen eine Mango, die sie dann in Scheiben schnitt und hübsch auf einer Porzellanplatte arrangierte, bevor sie sich vorlehnte, um sie ihrer Herrin zu geben. Coral dankte ihr mit einem schwachen Lächeln und genoss die saftige Frucht, während sie faul weiterschaukelte. Das war die Seligkeit … Fast wie in alten Zeiten.

Plötzlich setzte Coral sich aufrecht hin. Der beharrliche, monotone und eindringliche Rhythmus einer einzelnen Tomtom erklang aus der Ferne, ließ die Nacht erzittern. Coral versuchte, sich zu erinnern, was der Grund für die Zeremonie sein könnte. War es der Sabbat der Jungfrauen? Die Vorbereitungszeremonie für ein Begräbnis? Oder … Sie zitterte.

„Es ist nur die Feier des Vollmondes", beruhigte Aluna sie. Coral entspannte sich.

„Es wird kalt und spät. Du solltest schon längst im Bett sein. Nun komm, Aluna wird dich ins Bett bringen und dir eine Geschichte erzählen – eine der Fabeln unseres Landes. Du liebtest sie als Kind, erinnerst du dich?"

„Ich erinnere mich", antwortete sie fügsam. „Ich wurde der wundervollen, afrikanischen Legenden nie müde, die du mir erzähltest, während ich gemütlich und sicher in meinem Bett lag." Sie lächelte wehmütig. „Gute alte Aluna." Coral ging zu ihrem alten Kindermädchen und umarmte es liebevoll.

„Trink das, während ich erzähle. Es wird dir beim Einschlafen helfen."

„Oh, einer deiner duftenden Aufgüsse. Welcher ist es? Habe ich ihn schon einmal probiert?", fragte sie, als sie sich zwischen die Laken gleiten ließ und an dem dampfenden Gebräu nippte. „Mmm … Sehr fruchtig und wärmend."

„Es ist aus gedämpften Früchten und Gewürzen gemacht."

Coral kuschelte sich etwas tiefer unter das Federbett. „Du hast meine ungeteilte Aufmerksamkeit, Aluna", verkündete sie, während sie sich gegen die aufgerichteten Kissen lehnte.

Die *yaha* nahm in ihrem abgewetzten Lehnstuhl neben dem Bett ihrer jungen Herrin Platz und begann mit ihrer Geschichte, so wie früher.

„Zu Anbeginn der Zeit heiratete der Sonnenkönig die Mondkönigin. Sie reisten lange Zeit gemeinsam, der Sonnenkönig ging zuerst, die Mondkönigin folgte ihm. Während sie reisten, wurde die Mondkönigin manchmal müde, sodass der Sonnenkönig sie trug. Eines Tages vergaß die Mondkönigin, hinter dem Sonnenkönig zu bleiben und schob sich vor ihn. Der Sonnenkönig wurde wütend, also wurde die Mondkönigin vom Sonnenkönig geschlagen, so wie Frauen von ihren Ehemännern geschlagen werden, wenn sie vergessen, wo ihr Platz ist."

Als sie der vertrauten Geschichte zuhörte, lächelte Coral in sich hinein, erinnerte sich, wie altmodisch Aluna immer hinsichtlich der Pflichten einer Ehefrau war, wie schockiert sie wäre, wenn sie erfahren würde, was die feministische Bewegung im Westen vorhatte. Sie merkte, dass sie bereits schläfrig wurde, eingelullt von Alunas leiser und beruhigender Stimme.

„Aber der Sonnenkönig begriff nicht, dass er eine jener Frauen geheiratet hatte, die ihre Ehemänner bekämpfen. Als die Mondkönigin geschlagen wurde, schlug sie zurück und verwundete den Sonnenkönig an der Stirn. Der Sonnenkönig kämpfte ebenfalls, zerkratzte das Gesicht der Mondkönigin und rupfte eines ihrer Augen aus. Als der Sonnenkönig sah, dass er Narben hatte, schämte er sich und sagte zu sich: ‚Ich werde so strahlend scheinen, dass die Leute nicht in der Lage sind, mich anzusehen und meine Narben zu entdecken.' Und dann schien er so stark, dass die Leute ihn nicht ansehen konnten, ohne die Augen zusammenzukneifen. Deshalb scheint die Sonne so strahlend. Die Mondkönigin aber schämte sich nicht und musste nicht stärker scheinen. Und wenn du den Mond genau ansiehst, kannst du auch heute noch die Zeichen sehen, die der Kampf mit dem Sonnenkönig hinterließ."

Aluna beendete ihre Geschichte. Während Coral in den Schlaf sank, war sie sich der Bewegungen der älteren Frau bewusst: Sie nahm die Tasse aus ihrer Hand, die leicht auf dem Federbett ruhte, entfernte sanft die zusätzlichen Kissen, glättete die Decken ein wenig, steckte sie an den Seiten fest und stand dann eine Weile einfach da und betrachtete sie. Coral öffnete ihre Augen ein letztes Mal und erkannte den Ausdruck unglaublicher Zärtlichkeit auf den ebenholzfarbenen Zügen ihrer *yaha*. Aluna schaltete die Nachttischlampe aus und verließ auf Zehenspitzen das Zimmer.

*   *   *

Coral wachte am nächsten Tag früh auf und beschloss, dass sie zum Strand gehen und kurz schwimmen wollte. Vom offenen Fenster ihres Schlafzimmers aus konnte sie die schimmernde See sehen, die im Licht des Morgens fast weiß aussah. Der Himmel war von einem metallischen Blau; das Strahlen außergewöhnlich: klar, pur und scharf wie ein Rasiermesser. Eine vollkommen einzigartige Landschaft erwartete sie da draußen, und sie brannte darauf, ein Teil davon zu sein.

Sie trug einen gepunkteten Bikini und steckte ihre goldene Mähne in einem hohen, von zwei breiten Schildpattkämmen gehaltenen Knoten fest, damit sie keinen Sand in die Haare bekam. Sie packte ein Handtuch, ein Buch und die Sonnenbrille in eine alte Strandtasche, die in einer der Ecken neben ihrem Kleiderschrank lag. Coral war fertig. Sie war fast an der Eingangstüre, als

Aluna sie zurückrief: „Der Sand ist um diese Tageszeit schon heiß. Du nimmst besser deine Sandalen mit."

Ihre *yaha* hatte recht, sie hatte vergessen, wie sehr der Sand brennen konnte. Sie nahm beim Treppensteigen zwei Stufen auf einmal. „Was würde ich nur ohne dich machen, meine liebe Aluna?", fragte sie mit einem kleinen Lachen, als sie die Sandalen aus den Händen ihrer *yaha* nahm und sie in ihrer Tasche verstaute. Sie warf der alten Frau eine Kusshand zu und war in Windeseile weg.

Coral durchquerte den Garten hinter dem Haus, in dem ein enger Pfad zu einem Tor führte. Der drei Meilen lange Strand begrüßte sie mit einem Bogen überwältigender Dünen. Sie liebte die Frische dieser frühen Morgenstunden, die reine Atmosphäre, die tägliche Neugeburt der Natur.

Sie ging den breiten, menschenleeren Strand entlang, summte, grub ihre Füße so tief wie möglich in den weichen, zuckerweißen Sand, genoss die Wärme, die ihren Zehen wohltat und ihre Beine hinaufstrich, Hitze in ihrem Körper verbreitete. Ein Gefühl der Erwartung, fast gewagter Unbekümmertheit überkam sie, und sie rannte die letzten zwischen ihr und dem aquamarinfarbenen Ozean liegenden Abhänge hinunter, bevor sie in das kühle, durchsichtige Wasser tauchte.

Sie wusste nicht, wie lange sie geschwommen war. Als sie wieder aus dem Wasser kam, schien die Sonne bereits hoch und heiß vom Himmel. Faul streckte sie sich auf ihrem Handtuch aus und betrachtete die Seevögel, die am azurblauen Himmel herumwirbelten und kreischten. Corals Augen schlossen sich, als sie von einer tiefen Gelassenheit umfangen wurde.

Erneut ließ sie ihre Gedanken zu jenen ersten Stunden des vorherigen Morgens zurückwandern, zu dem gutaussehenden Fremden, der zuerst so ritterlich gewesen und sich dann auf mysteriöse Weise in Luft aufgelöst hatte. War er aus diesem Teil der Erde oder nur auf der Durchreise? Würde sie ihn je wiedersehen, um ihm für seine Güte danken zu können? Sie nahm an, dass dies nicht der Fall war und fühlte angesichts dessen einen leichten Stich des Bedauerns.

Die Seevögel verstummten, nun erklangen nur noch die flüsternden Geräusche des Meeres. Entschieden verbannte sie ihn aus ihren Gedanken, machte ihren Kopf frei und entspannte sich.

Plötzlich ertönte ein Kläffen, und ehe Coral sich versah, wurde sie von einem Hund aufgeschreckt, der sich auf sie warf und ihr Gesicht mit ungebremster Begeisterung abschleckte. Überrascht zuckte sie zusammen und sprang gleichzeitig auf. Es war ein bildschöner Australischer Schäferhund, bemerkenswert gepflegt. Durch Corals Reaktion ebenfalls erschrocken, rannte der Hund davon wie der Blitz. Überrascht folgte die junge Frau ihm, fragte sich, woher er kam und wem er gehörte. In ihrer hastigen Eile vergaß Coral, ihre Sandalen anzuziehen und sie stolperte, stieß sich den Fuß an einem scharfen Korallenstück an. Sie schrie auf, als sie zu Boden fiel, ein stechender Schmerz schoss durch ihre Ferse. Coral stöhnte klagend, die Augen zugekniffen, den schmerzenden Fuß fest in ihren verschränkten Händen. Nach einigen Sekunden ließ der Schmerz nach und sie konnte sehen, dass Blut aus dem Schnitt tröpfelte. Sie griff nach ihrem Handtuch und wickelte es um ihren Fuß. Sie hörte den Australischen Schäferhund in der Nähe bellen.

„Ruhig, Buster", sagte eine Männerstimme – die ihr vage bekannt vorkam.

Coral sah auf. Er war es – der gütige Fremde, der seit ihrer Ankunft ihre Gedanken beherrscht hatte. Er stand dort, streichelte mechanisch den Hund und betrachtete sie mit hochgezogenen Augenbrauen.

„Was tun Sie hier?", fragte sie, als sie sich von ihrer Überraschung erholt hatte.

Er lachte leise. „Ich sehe Sie an", erwiderte er mit einer von sanfter Ironie gefärbten Stimme.

„Warum sehen Sie mich auf diese alberne Art an?", fragte sie, fühlte sich in dieser lächerlichen Position unwohl.

Er lachte erneut, ein leises, kehliges Geräusch. Sie bemerkte, dass seine Augen an diesem Morgen die Farbe von Karamellzucker hatten und leicht verschmitzt funkelten.

„Haben Sie Schmerzen?"

„Wonach sieht es denn aus?", fuhr sie ihn an.

„Lassen Sie mich mal sehen."

„Sind Sie Arzt?" Coral warf ihm einen überheblichen Blick zu.

„In der Not frisst der Teufel Fliegen", sagte er und betrachtete sie weiterhin amüsiert. Er lächelte gutgelaunt, und dann erhellte sich sein ganzes Gesicht mit einem Lachen. „Um Ihre Frage zu beantworten: Ja, in einem vorherigen Leben verbrachte ich drei Jahre mit dem Medizinstudium."

„Ich verstehe", antwortete sie verunsichert. Sie zog ihre Augenbrauen hoch. „Warum haben Sie es aufgegeben?" Sie hatte die Schmerzen vergessen und sah neugierig zu ihm auf.

„Oh, ich wollte etwas, das ein wenig aufregender und abenteuerlicher war, nehme ich an."

„Aha ..." Coral fühlte sich erneut befangen.

„Und nun, da wir klargestellt haben, dass ich kein praktizierender Arzt bin, aber über einiges medizinisches Wissen verfüge, glauben Sie, dass Sie mir Ihren Fuß anvertrauen können?" Er hatte seine launige Haltung beibehalten und stand dort, ein wenig breitbeinig, die Arme verschränkt. Offensichtlich fühlte er sich gut unterhalten.

Widerwillig gab sie ihm mit einem Nicken die Erlaubnis. Er beugte sich hinunter, um ihren Fuß zu untersuchen, nahm ihn in seine Hände. Seine Handflächen waren nicht glatt oder weich. Sie waren die eines Mannes, der sie oft benutzte – starke, maskuline Hände. Ihre warme, raue Berührung reizte unterschwellig ihre Sinne. Mit einem Stirnrunzeln untersuchte er ihre Fußsohle, hockte mit gebeugtem Kopf im Sand. Coral betrachtete ihn schweigend. Das aus der breiten Stirn zurückgestrichene schwarze Haar war hier und da mit silbernen Strähnen durchsetzt. Die

Brise hatte es ein wenig durcheinandergebracht, was ihm ein jungenhaftes Aussehen gab, das mit den feinen Falten an seinen Augenwinkeln und den etwas tieferen auf seiner Stirn kontrastierte.

„Sie sind wohl auf ein Korallenstück getreten. Sie sollten solch hübsche Füße vor den unangenehmen Stücken, die auf unseren Stränden verstreut sind, nicht ungeschützt lassen. Sie haben sich geschnitten, aber die Wunde ist nicht tief. Ich werde Sie zurück nach Hause bringen." Wieder bemerkte sie das sanfte, gefühlvolle Schnurren seines Akzents, das auf sie attraktiv wirkte.

„Das ist nicht nötig", versicherte sie ihm hastig. „Ich komme allein zurecht, danke. Mpingo ist nicht weit weg."

Plötzlich wollte sie unbedingt, dass er ging, wollte allein gelassen werden. Sie fand seinen ruhigen, festen Blick verstörend und hatte Angst, dass er die Unruhe, die er in ihr auslöste, bemerken würde, besonders nun, da sie sich unterlegen fühlte.

„Zeigen Sie es mir", wies er sie an.

Sie erkannte den forschen Ton, der ihr am vorherigen Tag bereits aufgefallen war. Er wirkte vielleicht ein wenig arrogant, aber die dadurch vermittelte Stärke und Sicherheit waren nicht unangenehm. „Gehen Sie", sagte sie schwach.

„Denken Sie wirklich, dass ich Sie hier verletzt zurücklasse?", fragte er ernst.

Sie antwortete nicht, sondern erhob sich, während er vor ihr stand, sich nicht bewegte, den Blick weiterhin auf sie gerichtet, anscheinend fasziniert. Buster saß neben ihm, knurrte leise, seine Ohren gen Himmel gerichtet.

Coral wollte gerade aufstehen, als er sich sanft hinunterbeugte. Bevor sie protestieren konnte, hob er sie rasch hoch, einen Arm unter ihren Knien, den anderen um ihre Taille. Sie sog bei diesem unerwarteten Kontakt scharf die Luft ein.

Seine Arme waren stark und muskulös. Sie konnte den stählernen Griff seiner Finger an ihren Rippen fühlen, direkt unter ihrer Brust, als er sie eng an seinem breiten Brustkorb hielt.

„Das ist wirklich nicht notwendig, es ist nur ein Schnitt. Ich kann sehr gut allein gehen, wenn Sie mich nur lassen würden", beschwerte sie sich und versuchte, sich aus seinem festen Griff zu lösen.

„Es wird schneller gehen, wenn ich Sie trage. Nun halten Sie still", murmelte er. Corals Lippen waren nur ein paar Zentimeter von seiner glattrasierten Wange entfernt, und sie nahm leicht den Geruch der Seife wahr, die er am Morgen benutzt hatte. Ihre Empörung machte Raum für Schmetterlinge in ihrem Bauch.

Seine Schritte waren geschmeidig, als er schweigend dahinging und mit einem geistesabwesenden Ausdruck in seinen leuchtenden Pupillen nach vorn starrte. Im Profil wirkten seine Wimpern besonders lang und dicht. Sie widerstand dem Bedürfnis, ihren Kopf an seine Schulter zu lehnen, wandte ihm nur leicht ihr Gesicht zu. Eine Locke ihres Haares strich über seine Schläfe. Er hob das Kinn ein wenig, und sie bemerkte, wie sich sein Kiefer anspannte, fühlte den Druck seiner Finger fester auf ihrer nackten Haut. Ein Zittern fuhr durch ihren Körper. War er sich bewusst, welche seltsamen neuen Empfindungen sie überkamen?

Er entspannte sich, und seine Hand glitt hinunter zu ihrer Taille, wo sie blieb, als sie sich dem Anwesen näherten.

Sie war so vertieft in die Intensität und Verwirrtheit ihrer Emotionen seit der Begegnung am vorherigen Morgen, dass ihr nicht auffiel, dass er keine Wegbeschreibung von ihr brauchte, um sie nach Mpingo zu bringen. Seine Berührung und Nähe erregten ihre Sinne zudem mit einer Intensität, die sie erschreckte. Eine Art Instinkt sagte ihr, dass die stummen Signale ihres Fleisches von ihrem Körper auf seinen übergesprungen waren und dort zu einer Sehnsucht ähnlich ihrer eigenen erblüht waren.

*   *   *

Bald erreichten sie den hinteren Teil des Anwesens. Er löste eine seiner Hände, entriegelte das Tor, und mit einem Blick auf Buster, der unruhig um sie herumlief, befahl er ihm, sich zu setzen und zu warten. Der Hund gehorchte und sah mit schiefgelegtem Kopf seinem Herrn nach.

„Danke", sagte Coral und brach zum ersten Mal seit ihrem Aufbruch das Schweigen. „Sie können mich hier absetzen." Sie sprach mit leiser Stimme, recht schüchtern, und er lächelte wie verzaubert.

„Wir sind noch nicht ganz da", antwortete er sanft. „Sie sind eine ungeduldige junge Dame."

Sie hatte keine Zeit zu antworten, denn Aluna kam auf sie zugeeilt, offensichtlich in Panik. „Missy Coral, meine arme Missy Coral, was ist dir passiert?", rief sie, während sie den Weg hinunter auf sie zulief. „Ich habe dich vom Kinderzimmerfenster aus gesehen. Bist du verletzt?" Als sie näherkam, wechselte ihre Aufmerksamkeit abrupt von ihrer jungen Herrin zu dem Mann, der sie trug. Die liebevolle Besorgnis verwandelte sich plötzlich in Zorn, als sie auf ihn zustürzte. „Sie? Was tun Sie hier? Wie können Sie es wagen! Haben Sie nicht schon genug Schmerz und Unglück über dieses Haus gebracht? Lassen Sie meine Missy in Ruhe. Lassen Sie sie in Ruhe, sage ich Ihnen! Sie wurden unter einem bösen Stern geboren, und wo immer Sie hingehen, folgen Ihnen Verderben und Katastrophen. Meine Missy ist tabu für Sie, verstehen Sie? Tabu! Wenn ich Sie dabei erwische, wie Sie hier oder irgendwo in ihrer Nähe herumlungern, werde ich Sie höchstpersönlich mit diesen Händen umbringen, und ich schwöre Ihnen, dass kein Medizinmann, egal wie mächtig, Ihnen dieses Mal helfen können wird."

KAPITEL 3

Coral saß gemütlich in einem Sessel auf der Veranda, ihr Bein ruhte auf einem Stapel Kissen, den Aluna sorgfältig auf einen niedrigen Hocker vor ihr gelegt hatte. Der Schnitt an ihrem Fuß war nun sauber und verbunden, die Schmerzen hatten nachgelassen, und bis zum Abend würde die Verletzung tatsächlich kaum noch sichtbar sein.

Bei ihrer Rückkehr hatte sie eine Stunde damit verbracht, ihrem missmutigen und schweigenden Kindermädchen eine Erklärung für deren außergewöhnliches Verhalten am Morgen zu entlocken. Ohne Erfolg, die Lippen des Dienstmädchens blieben versiegelt.

„Wer ist dieser Mann?", hatte Coral gefragt. „Woher kennst du ihn? Was sollte das Gerede darüber, dass er Traurigkeit in dieses Haus bringen würde?"

„Was ich gern wissen möchte", hatte Aluna geradeheraus erwidert und die Fragen ihrer Herrin ignoriert, „ist, wie es ihm gelungen ist, dich bereits kennenzulernen, wenn du erst gestern vom Schiff gekommen bist? Ich sage dir, der Mann ist der Teufel. Hör auf mich, Kind, halte dich von ihm und seinesgleichen fern, oder er wird dich in eine bodenlose Grube hinunterzerren, aus der du nie wieder zurückkehren könntest."

„Der arme Mann kann nicht so schlecht sein, wie du ihn darstellst! Er war ausschließlich nett und zuvorkommend zu mir. Er hätte mir nicht hierher zurückhelfen müssen. Ich bin sicher, er hatte Besseres zu tun. Wer ist er überhaupt? Wie ist sein Name? Dank deiner dummen Albernheiten konnten wir uns nicht bekanntmachen."

„Du hörst mir nicht zu, Kind!", hatte die alte Frau ausgerufen, Coral bei den Schultern gegriffen und sie leicht geschüttelt.

„Dieser Mann wird dich verletzen. Alles was er berührt, wird zu Asche. Ich habe es passieren sehen, und deshalb warne ich dich."

„Nun, dann erzähl mir von ihm. Erzähl mir alles. Ich habe ein Recht zu wissen, wogegen ich mich schützen soll."

„Vögel verfangen sich in ihren Füßen und Männer in ihren Zungen. Es gibt Dinge, die besser begraben bleiben. Zeit und Gelegenheit werden zu rechter Zeit alle Geheimnisse aufdecken."

Sie hatten es dabei belassen, aber als sie an Robin Danvers' Worte und das irrationale Verhalten der *yaha* am vorherigen Abend dachte, begann Coral ernsthaft zu glauben, dass der junge Manager recht gehabt hatte, und dass Fantasie und Realität im Gehirn der armen Aluna unauflösbar verflochten waren. Sie nahm sich vor, in Zukunft ihre Ohren und Augen offen zu halten. Sicher würde sie schon bald die Wahrheit entdecken.

Ihr Blick schweifte über den Garten, der vor Farben explodierte. In der Nachmittagssonne hatte er die umwerfende Brillanz eines Feuerwerks. Links neigte sich der blumenumgebene Rasen sanft zum Dschungel, eine verknäulte Masse verflochtener Lianen in verschiedenen Grüntönen. Dort blühten die prachtvollsten Orchideen inmitten eines lärmenden Chores von Ruderfröschen, Heuschrecken und dem vielfältigen Leben eines tropischen Waldes. Rechts fanden sich im Überfluss verzweigte Bögen aus Sträuchern und riesige, blühende Bäume – Frangipanis und Afrikanische Tulpenbäume und Regenbäume mit roten, gelben oder fedrigweißen Blüten – und füllten den Ort mit genügend Farben, um es selbst mit dem gewagtesten Matisse aufzunehmen. Hinter diesem lebhaften Bild erstreckten sich die seltenen *mpingo*-Bäume so weit das Auge reichte. Ihr gegenüber, hinter dem Teich, an dem Libellen und Eidechsen zwischen den Callas umherflitzten, bildete die dramatische Allee aus Jacarandas einen erstaunlichen Ozean aus violett-blauen Blumen.

Ein silbergraues Triumph-Cabrio kam gerade die Einfahrt hinauf. Es hielt vor dem Haus an, und die Fahrerin, eine schlanke, junge Frau Anfang zwanzig mit langem schwarzen Haar und olivfarbener Haut, sprang heraus. Sie ging zu den Verandastufen und blieb dort stehen, eine Hand auf dem Marmorgeländer.

„Hallo", sagte sie mit einem einnehmenden Lächeln, während Coral vorsichtig von ihrem Stuhl aufstand.

„Hallo", erwiderte Coral höflich. „Suchen Sie nach jemandem? Es ist leider außer mir niemand zu Hause."

Sie zögerte für den Bruchteil einer Sekunde, bevor sie hinzufügte: „Mrs. Sinclair ist nicht da und wird erst in einigen Tagen wieder zurückkehren. Ich bin …"

„Coral, Schätzchen, offensichtlich erkennst du mich nicht." Die junge Frau stieg rasch die Stufen hinauf. „Ich hätte dich überall erkannt … Du hast dich kaum verändert."

Coral betrachtete die Besucherin genau, und plötzlich erinnerte sie sich an das ziemlich mollige, braunäugige kleine Mädchen mit langen schwarzen Haaren, das Sandy Lawson einmal gewesen war. Mit einem Ausruf freudigen Erkennens vergaß sie die durch ihren Fuß verursachten Beschwerden und eilte auf ihre Kindheitsfreundin zu.

„Natürlich, Sandy! Sandy Lawson!"

„Wie klug von dir, dich zu erinnern." Sandy lachte. „Ich hätte doch gedacht, in all diesen langen Jahren nicht ganz vergessen worden zu sein. Immerhin wohnte ich eher auf Mpingo als in meinem richtigen Zuhause."

„Wie könnte ich dich vergessen, liebe Sandy? Wir waren unzertrennlich!" Sie umarmten sich enthusiastisch. „Du hast dich allerdings verändert, ich würde sagen, fast zur Unkenntlichkeit, abgesehen natürlich von deinem wunderschönen, schwarzen Haar. Du warst ziemlich … nun, mollig, wenn ich mich richtig erinnere."

Sie lachten beide. „Du erinnerst dich richtig", antwortete Sandy. „Es hat tonnenweise harte Arbeit und Entschlossenheit gebraucht, so viel Gewicht zu verlieren." Sandy hatte immer noch üppige Kurven, aber Coral bemerkte, dass ihr in der Taille gegürteter Hosenanzug eine wesentlich schmalere Silhouette umhüllte.

„Setzen wir uns. Ich bitte Aluna, uns Tee und Küchlein zu bringen. Erinnerst du dich an Aluna?"

„Natürlich erinnere ich mich an Aluna. Aber leider muss ich gleich wieder abschwirren. Ich kam her, um dich für morgen Abend einzuladen. Einige von uns gehen zum Golden-Fish-Nachtclub, und es wäre herrlich, wenn du dich uns anschließen könntest. Kenia ist ein wundervoller Ort, wenn man Freunde hat, aber wenn nicht, kann es furchtbar einsam und deprimierend sein. Du würdest deine Koffer nur zu schnell packen. Das können wir nicht zulassen!"

„Ich glaube nicht, dass ich in diesem Land je deprimiert sein könnte", murmelte Coral träumerisch. „In all den Jahren habe ich mich so sehr nach diesem Ort gesehnt."

„Einmal eine Romantikerin, immer eine Romantikerin … Wir holen dich morgen um neun Uhr ab. Es ist eine nette Gruppe. Du wirst sie mögen."

„Vielen Dank. Woher wusstest du übrigens, dass ich hier bin?"

„Wir sind eine kleine Gemeinschaft mit hervorragendem Buschfunk. Wir hocken alle regelrecht aufeinander. Es kann manchmal ein wenig bedenklich und oft ziemlich erdrückend werden, aber man gewöhnt sich daran." Sandy seufzte und warf Coral einen Blick von der Seite zu. „Nun, Zeit und Möglichkeit decken alle Geheimnisse auf, lautet das Sprichwort nicht so?"

Coral zuckte leicht zusammen. Hatte sie sich das eingebildet, oder war Sandys Blick plötzlich intensiver, prüfender
geworden?

„Denk dran, wir holen dich morgen um neun Uhr ab", rief
ihre Freundin über die Schulter, als sie die Stufen wieder hinunterlief, ihr eine Kusshand zuwarf und davonraste. Die flüsternde
Brise rauschte durch die Zweige, wehte einige violette Blüten von
den Jacarandabäumen, während das silberne Cabrio hinter der
Kurve der Einfahrt verschwand. Coral blieb zurück, lehnte sich an
eine der Zedernsäulen und starrte gedankenverloren in die Ferne.
War sie wirklich eine Romantikerin? Sicher waren es ihre romantischen Neigungen, die sie im Fall von Dale mitgerissen und sie
für sein wahres Wesen blind gemacht hatten. Sie dachte wieder an
ihren Fremden. Würde sie erneut das Opfer ihrer Träume und fan-
tasiereichen Vorstellungskraft werden?

„Wer war das?", erkundigte sich Aluna, als sie sich zu ihrer
Herrin auf die Veranda gesellte. „Ich dachte, ich hätte ein Auto
gehört." Misstrauisch blinzelte sie über den Balkon.

„Sandy Lawson. Du erinnerst dich an Sandy? Wir waren
damals unzertrennlich."

„Oh ja! Ich kenne Sandy Lawson … Eine sehr seltsame Person",
murmelte sie vor sich hin.

Coral brach in Gelächter aus. „Liebe Aluna, du bist die er-
staunlichste Person, die mir je begegnet ist. Gibt es nie etwas
Nettes, das du über jemanden zu sagen hast? Warum magst du die
arme Sandy nicht?"

„Ich habe nichts gegen Miss Sandy", gab die *yaha* abwehrend
zurück. „Ich habe nur gesagt, dass sie seltsam ist."

„Was bedeutet das?"

„Es bedeutet, dass stille Wasser tief sind, und dass man Aluna
nicht hinters Licht führen kann."

„Ich verstehe immer noch nicht. Ich wünschte, du würdest dir
abgewöhnen, in Rätseln zu sprechen."

„Miss Sandy scheint eine sehr nette junge Dame zu sein, sehr weltgewandt. Sie kommt aus einer respektablen Familie und arbeitet in der Firma ihres Vaters. Aber sie umgibt sich mit seltsamen Leuten."

„Was heißt das nun wieder?"

„Es bedeutet, dass sie einige sonderbare Freunde unter den Afrikanern hat, und ich glaube nicht, dass das für eine Dame in ihrer Position gut ist. Sie ist außerdem mit dem Franzosen befreundet."

„Mit welchem Franzosen?"

„Hörst du jetzt auf, mich so zu verhören, Missy Coral? Ich bin all deiner Fragen müde. Sie tun meinem armen Gehirn weh."

„Verzeih mir, Aluna. Ich wollte nicht lästig sein, aber du bist so mysteriös und es gibt so viele Dinge, die ich nicht verstehe", erklärte Coral.

„Bleib ein wenig und die Informationen finden ihren Weg zu dir. Soll ich dein Essen hier nach draußen bringen oder möchtest du es lieber oben essen?"

„Ich bin nicht hungrig, danke. Ich werde später oben einige Früchte essen."

Es war fast sieben Uhr. Während Coral gesprochen hatte, war die Nacht mit tropischer Abruptheit angebrochen, die Landschaft sank in eine schwarzmagische Leere. Sie fragte sich, wie sie sich beschäftigen sollte, bis sie zu Bett ging. In England hatte sie ein aktives Leben geführt. Diese aufgezwungene Untätigkeit, auch für so kurze Zeit, begann sie zu belasten. Außerdem fühlte sie sich fehl am Platz. Mpingo war ihr Haus, ihr Zuhause, aber sie war nicht die Herrin hier. Fast alles im Haus war umgewandelt oder verändert worden. Sie hätte gern einige Dinge umgestellt, wagte es aber nicht, weil sie damit vielleicht in den Bereich ihrer Stiefmutter eingriff.

Ihre Gedanken verweilten ein wenig bei Cybil Sinclair. Ein Porträt der Frau hing im Wohnzimmer. Coral hatte es früher am Tag bemerkt, als Aluna ihr nach ihrem Sturz in das sonnige Zimmer geholfen hatte. Die Jugend und Schönheit ihrer Stief-

mutter hatte sie überrascht und leicht verstört. Das Porträt der
Rothaarigen schien seltsam lebendig – der schlanke, geschmeidige
Körper schien sich unter den Falten einer schwarzen Tunika fast
zu bewegen, und die länglichen, grünen Augen lächelten ihr geheimnisvoll zu. Sie hatte versucht, Aluna zu bewegen, ihr etwas
über Cybil zu erzählen, war aber auf das gleiche eigensinnige
Schweigen oder den kryptischen Unsinn gestoßen, der dieser Tage
das Mantra des Dienstmädchens zu sein schien.

Coral erinnerte sich plötzlich an die Schlüssel, die Robin ihr
gegeben hatte. Vielleicht würde eine Untersuchung dieser Räume
im Keller ihr Antworten auf die in ihren Gedanken rasch wachsende Liste mit Fragen geben. Die Schlüssel waren weiterhin
in ihrer Tasche, ebenso wie die kleine batteriebetriebene Taschenlampe, die sie ständig bei sich trug. Sie drehte den Schlüsselring
mehrfach in ihrer Hand, untersuchte die Schlüssel genau. Sie
waren alt und völlig normal, von jener Art, die man überall nach-
machen lassen konnte. Warum würde jemand diese Art Schlüssel
benutzen, um etwas Wichtiges wegzuschließen? Und warum hatte
Aluna sie davon abbringen wollen, in den Keller zu gehen? Sie
würde es nie wissen, wenn sie nicht selbst nachschaute und versuchte, die Angelegenheit ein wenig zu erhellen, dachte sie sich,
als sie in den hinteren Teil des Hauses ging, in dem sich ihrer Erinnerung nach die Kellertreppe befand.

Coral durchquerte die Halle und ging an der Küche vorbei. Sie
erhaschte einen Blick auf Aluna, die ins Kochen vertieft war, und die
beiden Dienstmädchen, die lachend und plaudernd Gläser mit tin-
tenschwarzem Tee tranken. Der schmale Flur, den sie entlangging,
schien kürzer als in ihrer Erinnerung. Wie oft war sie als Kind auf
diesem Weg hinausgegangen, lieber als den einfacheren und direk-
teren Weg durch die Eingangstür? Schließlich erreichte sie die steinerne Wendeltreppe, die in den Garten führte und ging vorsichtig
hinunter. Dort zögerte Coral einen Moment, starrte hinaus in die
undurchlässige Dunkelheit der weiten kenianischen Nacht. Verhielt

sie sich vernünftig? Sie spitzte die Ohren, lauschte aufmerksam auf Geräusche, konnte aber nichts außer dem rasenden Klopfen ihres eigenen Herzens hören. Sie beschloss, ihre Beklemmung zu ignorieren und ging entschlossen die Treppen weiter hinunter bis zu einer zweiten Tür unter den Stufen, die in den Keller führte. Coral schloss die Tür leise auf, hob den Riegel an und stellte erleichtert fest, dass sie sich öffnen ließ. Da die gewölbte Decke am Eingang sehr niedrig war, musste sie beim Eintreten den Kopf beugen. Sie unterdrückte einen Schrei, als eine schwarze Katze mit zerrupftem Fell wie die Vertraute einer Hexe aus der Dunkelheit schlüpfte und sich träge miauend an ihren nackten Beinen rieb, bevor sie auf ein Fenstersims sprang und in die Wildnis entwischte.

Ihre Taschenlampe erzeugte nur einen dünnen Lichtstrahl, gerade ausreichend, damit sie ihren Weg fand. Sie kam an vielen Räumen mit gewölbten Decken vorbei, einige enthielten Behälter und Weinfässer. In anderen fand sich eine Wanne zum Einsalzen, Obst und Gemüse, das auf strohbedeckten Gestellen zum Trocknen lagerte und Behälter voller Erde, in denen früher die Eier frischgehalten worden waren. Keiner dieser Räume hatte Türen, nur kleine, vergitterte Fenster.

Schließlich erreichte Coral einen Lagerraum an einem unteren Treppenabsatz, der mit Spinnweben bedeckt war. Einige Stufen führten hinunter zu einer großen Holztür, die grau vor Staub war. *Das muss es sein,* dachte sie, während sie spürte, wie ihr Puls sich vor Aufregung erneut beschleunigte. Am Fuß der Treppen nahm sie die Schlüssel aus ihrer Tasche und steckte einen davon ins Schlüsselloch, enttäuscht, als nichts geschah. Coral probierte einen zweiten aus, und diesmal ertönte ein leichtes Klicken, was ihr erlaubte, die Tür mit einem unheimlichen, in der Stille widerhallenden Quietschen aufzuschieben.

Sie betrat eine Art Galerie, gebadet in dem Mondlicht, das durch die zwei Schächte drang, die sich oben an der Wand, fast schon an der Decke, befanden. Coral ließ den Strahl ihrer Taschenlampe durch den Raum wandern. Er war völlig leer. Sie bemerkte einen Schalter auf der gegenüberliegenden Seite, ging hinüber, um den Strom anzuschalten, entschied sich dann jedoch dagegen, damit niemand von draußen das Licht bemerken würde. Ihr Fuß stieß an etwas Hartes, das aus den Steinplatten hervorragte. Der Boden unter ihr bewegte sich leicht, und als sie zurücksprang, konnte sie sehen, dass eine Art Falltür in den Boden eingelassen war. Sie zog an dem schweren Metallring, der sich darauf befand. Das Knarzen rostiger Scharniere hallte durch den Keller, als die Tür sich bewegte und ein schwarzes, gähnendes Loch enthüllte.

Coral beugte sich hinunter und lenkte das Licht auf das Loch. Sechs steile Stufen führten in einen weiteren kleineren Raum, der mit allerlei Gerümpel vollgestopft zu sein schien, im schwachen Licht ihrer nachlassenden Taschenlampe nicht deutlich erkennbar. Sie war zwiegespalten, ob sie ihre Suche fortführen oder an einem anderen Tag zu einer vernünftigeren Stunde wiederkommen sollte. Was würde sie dort schon finden? Schließlich traf sie ihre Entscheidung und ging die Treppen hinunter in den kleinen Raum, der keinen anderen Ausgang zu haben schien. Diesmal scheute Coral nicht davor zurück, das Licht einzuschalten und blinzelte, als das blendende Licht der von der Decke hängenden Glühbirne den Raum durchflutete.

Einige alte Möbelstücke waren in einer Ecke aufgetürmt, zusammen mit Büchern, einem Stapel verstaubtem Geschirr und Bildern ... vielen Bildern. Als sie diese genauer betrachtete, erkannte Coral, dass die meisten Bilder sie zeigten: in ihrer Kindheit, als Teenager und einige, die recht neu waren, da sie sie mit einer neuen Frisur zeigten, die sie sich erst ein Jahr zuvor zugelegt hatte. Sie war überrascht: War ihr Vater ein Maler gewesen? Sie hob dasjenige auf, das ihr am neuesten schien und betrachtete es prüfend. Es war signiert, aber nicht von Walter Sinclair. In der rechten Ecke unter dem Porträt fand sich in deutlicher, schwarzer Tintenschrift der Name des Künstlers: „Raphael de Monfort."

Als sie den Namen laut las, erschrak Coral beim Geräusch ihrer eigenen Stimme in der Stille. Ein weiteres Bild zeigte sie mit sechzehn, bei ihrem ersten Ball, in einem herrlichen pinkfarben Organdykleid mit Satinbändern, das immer noch in ihrem Kleiderschrank in London hing. Coral fiel ein, dass sie ihrem Vater ein Foto von sich an diesem erinnerungswürdigen Tag geschickt hatte. Sie betrachtete ein weiteres Bild, dann noch eines und ein weiteres, bis sie alle gesehen hatte. Etwas an ihnen war faszinierend. Sie waren so deutlich, so detailliert und vor allem so lebendig. Es war, als ob der Künstler sie kannte, nicht nur oberflächlich, sondern innig, vertraut. Er schien den Kern ihrer Seele erfasst zu haben, und sie fand diesen Gedanken zugleich aufregend und etwas verstörend.

Coral sah auf ihre Uhr. Die Zeit war gerast: Es war bereits neun Uhr. Aluna würde sie suchen und war wahrscheinlich schon in Panik. Sie ließ einen letzten Blick durch den Raum schweifen, schaltete das Licht aus und begann, die steilen Stufen hinaufzusteigen. Dann ertönte plötzlich … eine Art gedämpftes Geräusch über ihr, wie das leichte Eilen von Füßen. Der Lichtstrahl ihrer Taschenlampe wählte diesen Moment, um zu erlöschen und sie versuchte, ihn wieder anzustellen, aber vergeblich. Die Batterie war leer. Das Blut gefror ihr in den Adern, als sie begriff, dass sie allein und wehrlos war. Niemand würde sie hören, wenn sie schrie. Sie hielt den Atem an, wartete und lauschte aufmerksam. Nichts. Sie sammelte ihren Mut und ging die wenigen sie noch von dem mondbeschienenen Raum trennenden Stufen hinauf. Ihre Augen waren nun an die Dunkelheit gewöhnt, und Coral starrte entsetzt auf den großen, schlanken Schatten, den sie in der Türöffnung ausmachen konnte. Ein plötzlicher Schauder lief ihr den Rücken hinunter und ließ ihr die Haare zu Berge stehen.

„*Shikamoo*, Miss Coral", begrüßte der Schatten sie mit leiser, aber freundlicher Stimme, während eine Öllampe angezündet wurde.

Coral schluckte hart und versuchte, zu antworten, brachte aber nur ein schwaches Krächzen hervor. Sie spürte, dass ihre Beine jeden Moment nachgeben würden. Der afrikanische Mann in seinem weißen Kaftan stand bereits gebückt in der niedrigen Türöffnung, verbeugte sich aber nun höflich vor ihr. „Ich bin Juma, der erste Diener auf Mpingo", fuhr er ernst fort. „Willkommen in Ihrem Zuhause. Ich bin sehr traurig, dass ich Sie nicht bei Ihrer Ankunft begrüßen konnte, aber ich musste *memsahib* auf ihrer Reise begleiten. Bitte erlauben Sie mir nun, Sie zurück zum Haus bringen."

„Danke, Juma", flüsterte Coral, dankbar, dass ihre Ängste unbegründet gewesen waren. Sie versuchte, sich wieder zu sammeln. „Das ist sehr freundlich."

„Vielleicht sollten wir die Falltür schließen, bevor wir gehen", schlug er vor, als sie zur Tür ging.

„Oh, ja. Ja natürlich, wie gedankenlos von mir", antwortete sie rasch, die Missbilligung in der Stimme des Dienstboten spürend.

Coral schloss die Tür hinter sich ab und verstaute die Schlüssel wieder in ihrer Tasche. Als sie schweigend zurückgingen, ließ ihre Angst nach, aber sie fühlte sich unwohl und nervös in der Gegenwart dieses stolzen und ruhigen Mannes, der lautlos vor ihr herging.

„Ist Mrs. Sinclair zurückgekehrt?", fragte sie, als sie die Wendeltreppe hinaufgingen.

„Ja, Miss Coral, *memsahib* ist zurückgekehrt. Sie ist im Salon und erwartet Sie."

„Ich verstehe. Nun, danke, Juma, dass Sie mich sicher zurückgebracht haben", sagte sie und lächelte ihn unbeholfen an, als sie in die große Halle kamen.

„*Karibu.* Das ist meine Pflicht", erwiderte er mit einer Verbeugung. Er verließ sie, während Coral den Salon betrat. Der Raum wurde durch den von der Decke hängenden Kristallkronleuchter aus dem 19. Jahrhundert hell erleuchtet, aber er war leer. Während Coral die Tür schloss, hob sie den Kopf, und ihre Augen begegneten denen des Gesichts auf dem Gemälde, die sie auf diese rätselhafte Weise anlächelten, die ihr früher am Tag aufgefallen war. Spontan durchquerte sie den Raum und näherte sich dem Kaminsims, über dem das Porträit hing, hielt nach der Signatur Ausschau. Das Porträit war nicht signiert ... oder war die Signatur entfernt worden?

„Du musst Coral sein", sagte eine recht melodische Stimme hinter ihr.

Coral drehte sich um und blickte erneut in die lächelnden grünen Augen. Die auf sie zukommende Frau war zwar ein wenig älter als die Dame auf dem Porträit, doch die Jahre hatten ihre Schönheit nicht verringert – ganz im Gegenteil. Cybil Sinclair war nun eine gereiftere, entspanntere und sinnlichere Schönheit. Sie trug ein dunkelblaues Kleid von Givenchy, war groß, schlank und elegant, mit katzenähnlichen Zügen. Das volle, zerzauste rote Haar, das im Porträit über ihre Schultern fiel, war nun in einem eleganten Knoten zurückgehalten. Coral konnte verstehen, warum ihr Vater von ihr bezaubert gewesen war.

„Ich bin Cybil Sinclair. Ich sehe, dass du mein Porträit betrachtest. Ich mag es selbst nicht besonders, aber der arme Walter mochte es, und ich wollte es nicht entfernen, nachdem ..." Ihre Stimme schwankte für den Bruchteil einer Sekunde, bevor sie fortfuhr. „Aber nun, da du hier bist und das Haus dir gehört, hast du sicher andere Pläne."

„Nein, nein, überhaupt nicht." Coral, die sich noch immer von ihrem ereignisreichen Tag erholte, war überrascht von der Umgänglichkeit ihrer Stiefmutter. „Es ist ein wunderschönes Porträit. Ich habe es bewundert. Wer ist der Maler?", fragte sie impulsiv.

Ihre Stiefmutter zuckte mit den Schultern und Lachfalten zeigten sich um ihre grünen Augen. „Oh, ein alter Freund. Es ist ein Porträit, das aus meinen frühen Tagen in Tanganjika stammt", erklärte sie beiläufig. „Hast du schon zu Abend gegessen? Wir haben dich gesucht, aber Aluna schien nicht zu wissen, wo du bist." Sie hielt inne, vielleicht um Coral zu entlocken, wo sie gewesen war, aber die junge Frau gab die Information nicht preis. „Möchtest du etwas trinken?" Cybil ging zu einem Serviertisch am anderen Ende des Zimmers und schenkte sich einen großzügigen Scotch ein, ohne auf Corals Antwort zu warten. Sie lachte. „Schau nicht so erschrocken, meine Liebe. Nach einer solchen Reise, wie ich sie hinter mir habe, würdest du dir sicher auch einen kleinen Drink gönnen. Der Verkehr in Nairobi kann absolut haarsträubend sein."

Cybil setzte sich in einen der Ohrensessel und lud Coral mit einer Handbewegung ein, sich ihr gegenüber, mit Blick auf das Porträt, hinzusetzen. Ihre Schönheit und Grazie ergänzten die Eleganz des Zimmers, das wie die anderen im Haus verändert worden war, aber weniger drastisch. Es war in klassischer georgianischer Symmetrie gehalten, von den drei großen, sich auf die Veranda öffnenden Fenstertüren dominiert. Die glänzenden braunen Bodendielen, bedeckt mit alten Perserteppichen, an die sie sich aus ihrer Kindheit erinnerte, verliehen ihm eine vertraute Überschwänglichkeit und Wärme. Trotzdem fühlte Coral sich in diesem Raum wie überall im Haus, abgesehen von den unveränderten Kinderzimmern, unbehaglich und beklommen, als ob sie ein Eindringling wäre.

„Ja", sagte Cybil und riss Coral aus ihren Gedanken, „zurück zum Porträt. Du kannst es jederzeit abnehmen. Ich mag es nicht sehr, zumindest nicht mehr. Siehst du, es war Teil eines anderen Ichs. Ich war in jenen Tagen glücklicher!" Sie lachte erneut, ein hohles Kichern, das falsch klang.

„Ich finde, dass es gut zum Rest des Zimmers passt", antwortete Coral leise. „Wenn du nichts dagegen hast, werde ich es hängen lassen … für eine Weile."

Cybil zuckte mit den Schultern und trank schweigend von ihrem Scotch. „Wann soll ich hier ausziehen?"

Erneut wurde Coral kalt erwischt. „Fühl dich bitte nicht verpflichtet, auszuziehen, nur weil ich angekommen bin. Das Haus ist immerhin viel zu groß, als dass ich hier allein wohnen könnte", murmelte sie rasch.

„Oh, ich bin so dankbar, dass ich nicht sofort ausziehen muss", rief Cybil sichtbar erleichtert. „Weißt du, das alte Cottage des Anwesens ist immer noch voll mit Walters alten Sachen und in ziemlich schlechtem Zustand. Es muss grundlegend renoviert werden. Ich werde es komplett neu einrichten müssen, verstehst du … Und hier in Afrika dauert alles so lange. Man wartet Ewigkeiten auf Materialien und bestellte Dinge, und wenn sie dann da sind, sind die Arbeiter so langsam und nachlässig, falls sie nicht genau überwacht werden. Nun, das beruhigt mich erst einmal."

Als Cybil Sinclair ihren dritten Scotch trank, rutschte die Konversation, die eine Stunde lang fast einseitig verlaufen war, in gedankenlose Trivialitäten ab und Coral begann, die Auswirkungen eines abenteuerlichen Tages zu spüren. Sie entschuldigte sich höflich bei ihrer Schwiegermutter und wünschte ihr eine gute Nacht, um hinauf in ihr Zimmer zu gehen. Während Coral die Tür hinter sich schloss, bemerkte sie, dass Cybil Sinclair sich abwandte und ihr starres Lächeln plötzlich durch einen harten, leeren Blick ersetzt wurde.

*　　*　　*

Als Coral am nächsten Morgen erwachte, erblickte sie durch den Schleier des Moskitonetzes eine schmollende Aluna mit einem Teetablett.

„Guten Morgen, Aluna", rief sie fröhlich.

Die Frau ignorierte ihre Herrin und hob die Kleider auf, die Coral am vorherigen Abend ausgezogen hatte und die noch auf dem Boden lagen.

„Du musst sie nicht aufheben", sagte die junge Frau entschuldigend. „Ich war letzte Nacht so müde, dass ich kaum meine Augen aufhalten konnte."

Aluna grunzte und verschwand im Badezimmer. Nachdem sie ein Bad eingelassen hatte, wollte sie gerade gehen, als Coral aus dem Bett sprang und sich vor die Tür stellte, den Weg versperrend.

„Geh nicht, Aluna", bettelte sie und küsste die Wange ihrer *yaha*. „Ich möchte mich unterhalten."

„Wohin bist du gestern Abend verschwunden?", fragte das Dienstmädchen mürrisch.

„Hat Juma es dir nicht gesagt?"

„Niemand in diesem Haus sagt mir irgendetwas. Sie sagen alle, dass Aluna verrückt ist." Sie schüttelte traurig den Kopf. „Aber Aluna ist nicht verrückt. Aluna sieht und hört, nur spricht sie nicht", fügte sie mit einem plötzlichen Ausbruch von Empörung hinzu.

„Ich wünschte, du würdest sprechen, liebe Aluna. Wenn du dich erklären würdest, anstatt Rätsel zu benutzen, würden die Leute dich vielleicht ernster nehmen."

„Du hast in diesen verdammten Kellern herumgewühlt, Kind, nicht wahr?" Aluna deutete anklagend auf ihre Herrin. „Und leugne es nicht."

„Und was, wenn ich in die Keller gegangen bin?", gab Coral ungeduldig zurück. „Ich habe dort nichts gefunden, das deine Einstellung rechtfertigt. Ich verstehe ehrlich gesagt nicht, was das ganze Theater soll. Die einzige interessante Entdeckung war eine Menge Bilder – Bilder von mir! Stell dir vor! Ich nehme an, Daddy gab sie in Auftrag. Sie sind gut, aber es sind so viele … Hast du sie schon gesehen?" Ihre Augen funkelten vor Aufregung.

„Böse! Das sind sie, böse. Hör mir zu, Kind, du musst sie verbrennen. Heute Abend werden wir zusammen losgehen, du und ich, und wir werden sie verbrennen."

„Sie verbrennen?", rief Coral mit unverstelltem Entsetzen aus. „Warum um alles in der Welt sollte ich sie verbrennen wollen? Ich liebe sie. Sie sind so echt, so wahr. Sie zeigen nicht nur meine Gesichtszüge, verstehst du nicht? Es ist, als ob sie mein Innerstes widerspiegeln. Dieser Raphael, oder wie auch immer er heißt, ist sehr begabt. Er ist eine echte Entdeckung." Sie sprach heftig, mit einer Leidenschaft, die sie überraschte.

Dies schien auch Aluna zu beunruhigen. Die *yaha* ging zum Stuhl in der Ecke des Zimmers und sank darauf nieder, schloss die Augen und seufzte. Als sie sie wieder öffnete, war ihr Gesichtsausdruck traurig und düster.

„Aluna, was ist?" Das seltsame Verhalten ihrer *yaha* begann Coral zu ärgern. „Würdest du mir um alles in der Welt bitte sagen, was los ist!"

„Gut, mein Kind, du möchtest die Wahrheit wissen? Dann wird Aluna dir alles sagen." Die alte Frau seufzte und fing mit ihrer Geschichte an.

„Es begann alles vor acht Jahren, als das Anwesen neben Mpingo zum Verkauf angeboten wurde. Es wird Whispering Palms genannt. Dein Vater war schon sehr lange daran interessiert, sogar bevor deine Mutter ihn verließ, um nach England zurückzugehen. Er hat sich in jenen Tagen oft mit mir unterhalten. Er stand gern abends vor Sonnenuntergang oder morgens auf der oberen Veranda vor seinem Schlafzimmer. Von dort oben konnte man Whispering Palms in der Ferne sehen. ‚Aluna', sagte er mit dem wilden Blick, den er manchmal hatte, ‚eines Tages wird das alles mir gehören. Ich werde es erblühen lassen und für meine Kleine profitabel machen. Sie wird zurückkehren, wenn sie erwachsen ist und wird die Königin des ganzen Anwesens sein. Sie wird über dieses Land bestimmen, das ich liebe und das sie liebt, und dann wird alles sein, wie es sein soll.' Er liebte seine kleine Coral und war zufrieden damit, auf deine Rückkehr zu warten. Das Jahr war für Mpingo *mbaya* – unglücklich –, ein sehr schlechtes Jahr. Es regnete nicht. Dürre bedrohte unser Land mit Hungersnot. Die Ernte war schlecht und dann gab es auch noch ein Feuer in der Scheune."

„Ein Feuer? Was ist geschehen?"

„Ich weiß es nicht, Missy Coral. Niemand wusste es. Dein Vater verlor viel Ausrüstung, aber es gab Gerüchte, dass es absichtlich gelegt wurde, und die Versicherung verweigerte die Zahlung. Es war im gleichen Jahr, in dem er diese rothaarige Hexe traf, die jetzige Mrs. Sinclair."

Alunas Miene verdüsterte sich. Es war offensichtlich, dass sie die Witwe aus tiefstem Herzen hasste. Sie räusperte sich, bevor sie mit ihrer Erzählung fortfuhr. „Zwei Jahre lang kämpfte *Bwana* Walter gegen den Ruin, und Whispering Palms war immer noch nicht verkauft, also hegte er die Hoffnung, dass es doch noch eines Tages ihm gehören würde. Weitere zwei Jahre vergingen. Dann, eines Morgens, aus heiterem Himmel, erfuhren wir, dass das Anwesen zur Versteigerung stand. Zu diesem Zeitpunkt hatte dein Vater sich von seinen finanziellen Problemen erholt und er konnte irgendwo ein Darlehen bekommen, das es ihm ermöglichen würde, seinen Traum zu kaufen, insbesondere da es Gerüchte gab, dass der Besitz günstig weggehen würde."

Eine Pause trat ein, in der das Dienstmädchen schweigend seinen Erinnerungen nachhing, sein Blick schien in der Vergangenheit verloren. Coral wagte es nicht, zu sprechen, damit der Fluss der endlich preisgegebenen Informationen nicht wieder versiegte. Leise setzte sie sich auf die Ecke ihres Bettes.

Aluna fand zurück in die Wirklichkeit und setzte ihre Erzählung fort. „Ich werde mich immer an jenen sonnigen Nachmittag erinnern, den Tag der Auktion. Dein Vater war so aufgeregt. Er erinnerte mich an ein Kind, das zu einer Art Märchenabenteuer aufbrach. Er wechselte dreimal seine Krawatte, bevor er eine Stunde zu früh zur Auktion aufbrach. ‚Aluna', sagte er, bevor er ins Auto stieg, ‚Aluna, ich werde als König des Universums zurückkehren.' Deine Mutter hat ihm immer gesagt, dass er größenwahnsinnig war und vielleicht hatte sie recht. Aber unser afrikanisches Sprichwort sagt, dass Gott Träume schafft – denn welche Hoffnung hat ein Mann im Leben, wenn er nicht träumen kann?

Trotzdem, ich wartete an diesem Nachmittag, aber ich war nicht
glücklich. Zu viele Fledermäuse waren in der Nacht davor um
das Haus geflogen, und das Geräusch der Tomtom hatte mich
wachgehalten. Die bösen Geister waren aktiv. Aluna hatte ein
schlechtes Gefühl, eine Vorahnung, dass es nicht gut gehen würde.
Als der Abend anbrach, wurde ich jede Minute unruhiger. Als
schließlich die Nacht angebrochen war und ich das Warten nicht
mehr aushalten konnte, hörte ich in der Ferne Gesang und Geheul.
Ich erkannte dieses beängstigende Geräusch: Es kündet Unheil an.
Es kam näher. Einen Moment war es still, und dann erschienen sie
am Ende der Auffahrt, alle singend. Sie kamen zum Haus, trugen
den Körper meines Herrn. In jenen Tagen war Deif, der erste
Dienstbote, noch bei uns. Er ging mit zwei anderen Dienstboten
hinaus, um die Prozession zu empfangen, während ich da stand,
starr vor Grauen und Angst um meinen Herrn. Aber dein Vater
war nicht schwer verletzt. Nur sein Stolz hatte einen Schlag ein-
stecken müssen." Aluna wischte die Tränen fort, mit denen die
traurige Erinnerung ihre Augen gefüllt hatte.

„Die Auktion schien sich zu seinen Gunsten zu entwickeln.
Niemand zeigte großes Interesse an dem Anwesen, also sah es aus,
als ob er es zu einem sehr vernünftigen Preis bekommen würde.
Dann erschien aus dem Nichts ein junger Mann und begann,
gegen ihn zu bieten. Der Unbekannte war ein Fremder, und es
schien ihm gleich zu sein, wie viel diese Torheit ihn kosten würde,
so lange er es in die Hände bekam. Mein Herr hielt gegen seine
Gebote, bis *Bwana* Timothy, sein Anwalt, der ihn begleitet hatte,
ihn zwang, aufzuhören. Aber dein Vater wollte seinen Traum
nicht ohne einen letzten Kampf aufgeben. Er forderte seinen
Wettbewerber heraus, der sich anfänglich weigerte, gegen meinen
Herrn anzutreten. Leider wollte mein Herr nicht aufgeben. ‚Möge
der bessere Mann gewinnen', hat dein Vater gerufen und seine
Ärmel aufgerollt, ‚und noch wichtiger, möge der Sieger Whispering Palms kaufen.' Obwohl der Fremde wesentlich jünger war

als er, war *Bwana* Walter immer groß, gesund und stark gewesen. Sie bekämpften einander mit den bloßen Fäusten, aber letztlich hatte der Fremde deinen Vater niedergeschlagen."

„Armer Daddy", flüsterte Coral traurig, „das passt zu ihm. Er war nie ein guter Verlierer."

„Ein paar Tage später", fuhr Aluna fort, „hatte dieser junge Fremde die Dreistigkeit, in Mpingo aufzutauchen und meinen Herrn sehen zu wollen. Wenn ich mit ihm gesprochen hätte, hätte ich ihm die Meinung gesagt, dass ihm beim Weggehen noch die Ohren geklungen hätten. Ich wage zu behaupten, dass das viel Leid erspart hätte. Aber Deif hat ihn ins Büro deines Vaters geführt."

„Daddy hat zugestimmt, ihn zu empfangen?"

„Oh ja, er hat nicht nur zugestimmt, ihn zu empfangen, er hat geduldig das Lügenmärchen des Fremden über den Tod seiner Frau angehört, und dann war mein armer Herr wie Wachs in seinen Händen. Es schmerzt mich zu sagen, dass sie die besten Freunde wurden. Von Anfang an war mir bewusst, dass sie wie König und Höfling waren. Denn wo würde der schlaue Fuchs hingehen, wenn der Löwe kein Lob mögen würde? *Bwana* Walter hat diesem Fremden nicht nur sein Zuhause geöffnet, sondern ihm auch sein Herz ausgeschüttet. Sein beliebtestes Thema warst du, sein Baby, sein Augapfel, sein Sonnenstrahl. Ich wusste, dass er dir nur manchmal schrieb, aber das war einfach nicht die Art des Herrn. Er war kein Mann der Briefe. Er war ein Träumer. Trotzdem erzählte er dem Franzosen pausenlos von dir, Geschichten aus deiner Kindheit, zeigte ihm deine Bilder, ließ ihn jeden einzelnen deiner Briefe und Postkarten lesen, träumte mit ihm von dem Tag, an dem du zurückkehren würdest. Sie saßen gern stundenlang dort unten auf der Veranda, tranken Scotch, bis beide ziemlich fröhlich waren. Ich mochte es nicht, dass der Fremde so viel Zeit mit *Bwana* Walter verbrachte. Ich lag wach in meinem Zimmer, hörte zu, wie sie bis zum Morgengrauen scherzten und lärmten. Dann torkelte dein Vater nach oben. Ich brachte ihn ins Bett, und sobald sein Kopf das Kissen berührte, fiel er in einen tiefen, schweren Schlaf, ohne einen Blick oder ein freundliches Wort für Aluna."

Coral merkte, wie bitter die *yaha* klang und wie sehr sie gealtert war. Sie konnte nicht älter als fünfzig sein, aber sie sah bereits aus wie eine alte Frau, mit ihrem sich wölbenden Bauch, dem krausen grauen Haar, dem Gesicht voller tiefer Falten und den verhärmten Augen. Sie konnte kaum die gutaussehende Frau mit der wohlgeformten Figur, den funkelnden Ebenholzaugen und dem sprudelnden Wesen wiedererkennen, die sie einst gekannt hatte. Coral erinnerte sich an die Worte ihrer Mutter, dass Aluna kokett war: „Sie wurde zur Kurtisane geboren." Damals hatte Coral die Bedeutung dieser Worte nicht ganz verstanden. Heute würde sie Aluna kaum als Kurtisane beschreiben.

„Mein Herr brachte ihm alles bei", fuhr Aluna fort. Nun gab es kein Halten mehr für sie. „Dein Vater war derjenige, der Whispering Palms vor dem Verfall rettete. Ja, einige werden es bestreiten, aber ich sage dir, dass *Bwana* Walter diesem Mann die ganze Zeit geholfen hat. Ich wäre nicht überrascht, wenn er ihm auch Geld geliehen hätte. Der Mann nahm und nahm ohne je etwas dafür zu geben, abgesehen von diesen scheußlichen Bildern von dir, die der Franzose ab und an zur Begeisterung meines armen *Bwana* produzierte." Aluna schüttelte ihren Kopf.

„Manchmal lachte er mich aus, wenn ich ihn drängte, vorsichtig zu sein und nicht so viel von seinen Gedanken, seinem Herz und seinem Geld preiszugeben. Ich erinnere mich genau daran, was er zu mir sagte. ‚Aluna, wenn ich auf dich hören würde, würde ich nirgendwo hingehen, niemanden sehen und nichts tun. Dieser Junge ist wie ein Sohn für mich – deshalb habe ich ihn gebeten, diese Bilder von meinem kleinen Mädchen zu malen.' Der Franzose bekam kein Geld für sie, das stimmt, aber wenn du mich fragst, waren sie eine schlechte Bezahlung für die Freundschaft und Gastfreundschaft meines Herrn. Laut *Bwana* Walter hatte der

Franzose eine große Tragödie durchlitten und mein Herr fühlte sich gut dabei, ihm zu helfen." Aluna grunzte. „Hm, geholfen hat er ihm allerdings, und der Hund hat sich umgedreht und in die helfende Hand gebissen."

„Wie meinst du das?"

„Er hat deines Vaters wichtigste Güter verletzt: seinen Stolz, seine Ehre und seine Männlichkeit." Aluna seufzte. Sie war nun in ihrem Stuhl nach vorn gebeugt, ihre Hände ruhten auf ihren Knien, die sie mit ihrem Gewicht nach unten drückte, während sie ihren Körper traurig und verzweifelt vor und zurück schaukelte. Plötzlich hielt sie inne. Sie senkte ihre Stimme, ließ ihren Blick misstrauisch durch den Raum schweifen und bedeutete Coral, näher heranzukommen, was die junge Frau auch tat.

„Der böse Mann hatte etwas mit ihr", flüsterte sie, mit dem Finger in Richtung von Cybil Sinclairs Zimmer deutend.

„Das ist eine schreckliche Anschuldigung, Aluna", wies Coral sie sanft zurecht. „Wie kannst du so etwas ohne Beweise behaupten?"

„Mein Herr hatte Beweise", gab die Dienerin bitter zurück. „Deshalb ist er mit dem Gewehr auf sie beide losgegangen. Sie waren früher schon einmal ein Liebespaar gewesen, vor langer Zeit. Ich habe Fotografien von ihnen in einem anderen Land gesehen – dort haben sie sich kennengelernt, und hier haben sie ihre Affäre einfach wieder aufgenommen, wie in den alten Zeiten, unter dem Dach meines armen Herrn. Aber er ist ihnen auf die Schliche gekommen. Durch das ganze Geflüster und die Possen, die sich abspielten, wann immer er das Zimmer betrat, spürte er, dass etwas Zweifelhaftes vorging, und er hat sie erwischt."

„Was sagst du da?", drängte Coral sie, entsetzt über diese seltsamen und unerwarteten Enthüllungen.

„*Bwana* Walter sagte, dass er fortreisen würde, kam dann aber am gleichen Nachmittag ohne Ankündigung zurück. Sie waren im Salon. Sie lag tatsächlich in seinen Armen. Mein Herr schoss

auf beide. Er verfehlte sie, traf aber ihn. In die Rippen traf er ihn …
Sie waren absolut schuldig. Beide, das sage ich dir. Der Franzose
aber nahm die ganze Schuld auf sich und sagte, er hätte versucht,
sie gegen ihren Willen zu küssen. Pfui … Lächerlich! Deshalb hat
diese Schlange nie Anzeige erstattet. Wenn der Skandal ans Licht
gekommen wäre, hätte er verdammt schlecht ausgesehen. Jeder
wusste von seiner Freundschaft mit *Bwana* Walter. Er verließ
kurz darauf das Land, aber ein schlechter Penny kommt immer
zurück, und er …“

Aluna wurde durch ein Klopfen an der Tür unterbrochen.
Cybil erschien und sagte mit einem Lächeln, das auf Coral falsch
wirkte: „Coral, Liebes, ich fahre in die Stadt. Möchtest du mitkommen?“ Sie sah noch bezaubernder aus als am Abend zuvor,
gekleidet in ein zwangloses, grünes Chanel-Kostüm, das das Feuer
in ihren Haaren widerspiegelte und perfekt zu diesen katzenar-
tigen Augen passte, die nun konzentriert auf Coral ruhten.

Coral lehnte das Angebot höflich ab und Cybil verschwand
rasch wieder die Treppen hinunter. Nach ihrer seltsamen Unterhaltung mit Aluna wollte sie es vermeiden, allein mit ihrer Stiefmutter zu sein, damit sie nichts sagte oder tat, das ihre Vorbehalte
gegen die Frau verraten hätte. Coral fühlte sich verwirrt und war
nicht sicher, ob sie Alunas Geschichte glauben konnte.

Sie fragte sich, wie lange Cybil hinter der Tür gestanden
und ob sie Fetzen ihrer Unterhaltung mitbekommen hatte. Sie
musste sich von der Witwe ihres Vaters fernhalten, bis sie die Situation besser überblicken konnte und gesichertere Fakten hatte.
Ihr fiel ein, dass sie mit ihrer Erlaubnis, dass Cybil bleiben könnte,
zu voreilig gewesen war, als ihre Stiefmutter sie am Abend zuvor
im Salon gefragt hatte. Aber falls ihre Stiefmutter sie hatte über-
rumpeln wollen, hatte es definitiv die gewünschte Wirkung erzielt.
Sie entschied, dass sie als nächsten Schritt morgen Timothy
Locklear, den Anwalt ihres Vaters, anrufen und so bald wie möglich
ein Treffen vereinbaren würde.

*   *   *

Sandy kam an diesem Abend um Punkt neun Uhr auf Mpingo an, um Coral abzuholen. Sie wurde von fünf Freunden begleitet, und Coral bat sie rasch alle auf einen Drink hinein, damit sie allen vorgestellt werden konnte. Da war Bonnie Jenkins, eine ständig kichernde Rothaarige mit einer Stupsnase und riesigen Augen, und Fiona McCallum, eine kurvige Blondine, die Coral an Julie Christie erinnerte und als Tourveranstalterin in Mombasa arbeitete. Alle drei jungen Frauen waren für einen glamourösen Abend gekleidet: Bonnie in ihrem Abendkleid im Pucci-Stil, ein Wirbel aus Pink, Grün und Gold; Fiona elegant in einem enganliegenden weißen Abendkleid von Christian Dior, das eine Schulter freiließ, ihr Haar mit einem passenden seidenen Tuch geschmückt; und Sandy, die in ihrem türkisen, ihre Kurven betonenden Neckholder-Maxikleid schimmerte. Coral selbst hatte ein scharlachrotes Kleid von Ossie Clark gewählt, in das sie sich in London verliebt hatte, mit fantastischen Ballonärmeln, einem gesmokten, tief ausgeschnitten Oberteil und einem weiten, fließenden Rock. Die drei Männer waren alle elegant in Smoking-Jacken und Hemden gekleidet. Alle machten es sich im Salon gemütlich und Coral begann damit, die Drinks zu machen, sich selbst vernünftig ein Wasser einschenkend.

Von den drei Männern fand Coral Fionas Partner, Henry, sofort unsympathisch. Fionas Vater beschäftigte ihn in seinem Steuerbüro, und wenn er auch attraktiv war, so fand Coral, dass Henry etwas Gemeines und Wetteiferndes an sich hatte. Sein Freund Peter, ein großer und ziemlich nervöser junger Mann, war recht sympathisch. Er hatte Coral bereits ziemlich anerkennend angesehen, während er lebhaft ihre Hand geschüttelt hatte. Sandy stellte Jack, den dritten Mann, als einen von Fionas Arbeitskollegen beim Tourenveranstalter vor. Er hielt sich vom Geplauder der anderen eher fern und schien die meiste Zeit fast gelangweilt, rauchte ständig seine Dunhills und ließ seine Blicke durch den Raum schweifen, während sie ihre Drinks genossen und freundliche Bemerkungen austauschten.

„Oh, ist es schon so spät? Wir sollten aufbrechen, insbesondere da wir noch nicht gegessen haben", rief Sandy mit einem Blick auf ihre Uhr und drängte die anderen, ihre Gläser zu leeren.

Die Gruppe fuhr in zwei Autos durch die stille afrikanische Landschaft. Coral, Bonnie und Peter waren mit Sandy in ihrem Auto, während Henry, Jack und Fiona in seinem goldfarbenen Ford Capri folgten. Coral zitterte, als sie in die schwarze Nacht hinausblickte und einige der sich im Dunkeln abzeichnenden Schatten zu erkennen versuchte. Bald fuhren sie an der Küste entlang, und die Automobile begannen ihre Auffahrt zu den Spitzen der Klippen.

An einer Straßenkurve über einem Abhang dominierte das Golden Fish die Silhouette, strahlte Licht in die umliegende Düsternis ab. Als sie sich dem herrlichen Nachtklub näherten, sah Coral, dass er gläserne Wände und ein spitzes Dach hatte und von seinem Standort im elfenbeinfarbenen Sand einen Blick auf den alten Hafen in der Ferne bot.

Die Autos fuhren durch ein von Bougainvillea gesäumtes Eingangstor und hielten vor der breiten Veranda. Als sich die Türen öffneten und sie den beleuchteten Garten betraten, wurden sie von den ebenholzfarbenen Türstehern in ihren weißen Kaftanen überschwänglich begrüßt. Sie wurden in das Foyer gebracht, wo eine Gruppe junger Frauen sie empfing. Coral dachte sich, dass sie alle wie Scheherazade aussahen, sie trugen perlenbesetzte Westen mit tiefroten Schärpen, ihre Ballonhosen wurden an den Knöcheln zusammengehalten. Sie glitten eher, als dass sie gingen, und sie kümmerten sich schweigend um die Bedürfnisse der neuen Gäste.

Der eigentliche Nachtclub befand sich ein Stockwerk höher, die Wedel der Topfpalmen bewegten sich sanft in der Meeresbrise und schufen eine exotische und romantische Stimmung. Mit den hohen weißen Bögen, intarsierten Marmorböden und dem am

Eingang sanft sprudelnden maurischen Brunnen erinnerte die Atmosphäre an Tausendundeine Nacht.

Coral fühlte sich wie ein Gast im Palast eines Moguls, während sie ihrer Gruppe in den sanft beleuchteten Raum folgte. Auch hier verströmten mit hohen Mosaikspiegeln verkleidete fünfeckige Säulen morgenländische Atmosphäre, spiegelten die Blumen und Kerzen einer eleganten, festlichen Szenerie wider. Das Publikum saß an kleinen Tischen, alle in Abendkleidung, die Frauen behängt mit teurem Schmuck. Der Raum wurde von Zigarettenrauch verschleiert, und der Ort vibrierte vor Gelächter, Geplauder und erwartungsvoller Aufregung.

Die Hostess brachte die Gruppe zu einem ausgezeichneten Tisch nah bei der Bar, mit bester Sicht auf die Bühne, wo eine Gruppe kenianischer Tänzer gerade ihre Choreografie beendete und mühelos zu wilden Trommeln und Flötenmusik in die Luft sprang. Coral und ihre Freunde nahmen in samtbezogenen Sesseln und auf einem halbrunden Diwan Platz, während das Publikum zum Abschluss der Show applaudierte. Coral tat es ihnen gleich, es tat ihr leid, dass sie die Vorführung verpasst hatte, denn sie hatte seit ihrer Kindheit keine Masaitänzer gesehen und erinnerte sich, wie begeistert sie von ihrer verrückten Akrobatik und faszinierenden Energie gewesen war. Sie widmete ihre Aufmerksamkeit der Panoramaaussicht durch die Glaswände.

Die Aussicht war atemberaubend: nur Palmen und Vegetation in einer Richtung und in der anderen die perfekte Kurve des Strandes und der mitternächtlichen See.

„Was für eine überwältigende Umgebung", bemerkte Coral. „Ich habe noch nie so etwas gesehen. Ich würde gern für die Artikel, die ich über Kenia schreibe, einige Fotos machen."

„Ja, es ist ein berühmter Nachtclub und zieht le tout de Mombasa an", verkündete Sandy.

„Was trinken wir? Sundowners, die Damen?", fragte Henry und griff nach den Zigaretten in seiner Tasche. Die Kellnerin nahm ihre Bestellungen entgegen, während die Männer sich für traditionelles kenianisches White-Cap-Bier entschieden. Sanfte Bossa-Nova-Melodien klangen durch den Raum, als Henry Coral eine Zigarette anbot.

„Nein, danke."

„Du schreibst also einen Artikel über Kenia, ja?", fragte Henry, während er sie mit leicht zusammengekniffenen Augen durch seinen Zigarettenrauch hindurch betrachtete.

„Ja, das stimmt, und ich mache auch einige Fotografien." Irritiert bemerkte Coral, dass Henrys Lächeln absolut gönnerhaft war. „Es wird wahrscheinlich die Grundlage für eine Dokumentation werden", fügte sie hinzu und versuchte, den leicht verteidigenden Ton ihrer Stimme zu verbergen.

„Nun, meine Liebe, jeder, der versucht zu berichten, was in diesem Land momentan geschieht, hat reichlich zu tun. Ich muss leider sagen, dass Afrika nicht mehr das Land ist, das es einmal war."

„Kenyatta hat die Dinge ganz sicher aufgewirbelt, daran besteht kein Zweifel", schaltete Fiona sich ein und zündete ihre Zigarette an. „Die Touristen kommen in Scharen. Wir waren in der Agentur noch nie so beschäftigt wie im letzten Jahr."

„Ich wette, das hat sich seit Mboyas Ermordung geändert, oder?", fragte Peter, der seine Zigarette im Aschenbecher ausdrückte. Coral stellte fest, dass der nervöse junge Mann bereits zwei Zigaretten geraucht hatte, seit sie sich gesetzt hatten. „Die Stammespolitik ist eskaliert. Kenyatta regiert nicht unbedingt demokratisch, und die Menschen haben Angst."

„Nun, natürlich haben die alten Siedler am meisten zu verlieren und fürchten sich selbstverständlich vor den neuen Verhältnissen", antwortete Jack ruhig und nahm einen Schluck von seinem Bier.

Bonnie klinkte sich ein: „Mein Papa sagt, dass wir höchstens noch einige Jahre haben. Meine Großeltern hatten den Traum, ein kleines Stück England hier zu schaffen. Das ist jetzt wohl alles vorbei."

Coral fügte hinzu: „Nur weil dieser Traum beendet ist, heißt es nicht, dass wir nicht Teil des neuen Traums, des neuen Kenias sein können, in dem jeder seine Möglichkeiten hat."

„Ha! Das neue Kenia?", warf Henry ein. „Die Briten hätten sich nie aus Afrika zurückziehen sollen. Afrika den Afrikanern? Sieh dir das Chaos an, in dem wir uns jetzt befinden. Die Stämme bringen einander um, und es wird nicht lange dauern, bis sie anfangen werden, auch uns in unseren Betten umzubringen."

„Oh, jetzt halt mal die Luft an, Henry." Sandy warf ihm einen entnervten Blick zu. „Die ganze Welt wird gewalttätiger. Es sind die Zeichen der Zeit."

Coral musste ihrer Freundin zustimmen. Die Welt schien ein gewalttätigerer Ort geworden zu sein. Erst letztes Jahr war ein Fan bei einem Rolling-Stones-Konzert in Kalifornien von einer Hells-Angels-Gang erstochen worden, und dann diese grausige Sache mit den Manson-Morden im letzten Sommer. Junge Leute starben an Drogenüberdosen, sogar Brian Jones war tot in seinem Pool gefunden worden.

Fiona, als ob sie ihre Gedanken gelesen hätte, versuchte, die Stimmung aufzuhellen. „Vielleicht müssen Lennon und Yoko Ono wieder ins Bett kriechen und dem Frieden eine weitere Chance geben!" Sie lachten alle und Coral lächelte, war erleichtert, als die Unterhaltung zu den Beatles und der Frage, ob dies das Jahr ihrer Trennung sein würde, überging. Coral sah sich erneut im Raum um. Die Musik hatte zu Fausto Pappetis verführerischem Saxofon gewechselt, und sie entspannte sich erfreut in ihrem Stuhl, als sie fühlte, wie Sandy ihren Arm anstupste.

„Ich liebe diesen Ort, du auch? Als der Eigentümer es vor einigen Jahren übernahm, war es ein normaler Nachtclub mit sehr mittelmäßiger Einrichtung und einer ziemlich durchschnittlichen Show. Er hat es komplett entkernt und neu gebaut. Welch Vision und Vorstellungskraft. Er hat es wirklich zum Leben erweckt und es zu einem richtig außergewöhnlichen Club gemacht."

„Wer ist der Eigentümer?", fragte Coral, deren Neugier von den Worten der Freundin geweckt worden war.

„Ein europäischer Einwanderer, ein Franzose", erklärte Bonnie, die zugehört hatte. Sie hob ihre Augenbrauen, sodass ihre ohnehin großen Augen noch untertassenartiger wirkten. „Eine Art Geschäftsmann und Künstler, glaube ich. Er hat dem Ort wirklich französischen Schwung und Lebensart verliehen, findet ihr nicht? Es sieht wie ein echtes Herzensprojekt aus." Bonnie blickte bewundernd durch den Raum.

„Es ist cool, lässig und funkelnd – ein getreues Spiegelbild der Frau, die es inspirierte", bemerkte Jack mit einem Lächeln. Die Worte riefen allgemeines Gelächter hervor.

„Oh ja! Die faszinierende und sinnliche Morgana." Fiona warf ihrem Partner einen ironischen Blick zu.

„*Cherchez la femme*, oder nicht?", fügte Henry mit einem Grinsen hinzu. „Hinter jedem erfolgreichen Mann steht eine Frau, meint ihr nicht?"

„Ihr seid alle eifersüchtig", sagte Sandy, die über die Meinungen ihrer Freunde verärgert schien. „Ihr könnt sein Lokal nicht bemängeln, ihr könnt Morgana ebenfalls nicht kritisieren, also spottet ihr. Es ist sehr einfach, sich lustig zu machen, aber viel schwerer, aus dem Nichts etwas zu erschaffen."

„Sei nicht eingeschnappt, liebe Sandy", entgegnete Henry. „Wir machen nur Spaß. Außerdem haben wir vergessen, dass Mr. de Monfort ein guter Freund von dir ist."

De Monfort, dachte Coral, während ihr Puls rascher ging. *Raphael de Monford?* War sie hier wirklich in der Löwengrube?

„Nun, vielleicht können wir diesen Ort oder die schöne Morgana nicht bemängeln, aber das trifft nicht ganz auf unseren Ritter von der traurigen Gestalt zu."

„Oh, hör auf, so spöttisch zu sein, Henry", sagte Sandy. „Das ist eine kindische Diskussion. Außerdem lässt er es, zumindest in diesem Nachtclub, nicht zu, dass Leute sich hier herumlümmeln und sich mit Gras das Gehirn vernebeln oder LSD schlucken, so wie es die meisten anderen Nachtclubs in der Gegend tun."

Henry ignorierte sie und fuhr fort. „Seien wir ehrlich. Der Mann hat einen grauenhaften Ruf, wenn es um Frauen geht. Erst vor ein paar Monaten wurde er vom zornigen Ehemann einer seiner Geliebten angeschossen. Und das geschieht ihm recht. Gerüchten zufolge war sie eine alte Flamme von ihm. Er ist aus dem Land geflüchtet. Deshalb wurde er in letzter Zeit hier nicht mehr gesehen."

„Nun, heute Abend ist er hier", gab Bonnie zurück.

Henrys Worte hatten Coral erblassen lassen. „Wo?", brachte sie hervor. Sie brannte mehr denn je darauf, den Künstler zu Gesicht zu bekommen, der sie mit so viel Gefühl, Intuition und Realismus gemalt hatte; den Unternehmer, dessen Fantasie diesen magischen Ort geschaffen hatte; den Mann, der ihrem Vater so viel Kummer verursacht hatte.

„Ich sah ihn an der Bar, als wir hereinkamen. Ich kann ihn jetzt nicht sehen. Er wird wieder hier sein, wenn Morgana die Bühne betritt. Er verpasst ihre Show nur sehr selten."

„Das kann ich ihm nicht verdenken", scherzte Peter. „Sie ist ziemlich hinreißend."

„Ich habe wirklich genug von dieser Unterhaltung", sagte Sandy. Sie sah verärgert aus, dachte Coral, aber die anderen schien das nicht zu kümmern.

„Ist Raphael nicht der Name eines Erzengels?", fragte sie.

„Erzengel – von wegen", spottete Henry. „Schon eher wie sein Spitzname: ‚Rafe'. Fast niemand nennt ihn dieser Tage Raphael. Rafe ist hängengeblieben und passt weitaus besser zu seinem liederlichen Wesen, findet ihr nicht?"

„Ich wünschte, ihr würdet mit dem ganzen bösartigen Tratsch aufhören", meinte Sandy, während sie Coral verunsichert ansah. „Ihr wisst ohnehin nicht, ob all diese Geschichten über ihn wahr sind."

„Oh ja, das sind sie, glaub mir. Zu der Zeit wurde der Skandal sorgfältig unter den Teppich gekehrt; nur ein paar Informa-

tionen sickerten durch. Er lief weg und ist gerade zurückgekehrt.
Wahrscheinlich hofft er, dass die Gesellschaft ein schlechtes Gedächtnis hat."

„Es wird ihm hoffentlich eine Lehre gewesen sein", klinkte
Fiona sich ein.

„Meine Liebe, Leoparden behalten ihre Punkte." Henry begann,
sich für das Thema zu erwärmen. „Er wird schon bald wieder auf
alten Pfaden wandeln, falls er das nicht ohnehin schon tut."

„Mir liegt wirklich nichts an deiner giftigen Zunge, Henry", fuhr
Sandy ihn an. „Rafe ist ein Freund von mir, und ich werde nicht
ruhig hier sitzen und zuhören, wie du ihn in der Luft zerreißt."

„Oh, wir sind aber empfindlich. Eine Schwäche für den Franzosen?"

Bonnie stupste ihn an. „Das reicht, Henry. Was wird Coral von
uns halten?"

Sandy legte plötzlich forcierte Heiterkeit an den Tag. „Genau!
Also, wir haben schon viel zu viel geredet. Ich verhungere. Was
möchtet ihr essen?"

Coral rührte ihr Essen kaum an. Der Hummersalat, den sie bestellt hatte, sah köstlich aus und schmeckte auch so, aber ihr war der
Hunger vergangen. Sie fühlte sich verunsichert und aufgewühlt.

Die Lichter im Raum wurden nun schwächer, während die
über der Bühne heller wurden. Mitglieder des Tarabu-Orchestras
nahmen schweigend ihre Plätze am anderen Ende der Tanzfläche
ein. Schon bald fluteten zögerliche Töne, die Andeutung einer
flüssigen Melodie, durch den Nachtclub. Mit einem plötzlichen,
dramatischen Trommelwirbel hielt Morgana Einzug.

Zuerst erschien es Coral wie die Vision eines schimmernden
Kometen, der über die Bühne flitzte. Als sie sich an das mit glit-
zernden Pailletten bedeckte Kostüm der Frau gewöhnt hatte, erkannte sie, dass Morgana die warme, dunkle Schönheit der Frauen
des Mittleren Ostens hatte. Ihre Haut war so makellos, dass es
schien, als ob ein goldenes Licht ihr Gesicht erhellte, dessen Züge

von der Perfektion einer antiken Gemme waren. Ihre großen dunklen Augen blitzten provokativ, und ihr dichtes rabenschwarzes Haar strömte offen bis zu ihrer Taille und bildete um ihre Schultern einen dramatischen schwarzen Umhang.

Die Eröffnungsmelodie des Orchesters schien Morgana von einer Marmorstatue in eine wirbelnde Amazone zu verwandeln. Die Schleierstoffstreifen, die ihren Rock bildeten, wölbten sich zuerst, rollten sich dann bei jeder Drehung und Biegung um ihre Beine, zeigten und betonten jede Kurve ihrer herrlichen Figur. Sie war wie eine Göttin und sich ihrer erschreckenden Schönheit sicher bewusst. Coral hegte keinen Zweifel daran, dass die Bewegungen der Frau die Sinne aller Männer im Publikum entfachten.

Als Coral ihre Augen von der Tänzerin löste, erblickte sie ihren so schwer fassbaren Fremden. Zuerst dachte sie, dass sie es sich einbildete, aber nachdem sie einen Moment ihre Augen geschlossen hatte, musste sie sich der Realität stellen: Ihr Fremder vom Schiff war dort, saß an der Bar und trank etwas, das nach purem Scotch aussah.

Coral hatte die Wahrheit schon erraten, bevor Fionas heisere Stimme ihr ins Ohr geflüstert hatte: „Dort ist er … de Montfort. Der Mann in dem weißen Jackett, der an der Bar sitzt."

Eine Sekunde lang drehte sich alles um sie: die Tänzerin, die Tische, die Wände. Welche chaotischen Gefühle die schlichte Anwesenheit des Mannes in ihr auslösten. Er sah Coral ebenfalls an, mit einer grübelnden, aber leicht verwirrten Miene. Er hatte offensichtlich nicht erwartet, sie an diesem Abend hier zu sehen.

Morgana hatte Rafe ebenfalls bemerkt. Sie tanzte langsam auf ihn zu, aber ihre Professionalität stellte sicher, dass ihre Bewegungen keine Gefühle verrieten. Nur ihr Gesicht brannte vor Leidenschaft, und ihre glühenden Augen waren fest auf den Mann gerichtet, den sie anscheinend liebte.

Nun begann Morgana, ganz offensichtlich für ihn allein zu tanzen. Coral erinnerte sich daran, wie Dale ihr erzählt hatte, dass diese Dinge in nordafrikanischen Nachtclubs geschahen, wo Bauchtänzerinnen sich für den Abend einen Mann aussuchten, den sie mit Aufmerksamkeit überschütteten. Sie hatte sich zu jener Zeit gefragt, ob Dale selbst schon einen dieser privaten Tänze erlebt hatte. Coral sah zu, wie Morgana sich über Rafe lehnte, ihn mit ihrer schwarzen Mähne streichelte, die silbernen Armbänder an ihren Handgelenken mit ihren katzenähnlichen Bewegungen klimpern ließ. Der Franzose sah ihr mit einem leichten Lächeln im Gesicht zu, aber der Ausdruck seiner Augen blieb gleichgültig und traurig.

„Es sieht aus, als ob die exotische Morgana heute Abend den Boss willkommen heißt." Henry lehnte sich grinsend in seinem Stuhl zurück und nahm einen Schluck Bier.

Coral konnte es nicht länger aushalten. Henrys missgünstiger Kommentar war der Tropfen gewesen, der das Fass zum Überlaufen brachte. „Ich brauche frische Luft", flüsterte sie Sandy zu. „Ich mache einen kurzen Spaziergang durch den Garten." Als sie sich ihren Weg durch den vollen Raum bahnte, konnte sie spüren, wie Rafes Blick ihr folgte, und das reichte aus, um sie von diesem Ort flüchten lassen zu wollen.

Draußen war die Nacht wundervoll mild, der berauschende Duft von Jasmin hing in der Luft. Coral ging auf dem am Klippenrand entlangführenden Pfad. Sie konnte direkt unter sich das Rauschen der brechenden Wellen hören, während der Himmel über ihr mit dem Licht von tausend Sternen funkelte.

Sie fühlte sich zutiefst beunruhigt. Alles schien nun klar. Rafe de Montforts Interesse an ihr auf dem Schiff, sein durch die Furcht vor einer Begegnung mit Robin begründetes ausweichendes Verhalten am Hafen, Alunas Ängste und Warnungen, und sogar jene Begegnung am Strand …

Wie dumm, wie unglaublich naiv sie gewesen war. Ernüchterung und Ärger überkamen sie, und plötzlich hasste sie den Mann, wegen dem sie sich so unbeschreiblich lächerlich vorkam.

„Wovon träumt man, wenn man am Ozean steht? Von einer Abreise oder einer Ankunft?" Die Stimme, von der sie wusste, dass sie sie nie vergessen könnte, erklang hinter ihr. Verdammt, er war ihr hinaus gefolgt.

Coral drehte sich um, sah den Mann an, der ihren Vater verletzt hatte und vielleicht die Macht hatte, auch sie zu verletzen, wenn sie es zuließ. Instinktiv schreckte sie zurück, als sie mit dem sich direkt in ihre Augen bohrenden, unerbittlichen Blick konfrontiert wurde.

„Guten Abend, Monsieur de Monfort." Ihre eisige Stimme verbarg ihren inneren Aufruhr.

„Wie ich sehe, bin ich Ihnen nicht mehr völlig fremd."

„Ja, und auch Ihr Ruf ist Ihnen vorausgeeilt", antwortete sie.

„Ach, nun kommen Sie, haben Sie keine Angst vor dem Teufel. Er ist nicht so teuflisch, wie die Leute erzählen. Schauen Sie nicht so erschrocken, junge Dame. Ich bin kein Werwolf, auch wenn in einigen Schlammhütten Eltern ihren Kindern mit mir drohen."

Er lachte kurz und schnippisch. Sie hatte den Eindruck, dass er sich über sie lustig machte, und in diesem Moment gewann ihr Temperament die Oberhand. Das Geräusch seines Lachens brachte all ihre unterdrückten Gefühle des Schocks und der Angst an die Oberfläche – sie war von diesem Mann hintergangen worden, der auf dem Schiff so gütig und fürsorglich erschienen war, von diesem Mann, der ihren Vater mit ihrer Stiefmutter betrogen und ihm so große Schmerzen verursacht hatte, vor dem Aluna sie hatte warnen wollen, über dessen Ruf sie an diesem Abend durch die tratschenden Spötteleien ihrer Gefährten so viel erfahren hatte, dass sie sich wie eine Idiotin vorkam. Und dann hatte sie Morgana so verführerisch für ihren Liebhaber tanzen sehen – den Mann, der in Coral Gefühle erweckt hatte wie noch kein Mann zuvor … Bevor sie sich beherrschen konnte, flog ihre Hand hoch und schlug ihn ins Gesicht. „Sie sind der erbärmlichste aller Parasiten", hörte sie sich selbst ausrufen, „ein Blutegel, der andere aussaugt. Ich verachte Sie, Rafe de Montfort, für das, was Sie sind und für das, was Sie in Ihrem miesen kleinen Leben getan haben." Nun zitterte sie nicht nur vor Zorn, sondern auch vor Erstaunen über ihr eigenes Verhalten. Wo war das hergekommen? Coral hatte schon immer ein hitziges Temperament und eine scharfe Zunge gehabt, aber tief im Herzen wusste sie, dass mehr hinter ihrem Ausbruch steckte als es den Anschein hatte. Sie drehte sich auf dem Absatz um, ging eilig davon und ließ ihn zurück.

*   *   *

Rafes Blick folgte Corals schlanker Figur, bis sie im Golden Fish verschwunden war. Er zündete sich eine Zigarette an und blieb eine Weile auf den Klippen, betrachtete gedankenverloren das Leuchten des Ozeans unter ihm und die vertrauten Sterne am dunklen Himmel. Der Schatten eines reumütigen Lächelns umspielte seine Lippen, als er seine Wange rieb, die immer noch von Corals Schlag brannte. Walters kleines Mädchen war also zu einer impulsiven, leidenschaftlichen Frau herangewachsen. Es überraschte ihn nicht, er hatte genügend von Walters Fotografien von ihr abgemalt, um Corals hitziges Wesen zu erahnen. Die Flamme war dort in ihren leuchtenden, blauen Augen, die Rebellion in der Neigung ihres Kinns, sogar in den früheren Schnappschüssen.

Schon bevor er sie selbst erblickt hatte, hatte Rafe es aufgrund der Mischung aus Stärke und Zerbrechlichkeit, die er in ihr sah, faszinierend gefunden, Corals Gesicht zu malen – die Verletzlichkeit und Unschuld sowie die Leidenschaft, die nicht nur der Künstler in ihm erahnte, sondern auch der Mann. Walter hatte so viel über sein kleines Mädchen gesprochen, wie einnehmend und ungewöhnlich sie als Kind war, immer ausgelassen, auf der Suche nach Abenteuern mit den afrikanischen Kindern vor Ort. Jahr um Jahr hatte Rafe die Entwicklung von Corals Charakter durch die Briefe verfolgt, die Walter mit ihm teilte, ebenso wie die gar nicht so schweigenden Bilder, und allmählich hatte er sich in seine Muse verliebt.

Und nun war sie hier. Er hatte sie auf dem Schiff sofort erkannt. Als die Morgendämmerung angebrochen war und sie beide an Deck allein gewesen waren, hatte Rafe zugesehen, wie Corals Gesicht aus den Schatten heraustrat und sich ihre feingeschnittenen Züge zeigten. Es war ein Schock gewesen, sie leibhaftig zu sehen; ihre Schönheit und Ausstrahlung waren in natura noch umwerfender gewesen. Obwohl alles an ihr sanfte Unschuld ausstrahlte, war er nun von der verführerischen Seite ihrer Schönheit überwältigt und fand sie noch entzückender, als er anfangs gedacht hatte.

Durchscheinend, zerbrechlich und rein: Ihr Aussehen beschwor die Nymphen nordischer Legenden herauf – aber am deutlichsten war er sich ihrer Augen bewusst. Zuerst hatte er nur ihr Leuchten bemerkt, ihre Größe und unendliche Tiefe. Nun teilten sie ihm mehr mit, so viel mehr. Und angesichts dieser jungen Frau fühlte sich der Mann, der im Laufe seines angekratzten, befleckten Lebens eine endlose Reihe von Frauen getroffen hatte, die er auf einen Blick einschätzen konnte, verwirrt und befremdet.

Seine Augen trübten sich. Könnte sich diese idealistische, platonische Liebe, die er für ihre Porträts empfunden hatte, in etwas Tieferes und noch Wundervolleres entwickeln: die Rettung aus einem abgestumpften Leben? Aber wie könnte ein Mann mit jahrelang aufgehäuftem inneren Ballast es anstreben, mit solcher Unschuld und Reinheit zusammenzufinden? Und wie sollte Coral je an Rafe interessiert sein, wenn die allgemeine Gesellschaft ihm, neben anderen Dingen, Illoyalität gegenüber einem Mann vorwarf, der von jedem verehrt und respektiert wurde und ihn unterstützt hatte? Es ging dabei um keinen geringeren als ihren Vater. Coral hatte alle Vorteile auf ihrer Seite: Schönheit, eine vielversprechende Karriere, Geld, und allem Anschein nach auch Mut und Charakter. Sicher war ihr Herz schon vergeben und sie würde keinen Gedanken an ihn verschwenden. Wie auch immer, sein Ruf eilte ihm voraus, wie sie gesagt hatte. Und wenn er versuchen würde, sich vor ihr zu verteidigen … Mit welchem Ziel? Sie würde ihm nie glauben. Nein, es wäre falsch, einen Versuch des Wiedersehens zu unternehmen oder an Dinge zu denken, die nie eintreten würden.

Rafe sah auf seine Uhr. Es wurde spät, er musste zum Club zurück. Er seufzte – ein tiefer, schwerer Seufzer – und warf seinen Zigarettenstummel weg, zertrat ihn grob in aufgestauter Frustration.

KAPITEL 4

Zwei Wochen waren seit der Nacht im Golden Fish vergangen – zwei lange Wochen, während derer Coral versucht hatte, Rafe de Monfort, Morgana und den bösartigen Tratsch zu vergessen. Am meisten wollte sie aber die Erinnerung an ihr irrationales Verhalten gegenüber dem Mann, den sie alle den Franzosen nannten, verdrängen. Nun, da sie alles mit mehr Abstand betrachten und objektiver sein konnte, sagte ihre Intuition ihr, dass sie ihn zu schnell beurteilt, im Eifer des Gefechts überreagiert hatte und von ihren Gefühlen mitgerissen worden war.

Sie hatte Rafe nicht mehr gesehen, und obwohl sie versucht hatte, ihn aus ihrem Gedächtnis zu verbannen, wanderten ihre Gedanken häufig wieder zu ihm. Trotz allem, was sie über Rafe gehört hatte, hatte er sich bei ihren wenigen Begegnungen als attraktiv, sympathisch und sogar gütig gezeigt. Konnte er so manipulativ sein? Charmant war das richtige Wort für ihn. „Charmant wie der Teufel", sagte man, und Aluna hatte ihn als den personifizierten Teufel bezeichnet. Und doch verwirrte sie etwas in seinem Wesen. War es seine Reserviertheit oder die Traurigkeit, die trotz des charmanten Lächelns durch die Festung sickerte, die er anscheinend um sich herum errichtet hatte? Nichtsdestotrotz hatte er ihren Vater schwer verletzt, und alles wies darauf hin, dass er ein skrupelloser Schürzenjäger war. Walter Sinclair war nicht sein einziges Opfer gewesen.

Es war am besten, sich von ihm und seinen gefährlichen Spielen fernzuhalten.

Robin war einige Tage zuvor von seiner Reise nach Nairobi zurückgekehrt, und sie hatten gemeinsam Timothy Locklear, den Anwalt ihres Vaters, besucht. Locklear hatte sie darüber informiert, dass Walter Sinclair den Großteil seines Eigentums, hauptsächlich Haus und Grund, seiner Tochter vererbt, aber auch Cybil bedacht und ihr ein großzügiges jährliches Einkommen und ein Zuhause auf Mpingo – ein lebenslanges Wohnrecht in einem Cottage auf dem Grundstück – hinterlassen hatte. Wäre ihr Vater zu seiner neuen Frau so großzügig gewesen, wenn er sie für untreu gehalten hätte? Coral hielt das für unwahrscheinlich, allerdings hatte Walter Sinclair immer ein generöses Herz gehabt.

Sie sah ihre Stiefmutter nicht oft, sie war fast immer weg oder ging Coral bei ihren wenigen Aufenthalten bequemerweise aus dem Weg. Coral hatte ein reges gesellschaftliches Leben entwickelt. Wenn sie nicht mit Sandy und ihrer Truppe in der Stadt unterwegs war, sprang sie in den alten Buick ihres Vaters, entdeckte die Gegend und machte Fotografien, die sie für ihre Artikel über Kenia benutzen würde.

Manchmal, an schönen Tagen, ging sie mit einem kleinen Ruderboot auf die Suche nach einer einsamen Bucht, ausgerüstet mit einem Strohhut, einem Schnorchel, einer Maske und Flossen, einer Sonnenbrille und einem Handtuch, außerdem ihrer Kamera, falls sie auf eine besonders atemberaubende Szenerie stoßen würde. Dort konnte sie sich friedlich zurückziehen, fern der Massen, die über die meisten Strände hereinbrachen.

Heute war einer dieser besonders herrlichen Tage – ein Tag, an dem Himmel und Ozean verschmolzen. Coral rannte nach einem leichten Frühstück hinunter zum Strand. Das Meer war wundervoll ruhig und durchsichtig, sah wie kühle, flüssige Seide aus, und sie verbrachte den Großteil des Morgens damit, immer wieder ins Wasser zu gehen, um der brennenden Sonne zu entkommen. Sie konnte die Strände einer Insel aus der glatten Fläche herüberglitzern sehen, die sie seit ihrer Kindheit fasziniert hatte. Sie war anscheinend nicht so weit entfernt, und Coral schien es der perfekte Moment für einen Ausflug. Voll ausgestattet mit ihren üblichen Utensilien brach sie in ihrem Ruderboot zu dem abgeschiedenen Riff auf.

Auf See war der Wind erfrischend. Coral, ihre Augen hinter einer Sonnenbrille vor den blendenden Strahlen geschützt, ruderte, füllte ihre Lungen mit der sauberen Luft, genoss den salzigen Geruch des Seetangs und den Geschmack trockenen Salzes auf ihren Lippen. Seemöven wirbelten um das Boot, hofften auf einen Bissen, schossen dann herab und tauchten, um die kleinen, durch das Wasser flitzenden Fische zu schnappen.

Es dauerte nicht lange, bis Coral ihre einsame Insel erreichte, die von einer Dschungelvegetation aus hohen Palmen und üppigen Büschen überwuchert war. Sie zog ihr Boot auf den Strand, direkt neben einem Haufen moosiger Felsen, die den Eingang zu einer Höhle zu markieren schienen. Tümpel mit türkisem Wasser sprenkelten den Abschnitt aus dunkelgelbem Sand, schufen so seltsam geformte Buchten und abgeschiedene Bäche. Das ist ein Ort zum Entspannen, dachte sie, als sie ans Ufer sprang, hingerissen von ihrer Entdeckung.

Coral tummelte sich in dem warmen, klaren Flachwasser. Hier und dort fiel der Meeresgrund ab in kühle, tiefe Fluten, enthüllte ein mysteriöses Universum, in dem sie von den strahlenden Schätzen des Meeres umgeben war. Mit Staunen und Verwunderung betrachtete sie vielfarbige Meerestiere, die an den Riffen knabberten, Schwärme leuchtend gestreifter Kaiserfische und anderer wild gepunkteter oder waghalsig gemusterter Fische, die wie auf einem Gemälde durch strahlende Anemonen und verblüffende Korallengruppen schwammen.

Die Sonne stand noch hoch am Himmel, als Coral beschloss, zurückzukehren. Zuerst aber wollte sie noch rasch den felsigen

Bereich der Küste erforschen, in dem sie das Boot vertäut hatte. Eine genauere Untersuchung zeigte, dass die hohen Felsen einen engen Eingang verdeckten – sie waren die äußere Hülle einer außergewöhnlichen Höhle. Als Coral hineingefunden hatte, stellte sie fest, dass sie verlassen war. Vereinzelte, durch Felsspalten dringende Sonnenstrahlen wurden von flachen Wasserpfützen am Boden widergespiegelt und verliehen ihr die unheimliche Erhabenheit einer leeren Kathedrale.

Diese zerbrechliche Illusion wurde unerwartet durch das Geräusch von Stimmen in der Ferne zerstört. Überrascht stand Coral ruhig da und lauschte. Das Lachen einer Frau klang zu ihr herüber. *Könnte jemand anderes auf dieser Insel sein? Was war auf der anderen Seite der Felsen?* Sie hörte die Stimmen erneut, die Worte waren nun klarer. Sie nahm an, dass sie Englisch sprachen. Das Gelächter klang durch die Felsen hindurch zu ihr, ein kokettes Trillern, das ihr bekannt vorkam.

Coral patschte durch die Pfützen in der Höhle und kletterte über den unordentlichen Haufen Steine, suchte sich ihren Weg in Richtung des Ortes, an dem sie die Stimmen vermutete. Bald erreichte sie einen anderen Eingang der Höhle. Es war eine weitere enge Passage, die auf einen anderen Bereich des goldenen Strandes mündete. Coral reckte den Hals und lugte durch eine breite Öffnung direkt hinter dem Eingang, verlor fast das Gleichgewicht, als sie auf dem Strand Rafe in Begleitung ihrer Stiefmutter erkannte. Das Schicksal schien entschlossen, ihn erneut ihren Weg kreuzen zu lassen.

Von ihrem Versteck aus hatte Coral eine perfekte Sicht auf ihn, wie er Cybil gegenüberstand, die an einem weißen Dingi lehnte. Sie hatte nie zuvor die Möglichkeit gehabt, ihn genau zu betrachten; an dem Tag, an dem sie sich am Strand den Fuß verletzt hatte, hatte er ein T-Shirt getragen. Nun konnte sie in Ruhe seine feste, trainierte Figur mit ihren ebenmäßigen Proportionen in sich aufnehmen. Die enganliegende schwarze Badehose be-

tonte seine Männlichkeit. Die plötzliche Enthüllung seines gebräunten Körpers wirkte auf sie wie ein Schock, verursachte ein
seltsames, hohles Gefühl in ihrem Magen.

Das Paar schien in seine Unterhaltung vertieft. Sie spitzte die
Ohren. „Der Lauscher an der Wand hört seine eigene Schand",
hatte ihre Mutter häufig gesagt. Trotzdem war sie neugierig, worüber sie sprachen, und von ihrem Standort hinter der Öffnung
konnte sie das meiste verstehen.

„Du führtest eine offene Ehe", sagte ihre Stiefmutter gerade.

„Das stimmt nicht, sie ist nie fremdgegangen."

„Dumm von ihr, wenn sie es nicht getan hat, aber komm mir
nicht damit. Jeder hat über sie geredet, und das weißt du."

Er seufzte und ließ sich direkt in Corals Blickfeld auf den
Boden sinken. Sie verlor fast das Gleichgewicht, als sie sah, wie er
seinen schlanken Körper auf dem Sand ausstreckte. „Was soll's.
Wie auch immer", sagte er und legte sich mit hinter dem Kopf
verschränkten Armen hin. „Ich weiß, dass sie es getan hat, und ich
habe es mindestens einmal selbst gesehen. Trotzdem … Das ist
jetzt alles vorbei."

„Liebst du sie noch?"

Seine Miene verhärtete sich. „Lieben? Für mich ist Liebe ein
anderer Name für Sex. Frauen verwechseln beides oft, was sehr
ermüdend ist, und daher rühren alle Probleme."

Cybil lachte. „Also liebst du mich nicht?" Sie setzte sich
neben ihn und legte eine liebkosende Hand auf seine breite
Brust. Die Bewegung lenkte Corals Aufmerksamkeit auf
die feinen Haare, die sich auf seinem Oberkörper kräuselten
und sich zu seinem Nabel hin in einer seidigen dunklen Linie
vereinigten.

„Oh, fang nicht wieder damit an, Cybil. Du hast immer Bescheid gewusst. Ich habe dir niemals durch Worte oder Taten die
kleinste Ermutigung gegeben, abgesehen davon, dass ich dir
zeigte, wie sehr ich unsere Vergnügungen genoss. Du bist eine

sehr begehrenswerte Frau, Cybil, überragend im Bett, aber außerhalb des Schlafzimmers ..." Rafe schubste ihre Hand weg.

„Das meinst du nicht ernst", fauchte sie. „Was ist mit dir los?
Walter steht uns jetzt nicht mehr im Weg. Du hast keine Ausrede
mehr."

„Lass es einfach sein, Cybil", sagte er fest.

„Ich kann mir vorstellen, was das Problem ist", fuhr sie stur
fort. „Es ist das Mädchen – sie hat es dir angetan, nicht wahr? Ich
weiß, dass du sie auf dem Schiff getroffen hast. Sie ist nicht mehr
nur ein Bild für dich, oder?"

Es gab eine Pause, während der er mit dem Sand spielte, ihn
langsam durch seine Finger rinnen ließ

„Nun? Sag es mir! Habe ich recht?"

„Ich habe dir gesagt, du sollest es sein lassen, Cybil", antwortete
er leise, hantierte immer noch mit dem Sand.

„Verstehe ich es richtig, dass der kaltblütige Schürzenjäger im
Alter zum romantischen Narren geworden ist?" Cybil streckte
sich nah – viel zu nah – bei ihm aus, stellte ihre Kurven in einem
winzigen Bikini zur Schau, der kaum etwas verhüllte.

„Nein, Cybil", stellte er mit sanft gedehnter, heiserer Stimme
klar. „Das behaupte ich nicht." Er zuckte mit den Schultern. „Mir
ist einfach nicht danach, darüber zu reden." Er setzte sich rasch
mit irritierter Miene auf und ließ seine Blicke umherschweifen.
„Worüber wolltest du eigentlich mit mir sprechen, und warum
hier draußen?"

Cybil fuhr, fort als ob Rafe nichts gesagt hätte. „Es sind diese
großen Babyaugen, die Erscheinung des schüchternen Schulmäd-
chens mit wenig im Hirn, die dich wahrscheinlich so anziehen.
Du würdest dich bald langweilen. Außerdem verabscheut sie dich
jetzt. Ihr Dienstmädchen hat dafür gesorgt. Es sieht der alten Hexe
ähnlich, Unheil anzurichten. Ich habe eines Nachmittags einen
Teil ihrer Unterhaltung gehört." Sie lachte. „Coral verabscheut
mich sicher ebenfalls, auch wenn ich zugeben muss, dass sie sehr

gut ist. Sie zeigt ihre Gefühle fast gar nicht. Vielleicht hat sie keine, sie ist so verdammt unnahbar. Es könnte gut sein, dass sie genau so kalt und gleichgültig ist, wie sie wirkt."

Ein Schatten fiel über Rafes Augen. „Du magst sie wirklich nicht, oder?" Er hob eine leuchtendrosa Muschel aus dem Sand auf. Ein süffisantes Lächeln erschien auf seinem Gesicht. Muskeln bewegten sich unter der goldenen Haut seiner schlanken Oberschenkel, als er seine Beine ausstreckte und sich auf seinen Armen zurücklehnte. „Spüre ich da etwa Eifersucht, Cybil?"

Sie lachte wieder, warf den Kopf zurück, eine Nuance Hysterie offenbarte sich. „Eifersüchtig, Liebling! Was … Auf dieses Mädchen, das nicht mal wüsste, was sie mit einem Mann tun sollte, wenn er ihr auf dem Silbertablett serviert würde?" Sie schmollte. „Du unterschätzt mich."

Mittlerweile war Coral endlich ein Licht aufgegangen. *Sie* war es, über die sie dort draußen an einem sonnigen Nachmittag so beiläufig sprachen. Wut überkam sie, und nur die Angst, sich zu blamieren, hielt sie davon ab, aus ihrem Versteck zu stürmen und ihnen zu zeigen, wie kalt und gleichgültig sie tatsächlich war.

Während ihres Gesprächs war eine Brise aufgekommen. Cybil zitterte. „Es wird kalt", sagte sie beleidigt, während sie vom Sand aufsprang. „Ich mache mich besser auf den Weg. Ich würde sehr ungern von einem Sturm erwischt werden, da du nicht in der Stimmung zu sein scheinst, mich zu retten. Wir können ein anderes Mal reden, wenn du besserer Laune bist."

Er zuckte abwesend mit den Schultern und betrachtete mit leerem Blick, wie sie ihren Bademantel anzog, in ein am Strand neben einer Palme vertäutes Motorboot stieg und in einer Gischtwolke abrauschte.

Ich sollte auch von hier verschwinden, dachte Coral, als sie sich auf dem Absatz umdrehte, um durch die Höhle zurückzugehen. Fast rutschte sie aus, unterdrückte einen Aufschrei und griff den Felsen mit beiden Händen, um nicht hinzufallen. Danach setzte sie die Füße überlegter voreinander, wählte ihren Weg sorgfältiger. Coral war nicht weit gekommen, als sich stählerne Finger um ihren Arm schlossen und sie mit einer Kraft zurückzogen, die sie aufstöhnen ließ.

„Und was denken Sie, wo Sie hingehen, junge Dame?", hörte sie Rafes Stimme fragen. Coral fuhr herum und sah in neugierige, goldene Augen, die sie mit verhaltenem Amüsement betrachteten.

„Lassen Sie mich los!", ächzte sie und versuchte, dem eisernen Griff zu entkommen.

„Nicht, bevor Sie mir sagen, was Sie hier gemacht haben. Sie haben gelauscht, habe ich recht?"

„Nehmen Sie Ihre Hände von mir!", fauchte sie, hob den freien Arm und schwang ihn ungeschickt vorwärts, um sich zu befreien. Rafe griff rasch ihr Handgelenk. Seine Augen waren plötzlich sehr dunkel geworden und blitzten gefährlich.

„Oh nein, mein Mädchen, diesmal nicht!", sagte er rau, als er ihre Handgelenke herunterdrückte und sie somit bewegungsunfähig machte. „Ist es immer Ihre Art, Männer zu schlagen, oder erwecke nur ich diese Bosheit in Ihnen?"

„Ich habe versucht, mich zu befreien, nicht, Sie zu schlagen, Sie Idiot. Und ist es immer Ihre Art, sich von hinten an Leute anzuschleichen?"

Er starrte in ihre Augen, ein verstörender Blick, der sie verblüffte. Sein Körper war so nah, dass sie das Heben und Senken seiner Brust fast an ihrer fühlen konnte, als sich sein Atem beschleunigte. Seine Augen wanderten über ihr Gesicht, als ob er etwas suchte. Plötzlich lockerte sich der Griff seiner Hände an ihren Armen, aber er bewegte sich nicht. Coral schloss einen Moment die Augen, ihr Zorn wandelte sich in ein anderes Gefühl. Wärme durchflutete sie, als seine starken Handflächen zu ihren Schultern hinaufstrichen, und sie öffnete ihre Augen. Sie fühlte sich leicht schwindlig, sein Mund war so gefährlich nah, und sie näherte sich ihm ein wenig, wollte instinktiv ihren Kontakt intensivieren. *Das ist Leichtsinn,* warnte sie ein entfernter Bereich ihres Gehirns, aber ihr Körper reagierte von allein, trotz allem, was sie über ihn erfahren hatte. Sie schwebte am Rande einer Schlucht. Sie wusste, dass sie ihm Einhalt gebieten sollte, aber seine Berührung entflammte ihre Sinne so sehr, dass sie sich machtlos fühlte. Sie fühlte, wie er sich anspannte und sah Traurigkeit in seine Augen kriechen. Hatte er ihre Gedanken gelesen?

„Coral ... Coral, ich bin nicht der, für den Sie mich halten", murmelte er. Seine Worte wirkten ernüchternd auf sie, zogen sie zurück in die Realität. Wer war er dann? Warum rannte sie nicht so schnell wie möglich weg von ihm? War er kein verabscheuenswürdiger Schürzenjäger?

Abrupt entzog sie sich ihm, entkam der Bitte, die sie in seinen verwirrten Augen lesen konnte, während er weiterhin ihre Schultern festhielt.

„Nein. Ich weiß, wer Sie sind", brachte sie endlich fest hervor, schob ihn mit beiden Händen weg, immer noch zitternd und nach Luft ringend.

„Aber, Coral, Sie verstehen nicht ... Sie wissen nicht alles über mich", flüsterte er. Seine Stimme klang voll, sein Blick mit Dringlichkeit ihren suchend.

Oh, diese Augen, diese verräterischen Augen des Schürzenjägers. Sie durfte nicht zulassen, dass sie sie beeinflussten. Sie durfte sich ihrem verlockenden Zauber nicht hingeben.

„Nein", sagte sie unsicher. „Nein, Monsieur de Monfort." Ihre Stimme klang in ihren Ohren wider, klang wie eine schrille Karikatur der tatsächlichen Stimme. „Sie irren sich. Ich weiß genug über Sie, um zu erkennen, dass für Sie nur Ihre eigene Befriedigung wichtig ist, und ich möchte nichts mehr mit Ihnen zu tun haben, weder jetzt noch zukünftig." Mit diesen Worten drehte sie sich um und ging unsicher durch die Felsen zurück.

Plötzlich hielt Coral wie versteinert an, als sie das lange graue Reptil mit den Winkelflecken auf dem Rücken erkannte, das scheinbar schlafend auf den nahen Felsen zusammengerollt war. Ihr Schrei ertönte nicht – er wurde in ihrem Hals erstickt, während sie mit vor Entsetzen aufgerissenen Augen zusah, wie die Puffotter sich aufrichtete, ihren breiten Körper aufblähte, sich auf den Angriff vorbereitete. Sie hörte das bekannte Zischen, und dann hoben zwei starke Arme sie an und schubsten sie zur Seite. Rafe griff die Schlange, packte sie ungefähr fünfundvierzig Zentimeter unter dem Kopf. Coral sah ihm am ganzen Körper vor Angst zitternd zu, als er den flachen Kopf furchtlos immer wieder mit einem großen Stein schlug. Mit schlechtem Gewissen stellte sie fest, dass sie zwar der giftigen Kreatur ungeschoren entkommen war, deren scheußlichen spitzen Giftzähne aber ihren Retter nicht verschont hatten. Zwei tiefe Kratzer in Rafes Oberschenkel bluteten heftig, zwei weitere an seiner rechten Hand zeugten von seinem Mut.

„Sie fahren besser nach Hause", sagte er schroff, ohne sie anzusehen. „Haben Sie ein Boot?"

„Ja, danke", brachte sie mit zittriger Stimme hervor. „Wie werden Sie zurückkommen?"

„Machen Sie sich keine Gedanken um mich", antwortete er bitter. „Ich bin ein großer Junge. Offensichtlich kann ich für mich selbst sorgen."

„Aber Sie sind verletzt", flüsterte sie. „Sie können in dieser Verfassung nicht zurückrudern. Außerdem war die Otter giftig, und Sie müssen sofort zu einem Arzt. Möchten Sie in meinem Ruderboot mitfahren?"

„Danke für die freundliche Besorgnis. Wenn Sie mich fragen, umso schneller ich Sie los bin, desto besser wird's mir gehen. Schlangen sind nicht die einzigen giftigen Kreaturen hier."

„Es tut mir leid", sagte sie tonlos. „Ich habe wirklich alles verdorben, nicht wahr …?"

„Gehen Sie einfach", murmelte er. „Ich komme zurecht."

Sie bemerkte, dass er sehr blass war, seine Miene war angespannt. Er litt sicher. „Lassen Sie mich Ihnen wenigstens mein

Handtuch bringen", bot sie an. „Ich könnte es in Streifen reißen und die Wunden verbinden. Sie dürfen sich nicht entzünden."

Er schüttelte den Kopf, strich müde mit seiner Hand über seine Stirn und die dichten schwarzen Haare. Plötzlich wirkte er verletzlich auf sie, und sie wollte einen Schritt auf ihn zu machen, aber er stoppte sie mit einer festen Bewegung seiner Hand.

„Wenn Sie wirklich helfen möchten, Coral", sagte er mit einem erschöpften Seufzer, „dann gehen Sie jetzt." Ihm gelang der Schatten eines Lächelns. „Machen Sie sich keine Sorgen … Ich werde zurechtkommen."

Während Coral zum Festland zurückruderte, grübelte sie darüber nach, ob sie ihm Hilfe schicken sollte. Sie verweilte voller Sorge am Strand, betete für seine sichere Rückkehr. Endlich sah sie das weiße Dingi in der Ferne, eine helle Silhouette, die sich vor dem indigofarbenen Sonnenuntergang über den Ozean bewegte. Sie atmete erleichtert auf und machte sich erst dann auf den Weg nach Hause.

*   *   *

In den darauffolgenden Tagen unterdrückte Coral den Drang, Rafe wiederzusehen. Sie fühlte sich entsetzlich schuldig und würde sich nicht beruhigen können, bis sie wusste, dass nichts Unangenehmes geschehen war und er keine Nachwirkungen der Schlangenbisse erleiden musste.

Bei ihrer Rückkehr ins Haus hatte sie *Schlangen* und *Schlangenbisse* in der *Encyclopaedia Britannica* ihres Vaters nachgeschlagen, und die dort gefundenen Informationen hatten ihre Sorgen noch verstärkt. Daraufhin versuchte sie, von Sandy und ihren Freunden diskret Neuigkeiten über den Franzosen zu erfahren, aber erneut ohne Erfolg. In einem Augenblick der Panik überlegte sie, Cybil zu fragen, ob sie Rafe kürzlich gesehen hatte, verwarf diese Option aber schon in dem Moment, in dem sie in ihren verwirrten Gedanken auftauchte. Endlich, als sie mit ihrer Weisheit am Ende war und vom Schlimmsten ausging, war es Aluna, die ihr unabsichtlich die von ihr gesuchten Informationen gab.

Coral war dabei, sich für eine Party umzuziehen. Aluna hatte die Kleider hineingebracht, die sie gerade gebügelt hatte, und verstaute sie im Schrank, plauderte auf ihre übliche Art, als das ferne Trommeln der Tomtom aus der Dunkelheit drang.

„Wie ich dieses Geräusch verabscheue", flüsterte Coral zwischen zusammengebissenen Zähnen.

Aluna hörte mit ihrem Hantieren auf und konzentrierte sich, las die Rhythmen wie einen Morsecode. „Das ist die Tomtom der Schlangenanbeter. Sie bereiten sich auf das Opfer vor."

„Welche Schlange? Welches Opfer?", fragte Coral, ihre Augen vor Überraschung geweitet.

„Der Franzose, er hat ihren Gott, Koleo, getötet. Jetzt muss er sterben." Alunas dunkle Augen blitzten, und um die Wirkung ihrer Worte zu betonen, deutete sie mit einem langen Finger in Richtung des Fensters. „Er hat die Geister der Vorfahren entweiht, die in dieser Welt die heilige Form der Schlange annehmen … Der Franzose bekommt endlich seine Strafe", stellte sie mit hämischer Freude fest, während sie weiter dem Schlagen der Trommeln zuhörte. „Sie konnten keine Medizin finden, die das Gift neutralisiert. Sie haben sogar nach dem Medizinmann geschickt. Sie werden ihn nicht retten können." Sie lachte zufrieden.

Coral gefror das Blut in den Adern. „Ich hasse es, wenn du so redest. Ich hätte gedacht, dass du aus all den Büchern, die Daddy dir über die Jahre zu lesen gab, gelernt hättest, dass dieser Magie- und Zaubererkram ignoranter Müll und deiner Intelligenz nicht würdig ist."

„Dein Vater, mein Kind, glaubte an das, was du Müll nennst, ebenso sehr wie wir Afrikaner. Also mach dir nichts vor. Er starb, weil er glaubte."

Coral hörte nicht mehr zu. Sie stand auf und schlüpfte rasch in das schwarze, eine Schulter freilassende Goddess-Kleid, das sie für den Abend ausgewählt hatte. Ihr Entschluss stand fest. Sie würde auf dem Weg zur Party zu Rafe fahren und sehen, wie sie helfen konnte. Immerhin lag er wegen ihr dort und kämpfte vielleicht um sein Leben.

Auf der Fahrt nach Whispering Palms versuchte sie, sich über ihre Gefühle klar zu werden. Seit dem Ausflug zu dieser Wüsteninsel war ihr Gehirn wie ein Meer voller widersprüchlicher Gedanken über Rafe gewesen. Auch wenn sie unwillkürlich errötete, wenn sie daran dachte, wie sein Körper ihren berührt hatte – an die instinktiven Reaktionen, die ihren eigenen Körper entzündet hatten, bevor sie zu Sinnen gekommen war – war es nicht die erotische Vorstellung des Mannes, die sie am meisten beschäftigte. Denn es war nicht der glatte, unwiderstehliche Charmeur, der tief in ihr und gegen die Warnungen ihrer Vernunft einen sensiblen Punkt angerührt hatte. Es war die andere Seite von ihm, die sie am attraktivsten fand: der Mann, den sie auf dem Schiff kennengelernt, der sie nach ihrer Verletzung so fürsorglich hochgehoben hatte, der ohne Zögern und unter Risiko für sein eigenes Leben zu ihrer Rettung geeilt war, als sie sich in Gefahr befand; der Mann, den sie hinter dem sexuellen Raubtier erspüren konnte.

Rafe unterschied sich von Dale, unterschied sich von fast jedem Mann, den sie kannte. Sicher, der amerikanische Magnat hatte sehr anziehend auf sie gewirkt. Zu jener Zeit hatte sie sogar gedacht, dass das, was sie empfand, Liebe war. Wie hätte sie anders denken können? Dales Persönlichkeit war so unwiderstehlich gewesen. Er war so überzeugt von sich selbst, auf so attraktive Weise arrogant, dass er sich problemlos seinen Weg in ihr Leben gebahnt und ihr Herz im Sturm erobert hatte.

Coral war keine junge Frau ihrer Epoche. Sie mochte während der Zeit der „freien Liebe" in den Sechzigern aufgewachsen sein, sah sich aber nicht als die typische moderne Frau, die das Wassermannzeitalter hervorgebracht hatte. Sie hatte die meisten ihrer prägenden Jahre in Afrika und auf einem Internat in England verbracht, auf die eine oder andere Weise vor der richtigen Welt beschützt. Im Alter von fünfundzwanzig war sie noch Jungfrau – soweit sie wusste eine von sehr wenigen aus ihrer Klasse der Londoner Fotoschule. Einige von ihnen nahmen sogar die empfängnisverhütende Pille, obwohl sie nicht verheiratet waren. Dale war überrascht, sogar etwas schockiert gewesen, als Coral darauf bestanden hatte, erst nach der Hochzeit miteinander intim zu werden. Er hatte ihre Unerfahrenheit ziemlich frustrierend gefunden. „Wir werden das bald richten, Honey", hatte er auf eine gelangweilt-langgezogene Art gesagt. „An Sex ist nichts Magisches – es ist reiner animalischer Instinkt. Ich habe nie verstanden, was das ganze Theater darum soll!" Im Rückblick erschien sein Kommentar furchtbar derb und unromantisch, aber Coral hatte zu jener Zeit nicht darüber nachgedacht. Er hatte ganz sicher keinen Teil ihres sinnlichen Wesens erweckt, und während sie ihre Naivität in Herzensangelegenheiten zugab, war sie entschieden nicht frigide, wie Dale angedeutet hatte, als sie ihn zurückgewiesen hatte. Erneut erschienen Bilder von Rafes gebräuntem und muskulösem Körper in ihren Gedanken, und sie gab sich Mühe, sie wieder zu verbannen und sich auf die Straße vor ihr zu konzentrieren.

Sie bog in Richtung Whispering Palms ab und fuhr über den gewundenen Weg durch die steile, kurvenreiche Allee, die dem Besitz ihren Namen gegeben hatte. Das Haus, hoch auf Pfeilern am Ende eines abgelegenen Kliffs mit Blick auf eine gut gedeihende Sisalpflanzung, wirkte im unbeständigen Mondlicht absolut unheimlich. Soweit sie erkennen konnte, war es ein einfacher zweistöckiger Kasten, von einer Galerie umrandet, mit einem von Makuti-Palmblättern gedeckten Dach und schlanken Holzsäulen, die es an der Dachtraufe stützten. Kein Licht schien aus den bodentiefen Fenstern. Es sah verlassen aus. Na toll – das fehlte ihr gerade noch.

Sie verließ das Auto mit einem unsicheren Schritt in die rauchige Dunkelheit. Die Nacht war still und warm. Das bedrohliche Schlagen der Trommeln hatte aufgehört, aber das Schweigen der Landschaft war ebenso nervenaufreibend. Was tat sie hier? Vielleicht war er nicht einmal zu Hause. Andererseits war er vielleicht im Haus, hilflos auf Unterstützung wartend. Der Gedanke an ihn, wie er dort lag, schwach und handlungsunfähig, genügte, um noch bestehende Bedenken über ihr heutiges Herkommen wegzuwischen.

Coral begann, die Holztreppen hinaufzusteigen. Fast sofort hörte sie ein Bellen, und innerhalb von Sekunden sprang Buster aus der Dunkelheit. „Ruhig, ruhig jetzt, Buster", rief sie mit dankbarer Erleichterung, als sie den ihr bekannten Australischen Schäferhund erkannte. Der Hund bellte noch zweimal – diesmal waren es freundliche, kleine Erkennungsbeller – und wedelte heftig mit dem Schwanz. „Guter Hund", sagte sie, während sie ihn sanft tätschelte, „guter Hund. Jetzt bring mich zu deinem Herrchen ... Wo ist Rafe?"

Der kluge kleine Kerl rannte die Stufen hinauf, führte sie die Galerie entlang in ein schwach beleuchtetes Zimmer.

Rafe lag ausgestreckt auf einem Diwan in der hinteren Ecke des riesigen Raumes, inmitten von Schatten und Einsamkeit. Sie ging auf Zehenspitzen zu ihm, hielt den Atem an, hatte Angst, in seine Privatsphäre einzudringen. Schweigend stand sie vor ihm, betrachtete ihn im Schlaf – ein ruhender Löwe. Für den Bruchteil einer Sekunde erhaschte sie etwas Herzzerreißendes in seiner schmerzerfüllten Miene. Bildete sie sich das ein? Trotzdem würde Coral niemals vergessen, wie er in jenem Moment in dem sanften Licht aussah, ungeschützt und unbewacht. Sie wollte nichts mehr als ihm nahe zu sein, ihn vor den Albträumen zu beschützen, die ihn zu quälen schienen.

Rafe öffnete seine Augen und Panik ergriff sie, sie war unsicher, wie er auf ihre Anwesenheit reagieren würde. Er schloss die

Augen, öffnete sie erneut, fuhr sich mit der Hand durch sein dichtes schwarzes Haar und über sein Gesicht, unsicher, wie in einem Traum. „Was tun Sie hier?", brachte er endlich mit einer vom Schlafen noch belegten Stimme hervor.

„Darf ich … mich setzen?"

Als er es mit einer Handbewegung bejahte, setzte sie sich auf die Kante eines Sessels, ihm gegenüber. Sie schwiegen. Coral rutschte unbehaglich auf ihrem Sessel herum.

„Es tut mir leid", sagte er plötzlich, stand schwankend auf. „Ich habe Ihnen nicht einmal einen Drink angeboten."

„Danke, ich möchte nichts." Ihre Stimme war fast unhörbar.

„Kommen Sie, nachdem Sie schon hier sind, leisten Sie mir Gesellschaft, ja?" Er schlenderte zu einem Schränkchen und machte das Licht an, bevor er zwei kleine Gläser und eine Flasche hervorholte. „Pfefferminzlikör …"

„Ich habe ihn nie probiert. Abgesehen von Wein trinke ich nicht viel."

„Sie werden ihn mögen. Es ist ein Damengetränk."

Sie stellte fest, dass er nun völlig wach war, entspannt, Herr der Lage. Er schenkte sich einen doppelten Scotch aus einer Flasche ein, die ihn offensichtlich durch die letzten Tage begleitet hatte. Er nahm wieder auf dem Diwan ihr gegenüber Platz und trank die bernsteinfarbene Flüssigkeit ruhig, musterte sie durch seine dunklen Wimpern.

„Sie sehen heute Abend sehr elegant aus. Sind Sie auf dem Weg zu oder dem Rückweg von einem interessanten Ort?", fragte er, das bekannte neckende Lächeln auf den Lippen. Er sah auf seine Uhr. „Schon halb elf … Übrigens haben Sie mir nicht gesagt, welchem Anlass ich die Ehre Ihres Besuches verdanke. Was kann ich für Sie tun?"

Sie hüstelte, räusperte sich und schluckte, bevor sie hervorstieß: „Ich … ich … ich bin gekommen, weil ich mir Sorgen um Sie machte und auch, weil ich mich entschuldigen wollte, Ihnen solche Schwierigkeiten verursacht zu haben und so unhöflich zu Ihnen gewesen zu sein. Ich habe einige schreckliche Dinge zu Ihnen gesagt. Ich fühle mich schuldig. Ich hörte, dass es Ihnen nicht gut ginge … Ich meine, dass Sie in Gefahr seien, und …"

Rafe lachte traurig und enttäuscht. „Natürlich sind viele der Dinge, die Sie gesagt haben, wahr. Ich leugne es nicht. Sehen Sie, Coral, Schuld läuft nicht mit der Herde, sondern jagt sie wie der Schäferhund. Ich nehme an, dass ich in meinem Leben einige scheußliche Dinge getan habe. Ich habe mir sicher mehr als meinen gerechten Anteil genommen. Gott sagt: ‚Nimm, was du möchtest und zahle!' Vielleicht zahle ich nun." Er lehnte den Kopf gegen die Rückenlehne des Diwans und schloss seine Augen, wirkte müde und ausgelaugt.

Es drängte sie, ihre Arme um ihn zu legen, und sie stellte sich vor, wie sie über seine Augenbrauen strich und mit ihren Lippen jede kleine Falte und die dunklen Ringe, die sie unter seinen Augen sah, auslöschte. Aber sie saß da, durch seine Gegenwart und die erstaunliche Kraft ihrer Gefühle auf ihren Sessel gebannt.

„Ich muss Ihnen nicht leidtun", sagte er, der die Besorgnis in ihren Augen anscheinend mit Mitleid verwechselte.

„Das tun Sie nicht." Coral schüttelte den Kopf, fühlte sich etwas verwirrt. „Aber Sie sehen so erschöpft aus. Haben Sie sich von diesen Bissen erholt?"

„Ja, es ist wieder alles in Ordnung. Es dauerte einige Tage länger, weil ich dachte, ich wäre von einer Puffotter angegriffen worden, während es eine Kikoschlange war. Ich hätte sie erkennen sollen, obwohl sie der Otter sehr ähnlich ist, nur dunkler. Sie ist in diesem Teil der Welt ziemlich häufig vertreten. Ihr Gift ist viel stärker als das einer Otter, und genau da lag mein Fehler. Aber zum Glück habe ich das Gegengift in meinem Schrank, und alles ist jetzt gut."

„Ich bin sehr erleichtert, dass es Ihnen besser geht." Zum ersten Mal lächelte sie ihn an.

„Sie müssen sich keine Sorgen um mich machen. Sie müssen sich um gar nichts Sorgen machen. Es ist sehr freundlich von Ihnen, dass Sie hergekommen sind. Ich bin sehr gerührt", flüsterte er.

Sie lächelte erneut, diesmal schüchterner, erleichtert, dass er ihr nichts nachtrug. „Ich glaube, ich sollte jetzt gehen." Sie stand ein wenig unsicher auf.

„Ich werde Sie begleiten."

Er ging mit ihr zum Auto, dicht gefolgt von Buster. Sie wollte gerade einsteigen, als er eine Hand auf ihren Arm legte. Sie drehte sich um und hob den Kopf ein wenig, die Lippen geöffnet. Sein Mund bewegte sich nach unten, zärtlich und sanft, verweilte nur kurz auf ihrer Wange. Sie atmete rasch ein. „Gute Nacht, Coral. Und danke", sagte er leise mit liebevoller Stimme.

Sie sahen einander lange in die Augen. Ihr Herz schlug rasend schnell. In ihr begann etwas zu zittern, und ein warmes Gefühl stellte sich ein, das sie nun sofort erkannte. Er hatte diese Wirkung auf sie. Sie wusste, dass sie umgehend aufbrechen musste, bevor sie sich in seine Arme warf und sich lächerlich machte. „Gute Nacht, Rafe", flüsterte sie und stieg in den alten Buick, um sich auf den Weg nach Hause zu machen.

Coral hatte keine Lust, an diesem Abend durch die Clubs zu ziehen. Sie wollte allein sein, aus irgendeinem Grund hatte die Vorstellung, mit ihren Freunden auszugehen, ihren Reiz verloren. Sie fragte sich, warum die Gegenwart dieses Mannes sie so verwirrte. Schon seit dem ersten Blick auf ihn war sie fasziniert gewesen. Aber es war der Gedanke daran, ihn dort verletzlich liegen zu sehen, und vor allem die Tatsache, dass er ihr den durch sie verursachten Kummer nicht nachtrug, die eine seltsame Flamme in ihr entzündet und dazu geführt hatte, dass sie ihn mit neuen Augen betrachtete. Er war zweifellos ein Schürzenjäger, aber das war auch ihr lieber Vater gewesen, und es hatte ihn nicht zu einem schlechten Menschen gemacht. Und soweit sie wusste, war Rafe zumindest nicht gebunden. Jeder hatte eine Schwäche, und Rafes Schwäche waren offensichtlich Frauen. Das machte ihn zu einem Verführer, aber nicht zu dem Monster, als das Aluna ihn darstellte.

*   *   *

Einige Tage später beendete Coral gerade einen späten Lunch unten auf der Veranda, nahm sich noch eine letzte Tasse Kaffee vor ihrer üblichen Siesta in einer zwischen den schattigen Zweigen der Frangipanis angebrachten Hängematte. Da sie allein war, hatte sie das Radio auf den Tisch neben sich gestellt. Simon and Garfunkels „Bridge over Troubled Water" wurde gespielt und versetzte ihr einen Stich trauriger Amüsiertheit darüber, wie gut das Lied zu ihrer Stimmung passte. Den ganzen Morgen hatte sie mit einem ihrer Ausflüge zum Strand verbracht und heimlich gehofft, auf Rafe zu treffen. Nun erlaubte sie sich ein wenig Enttäuschung darüber, dass es nicht geklappt hatte.

Juma erschien und gab ihr einen Brief. Die Marke darauf war inländisch und die handgeschriebene Adresse deutete auf eine persönliche Nachricht, keine geschäftliche, hin. Überrascht riss Coral den Umschlag auf. Ihr Herz machte einen Hüpfer, als sie die kühne Unterschrift am Seitenende las, bevor ihre Augen die kurze Nachricht verschlangen.

> Beiliegend sechs Eintrittskarten für eine Show der Kankan Dancers, einer Truppe aus Französisch-Guinea, die durch Kenia tourt und morgen für nur einen Abend im Golden Fish auftreten wird. Es würde mich sehr freuen, wenn Sie und Ihre Freunde mir die Ehre erweisen würden, meine Gäste zu sein. Ich freue mich auf Ihre Zusage.
> Ihr ergebener Rafe

Coral versuchte, ihre Aufregung zu kontrollieren, als sie zum Telefon ging und Sandy anrief, um ihr von der Show zu erzählen. Leider reiste Sandy am folgenden Tag nach Barbados ab, und die anderen aus ihrer Gruppe waren entweder nicht in der Stadt oder in den am Samstag stattfindenden jährlichen Wohltätigkeitsball im Mombasa Yacht Club eingebunden. Als sie den Hörer auflegte, versuchte Coral, die wachsende Enttäuschung und Frustration zu unterdrücken, die die vorherige aufgeregte Vorfreude allmählich verdrängte. Sie konnte ihre Sehnsucht, Rafe wiederzusehen, nicht ignorieren, und am Strand hatte sie stets nach dem Australischen Schäferhund und seinem Herrn Ausschau gehalten. Rafes Nachricht war nur zu gelegen gekommen, doch jetzt würde sie seine Einladung ablehnen müssen.

Coral ging vor das Haus und setzte sich auf die Verandastufen. Sie umschlang ihre Beine mit ihren Armen und legte die Stirn auf ihre Knie, versunken in Gedanken. Irgendwie würde sie einen Weg finden, um sich die Show anzusehen, selbst wenn das bedeutete, dass sie allein in den Nachtclub fahren musste. In der Zwischenzeit beschloss sie, nach Whispering Palms zu fahren und die Antwort auf Rafes Nachricht selbst zu überbringen.

Sie ging hinauf in ihr Zimmer, um noch einmal zu duschen, ihre Haare zu waschen und sich umzuziehen. Einige Stunden später, gekleidet in enge weiße Jeans und ein vielfarbiges Neckholder-Top, das ihre goldene Bräune zeigte, sprang sie die Stufen hinunter, rauschte durch die Eingangstür und den Garten und eilte direkt zum Auto, während sie versuchte, die in ihr pulsierende Aufregung bei dem Gedanken an ein Wiedersehen mit Rafe niederzukämpfen.

Es war fast halb fünf, als Coral in Whispering Palms ankam. Die Sonne stand noch hoch, aber die Hitze des Tages hatte nachgelassen und die Luft war kühler. Im Tageslicht wirkte das Haus ganz anders als das trostlose Bild jener Nacht. Es war in den Hang gebaut und sah auf den Indischen Ozean hinab, der in der Ferne hinter einer mit Sisal bepflanzen Fläche lag – der perfekte Ort, um

Panoramablicke umwerfender Sonnenuntergänge und dramatischer Stürme zu genießen, das unentwegte Gezirpe der Zikaden im Hintergrund. Nun konnte sie Säulen und die vielen Bögen sehen, die das Tragwerk für das Dach verkleideten und dem Besitz elegante Erhabenheit ohne jeglichen Protz verliehen, was dem Wesen des Eigentümers genau entsprach.

Coral fühlte sich, als ob sie plötzlich den verbotenen Garten Eden betreten hätte, üppig ausgestattet mit den brillanten Farben tropischer Blumen und ungestümer Vegetation. Tropische Wildnis hatte sich dazugesellt und vermischte Form und Farbe mit dem künstlerischen Genie der Natur. Sie sah Rafe vor sich am Hauseingang. Coral hielt auf der Kiesauffahrt, ein kleines Stück vom Haus entfernt, und stieg aus.

Rafe wandte ihr den Rücken zu, die Hände tief in den Hosentaschen. Unter seinem roten T-Shirt zeichneten sich breite Schultern und definierte Muskeln ab, seine schmalen Hüften waren in enganliegende Jeans gekleidet. Er war völlig in eine Unterhaltung mit einem der Pflanzungsarbeiter vertieft und hörte nicht, wie Coral sich näherte, bis sie ihn fast erreicht hatte. Abrupt und unvorbereitet drehte er sich um, und sie hatte den Eindruck, dass er unter seiner nussfarbenen Bräune ein wenig errötete.

Rafe verabschiedete den Arbeiter mit einigen Worten auf Suaheli, seine gesamte Aufmerksamkeit war nun auf seine Besucherin gerichtet. „Hallo." Er grinste, seine Augen flackerten anerkennend über den Ausschnitt ihres offenherzigen Tops.

Coral hob befangen eine Hand an ihren Hals, als der dunkle Blick zu ihren nackten Schultern wanderte und sie schweigend abschätzte. Sie hob langsam den Kopf und sah ihn direkt an. „Ich komme, um mich zu entschuldigen", sagte sie und versuchte, ihre Stimme fest klingen zu lasen. „Leider muss ich Ihre freundliche Einladung für morgen Abend ablehnen. Meine Freunde sind entweder fort oder nehmen am Wohltätigkeitsball des Mombasa Yacht Club teil."

Ihr Gesicht wurde plötzlich heiß, als sich das Gold in seinen Augen verstärkte, sein Blick sich in ihren bohrte, als ob er ihre geheimsten Gedanken lesen wollte. „Damit hat es sich für Ihre Freunde erledigt", antwortete er. „Sagen wir also, dass wir zuerst hier um sieben ein ruhiges Dinner *al fresco* zu uns nehmen, bevor ich mit Ihnen für die Show zum Golden Fish fahre?"

„Ich habe nicht gesagt, dass ich kommen kann", brachte sie vor und versuchte, beiläufig zu klingen. Der durchdringende Blick fixierte sie nun mit leichtem Amüsement. Sie war sich bewusst, dass er ihre kleine List unterhaltsam fand. Coral blitzte ihn an. Sie war versucht, sein Angebot abzulehnen, unterließ es aber, denn sie wusste, dass sie sich nachher vorwerfen würde, zu stolz und übersensibel gewesen zu sein. War denn seine Reaktion nicht die, die sie sich erhofft hatte, als sie beschlossen hatte, mit ihrer Antwort nach Whispering Palms zu kommen? Coral war durchschaubar gewesen, und Rafe hatte die gleiche List angewandt und sie mit ihren eigenen Waffen geschlagen. *Touché*, dachte sie und nickte zustimmend.

„Ausgezeichnet", sagte er mit uneingeschränkter Zufriedenheit. Er lächelte sie an – ein liebliches, unaufdringliches Lächeln. „Ich möchte eine Runde über die Pflanzung machen. Möchten Sie mich vielleicht begleiten? Ich würde sie Ihnen gerne, zeigen." Sein Ton war schmeichelnd, die Augen heimlich bittend.

Erneut fühlte sie sich in seiner charismatischen Aura gefangen, er brauchte nicht zu bitten. Sie war glücklich, bleiben zu können, ob zum Ansehen der Pflanzung oder anderem. „Ja", ihre Antwort war fast ein Flüstern, „ja, das würde ich sehr gern, danke."

Die Sonne war auf ihren Gesichtern noch warm, als sie einen gepflegten Weg zur Pflanzung hinuntergingen, Seite an Seite, sich fast berührend. Rafes Finger strichen kurz gegen Corals, und sie dachte, er würde ihre Hand suchen, aber dann zog er sie weg. Coral war sich bewusst, dass sein schlanker, männlicher Körper nur Zentimeter entfernt war, und dieser flüchtige Kontakt wirbelte ihre Sinne wieder auf. Duftende Jasmin-, Glyzinien- und Rosenblüten rankten sich um steinerne Bögen und Säulen, die den romantischen Fußweg säumten, warfen reizende Schatten und Lichter auf das Pflaster. Der Stein war aus dem französischen Burgund importiert worden, wie er ihr mitteilte. Ein blühender Kaktus fand sich in einer kleinen Felsspalte, als sie am Steingarten vorbeikamen. „Das ist wunderschön", rief Coral, während sie ihre Hand ausstreckte, um die fleischige Oberfläche der dicken Blätter zu berühren.

„Nicht!" Rafe ergriff ihre Hand. „Es sieht unschuldig aus, aber *'il ne faut pas se fier aux apparences* – nicht alles, was glänzt, ist Gold'", sagte er, verstärkte seinen Griff, sein Gesicht leuchtete mit verstecktem Schalk. „Auf dieser scheinbar glatten Oberfläche befinden sich Tausende unsichtbarer Stacheln. Es ist die Hölle, sie aus der Haut herauszuholen, weil sie kaum sichtbar sind." Endlich ließ er ihre Hand los, und Coral vermisste sofort seine Wärme.

Die Pflanzung bot einen beeindruckenden Anblick. Ordentliche parallele Reihen mit Sisalpflanzen erstreckten sich so weit das Auge blickte. Das Rot der lockeren, sandigen Erde und das Grün der langen, stacheligen Blätter unter dem azurblauen Himmel waren wie ein leuchtendes Gemälde. Arbeiter waren damit beschäftigt, Bündel dieser Blätter in leichte, gedeckte Güterwägen einzuladen, zweifellos für den Transport vom Feld zum verarbeitenden Betrieb.

„Das Land war heruntergekommen, als ich den Besitz vor acht Jahren kaufte", erklärte Rafe. „Heute kann ich stolz sagen, dass es eine der führenden Sisalpflanzungen in Kenia ist. Die meisten Seile und landwirtschaftlichen Fäden, die Sie in diesem Land finden, sind aus unseren Pflanzen gefertigt, ebenso wie die Isolierung für Häuser und viele andere Dinge."

„Ich wusste nicht, dass es so groß ist. Es scheint weitläufiger als unsere Pflanzung in Mpingo."

„Das stimmt, obwohl Ihr Besitz mehr Anbaufläche hat. Ihr Land ist aber in verschiedene Pflanzen unterteilt. Sie haben den Obstgarten, die Sisalpflanzung und den Bereich für die *mpin-*

go-Bäume. Ich habe mich ausschließlich auf Sisal konzentriert. Wir pflanzen es, extrahieren die Fasern daraus, sortieren es und bereiten es für den Export vor."

„Ist das Mais, was ich dort sehe, zwischen den Doppelreihen von Sisal?" Coral zeigte auf ein Stück Land zur Rechten, strich gegen seinen Arm. Er zuckte bei der Berührung zusammen, gewann aber sofort seine Beherrschung zurück.

„Sie haben recht, das ist Mais, den wir gepflanzt haben. Damit in der Erde weiterhin Sisal wachsen kann, müssen wir andere Pflanzen anbauen, um dem Boden die Elemente zurückzugeben, die er braucht, um gesund zu bleiben. Wie Sie wissen, gehört Kenia zu den Ländern mit dem stärksten Bevölkerungswachstum, und wir brauchen so viel landwirtschaftlich genutztes Land wie möglich, also ist es sinnvoll, zusätzliche Pflanzen wie Mais neben dem Sisal anzubauen und unsere Produktion so zu maximieren. Mich erfreut der Gedanke, dass wir hier unseren kleinen Beitrag leisten, um das Problem der Abforstung in diesem Land im Rahmen zu halten. Kommen Sie, ich werde Ihnen unsere Fabrik zeigen", sagte er. Eine gebräunte Hand umfasste fest ihren Arm, als er sie zu einem der Nebengebäude führte. Coral hatte den eisernen Griff seiner Finger mehr als einmal gespürt. Ihr Herz flatterte wie eine gefangene Motte, ihre Sinne waren sich seiner Anwesenheit mehr als bewusst. Sie wagte es nicht, zu ihm aufzusehen, für den Fall, dass ihre Gedanken sich in ihren Augen widerspiegelten. Coral hatte den seltsamen Eindruck, dass er in ihr wie in einem Buch lesen konnte.

„Es dauert etwa fünf Jahre, bis die Pflanze ausgewachsen ist, mit Blättern, die man abschneiden und durch die Schälmaschine laufen lassen kann", erzählte er ihr. „Pflanzer wie ich müssen sich aufs Warten einrichten. Es bedarf Entschlossenheit und Geduld, und ich habe reichlich von beidem."

Coral spürte das Lächeln in seiner Stimme. Sie hatte die Zweideutigkeit nicht überhört und war sich sicher, dass er sie nun betrachtete, die Wirkung seiner Worte auf sie abschätzte. Sie spürte, wie sie errötete und rief sich zur Ordnung. Hatte sie keinen Stolz? Sie reagierte auf ihn wie eine weltfremde, leichtgläubige Heranwachsende, die zum ersten Mal verliebt war – sogar noch schlimmer, wenn sie ehrlich mit sich war und die schamlosen Gedanken zugab, die ihren Kopf füllten.

„Wir sind da", sagte er und hielt vor einem der niedrigen Gebäude an, die sie gesehen hatte. Er ließ ihren Arm los, und sie betraten die Fabrik. Sie bestand aus einer Folge großer Räume, in denen Männer die Blätter auf einen festgeschraubten Tisch abluden, der sich zu den Förderbändern der Schälmaschine neigte.

„Die Sisalblätter werden einzeln und per Hand in die Maschine eingeführt. Das untere Ende zuerst, da man das dicke Ende durch die schmale Lücke stoßen muss. Wenn das Blatt halb eingeführt wurde, wird es herausgezogen und die freiliegenden Fasern werden ergriffen, sodass die Spitze des Blattes auf ähnliche Weise geschält werden kann. Es ist eine sehr langsame und ineffiziente Methode, aber natürlich viel billiger." Er sprach aufgeregt, seine Miene war lebendig wie die eines Kindes, das sein Spielzeug zeigte. Offensichtlich war er auf seine Leistungen sehr stolz und wollte sie ihr vorführen.

„Es scheint sehr kompliziert zu sein."

„Das ist es gar nicht, und es ist die weitaus zuverlässigste Methode zur Produktion qualitativ hochwertiger, sauberer Fasern. In manchen Ländern benutzt man noch die primitive Methode, die Fasern in den Blättern per Hand zu extrahieren. Die Blätter werden mit einem Hammer zu Brei zerschlagen, bevor sie auf einem Holzblock abgeschabt und die Fasern anschließend gereinigt werden."

„Was kommt als Nächstes?", fragte sie mit echtem Interesse. Sie konnte Rafes Stolz auf seinen Besitz verstehen. Sie fühlte sich privilegiert und gerührt, dass er ihr seine Fabrik zeigen wollte, die sicher Jahre harter Arbeit benötigt hatte. Dies war der Farmer, der Unternehmer, der Geschäftsmann, der mit ihr sprach und sie wie eine Gleichberechtigte behandelte, nicht der zynische Schürzenjäger, der sie vielleicht nur als hübsches Gesicht wahrnahm.

Er schien begeistert von ihrer wissbegierigen Aufmerksamkeit.

„Wenn Sie interessiert sind, kann ich Ihnen noch viel zeigen. Zuerst kommen die Verlesung und Sortierung der Fasern, dann müssen sie in der Sonne getrocknet, abgebürstet, verpackt und gebündelt werden, bevor sie zu den verschiedenen Fabriken transportiert werden können."

„Finden all diese Vorgänge auf Whispering Palms statt?"

„Selbstverständlich." Seine Stimme klang sachlich, als ob es lächerlich wäre, etwas anderes anzunehmen. „Die Fasern kommen in Bündeln von der Schälmaschine zum Sortieren und Verlesen. Ich habe gerade erst eine automatische Verlesemaschine gekauft, die das recht einfach macht. Sie sollte in einigen Tagen geliefert werden."

Von dort gingen sie zurück in den Sonnenschein. Erneut war Coral erstaunt über die vielen Arbeiter, die die dünnen Fasern über Leinen hingen, damit sie in der Sonne trocknen konnten.

„Sie haben sehr vielen Menschen Arbeit gegeben", stellte sie fest.

„Ja. Ich habe immer davon geträumt, Arbeitsplätze zu schaffen und ein dynastisches Imperium zu errichten", fügte er hinzu, während er seine Stimme ein wenig senkte, als ob er zu sich selbst sprach. Wieder einmal war sie sich einer Traurigkeit in seiner Stimme bewusst, aber sie war blitzartig da und wieder verschwunden und vielleicht nur ein Produkt ihrer Einbildung gewesen.

„Sollen wir unseren Rundgang fortsetzen? Oder vielleicht sind Sie müde und möchten sich ausruhen?"

„Oh, nein, gehen wir bitte weiter. Ich finde es faszinierend. Ich habe mich bisher nicht sehr für die Sisalpflanzung auf Mpingo interessiert. Ich habe es Robin überlassen, der zu wissen scheint, was er tut."

„Das ist eine Schande. Angestellte vertreten unsere Interessen nie auf die gleiche Weise, aber ich kann verstehen, dass es schwierig für Sie ist. Wenn ich helfen kann, lassen Sie es mich wissen."

Das wäre wie eine Katze in einen Taubenschlag zu setzen, dachte Coral sich. Sie konnte sich nur zu gut vorstellen, welche Reaktion eine solche Entscheidung bei den Leuten auf Mpingo hervorrufen würde. „Danke", sagte sie und lächelte ihn süß an. Das Amüsement zeigte sich wieder in den goldenen Augen, die sie durch dunkle Wimpern musterten. Sie versuchte, eine neutrale Miene zu bewahren. „Was kommt nun als Nächstes?" Sie wollte ihn zu einem sicheren Thema zurückbringen.

Er ging darauf ein und führte sie Schritt für Schritt durch die nächsten Stufen des Betriebes.

„Wo haben Sie all das gelernt?"

Sie fühlte, wie er sich anspannte. Er zuckte mit den Schultern. „Oh", meinte er ziemlich wegwerfend. „Ich habe eine Weile auf einer Sisalpflanzung in Tanganjika gearbeitet."

Vielleicht verstand sie den plötzlich distanzierten Ton seiner Stimme falsch, da er ein wenig von ihr abrückte.

Sie schlenderten zum nächsten Gebäude. Rafe hielt inne, räusperte sich. „Unsere Tour endet hier. Das Verpacken und Bündeln, die die letzten Stufen der Vorbereitung auf den Export sind, finden in dieser Halle statt." Er lächelte sie so charmant an, dass ihr Magen einen Hüpfer machte. „Wenn die Bündel fertig sind, transportieren wir sie zum Mombasa Harbor."

Eine kurze Stille, vibrierend mit merkwürdigen Unterströmungen, herrschte, als sich ihre Blicke trafen. Dann flanierten sie zurück zum Haus, Coral war seltsam zufrieden mit ihrem gemeinsamen Nachmittag. Im Garten schlossen die zahlreichen Blumen bereits ihre Blüten für die Nacht. Eine Nachtigall sang in einem blühenden Busch, aber als sie die Schritte des Paares auf dem Weg hörte, verstummte sie plötzlich.

„Kommen Sie auf einen Drink mit hinauf?", fragte Rafe sie, als sie das Haus erreichten.

„Danke, aber ich sollte gehen. Ich hatte einen solch erfreulichen und interessanten Nachmittag." Ohne nachzudenken legte sie ihre Hand auf seine. Dann, als sie begriff, was sie getan hatte, zog sie sie verlegen weg.

„Warum?", flüsterte er, als er ihr intensiv in die Augen sah. Rafe nahm ihre Hand, drehte sie um und küsste die Mitte ihrer Handfläche zärtlich mit seinen warmen Lippen. Es war eine kleine und unschuldige Geste, aber dieses sinnliche Zeichen seiner Gefühle ließ ihr Herz pochen.

Coral zitterte innerlich. Er hielt immer noch ihre Hand, wie von der Situation hypnotisiert. Sie wusste nicht, ob sie wollte, dass er sie losließ oder nicht. Die körperliche Anziehungskraft zwischen ihnen zeigte sich erneut, und wie immer verwirrte sie seine Anwesenheit. Er hatte wohl die Panik in ihren Augen erkannt, denn er ließ rasch ihre Hand los. „Ich bringe Sie zu Ihrem Auto", sagte er sanft, „und freue mich, Sie morgen um sieben Uhr zu sehen. Ziehen Sie ein Abendkleid an. Die Zeit bis dahin wird mir lang erscheinen, Rosenknospe."

KAPITEL 5

Coral saß auf ihrem Bett und starrte auf die drei langen Kleider, die ihrer Meinung nach für den Abend mit Rafe passend sein würden. Es war bereits nach fünf Uhr, und sie zögerte immer noch. Sie musste bald anfangen, wenn sie rechtzeitig fertig sein wollte. Aluna war keine Hilfe gewesen „Du wirst wunderschön aussehen, ganz gleich welches Kleid du anziehst", hatte sie hingebungsvoll gesagt. Coral hatte es für klüger gehalten, ihrer *yaha* über das Rendezvous so wenig wie möglich zu erzählen, sodass Aluna davon ausging, dass sie wie die meisten jungen Damen ihrer Bekanntschaft aus Mombasa zum Wohltätigkeitsball im Yacht Club ging.

Coral schaute auf ihre Uhr – die Zeit raste. Sie musste sich zwischen Pink, Schwarz und Saphirblau entscheiden. Pink war schön, aber es wirkte auf sie ein wenig zu sehr nach „Debütantinnenball". Ihr geliebtes schwarzes Radley-Kleid, mondän und chic mit seinen zarten Satinträgern, enger Taille und langem, geradem Rockteil hatte was von *Frühstück bei Tiffany,* war aber vielleicht für den Anlass zu formell. Endlich wanderten ihre Augen zur dritten Möglichkeit. Coral strich nachdenklich mit ihren Fingern über die transparenten Stoffschichten. Es war speziell für sie entworfen worden, um der tiefblauen Farbe ihrer Augen zu entsprechen. Die Erinnerung an das eine Mal, als sie es anprobiert hatte, brachte ein betrübtes Lächeln auf Corals Gesicht. Es hatte

danach keine Hochzeit und keinen Ball gegeben, also hatte es un-
beachtet in ihrem Kleiderschrank gehangen. Sie würde es an
diesem Abend für Rafe tragen. Nachdem dies entschieden war,
machte Coral sich zurecht, und während sie sich ausgiebig ihrem
Haar und Make-up widmete, war sie sich bewusst, dass die Aussicht auf einen ganzen Abend mit Rafe ihren Puls ein wenig
schneller schlagen ließ.

„Du wirst die Königin des Balls sein", sagte Aluna ihr stolz, als
sie Coral half, in das seidige Georgettekleid zu schlüpfen. Das vom
griechischen Stil inspirierte Kleidungsstück mit seiner kaskadie-
renden Drapierung und dem tiefen vorderen und hinteren Ausschnitt war figurbetont. Coral zog zarte hochhackige Sandalen an,
die ihre schlanke Silhouette größer wirken ließen. Sie zögerte,
bevor sie ein goldenes, saphirbesetztes Manschettenarmband im
römischen Stil und ein paar lange Ohrringe hinzufügte, die extra
entworfen worden waren, um das Kleid zu ergänzen. Die dazuge-
hörige Halskette legte sie wieder beiseite, das wäre zu viel gewesen.

Kritisch betrachtete Coral sich im Spiegel. Ihr Haar war zu
einer Masse aus Ringellocken hochgesteckt, welche unbemüht
mondän aussahen, zur gleichen Zeit aber jugendliche Verletzlichkeit ausstrahlten. Sie war froh, dass sie sich nicht einige Jahre
zuvor, als es der letzte Schrei gewesen war, für den modernen Sas-
soon-Kurzhaarschnitt entschieden hatte. Soweit sie sich erinnern
konnte, hatte sie sich noch nie mit dem Zurechtmachen so viel
Mühe gegeben, nicht einmal für ihre Debütantinnenparty. Was an
diesem Mann war ihr so unter die Haut gegangen? Spielte sie mit
dem Feuer? Aber ihre Freunde sagten ihr immer, sie solle lockerer
werden und Spaß haben. Welchen Schaden konnte ein Abend mit
Flirt und Koketterie schon bringen? Sie lächelte ihr Spiegelbild an.

Coral war pünktlich, kam auf Whispering Palms an, als die
Schatten unter den riesigen Palmen auf dem Grundstück sich zu
verlängern begannen. Als sie die Zündung ausschaltete, erschien
Rafe hinter dem Haus und kam mit der ihm eigenen lässigen

Eleganz auf das Auto zu. Er schien schon im Garten auf sie gewartet zu haben. Mit müheloser Eleganz trug er ein weißes Dinnerjacket, ein weißes Hemd, eine formelle schwarze Hose und eine
Fliege, die locker um seinen Nacken hing. Er war so überwältigend
wie immer, und als er ihr aus dem Buick half, schlug Corals Puls
etwas schneller.

„Wie umwerfend Sie aussehen", murmelte er, seine Augen
glitten über ihren tiefen Ausschnitt. Sie errötete leicht und sah
weg, damit er nicht merkte, wie sehr sein Blick sie aufgewühlt
hatte. „Ich dachte, wir könnten das Dinner auf dem Patio
in meinem geheimen Garten einnehmen." Er lächelte sie bezaubernd an und nahm ihren Arm. Anders als bei seinem üblichen
eisernen Griff berührte Rafes warme Hand sie kaum, so als ob er
sie an diesem Abend mit besonderer Vorsicht behandeln wollte.

„Das klingt wunderbar", sagte sie mit schwacher Stimme
und lächelte zu ihm auf, sicher, dass er die Bewunderung in ihren
Augen sehen konnte. Es gab eine kleine Pause. Coral spürte, dass
Rafe ihr Inneres erfasste: ihr Sehnen und auch den Stolz, der sie
zurückhielt.

Seine Hand hatte sich zum unteren Ende ihres entblößten
Rückens bewegt, während er sie durch den Garten zu der abgeschiedenen Stelle hinter dem Haus führte. Angenehme Schauder
liefen Corals Rücken hinab und ließen ihre Haut durch die köstliche Empfindung kribbeln. Trotzdem war sie erleichtert, als sie
ihr Ziel erreichten und Rafe zurücktrat, um sie den Patio zuerst
betreten zu lassen.

Coral sah einen mit Rosen, Glyzinien und Begonien über-
dachten Tempel. Die Blüten breiteten sich überreich auf einem Ze-
dernspalier aus, welches sich in der Mitte unter ihrem Gewicht
durchbog. Die Abendluft war mild, schwer von der Duftsinfonie
der Zwergenzitrusbäume in ihren riesigen Tontöpfen. Ein mur-
melnder alter Brunnen, in dessen Stein runde Sitze gehauen waren,
ergänzte die Umgebung perfekt. In einer Ecke standen unter einem

alten Feigenbaum zwei rustikale Stühle und ein mit einem elfenbeinfarbenen Tischtuch bedeckter Steintisch, der mit ungekünstelter Eleganz gedeckt war. Die Musik des fließenden Wassers und der Kontrast aus Licht und Schatten beschwor eine geheimnisvolle Atmosphäre herauf und schuf eine fesselnde Szenerie.

„Das ist mein Zufluchtsort …", erklärte er, während er ihr den auf den Brunnen blickenden Stuhl zurechtrückte. „Mein ganz privater Ort."

Wie viele Frauen hatte er zum Dinieren an diesen seinen sehr romantischen, sehr privaten Ort gebracht? Der Gedanke versetzte Corals Herz einen unschönen kleinen Stich. „Es ist wirklich bezaubernd", antwortete sie und nahm ein Glas Champagner entgegen. Sie schloss ihre Augen und atmete die reichhaltigen Aromen ein, als sie den ausgezeichneten Schaumwein genoss.

Rafe ging hinter ihr auf die andere Seite des Patios, wo ein Servierwagen stand. „Es gibt heute leider nur eine kalte Mahlzeit. Ich hielt es für erfrischend und praktischer. Wir beginnen mit Avocado und geräuchertem Wild in einem Schnittlauchdressing." Coral lächelte in sich hinein, die Wichtigkeit, die er dem Essen beimaß, war so französisch.

„Es klingt köstlich. Ich glaube nicht, dass man je einen Engländer so sachkundig über Essen reden hören wird!" Coral lachte. Der Champagner wirkte sich bereits wohltuend auf ihre Nerven aus und sie entspannte sich ein wenig.

Rafe kehrte mit dem ersten Gang zurück, den er vor sie hinstellte, bevor er sich an seinen Platz setzte. Als sie den Kopf hob, um ihm zu danken, fiel ihr Blick auf die kunstvolle Schrift, die oben am Brunnen eingemeißelt war. „*Wir jagen Träume und umarmen die Schatten* – Anatole France", las sie laut vor, zog die Augenbrauen hoch und sah Rafe fragend an. „Ist das Ihr Motto?" Sie lächelte verschmitzt.

„Nein", erwiderte er, sie mit einem nachsichtigen Lächeln betrachtend, „es steht als Erinnerung dort."

„Eine Erinnerung an was?"

Er sah sie fest an, seine Augen nun ernst und dunkel. „Es ist eine Warnung, die eigenen Hoffnungen nicht mit der Realität zu verwechseln. Sprechen Sie Spanisch?"

„Nein, nicht wirklich, nur ein wenig."

„Haben Sie *Don Quixote* gelesen?"

Sie schüttelte ihren Kopf. „Ich weiß sehr wenig über ausländische Literatur."

Er nickte. „Sie sollten es bei Gelegenheit lesen. Es ist sehr erhellend." Er lächelte träge und betrachtete sie intensiv.

Sie rutschte auf ihrem Stuhl herum, fühlte sich unter seinem intensiven Blick ein wenig unbehaglich, und versuchte, sich auf ihre Vorspeise zu konzentrieren. „Das ist köstlich. Haben Sie das gemacht?"

„Ja, ich habe es gemacht. Wissen Sie, es gehört nicht viel dazu." Er lachte kehlig.

„Kochen Sie gern?"

„Das tue ich. Ich finde es entspannend, aber ich habe nicht die Zeit, es so oft zu tun, wie ich möchte. Ich bin selten länger an einem Ort, da ich die meisten Wochen geschäftlich unterwegs bin."

„Wo reisen Sie hin?"

„Meistens innerhalb Afrikas, manchmal nach Europa und gelegentlich in die Vereinigten Staaten."

„Warum?"

„Um neue Absatzmärkte für mein Sisal zu finden, zusätzlich zu Tau- und Textilherstellern. Kochen Sie, Coral?", fragte er, abrupt das Thema wechselnd.

„Ja, manchmal, aber ich bin nicht sehr gut darin. Ich esse allerdings gern." Sie lächelte bescheiden. „Das Essen in Ihrem Nachtclub ist von ausgezeichneter Qualität."

„Ich gehe davon aus, dass alles, was ich liefere, von ausgezeichneter Qualität ist." Seine Augen funkelten, durch seine unterschwellig anzügliche Botschaft fühlte sie sich unbehaglich.

„Es hat mir sehr gut geschmeckt, danke", sagte sie, legte Messer und Gabel hin und versuchte, seinen Blick zu ignorieren.

„Es war mir ein Vergnügen." Er stand auf und nahm ihren Teller.

„Kann ich helfen?"

„Nein, nein, danke. Ich habe alles unter Kontrolle."

Ja, es schien alles perfekt unter Kontrolle, er wirkte ausgesprochen gut organisiert. Übung macht perfekt. Eine Legion von Frauen musste diese kühle Effizienz erfahren haben, inklusive ihrer Stiefmutter. Erneut bemerkte sie den unschönen kleinen Druck in ihrem Herzen. „Ist es Zufall?"

„Was?" fragte er, während er sich mit dem Anrichten des Hauptganges beschäftigte.

„Der oben auf dem Brunnen eingemeißelte Satz."

„Ich hoffe, Sie mögen Seeteufel", sagte er, während er mit einem Teller zurückkehrte, der farbig und schlicht angerichtet war. „Er wurde in einem Zitrusdressing mariniert. Dies ist eine Mousse aus Jakobsmuschelrogen mit frischen Tomaten, die heute in meinem Gewächshaus geerntet wurden, auf einem Bett aus Juliennewurzelgemüse."

„Das klingt absolut fabelhaft. Ich bin beeindruckt." Sie wartete, während er wieder ihr gegenüber Platz nahm. „Um auf unser Thema zurückzukommen …"

„Ja, Essen."

„Nein. Anatole Frances Zitat."

„Hm?"

„Der Satz, der oben in den Brunnen eingemeißelt ist", wiederholte sie ein wenig ungeduldig. Sie wusste, dass er es nicht schon vergessen haben konnte.

„Oh, ja …" Er begann, seinen Seeteufel zu essen.

„Nun? Was hat es damit auf sich?"

„Sie werden *Don Quixote* lesen müssen." Erneut betrachtete er sie amüsiert.

„Das werde ich, aber ich bin einfach etwas neugierig. Können Sie mir nicht einen kleinen Hinweis geben?"

Jetzt lachte er laut, ein warmes, spontanes Lachen. „Oh, Coral …", sagte er, während er ihnen neuen Champagner einschenkte. Er nickte, bevor er einen Schluck aus seinem Glas nahm. „Nun gut. Es geht darum, unrealistischen Träumen nachzujagen."

„Und warum müssen Sie daran erinnert werden? Haben Sie unrealistischen Träumen nachgejagt?"

„Vielleicht", gab er zu, seine Stimme nun eher verhalten.

Coral warf ihm einen scharfen Blick zu. „Aber gibt es nicht auch ein Sprichwort, das sagt: *Derjenige, der träumt, isst gut?* Das war das Motto des Weißen Piraten."

„Und es war auch das Motto, das den Mann Walter Sinclair zu Fall gebracht hat", antwortete er.

„Ohne seine Träume hätte Daddy nie das Familienunternehmen in England verlassen, wäre nie nach Afrika gekommen und hätte ganz sicher nicht all seine Ersparnisse für einen Ort aufs Spiel gesetzt, der, seien wir ehrlich, eine unbekannte Größe war."

„Zu der Zeit investierten viele Leute in Afrika und machten eine Menge Geld. Es war ein Selbstläufer."

„Ist es das, was Sie getan haben?"

„In gewisser Weise", flüsterte er.

„Wie passt dann Ihr Zitat auf Daddys Lage?"

„War Ihr Vater durch das Nachjagen seiner Träume glücklich?" Sein Ton schien sich verhärtet zu haben.

„Ich nehme es an, zumindest während des Großteils der Zeit, die ich mit ihm verbrachte."

Dunkle Augenbrauen hoben sich.

„Bezweifeln Sie es? Mir wurde gesagt, dass Sie ihm sehr nahestanden." Coral hatte nicht vergessen, dass es viel gab, das sie an diesem Mann immer noch verstörte, und sie forderte ihn zu einer Antwort heraus.

Rafe antwortete nicht, sondern stand auf, seine Miene grübelnd, während er den Tisch für den nächsten Gang abräumte. Coral beschloss, ihn weiter herauszufordern, in der Hoffnung, ihn aufzuregen.

„Sie meinen, er kann nicht glücklich gewesen sein, weil er auf seiner Suche nach wahrer Liebe eine viel jüngere Frau geheiratet hat?", fragte Coral. „Daran ist nichts Falsches, vorausgesetzt, dass es die richtige Frau ist." Und schon wieder geschah es – sogar angesichts der drohenden Unterströmungen, die in der Luft lagen, saß ihr Mundwerk zu locker. Es musste am Champagner liegen.

„Wahre Liebe ist die grausamste und gefährlichste Täuschung von allen." Er stand hinter ihr am Servierwagen, aber sein Ton war grob und sie spürte, dass sie einen empfindlichen Nerv getroffen hatte.

„Das meinen Sie doch sicher nicht ernst?" Sie blickte über ihre Schulter und sah ihn zum Tisch zurückkehren.

„Terrine aus tropischen Früchten in geliertem Sauternes", verkündete er.

Coral hatte den deutlichen Eindruck, dass er einen inneren Kampf ausfocht. Rafe wollte offensichtlich nicht antworten. Nun gut, dachte sie sich und ließ es auf sich beruhen. Nachdem sie bereits einmal zuvor seine Meinung über Liebe gehört hatte, legte sie ohnehin keinen Wert auf eine Wiederholung.

Coral nahm sich Zeit, die opulent duftende kalte Nachspeise zu genießen. Sie fragte sich, warum er auf den in den Brunnen eingemeißelten Satz so ausweichend reagierte. Was verursachte derart zynische Meinungen in einem Mann, der von solch sensiblem Wesen zu sein schien? Sie würde ein anderes Mal auf das Thema zurückkommen.

„Hier, probieren Sie das." Rafe streckte seine Hand aus, pflückte eine reife Feige von dem Baum über ihren Köpfen und gab sie ihr. „Es ist eine köstliche Erfahrung."

„Danke." Die Frucht war von der Sonne noch warm. Sie war duftend und knackig, als sie in das gehaltvolle, saftige Fleisch biss. Rafe hatte sich in seinem Stuhl zurückgelehnt, sodass sein Gesicht im Schatten lag, aber sie wusste, dass er sie durch halbgeschlossene Augen beobachtete. Als er sich nach vorn lehnte, flackerten die Kerzenflammen und warfen Schatten auf die Flächen seines Gesichts. Sie konnte seine Augen nun deutlich erkennen, und deren stetiger Blick brachte ihr Inneres in Aufruhr. Romantik lag in der ruhigen Luft; der Rhythmus des Wassers, das vom Brunnen hinter ihm tropfte, der sternenbesetzte samtige Himmel, die milden Düfte der Nacht, all dies vereinte sich, um das endlose Lied in ihrem Herzen zu begleiten, das wieder eingesetzt hatte, als sie ihn hingerissen betrachtete.

Erneut streckte er seine Hand aus, diesmal um einen winzigen Tropfen Feigensaft von ihrem Mundwinkel wegzuwischen. Coral war so voller Gefühle, so überwältigt, dass ihr Tränen in die Augen stiegen. Er zog sich sofort zurück, verstand ihre Reaktion falsch. „Es tut mir leid", flüsterte er heiser. „Ich konnte nicht anders – Sie sind so schön … Unwiderstehlich."

Sie wollte ihm sagen, dass er sie berühren durfte, dass seine Aufmerksamkeit ihr willkommen und er ebenso unwiderstehlich war. Aber sie fand nicht die richtigen Worte, und selbst wenn sie von unbefangenem Wesen wäre, hätte sie immer noch Sorge, dass er sie zu kess finden würde.

Der Moment verging. Rafe schien seine Beherrschung wiederzuerlangen. „Kaffee?", fragte er, erneut der perfekte Gastgeber.

Sie zitterte ein wenig in der Kälte. „Ja, bitte." Vielleicht würde das heiße Getränk sie aufwärmen.

Sie tranken schweigend ihren Kaffee, bis Rafe auf seine Uhr sah. „Zehn Uhr – wir müssen aufbrechen oder die Show beginnt ohne uns." Er lächelte und half ihr beim Aufstehen. „Oder möchten Sie sich zuerst oben frischmachen?"

Coral beschloss, dass es besser war, zu warten, bis sie zum Golden Fish kamen, also gingen sie zu Rafes schwarzem Alpha Romeo, und schon bald flitzte das Auto durch die Nacht in Richtung des Nachtclubs.

Zu diesem Anlass war die Bühne des Golden Fish außen aufgebaut worden, hoch auf den Klippen, der Ozean als Hintergrund, Tische im Halbrund um die Bühne angeordnet. Wenn die Gespräche und das Gelächter kurz abflauten, wurde die Stille durch das durch die Brise hervorgerufene Singen der Palmen und die sich an den Felsen brechenden Wellen gefüllt. Die raue Landschaft bot sowohl Ambiente wie auch Dramatik. Rafe, der Künstler, hatte es erneut geschafft: Er hatte die Natur sprechen lassen und mit ein wenig Beleuchtung alles zusammengebracht, ein Triumph der Kunst der Natur. Sich widersprechende Worte, dachte Coral, als sie sie in Gedanken formulierte, aber es gab keinen anderen Weg, diese subtile und doch machtvolle Szenerie zu beschreiben, die ihr den Atem nahm.

Rafe brachte sie zu ihrem Tisch. Seine Hand strich leicht über ihren nackten Rücken, sinnlich und forschend, sie eng bei sich haltend. Beim Gehen berührten sie einander, und Coral bemerkte, wie sich seine Muskeln bei jedem Körperkontakt anspannten. Sie war den ganzen Abend zwischen Aufregung und Verletzlichkeit hin- und hergerissen gewesen, und nun war seine Nähe eine Folter – köstlich schmerzend, aber trotzdem Folter.

Rafe lächelte, „Wie finden Sie es?", fragte er, als sie den Tisch erreicht hatten.

„Es ist fabelhaft, atemberaubend, großartig." Corals Augen glänzten. Die Szenerie schien passend für die unglaubliche Ausstrahlung ihres Begleiters. Verliebte sie sich gerade in diesen Mann? Sie durfte auf keinen Fall ihre Gefühle verraten. Aber wie konnte sie sich in einen Mann verlieben, der allen Berichten nach ihren Vater für das Erreichen seiner Ziele ausgenutzt hatte – und dies möglicherweise auch mit ihr tun wollte? Sie war sicher, dass er mit ihr ins Bett gehen wollte – es war ihm deutlich anzusehen – aber One-Night-Stands waren nicht ihr Stil.

Dummes Mädchen! Er war reich, erfolgreich, intelligent und charismatisch. Was wollte sie noch? Manche Frauen würden für die Aufmerksamkeit eines nur halb so anziehenden Mannes töten. Und außerdem war nicht alles an seinem skandalösen Ruf plausibel. Trotzdem würde es emotionaler Selbstmord sein, sich mit ihm einzulassen, entschied Coral.

„Nicht übel, hm? Gar nicht übel." Sein Grinsen war ein wenig selbstgefällig. „Was möchten Sie trinken? Champagner? Sie können auch etwas anderes haben, wenn Sie es vorziehen. Cointreau? Grand Marnier? Pfefferminzlikör?" Erneut fiel er in die Rolle des perfekten Gastgebers.

Coral war bereits benommen von dem beim Essen servierten Alkohol und wusste, dass sie weitere Spirituosen vermeiden sollte, hörte sich aber trotzdem selbst sagen: „Oh, einen Sundowner, danke!" Sie brauchte ihn, um nicht wahnsinnig zu werden. All ihre Sinne waren genau auf Rafes Anwesenheit eingestimmt. Er saß so nah, dass sie ab und an einen leichten Hauch des herrlichen Aftershaves erhaschte, das ihr allmählich vertraut wurde.

Rafe winkte einem Keller und bestellte ihre Getränke. „Die Show wird bald anfangen. Ich lasse die Getränke jetzt bringen, damit wir nicht gestört werden."

„Ich würde mich gern kurz entschuldigen", sagte sie, „um mich ein wenig frischzumachen."

„Ich zeige Ihnen den Weg."

Und so standen sie wieder auf. Diesmal nahm er mit einer raschen Bewegung ihren Arm, dabei drückte sich sein Handrücken gegen die Kurve ihrer Brust. Überrascht sahen sie einander an, brauner Samt sah in tiefes Blau. Für eine Sekunde waren sie die beiden einzigen Menschen auf der Welt. Aber dies war weder die Zeit noch der Ort für solche Zurschaustellung, auch wenn ihr Herz raste – oder war es seins, das sie so wild schlagen fühlte? Rafe war der Erste, der sich zurückzog. Einen Moment lang sah er verwirrt aus, dann schien er seine Beherrschung wiederzuerlangen und führte sie schwungvoll zwischen den sich mit Gästen füllenden Tischen hindurch.

Die Toilette dagegen war leer, abgesehen von der afrikanischen Angestellten, deren höfliche Frage, ob sie helfen könne, verneint wurde. Die einzige Hilfe, die Coral im Moment brauchte, war eine kalte Dusche, die sie ausnüchtern und sie ohne Blamage durch den Abend bringen würde. Sie erfrischte ihr Gesicht mit Leitungswasser und nahm sich eine Minute, um ihr Make-up aufzufrischen; ihre Augen erschienen übermäßig leuchtend, ihre Wangen ein wenig gerötet. Durch den Cocktail war ihr Hals trocken vor Durst, und so ging sie vor der Rückkehr an den Tisch zur Bar und bat um ein Glas kaltes Wasser. Während sie darauf wartete, hörte sie eine bekannte Stimme, konnte aber nicht sehen, wo sie herkam.

„Du warst mit meinem Privatleben nie vertraut."

„Und in den sieben Jahren, die ich dich schon kenne, hast du dich nie so verhalten wie in letzter Zeit." Die Frau klang defensiv.

„Wo ich hingehe, was ich tue, wen ich treffe geht dich nichts an – und ich wäre dankbar, wenn du in Zukunft nicht mehr herumschnüffeln würdest", gab er zurück.

„Ich habe bemerkt, wie du sie ansiehst – sie ist nur ein Mädchen, um Himmels willen."

„Halte deine Fantasie in Schach, Frau."

„Und du halt deine Hormone in Schach", fauchte die Frau.

Ein Vorhang neben der Bar teilte sich plötzlich, und Rafe stürmte an Coral vorbei, ohne sie zu sehen, ragte über Tische und Gäste, als er zur Rückseite des Clubs eilte, wo die zweiflügeligen Türen hinaus auf die Terrasse und die Freiluftbühne führten. Coral trank ihr Glas Wasser und fragte sich, worum es genau gegangen war. Sie fühlte sich verärgert, dass erneut eine von Rafes Geliebten über sie gesprochen hatte. Abgesehen davon nahm sie es übel, als Mädchen bezeichnet zu werden, sie war eine Frau und wenn sie daran dachte, wie Rafe sie betrachtete, wenn sie in seiner Nähe war, fühlte sie sich durch ihn ganz und gar als Frau. Der Gedanke brachte Coral dazu, zurück an ihren Tisch zu eilen.

Rafe sprach mit einigen Gästen ein wenig entfernt auf der Terrasse. Coral setzte sich, freute sich nach der rauchigen Atmosphäre des Zimmers über die kühle Luft auf ihrem Gesicht und blickte auf den unter einem Vollmond glänzenden Ozean. An diesem Abend wirkten die gegen die entfernten Felsen schlagenden Wellen brutal und unerbittlich. Coral zitterte. Sie bevorzugte das Meer in gütiger Stimmung. Die Härte, die sie vorhin in Rafes Stimme gehört hatte, schlich sich in ihre Gedanken, und sie grübelte über den Mann, der nun auf sie zukam, lächelnd und charmant. Wer war er wirklich? Und was wollte er von ihr? Interessierte sie seine Motivation? Es fühlte sich so wundervoll an, bei ihm zu sein.

Die Lichter verdunkelten sich. Rafe nahm neben Coral Platz. „Die Show ist was Besonderes, sie haben gerade erst damit begonnen, außerhalb von Französisch-Guinea aufzutreten", flüsterte er mit funkelnden Augen. „Ich habe sie einmal gesehen, vor einer Weile, als ich dort war. Ich hoffe, Sie werden es genießen."

Stille setzte ein. Corals Aufmerksamkeit wechselte zur Bühne, wo das Spektakel begann.

Die Ouvertüre war dramatisch, weckte Gedanken an Donner und reißenden Regen; das Licht auf der Bühne wandelte sich allmählich von Rot zu Gold, beschwor den Tagesanbruch herauf. Zwei skulpturartige Figuren zeichneten sich allmählich vor dem Leuchten der Blitze ab: ein Mann und eine Frau, nackt, abgesehen von winzigen Lendenschurzen, wie die ersten Menschen zu Anbeginn der Zeit – lebendig, aber noch nicht wach.

Die Musik baute sich zusammen mit dem Summen des Chores zu einem Crescendo auf und der Tanz begann. Als die Sonne aufging, griff der Mann nach der Frau und sie reichten sich die

Hände. Er drückte sie sanft an sich und sie richteten sich langsam
auf, ihre Körper berührten sich, ihre Augen verloren sich ineinander. Sie tanzten, sinnlich, bewusst, bewegten sich, als ob sie eins
wären, ihre Körpersprache geschmeidig, als ihre Glieder sich vorsichtig entfalteten. Sie drehten sich und schaukelten, ineinander
verschlungen und einzeln, lehnten sich fast gegeneinander, berührten sich dabei kaum, ihre Bewegungen manchmal zärtlich,
manchmal fast brutal. Die erotischen Gesten des Mannes zu
seiner Partnerin hin waren zuerst zögerlich einladend, dann ani-
mierend, bevor sie immer fordernder und eindringlicher wurden.
Die Frau war zu Beginn zurückhaltend und schüchtern, dann
immer nachgiebiger, seine Liebkosungen schienen sie zu erregen.
Während sie zusah, spürte Coral, wie sich in ihr widersprüchliche
Gefühle entzündeten, als die zornige Energie des Tanzes sich mit
plötzlichen Szenen der Stille abwechselte.

Endlich aneinandergeklammert, zum ersten Mal in vollstän-
digem Kontakt, schwang und wirbelte das Paar in einer fließenden wellenartigen Bewegung über die Bühne, zum provoka-
tiven Rhythmus der Musik. Als die Ekstase ihren Höhepunkt erreichte, intensivierte sich die Gewalt des Orchesters und stoppte
dann. Die Sekunden vergingen, während die Tänzer sich fest
aneinanderschmiegten, als ob ihre Körper ineinander verschmolzen. Als sie ihre Gesichter zum Himmel hoben, zeigten
ihre Mienen unvorstellbare Freude. Die Show war zu Ende. Die
Tänzer, immer noch außer Atem, ihre Körper schweißglänzend,
verbeugten sich ein letztes Mal vor einem Publikum, das in Anerkennung solch meisterhafter Kunst trampelte, jubelte und ihnen
Blumen zuwarf.

Als die Lichter angingen, hatte Coral immer noch Gänsehaut.
Es war eine fesselnde Geschichte von Mann und Frau gewesen – der
endlose Kampf der beiden Geschlechter –, eine unerschrockene
Geschichte von Lust und Liebe, vibrierend mit ungehemmter Leidenschaft und primitiver Erotik.

Durch Talent und Finesse hatten die Tänzer etwas, das schmierig hätte sein können, in ein Meisterwerk aus Kunst und Sinnlichkeit verwandelt.

Coral hatte es sehr genossen und war tief berührt. Sie wandte sich an Rafe. Seine Augen, auf sie gerichtet, waren noch intensiver und unwiderstehlicher als je zuvor. Während der Show hatte sie seinen Blick fest auf sich gespürt, aber sie hatte erraten, was er dachte und ihre Aufmerksamkeit absichtlich auf die Bühne konzentriert. Warum hatte er sie zu dieser Show eingeladen? War es nur, weil er aufrichtig davon ausging, dass sie die Magie und Schönheit eines solchen *chef d'oeuvre* zu schätzen wusste? Oder hatte er die Einladung mit einer versteckten Absicht ausgesprochen?

Rafe lächelte sie an. „Wie hat es Ihnen gefallen? Was halten Sie davon?"

Er war sehr nah, hatte einen Arm um ihre Taille gelegt, um ihr von ihrem Platz hinter dem Tisch zu helfen – eine normale und galante Geste, aber trotzdem eine, die ihre Haut kribbeln ließ. Es war nicht das erste Mal, dass sie sich fragte, warum Rafe solch eine Wirkung auf sie hatte. Warum sehnte sie sich nun danach, dass er seinen Griff um sie verstärkte, damit sie seine kraftvolle Statur spüren konnte? Es wurde peinlich, nicht nur, weil sie sich unterlegen fühlte, sondern auch weil sie sicher war, dass er ihre Verwirrung bemerkte.

„Ich fand es herrlich, danke." Coral hob den Kopf, begegnete seinem glühenden Blick. „Es war sehr ..."

„Provokativ?", fragte er, als sie zum Parkplatz gingen.

„Ja. Ja, das ist ein gutes Wort dafür", antwortete sie und lachte über seine Versuche, sie zu necken.

„Ein Tanz der Verführung und des Vergnügens, nicht wahr?"

„Nein", erwiderte sie leise. „Ich würde es einen Tanz des Begehrens und der Liebe nennen."

Nachdem Rafe sichergestellt hatte, dass sie bequem im Alfa Romeo saß, ging er um das Auto herum. Obwohl sie sein Gesicht nicht sehen konnte, wusste Coral irgendwie, dass er grübelte. Er fuhr in konzentriertem Schweigen, der Kiefer angespannt, eine Vene pochte an seiner Schläfe. Ja, er grübelte tatsächlich.

Sie betrachtete seine kräftigen Hände auf dem Lenkrad. Es waren schöne Hände, mit langen Fingern und breiten Handflächen – die gleichen Handflächen, die sie nur Minuten zuvor gehalten hatten, hatten gekonnt zahlreiche Frauen gestreichelt und liebkost. Das Bild Cybils am Strand, in ihrem winzigen Bikini neben ihm liegend, und Morganas, für ihn im Nachtclub und wahrscheinlich auch in intimerer Umgebung tanzend, stiegen ungefragt vor ihren Augen auf. Er war zweifellos mit ihnen intim gewesen und für den Bruchteil einer Sekunde beneidete sie ihre Stiefmutter und die Bauchtänzerin.

Coral wurde aus ihren Gedanken gerissen, als das Auto in der Auffahrt von Whispering Palms anhielt. Sie wandte sich zu ihm, legte eine Hand auf seinen Arm. „Danke, Rafe. Es war ein fabelhafter Abend.“

„Es war mir ein Vergnügen. Ich bin froh, dass Sie es genossen haben“, antwortete er leise. Als er ihre Hand nahm, um ihr aus dem Auto zu helfen, zitterten seine Finger. Eine nervenzermürbende Stille senkte sich über sie, als sie sich in die Augen sahen. *Wird er mich küssen?* Rafe bewegte sich nicht, betrachtete sie weiter, seine Augen voller Andeutungen. Er ging doch sicher nicht davon aus, dass sie den ersten Schritt machte? Coral war kurz davor zu gehen, als er sie mit seinem hintergründigen Lächeln bedachte. „Möchten Sie auf einen raschen Nachttrunk mit hinaufkommen?“

War sie so durchschaubar? Warum hatte Rafe sie zu dieser Show eingeladen? Hatte er gewusst, dass Sandy und ihre Freunde an dem Abend nicht verfügbar sein würden? Es gab tausend Fragen, alle riefen ihr zu, dass es Wahnsinn wäre, diese neue Einladung anzunehmen, dass die ganze Sache Teil eines geplanten Szenarios war: das gemütliche, intime Essen, die darauffolgende

Show und nun …. Nun erkannte sie es. Ja, es war sonnenklar: Er hatte die ganze Zeit seine eigenen Absichten verfolgt. Unglücklicherweise hatte sie viel getrunken und ihre Sinne waren schon den ganzen Abend über in Aufruhr gewesen. Sie bildete sich die zwischen ihnen in der Luft liegende Spannung nicht ein, aber ein rotes Warnsignal drängte sie, zu ihrem Auto zu laufen und so schnell wie möglich von hier zu verschwinden.

Die Palmen sangen mit der Brise – es war so ein herrliches Geräusch. Die Brandung war an diesem Abend stark, ihr Rauschen in der Ferne schien wie ein Echo ihres Herzklopfens.

„Ja, das wäre nett." Ihre Antwort hallte in ihren Ohren und einen Moment lang war sie über ihre eigene Reaktion überrascht. Was tat sie da? Nun, es war nicht genug Zeit, um jetzt über Rafes verborgene Motive nachzudenken. Sie würde sich später darüber sorgen. Immerhin war sie jung und sollte ihr Leben leben. Hier bot sich eine Gelegenheit, in der romantischsten Kulisse, mit einem Mann, der nicht nur attraktiv war, sondern durch den sie sich auch lebendig und begehrt fühlte. Sie würde jede einzelne Sekunde auskosten. Und was konnte ein Drink schon schaden? Gewissensforschung und Charakteranalyse würden warten müssen.

Der Himmel über ihnen war gewaltig, gepunktet mit Sternen, die ihr zuzwinkerten, als Rafe sie zur Treppe lenkte und sich vor sie schob, um sie zum Haus hinaufzuführen. Coral fühlte sich seltsam unwohl, zitterte innerlich. Dieses Verhalten war für sie völlig uncharakteristisch. Sie hatte diese unerwartete Verlängerung des Abends ablehnen wollen. Es war nicht zu spät, ihre Entscheidung zu revidieren, aber als sie die Treppen hinaufgestiegen waren, flüsterte ihr die Stimme der Vernunft zu, dass es bald zu spät sein würde. Nein, nun gab es kein Zurückweichen mehr, sonst würde er das Interesse verlieren und sie ihn nie wiedersehen.

„Wir sind da", sagte Rafe, als er das Licht anmachte. Buster erschien im Türrahmen, wedelte zur Begrüßung mit dem Schwanz.

Als sie das letzte Mal in Whispering Palms gewesen war, hatte
das Haus im Halbdunkel gelegen und durch ihre Sorge hatte sie
nicht auf die Einrichtung geachtet. Nun, als Rafe sie durch die
Halle in ein großes Wohnzimmer führte, stellte Coral fest, dass
sein Mobiliar luxuriös, aber wie alles andere an ihm absolut ge-
schmackvoll war. Die Wände waren in einem warmen Gelb mit
blassgoldenen und olivgrünen Akzenten gehalten, verliehen dem
Raum eine angenehme und mondäne Atmosphäre. Wand-
leuchten und Tischlampen tauchten ihn in mattes Licht. Speere
und Schilde mit den schwarzen, roten und weißen Zickzack-
Mustern eines afrikanischen Stammes dekorierten eine Wand,
während die gegenüberliegende komplett mit buchgefüllten Re-
galen bedeckt war. Eine Schale Orchideen stand auf einem Bei-
stelltisch, und das Holztablett mitten auf dem Sofatisch war mit
einer köstlichen Pyramide exotischer Früchte beladen. Der
Boden und die Sofas waren mit feinen Leoparden- und Gepar-
denfellen bedeckt. Großzügige Fenster blickten auf eine weit-
läufige Terrasse, die vom Garten durch Spaliere und einen
Dschungel duftender Kletterpflanzen abgeschirmt wurde. Einige
Bambusstühle und -liegen boten einen bequemen Ort zum Entspannen und Tagträumen.

Rafe nahm eine Flasche und zwei Gläser aus einem Schränkchen.
„Ein kleiner Cognac? Oder vielleicht würden Sie Kaffee vorziehen,
beides wird Sie aufwärmen." Erneut überraschte er sie mit seiner
Aufmerksamkeit, er hatte bemerkt, dass sie zitterte. Das Frösteln
konnte nicht durch die herrlich milde Nacht kommen und sie
fragte sich, ob ihm dieser Gedanke auch schon gekommen war.

Coral beschloss, ausnahmsweise vernünftig zu sein. „Ich hätte
gern Kaffee, bitte."

Er lächelte auf diese umwerfende Art, die sie innerlich schmelzen
ließ. „Machen Sie es sich bequem. Ich bin sofort zurück."

Sie ging hinaus auf die Terrasse. Sie lag südwärts und hatte
dadurch den ganzen Tag Sonne. Der Duft der Blumen und Klet-

terpflanzen war betörend, machten sie ein wenig wirr im Kopf. Die Stimmen der zahllosen Insekten schienen die Luft mit ihrem ständigen schwachen Puls vibrieren zu lassen. Eine Sekunde lang hatte sie das beunruhigende Gefühl, dass ihre Anwesenheit ein Eindringen war, dass sie am Rande des privaten mondbeschienenen Universums eines anderen Menschen wandelte: Rafes Welt. Sie wünschte sich für einen Moment, für immer Teil jenes Traums zu sein.

Coral spürte seine Anwesenheit hinter sich und drehte sich um. Rafe stand sehr still da und sah sie einfach nur an. Sein Dinnerjacket hatte er ausgezogen, seine Fliege hing lose um seinen offenen Hemdkragen, und seine aufgerollten Ärmel enthüllten starke, gebräunte Unterarme. Er ging auf einen hohen Bastkorb zu, der als Tisch diente, stellte eine Tasse dampfenden Kaffees, ein Glas und eine Cognacflasche ab, nahm dann eine über seinem Arm liegende Decke und legte sie um Corals Schultern. Er ließ die Hände noch ein wenig auf ihnen ruhen, wie er es vor nicht langer Zeit auf dem Schiff getan hatte. Ihr Herz machte einen Sprung in ihrer Brust und vielleicht zuckte sie ein wenig zusammen, denn er zog sich sofort von ihr zurück. Ihr Zittern schien sich nur noch zu verstärken.

„Das sollte Sie aufwärmen", flüsterte Rafe, als er ihr die Kaffeetasse reichte. „Trinken Sie es langsam." Seine Stimme war liebkosend und seidig. „Diese Kaffeebohnen kommen von der Plantage von Freunden, die in den Ebenen von Südkenia an der Grenze zu Tanganjika wohnen. Das Aroma ist stärker als bei den Sorten, die Sie auf dem Markt finden."

Das heiße Getränk wärmte sie auf: Es war beruhigend und behaglich. Rafe stand ein oder zwei Schritte entfernt von ihr und genoss seinen Cognac mit Kennermiene. Er lehnte sich auf das Terrassengeländer und ließ seine Blicke über seinen Besitz bis zum in der Ferne liegenden Meer schweifen. Eine leichte Brise strich durch sein schwarzes Haar und er schob es von seinen Augen weg.

„Eine Sternschnuppe, Rafe. Wünschen Sie sich etwas", rief
Coral, versuchte, ihn in die Wirklichkeit zurückzubringen. Er sah
sie starr an, fragte sich vielleicht, was sie sich gewünscht hatte,
zeigte ihr dann sein hintergründiges Lächeln. Seine Hand strich
über die Brüstung und berührte ihren Ellbogen. Es war ein kurzer
Kontakt, aber er zog die Hand so rasch zurück, als ob er plötzlich
Angst davor hatte, sie anzufassen. Coral konnte ihn auf ihre
Lippen blicken sehen und ihr Atem wurde schneller.

Ihre Augen trafen sich, aber er bewegte sich weiterhin nicht,
sein steter Blick tauchte in ihre Seele, als ob er in Corals Innerem
intensiv nach etwas suchte.

Und dann versank sie plötzlich in seinen Armen, zitterte an
seinem starken Körper, während sein Mund zärtlich über ihre
Augen, ihre Wangen, ihren Nacken strich, er ihr sein Begehren
und Drängen sanft ins Ohr flüsterte. *So muss das Paradies sein,*
dachte Coral wirr, als sie sich an ihn schmiegte.

Als er endlich ihre Lippen küsste, war sein Mund sinnlich
und überzeugend. Der Kuss hielt an, langsam, tief, während seine
Hände sanft ihren Rücken herunterstrichen und sie fester an sich
zogen, sodass sie leicht aufkeuchte. Sie fühlte die magnetisch pulsierende Kraft zwischen ihnen so stark, dass sie ihren Körper nicht
davon abhalten konnte, auf den seinen zu reagieren. Ihr Atem
raste, ihre Ohren summten, Wärme überkam jede Stelle ihres
Körpers, und sie konnte bereits spüren, wie sich die Welle aufbaute, die sie bald mit sich reißen würde.

Abrupt ließ er sie los. „Nein. Nein, das ist nicht richtig. Es tut
mir leid …" Er beugte den Kopf und strich erneut durch seine
Haare. „Du darfst dich nicht in mich verlieben, Coral." Er sah zu
ihr auf, musterte ihr Gesicht mit schmerzhafter Intensität, dann
aber bewölkten sich seine Augen. „Es ist rein körperliche Anziehung, die dich zu mir zieht. Mach dir nichts vor. Du weißt
nichts von mir. Und das, was du bereits weißt, kann dich nur von
mir entfernen." Rafes Stimme war dumpf, als er sprach. Er

schluckte die in seinem abgestellten Glas verbliebene Flüssigkeit und schenkte sich einen weiteren Drink ein. Seine Augenlider flatterten, während er unregelmäßig atmete.

„So ist es nicht. Ich fühle mich gut, wenn ich bei dir bin. Ich weiß nicht, was es genau ist … Deine Stimme, deine Augen …. Es ist, als ob ich sie schon immer vermisst habe", flüsterte Coral. Sie konnte fühlten, wie sein Begehren nach ihr mit etwas anderem kämpfte. Was quälte ihn so sehr?

Rafe zog sie in einer beschützenden Geste an sich und sie ließ ihre Wange an seiner Brust ruhen. „Ja, ich weiß", sagte er, so leise, dass sie seine liebevollen Worte kaum hörte. „Ich wusste sofort, dass wir voneinander auf eine seltsame, beängstigende Weise angezogen werden, nicht wahr? Es ist, als ob wir aus dem gleichen Stück Ton gefertigt, aus einer Form kommen. Ich weiß das – ich habe es in dem Moment gefühlt, in dem du mich angesehen hast. Es war, als ob wir allein auf der Welt wären, du und ich. Ich habe es sogar schon gespürt, bevor ich dir begegnete, als ich deine Fotografien betrachtete und du für mich real wurdest. Aber da hatte ich das Ausmaß des Wunders noch nicht erkannt …"

„Hör nicht auf zu reden. Ich liebe deine Stimme. Ich liebe das, was du zu mir sagst. Bitte hör nicht auf zu reden." Coral umarmte ihn und spürte, wie er tief einatmete.

„Coral, meine Liebe, du bist zu rein, zu unschuldig, zu lebendig für mich", erklärte er langsam, fast vorsichtig. „Meine Welt ist wie ein Gemälde in Schwarz und Weiß auf einer grauen Leinwand, ohne auch nur einen Ton Farbe, der es zum Leben erweckt. Und nun fiel eine rote Blume auf dieses blasse, melancholische Bild, eine warme, duftende Blume." Er seufzte. „Es ist ein wunderbarer Kontrast, aber zu strahlend …"

Coral schloss ihre Augen, vom Ton seiner Stimme eingelullt, sich weigernd, ein solch trauriges und trostloses Bild zu akzeptieren. „Wenn das wahr ist, warum ist dann mein Herz mit diesem seltsamen und herrlichen Gefühl angefüllt?", murmelte sie.

Er antwortete nicht, umschloss sie aber mit seinen Armen, hielt sie eng an sich. Es war nun nichts Erotisches mehr in seiner Umarmung, nur Zärtlichkeit.

„Rafe", hauchte sie.

„Still, meine Liebe, meine süße, unschuldige Liebe. Bleiben wir eine Weile so, genießen wir schweigend diesen flüchtigen Moment, den wir von der Zeit, vom Leben geliehen haben … Einander so fremd und doch so nah, als ob wir schon immer zueinander gehörten."

So verblieben sie, ineinander verschlungen, unter Sternen, die wie silberne Nadeln im Boden des Himmels funkelten, hörten zu, wie ihre Herzen im tiefen Schweigen der Nacht im Einklang schlugen.

*   *   *

Rafe stand allein auf der Terrasse und sah zu, wie Corals Auto in die Nacht fuhr. Er drehte sich um, ließ sich in einen Stuhl fallen und zündete eine Zigarette an. Was um alles in der Welt hatte ihn dazu gebracht, Coral ins Haus einzuladen? Er hatte kein Recht, sie anzusehen, sie zu wollen, sie so zu berühren, wie er es den ganzen Abend über getan hatte. Er war sich seiner Wirkung auf sie völlig bewusst, dies erweckte aber kein Gefühl der Selbstzufriedenheit, sondern der Scham. Sein Kinn neigte sich entschlossen. Warum sollte er sich schämen? Morganas Worte trafen ihn wie ein Schlag ins Gesicht: *„Sie ist nur ein Mädchen."* War Coral zu jung? Sogar wenn sie entfernt voneinander standen, erreichten, berührten und erregten ihn ihre Gefühle. Sie war kein Mädchen. Sie war eine hinreißende, warmherzige Frau.

Die Erinnerung daran, wie sie sich an jenem Tag bei den Felsen in seinen Händen angefühlt hatte, ihre Lippen so verlockend nah, machte ihn schwindlig. Er hatte sie seitdem nicht aus seinen Gedanken bekommen können. Und er musste zugeben, auch wenn er zahllose Frauen gekannt hatte, hatte seiner Erinnerung nach keine von ihnen ihn so berührt; ihre Macht über ihn war beängstigend. Er lachte sich innerlich selbst aus. *Wer hatte hier wen verführt?*

Wie begierig sie ihn an diesem Abend angesehen hatte, direkt hier, wo er nun saß. Er hatte sich zuerst entziehen können, aus Angst, seiner Schwäche nachzugeben. Dann hatte er in ihre Augen gesehen, die durch die in ihnen stehenden Fragen noch blauer erschienen. Ihre Schönheit war so berauschend, dass es ihn schmerzte. Er hatte nicht einmal zu träumen gewagt, dass ein solches Wesen existierte. Er war wie gebannt. Er hatte die vollen Kurven ihrer Brüste betrachtet, als sie sich ein wenig schneller als sonst hoben und senkten, ihre weichen Lippen leicht offen, sodass er seinen erschöpften Atem mit der Süße und Frische ihres Atems hatte vermischen wollen. Er hatte auf der Suche nach einer Antwort, einem Zeichen in diese Augen gesehen …. Und dann war es geschehen … Er erinnerte sich, wie sie an seinem Körper gezittert hatte, als er ihr Gesicht und die zarte, in der Mitte ihres Halses pulsierende Vene geküsst, mit seinen Fingern konzentriert über ihren gewölbten Rücken gestrichen hatte, sich danach gesehnt hatte, jene üppigen Kurven zu erforschen, die unter seiner Berührung zitterten. Er konnte nicht fassen, wie wundervoll sie gewesen war, als sie sich instinktiv an ihn geschmiegt, sich seinem Körper angepasst hatte. Sie war an ihm sanft und nachgiebig gewesen – ein Traum, aus dem er nie mehr aufwachen wollte. Der Drang, sie gleich dort und dann zu nehmen, war überwältigend gewesen. Bei der Erinnerung daran schmerzten seine Sinne vor Erregung.

Erneut zwang er sich zurück in die Realität. Was tat er? Es war falsch, über Coral zu fantasieren. Er hatte verzweifelt gegen die Kraft seiner Leidenschaft gekämpft und sie erfolgreich weggestoßen. Aber nun wurde die in seinem Körper brennende Sehnsucht auf ein ebenso mächtiges Gefühl umgeleitet und konzentriert: Schuld. Wenn sie von der Dunkelheit wüsste, die seine Vergangenheit umhüllte, würde sie ihn nicht mehr wollen. Außerdem empfand sie für ihn nur Schulmädchenschwärmerei.

„So ist es nicht … Deine Stimme, deine Augen …. Es ist, als ob ich sie schon immer vermisst habe." Ihre Worte kamen zu ihm zurück, so schön, dass sie sein einsames Herz wärmten, alle möglichen Gefühle erweckten, die schon lange in einer winzigen Ecke seines Gehirns ruhten. Rafe konnte fühlen, wie er weich wurde, nachgab und den Kampf verlor. Tiefe Traurigkeit überkam ihn. Er erinnerte sich an den Duft ihrer Haare und das seidige Gefühl, als sie seinen Nacken streiften. In diesem Moment wusste Rafe, dass er Coral mehr wollte, als er je irgendetwas anderes in seinem Leben gewollt hatte. Sie war alles, von dem er je geträumt hatte, alles, was er sich je gewünscht hatte.

Rafe war erfahren genug, um zu begreifen, dass auch Coral ihn wollte, trotz ihrer Versuche, die wachsende Anziehung zu bekämpfen, ihre gesamte Körpersprache offenbarte ihm das. Er konnte sehen, dass der Funke zwischen ihnen sich immer entzündete, wenn sie einander nah waren. In solchen blendenden Momenten vernebelte sich sein Gehirn. Seine Entschlossenheit, sie nicht zu berühren, verpuffte und seine Sehnsucht nach ihr war fast überwältigend. Die fünfundzwanzigjährige Coral hatte eine ganz eigene Unschuld, verbunden mit einem großzügigen und leidenschaftlichen Wesen, und Rafe wusste, dass er die in ihr ruhende, sinnliche Frau erweckte. Bald würde ihr Körper Forderungen an sie stellen und sie wären beide an ihre Sehnsucht verloren. Nein, er würde das nicht initiieren.

Lieber Gott, was geschah mit ihm? Warum ergab er sich seinen Gefühlen, suhlte sich in Sentimentalitäten? Und warum um alles in der Welt hatte er ihr seine Seele offenbart, ihr Dinge eröffnet, die er kaum vor sich selbst zugeben konnte? Er konnte sich nicht erinnern, wann er sich das letzte Mal vor etwas oder jemandem so weich, so schwach gezeigt hatte, besonders vor einer Frau. Anscheinend gewann sein französisches Blut die Überhand – eine weitere neue Erfahrung. Eiskalte Angst ergriff sein Herz. Er würde sich nie verzeihen, wenn ihr etwas zustieß, insbesondere nicht, wenn es durch seine eigene Hand geschah. Er konnte sie nur vor sich beschützen, wenn er flüchtete.

*   *   *

Am nächsten Tag erwachte Coral mit dem sofortigen Begreifen, dass sich etwas in ihrem Leben geändert hatte – etwas Neues und Überwältigendes war entstanden. Während das goldene Licht des frühen Nachmittags sich durch die Fensterläden stahl, lag sie zwischen den seidigen Laken, Geist und Körper noch taub vor Schlaf, dachte zurück, badete in der Süße ihrer neu entdeckten Liebe. „Rafe", flüsterte sie sanft in ihr Kissen, als sie sich das stolze, schlanke Profil des Künstlers vor Augen rief. Ihr Herz füllte sich mit Zärtlichkeit, und ihr Körper wurde von Sehnsucht nach ihm erfasst.

Coral warf die Decken zurück und sprang aus dem Bett. Sie sah, dass es schon fast vierzehn Uhr war. Sie hatte zehn ununterbrochene Stunden geschlafen. Nachdem sie sich ein Bad eingelassen hatte, streifte sie ihr zartes Nachthemd ab und stand nackt vor dem bodenlangen Spiegel, betrachtete sich kritisch, als ob es seine Blicke wären, die über ihre Nacktheit schweiften. Es war ihr nie zuvor in den Sinn gekommen, aber sie war stolz auf ihren Körper – jung und schlank, mit Kurven an all den richtigen Stellen. Sie war auch stolz auf ihre Jungfräulichkeit. Plötzlich war diese kein lästiges Hindernis mehr, sondern wurde zum herrlichen Geschenk. Ihre Nacktheit war nie zuvor den Augen eines Mannes offenbart worden. Niemand hatte die Geheimnisse ihres Körpers erkundet, und zur rechten Zeit wollte sie in Rafes Händen endlich zur Frau werden.

Coral wusch sich und zog sich eilig an, ungeduldig, ihn zu sehen, mit ihm zu sprechen und ihn zu berühren. Als sie gerade das Zimmer verlassen wollte, kam Aluna mit einem Tablett voller Früchte herein.

„Guten Tag, junge Dame", sagte sie und stellte das Tablett auf den Tisch. „Du bist spät vom Ball gekommen." Sie sah Coral schief an. „Wie ich sehe, willst du schon wieder weg."

„Oh, ja. Ja, Aluna, liebe, liebste Aluna." Das Gesicht der jungen Frau strahlte mit offener Freude, als sie der *yaha* einen geräuschvollen Kuss auf die Wange gab.

„Ich hoffe, du planst keinen Unfug. Du siehst etwas erhitzt aus." Misstrauen klang aus der Stimme der alten Dienstbotin.

Coral hörte nicht zu, badete noch in der Euphorie des vergangenen Tages. „Ich habe den höchsten Berg erklommen, und das Leben dort ist wundervoll."

„Uhahhh", grunzte die ältere Frau. „Schnelle Kletterer erleben plötzliche Stürze."

Coral ignorierte die verdrießliche Antwort, als sie aus dem Raum flitzte, die Treppen hinunter und in ihr Auto, voller Ungeduld, wieder nach Whispering Palms zu fahren.

Dort angekommen parkte sie ihr Auto im Schatten des Hofes und wollte zum Haus hinauf gehen.

„Auf der Suche nach jemandem?" ertönte eine Frauenstimme hinter ihr.

Sie drehte sich um und sah Morgana, die in einer zwischen zwei Kokosnussbäumen angebrachten Hängematte schaukelte. „Wenn Sie gekommen sind, um Rafe zu sehen", fuhr sie fort und glitt mit der lässigen Eleganz eines Panthers von der Hängematte, „haben Sie Pech – er ist bereits weg."

„Dann komme ich ein anderes Mal wieder", antwortete Coral forsch und wandte sich zu ihrem Auto.

„An Ihrer Stelle würde ich mir die Mühe sparen."

„Sie sind aber nicht an meiner Stelle", gab die junge Frau zurück.

„Ich glaube nicht, dass ich das im Moment gern wäre." Die Tänzerin schlenderte auf ihre Rivalin zu.

Nun, da sie beide neben dem Auto standen, machte Coral sich unsicher am Schloss des Wagens zu schaffen, während Morgana mit stolzer Haltung die jüngere Frau durch üppige Wimpern betrachtete.

„Und warum?", fragte Coral, ohne aufzusehen.

„Ich glaube nicht, dass Ihnen gefallen wird, was ich zu sagen habe."

„Probieren Sie es aus", erwiderte Coral und warf den Kopf zurück, um in die kohlumrandeten Augen zu blicken, die sie ruhig ansahen.

„Dann kommen Sie – setzen wir uns hinein. Es ist kühler und bequemer."

„Ich fühle mich hier wohl."

„Wie Sie möchten." Die Tänzerin zuckte mit den Schultern. „Wenn es Ihnen nichts ausmacht, setze ich mich." Morgana ließ sich auf dem Boden nieder und lehnte sich an den Stamm einer Palme. Sogar in dieser ruhenden Position war sie die Verkörperung von Anmut. Das enge schwarze *kanga*-Kleid, das sie trug, betonte ihre wunderschönen Kurven, und Coral spürte einen gemeinen Stich in ihrem Herzen, als sie in schmerzhaften Gedanken vor sich sah, wie Rafe diese düstere, orientalische Schönheit liebte.

„Warum sind Sie hier, meine Freundin?", fragte Morgana.

„Das geht Sie nichts an, und Sie sind nicht meine Freundin", schnauzte Coral sie an. Die Erinnerungen an die letzte Nacht wirbelten nun heftig durch ihr Gehirn. *Diese Frau war seine Geliebte.*

„Er hat Mombasa verlassen. Er flüchtet vor Ihnen."

Coral drehte sich weg, bereit zum Aufbruch.

„Lassen Sie ihn in Ruhe. Er kann niemals Ihnen gehören."

„Ich glaube, ich habe genug gehört", sagte Coral, während sie die Autotür öffnete.

„Warten Sie!", rief Morgana aus, als sie aufsprang und Corals Arm ergriff. „Gehen Sie nicht. Hören Sie mich an und entscheiden Sie dann." Etwas in der Eindringlichkeit der Stimme der Tänzerin war überzeugend, oder lag es an dem hypnotischen Blick dieser dunklen Augen, die sie nun so nachdrücklich anstarrten?

Coral lehnte sich gegen das Auto und verschränkte die Arme. „Gut", gab sie mit einem Seufzer nach. „Ich höre mir an, was Sie zu sagen haben, aber beeilen Sie sich."

„Vielleicht denken Sie, dass meine Worte von Eifersucht motiviert sind. Das ist nicht der Fall."

Sicher, dachte Coral, *und ich bin die Königin von England.* „Das werde ich schon selbst beurteilen. Fahren Sie fort, ich höre."

„Selbstverständlich liebe ich Rafe. Ich würde fast alles für ihn tun, ohne je eine Gegenleistung zu erwarten, und er weiß das. Er ist mein Mann, mein Herr, ich bin die *bint el lail,* die hingebungsvolle Geliebte, die seine Nächte erfüllt, die beruhigt und liebkost, bis die Albträume verschwunden sind, die Schmerz durch Verzückung ersetzt."

„Ich kam nicht her, um zu erfahren, welche Spielchen Sie und Rafe im Schlafzimmer spielen", unterbrach Coral.

„Vielleicht nicht, aber Sie werden zuhören, weil Sie stolz, intelligent und sensibel sind."

Schmeicheleien werden dir nicht weiterhelfen, dachte Coral. „Nun, wenn ich all das bin, warum sollte Rafe vor mir flüchten?"

„Weil Sie für ihn einen Traum verkörpern – die Illusion dessen, was sein Leben hätte sein können, wenn er andere Entscheidungen getroffen und das Schicksal nicht schon so grausam in seine Welt eingegriffen hätte. Es ist zu spät für Menschen wie ihn, wie mich …"

„Finden Sie es nicht reichlich anmaßend, sich mit Rafe zu vergleichen?", unterbrach Coral erneut.

Morgana hob in einer entschiedenen Geste die Hand. „Bitte", sagte sie mit ernsten Augen, „lassen Sie mich zu Ende reden."

Coral seufzte. „Gut, dann fahren Sie fort."

„Ich vergleiche mich mit Rafe, weil wir uns auf viele Arten ähnlich sind. Es gibt bestimmte Ereignisse, die man nie vergisst,

Wunden, die nie heilen, oder, wenn sie es tun, deren Narben als plastische Erinnerung dienen. Das Leben hat aus uns Nomaden gemacht, und unsere einzige Hoffnung ist es, in Bewegung zu bleiben. Er wird sein Leben damit verbringen, eine Person zu suchen, die ihn an einem Ort halten kann, aber er wird sie nie finden. Wissen Sie, warum?"

Coral verlor allmählich die Geduld. „Nein, aber ich bin sicher, Sie brennen darauf, es mir zu sagen."

„Ja, ich werde Ihnen sagen, warum er nie aufhören wird, nach Glück zu suchen, ohne es je zu finden. Auch wenn er immer darauf hoffen wird, es zu finden, wird die Anstrengung, den Traum festzuhalten, zu groß, zu überwältigend sein. Es würde ihn erschöpfen."

„Wenn Ihre Worte wahr wären, würden drei Viertel der Weltbevölkerung ziellos auf dieser Erde herumirren."

„Glauben Sie mir, junge Dame, wenn ich Ihnen sage, dass es für Sie in seiner Welt der Geister und Albträume keinen Platz gibt – keinen Platz für Ihre frische Schönheit oder Ihre unbeschädigten Träume, keinen Platz für Ihre wundervolle Hoffnung. Er kann Ihnen nichts geben, weil er alles verloren hat. Versuchen Sie nicht, ihn zu halten, ihn an sich zu binden. Denn wenn es Ihnen gelingt und er schwächer wird, wird er Sie dafür hassen. Lassen Sie ihn. Er ist nicht unglücklich, er hat resigniert. Er hat sich unterworfen und gegen einen hohen Preis ein tiefes Verständnis des Lebens erlangt."

Coral zitterte nun vor Wut und Angst. Etwas in ihr warnte sie, dass ihre Liebe von einem gefährlichen Schatten jenseits ihres Begreifens bedroht wurde. So wie Morgana über Rafe sprach, könnte er auch gleich tot sein. Oh, wo war er? Warum war er nicht hier? Warum erschien er nicht plötzlich und zeigte dieser Frau, dass sie im Unrecht war?

„Wie können Sie sagen, dass Sie ihn lieben, wenn Sie solche grausamen und schrecklichen Worte benutzen, um ihn zu beschreiben? Ich werde weder glauben noch akzeptieren, was Sie sagen. Vielleicht trifft es auf Sie zu, aber ich kann Ihnen versichern, dass Rafe nicht so ist. Ich weiß, dass er es nicht ist. Man kann nicht so reden, berühren, lieben, wie er es letzte Nacht tat, wenn die Seele tot ist. Der Fremde, von dem Sie mir erzählen, hat kein Herz, keine Sinne, nichts …"

Morganas Augen glitzerten jetzt, zeigten, wie sie darum kämpfte, ruhig und gefasst zu bleiben. „Diese Stunden, die er mit Ihnen verbrachte, sind nur kurze, vorübergehende Fluchten aus dem Leben, die er ab und zu ergreift, wenn die Versuchung, den Traum zu verfolgen, überwältigend wird. Sie dauern nur so lange wie er sich selbst betrügen kann, nur so lang wie er die Realität ausschließen kann."

„Sie sprechen von ihm, als ob er alt wäre, invalide oder …" Sie holte tief Luft, fürchtete sich, das auszusprechen, was in ihren Gedanken war, „… oder tot."

„Tatsächlich ist er all dies", beharrte die Tänzerin.

„Nein!" Coral versuchte, den Schluchzer zu unterdrücken, der in ihrer Kehle starb. „Rafe ist ein gesunder, charismatischer und talentierter Mann mit einer Seele, die leidenschaftlich lieben und all seine Träume und Hoffnungen lebendig machen kann. Sehen Sie sich um."

„Wenn er so ist, wie Sie sagen, meine Freundin, warum ist er heute nicht hier?", fragte Morgana, die Stimme liebkosend, obwohl sie ihre junge Gegenspielerin mit brennenden Augen fixierte. „Warum erwartet er Sie nicht? Er wusste, dass Sie kommen würden. Trotzdem ging er und überließ es mir, sich um die Realität zu kümmern."

KAPITEL 6

Während sie sich zum Abendessen umzog, dachte Coral über die Ereignisse der letzten Wochen nach. Fast ein Monat war seit der emotionalen Unterhaltung mit Morgana vergangen. Zuerst hatte sie den Worten der Tänzerin keine große Bedeutung beigemessen, sie als von Eifersucht motiviert gesehen. Sie war davon ausgegangen, dass Rafe auf eine der Geschäftsreisen gegangen war, von denen er bei ihrem Essen berichtet hatte. Aber als die Zeit verging, und er nicht zurückkehrte, musste Coral sich der Realität stellen: Sie hatte in eine von seiner Seite vorübergehenden Schwärmerei zu viel hineingelesen. Er war so aufrichtig erschienen; seine wundervollen Worte hatten sie von der Zukunft träumen lassen. Nun wusste sie, dass es anders war. Scharfe Messer stachen in ihr Herz, als sie sich jeden Moment des letzten mit Rafe auf Whispering Palms verbrachten Abends vor Augen rief.

Wie hatte sie so begriffsstutzig sein können? Sie hatte sich immer als vernünftig, ausgeglichen und selbstsicher gesehen. Nun entdeckte sie zusehends, dass sie impulsiv und emotional war, und ihre Selbstsicherheit schwand rasend schnell dahin. Ihre Verlobung mit Dale war ein großer Fehler gewesen – und er hatte sie betrogen –, und kaum dass sie sich von dieser schmerzhaften Erfahrung erholt hatte, hatte sie sich kopfüber in die nächste Katastrophe gestürzt. Warum fühlte sie sich immer von Frauenhelden angezogen? Allein der Gedanke, dass sie Rafe hatte ver-

trauen wollen, sogar gedacht hatte, sie würde sich in ihn verlieben. Würde sie nie dazulernen? Irgendetwas stimmte ganz
sicher nicht mit ihr, insbesondere wenn es um Männer ging. Entweder schätzte sie sie falsch ein, oder sie hatte nicht die geringste
Ahnung, wie sie mit ihnen umgehen sollte. Warum konnte sie
nicht entspannter, abgeklärter sein? Andere Frauen ihres Alters
sprangen gutgelaunt von einer lockeren Affäre zur nächsten,
wurden spielend mit Gutem und Negativem fertig, verbuchten
alles als Lebenserfahrung. Es war höchste Zeit, dass sie sich zu-
sammennahm und ihr Leben fortsetzte.

Coral hatte tagelang versucht, ihren Kummer zu ignorieren,
indem sie sich in die Arbeit vergrub, weitere Fotos für die Reportage und weitere Notizen für ihre Artikel machte. Oft ging sie
mit ihrer Kamera hinunter zum Strand, um einen herrlichen Sonnenaufgang oder -untergang einzufangen, ertappte sich aber dabei,
wie sie auf dem weiten Strand nach Rafe Ausschau hielt, den Ozean
nach dem weißen Dingi absuchte. Ein Teil von ihr sehnte sich
danach, ihn wiederzusehen, konnte das Gefühl, das er in ihr her-
vorgerufen hatte, nicht vergessen, während der andere Teil rebel-
lierte, kämpfte und ihn verabscheute. Nichts davon ergab Sinn.

„Du siehst gar nicht gut aus, mein Kind", hatte Aluna immer
und immer wieder kommentiert. „Du erzählst Aluna in letzter
Zeit nicht viel, aber deine alte *yaha* ist nicht blind. Du kannst
mich nicht täuschen – ein Mann steckt hinter all dem, es ist immer
ein Mann. Ach! Männer, sie sind alle gleich ... Jäger! Frauen sind
ihre Beute."

Dann war die Einladung nach Narok eingetroffen. Freunde
ihres Vaters, an die sie sich vage erinnerte, hatten geschrieben, wie
begeistert sie sein würden, wenn sie und „die liebe Cybil" sie für
einige Wochen auf ihrer Kaffeeplantage besuchen würden. Sie war
nie im Rift Valley und dem Masai Mara gewesen, es würde ihr die
Möglichkeit geben, einen anderen Teil Kenias kennenzulernen
und interessante Fotografien zu machen. Es bedeutete auch, dass

sie von der Küste weg und alles hinter sich lassen konnte, was sie an Rafe erinnerte. Vielleicht würde sie dann vergessen können.

Die Einladung war ihr willkommen, trotz der unerfreulichen Aussicht, so viel Zeit mit ihrer Stiefmutter zu verbringen. Sie war froh, dass auch Aluna eingeladen war. Lady Langley hatte sie ausdrücklich erwähnt: *...und ich hoffe, dass Ihre zauberhafte yaha, die sich so gut um uns gekümmert hat, als wir den armen Walter besuchten, Sie begleiten können wird.*

„Ich nehme an, sie brauchen ein weiteres Paar Hände in der Küche", hatte Aluna gemurrt, aber Coral wusste, dass Aluna sich freute, dass man an sie gedacht hatte, auch wenn sie sich ihrer Rolle auf der Reise bewusst war.

Lady Langleys Kongoni-Plantage hatte eine herrliche Lage oben auf einem Kamm im Vorgebirge, auf halbem Wege zwischen Nairobi und Narok, am Ende einer sandigen Straße, die durch ein Gebiet mit Kokospalmen verlief. Sie wurde von weiten Ebenen umgeben, dem einsamen Land der Steppenroller, mit einem See, in dem sich der Himmel und die direkt darunterliegenden Hügel spiegelten. Das Haus war eine Villa aus den 1940er-Jahren, vollständig aus altem Stein erbaut, mit olivgrünen Fensterläden, die Wände mit vielfarbigen Kletterpflanzen überwuchert. Von einer sehr breiten Veranda führten niedrige Stufen zu einer großzügigen Fläche smaragdgrünen Rasens, der sich zu einem kleinen privaten See hin senkte, in dem pinkgarbene Pelikane sich sonnten.

Das Kongoni-Anwesen bestand aus fünfhundert Morgen, die fast ausschließlich zum Kaffeeanbau genutzt wurden, und war, wie Mpingo und Whispering Palms, eines der wenigen bewirtschafteten Anwesen, die noch Siedlern gehörten. In den letzten sechs Jahren, seit dem Tod ihres Ehemanns, hatte Lady Langley auf dem Grundstück einige Bungalows erbauen lassen und unauffällig eine Handvoll zahlender Gäste aufgenommen, die sie nach diskret in Umlauf gesetzten Erkundigungen sorgfältig ausgewählt hatte. Trotz Kenyattas Versicherungen, dass alles in bester Ordnung war, machte die britische Expatgemeinschaft sich über die politische Situation in Kenia zunehmend Sorgen, und viele von ihnen verkauften ihre Farmen und kehrten nach England zurück. Lady Langley hatte sich entschieden geweigert, dasselbe zu tun. Sie liebte ihr Leben in Afrika und hatte viel Zeit darauf verwandt, sich hier mit ihrem verstorbenen Ehemann ihr perfektes Zuhause zu schaffen und es dann allein weiter aufzubauen. Wie für jede Engländerin war ihr Garten ihr eine Quelle des Stolzes und der Freude, und sie hatte mit viel Mühe eine kleine Ecke Englands in der exotischen afrikanischen Landschaft nachgebildet. Von den fünfhundert Morgen ihres Besitzes wiesen die drei das Haus umgebenden die herrlichsten Beete englischer Blumen auf, ihr nostalgischer Duft erfüllte die trockene afrikanische Luft.

Coral war sofort davon angetan gewesen und hatte die ersten Tage zufrieden faulenzend in einer Hängematte verbracht, lesend, dem Vogelzwitschern und den fernen Geräuschen des kenianischen Busches lauschend. Manchmal lieh sie sich einen der vielen Jeeps der Plantage und fuhr zu dem örtlichen Markt am Fuße des Hügels, um Reihen baufälliger Buden zu durchstöbern, die Pyramiden aus Früchten und Maiskolben, Körbe mit Fischen und Maniok, Kürbisflaschen mit Palmwein und weitere exotischen und ungewöhnlichen Waren anboten. Aluna begleitete sie oft in diesem staubigen Wirbel. Das waren die unterhaltsamsten Momente, denn sie wurde in das Herz des lärmenden Kreises des Feilschens, bunter Austausche und des Tratsches am Wegrand hineingezogen, dem sich die alte Dienstbotin hingab. Coral hatte fast vergessen, wie unglaublich gesellig die kenianische Kultur war, und es amüsierte sie, daran zu denken, wie völlig fremd das westliche Konzept der „persönlichen Distanz" diesen Menschen war, als sie die gutgelaunten großen Gruppen sah, die miteinander plauderten, während manchmal jemand interessiert über ihre Schulter blickte, um zu sehen, was sie gekauft hatte, und sie zu fragen, woher sie kam.

Heute aber hatte Coral das Haus nicht verlassen, nachdem sie erfahren hatte, was geplant war. „Es werden heute Abend mehrere interessante Gäste zu unserer jährlichen Party kommen", hatte Lady Langley am Morgen beim Frühstück verkündet, „unter ihnen einige der besten Jäger aus diesem Teil der Welt, sowie ein alter Freund meines Ehemannes und mir, der von Zeit zu Zeit zu Besuch kommt, wenn er in der Nähe geschäftlich zu tun hat. Du kannst ihn vielleicht überzeugen, sich als Fremdenführer auf einer dieser aufregenden privaten Safaris zu Verfügung zu stellen. Er kann der Bitte einer schönen Frau nie widerstehen."

Coral war fast damit fertig, sich zurechtzumachen, trug als letzten Schliff ihr Lieblingsparfum auf Schläfen, Hals und Handgelenke auf, während sie über die Worte ihrer Gastgeberin nachdachte. Sie hatte schon immer auf eine Safari gehen wollen. Es würde so aufregend sein, außerdem musste sie an ihre Reportage denken und würde gern auf andere Weise damit Fortschritte machen. Wie konnte man besser Material sammeln als auf einer Safari? Sie dachte daran, wie verärgert sie als Kind gewesen war, wenn man ihr das Vergnügen, die „Erwachsenen" auf solch aufregende Expeditionen zu begleiten, verweigert hatte. Aus Mangel an Fußwegen und wegen der hohen Kosten wurden die altmodischen Safaris dieser Tage kaum noch durchgeführt. Manchmal aber hörte man von vollausgestatteten Safaris, durchgeführt von ehemaligen Jägern, mit einer Kamelkarawane, die alles vom Morgenkaffee bis zum abendlichen Bad transportierte, wie in alten Zeiten. Ihr wurde bewusst, dass noch vieles andere der alten Lebensart der Siedler nun in die Vergangenheit schwinden würde. Durch das neue Regime würde die alte Generation bald noch weitere Dinge wie die zahllosen Dienstboten aufgeben müssen, was ihnen schwerfallen würde. Trotzdem, ein neues und realistischeres Kenia war für die neue Generation eine viel aufregendere Aussicht. Was aber die heutige Safari betraf, ging sie nicht davon aus, dass Lady Langley eine der Expeditionen im alten Stil gemeint hatte. Coral dachte sich aber, dass auch eine bescheidene Unternehmung ihre Bedürfnisse befriedigen würde.

Während sie durch ihren Schrank gesehen hatte, um ein Kleid für den Abend auszusuchen, war ihr Blick auf das saphirfarbene Kleid gefallen, das sie für Rafe getragen hatte. Coral hatte den Impuls, über das Vorgefallene weiter nachzugrübeln rasch unterdrückt und sich gesagt, dass es keinen Sinn hatte, wieder darüber nachzudenken. Die Erinnerung an Rafe würde sich dem rasch wachsenden Stapel toter Blumen zugesellen müssen, die sie in einen Winkel ihres Gehirns verbannt hatte.

Sie hatte stattdessen ein schwarzes Minikleid gewählt. Es war ziemlich gewagt – ärmellos, mit tiefem Ausschnitt und einem Saum, der hoch genug saß, um den Großteil ihrer Beine vorteilhaft zu enthüllen. Coral hatte es aus abenteuerlicher Laune heraus in der New Yorker Upper East Side gekauft, in der neuen Boutique der „Youthquake"-Designerin Betsey Johnson, davon ausgehend, dass es Dale gefallen würde. Der mit winzigen Pailletten bedeckte Stoff schimmerte bei jeder ihrer Bewegungen. Schwarz stand ihr, betonte ihre sonnengebräunte Haut und den goldenen Schimmer ihres Haares, welches sie zu diesem Anlass offen trug.

Normalerweise scheute Coral auffällige Kleidung und hielt sich an den konventionelleren Stil, der ihrer Persönlichkeit und ihrem Bedürfnis nach bequemer Kleidung entsprach. Aber an diesem Abend fühlte sie sich bereit, das naive kleine Mädchen hinter sich zu lassen und sich ein wenig neu zu erfinden. Sogar ihr Make-up war anders: Ein tief burgunderroter Lippenstift verlieh ihrem Mund verführerischen Glanz, und das rotbraune Rouge auf ihren Wangenknochen ließ ihr Gesicht noch schlanker wirken und intensivierte das Blau ihrer Augen. Ihr Spiegel zeigte das Bild einer selbstwussten und verführerischen Frau, sehr zu ihrer eigenen Überraschung.

Bevor sie das Zimmer verließ, überkam Coral einen Moment lang Panik, als sie sich betrachtete und sich fragte, ob sie vielleicht übertrieben hatte. Ihre Mutter hätte es sicher nicht gebilligt, Aluna würde es auch nicht gutheißen, und sie war dankbar, dass ihre *yaha* nicht erschienen und wahrscheinlich zu beschäftigt damit war, in der Küche auszuhelfen. Coral warf einen letzten Blick in den Spiegel, schüttelte dann alle Bedenken ab und ging, um sich zu den anderen Gästen zu gesellen.

Als sie den Flur zur Halle entlangging, erstarrte sie beinahe, als sie Dale sah, der unten an der Haupttreppe stand und anscheinend in eine Unterhaltung mit der Gastgeberin vertieft war. Was um alles in der Welt tat er hier? Corals Schritte wurden zögerlich, als sie ihren Schock zu verbergen suchte. In ein perfekt maßgeschneidertes Dinnerjacket gekleidet, ein Glas Champagner in der einen Hand, während die andere lässig auf dem Geländer ruhte, strahlte er Reichtum und Macht aus. Sie erkannte die attraktive Aura, die sie einst überwältigt hätte, aber heute ließ es sie kalt. Er war immer noch ausgesprochen gutaussehend, aber es war etwas Lautes und Vulgäres an ihm, das sie nie zuvor bemerkt hatte.

Coral hatte sich oft gefragt, wie es wäre, Dale wiederzusehen, und wie sie sich dann fühlen würde. Nun wusste sie es. Als er den Kopf hob und sie in seine berechnenden grauen Augen blickte, die sie mit offensichtlicher Anerkennung musterten, fühlte Coral nichts als Gleichgültigkeit für den Mann, den sie hatte heiraten wollen. Es war seltsam, wie schnell sich die Gefühle verändern konnten, immerhin war es weniger als sechs Monate her.

Dales Blick wurde weicher, als sie ihn erreichte. „Hi, Coral. Welche Überraschung, dich zu sehen – du siehst atemberaubend aus." Die gedehnte amerikanische Aussprache, die einst ihren Puls schneller hatte schlagen lassen, hatte sich nicht verändert, aber sie ließ sie völlig kalt.

„Hallo, Dale", sagte sie mit ungezwungener Stimme, während sie ihre Hand ausstreckte und ihn kühl anlächelte.

Ihrem ehemaligen Verlobten so zu begegnen war das Letzte, das Coral erwartet oder sich gewünscht hatte, aber die offensichtliche Bewunderung, die sie in den Augen des jungen Mannes lesen konnte und die Tatsache, dass er ihre Gefühle nicht mehr in Aufruhr versetzte, ließen sie überlegen, ob diese Begegnung eventuell recht aufregend werden könnte. Seit dem Morgen hatte sie eine Art Verzauberung in der Luft wahrgenommen, so als ob etwas Wichtiges geschehen würde, und instinktiv hatte sie sich dem Anlass entsprechend angezogen. An diesem Abend fühlte sie sich wagemutig. Es würde sicher schmeichelnd und unterhaltsam sein, Dales Aufmerksamkeit erneut zu genießen, während er sie nicht mehr verletzen konnte.

Ihre Gastgeberin hatte sich taktvoll einer anderen Gruppe von Gästen zugewandt, und das ehemalige Paar sah sich nun schweigend an. Coral bewegte sich, um jemanden vorbeizulassen, und ohne Vorwarnung schlang Dale einen besitzergreifenden Arm um ihre Taille und führte sie ins Wohnzimmer. Warum war sie überrascht, dass seine Nähe sie nicht berührte? Rückblickend war dies nie der Fall gewesen, zumindest nicht auf die Art, wie es Rafes Berührung tat. Rafe … Ihr Herz zog sich schmerzhaft zusammen. Wo war er jetzt? Der Gedanke dauerte nur Sekunden. Nein, vergessen und weiterziehen. Dale war hier, sie kannte ihn gut genug. Dies war ihre Möglichkeit, harmlosen Spaß zu haben und ihm zu zeigen, was ihm entgangen war.

„Lass uns nach draußen gehen", schlug er nach einigen Minuten der Unterhaltung vor, während er sein Glas auf einem Tisch in der Nähe abstellte. „Dieser Raum ist zu hell, zu heiß und zu überfüllt."

Draußen war die Luft frisch und kühl. Abgesehen von den vielfarbigen Glühbirnen in den Büschen und dem Schimmern des Wassers hinter dem abschüssigen Rasen war die afrikanische Nacht schwarz, die Zweige mächtiger Bäume hingen über den Wegen.

Vor ihnen, über den entfernten Hügeln, schien der mysteriöse Halbmond ihnen zuzusehen. Sie gingen den gepflasterten Weg entlang. Dale hatte ihren Arm durch seinen gezogen, führte sie langsam auf den See zu.

„Ich muss ein Geständnis machen", sagte er, plötzlich die Stille unterbrechend und abrupt anhaltend.

Coral runzelte die Stirn und formulierte ihre Antwort neutral. „Möchte ich sie hören?"

Er strahlte. „Es war eigentlich keine Überraschung, dich hier zu sehen."

Coral zuckte unbekümmert mit den Schultern. Der Gedanke, dass die Welt nicht so klein war, war ihr seltsamerweise schon gekommen. Sie wusste, dass Dale und seine Familie oft nach Kenia gereist waren und hier viele Freunde hatten, daher rührte auch die fabelhafte Sammlung afrikanischer Bilder und Bronzen, aus denen die Ausstellung bestand, bei der sie ihn kennengelernt hatte. Aber sie fragte sich, wie er dieses Treffen eingefädelt hatte. Zweifellos brannte er darauf, es ihr mitzuteilen.

„Ich habe bei euch in England angerufen, und deine Mutter sagte mir, dass du nach Kenia gereist wärest. Dann fiel mir ein, dass du deinen Vater als begeisterten Jäger bezeichnet hattest. Josh Langley liebte die Jagd ebenfalls und er war ein sehr guter Freund meines Vaters. Also habe ich Lady Langley in der kleinen Hoffnung kontaktiert, dass sie deinen Vater kennen würde. Ich hatte Glück. Ich erzählte ihr, dass wir verlobt gewesen waren und ich es vermasselt habe und es wieder gutmachen wolle. Ich fragte, ob sie mir helfen könne, indem sie uns beide zu einer ihrer Partys einlädt. Ich musste sie ein wenig überreden, aber letztlich habe ich es geschafft."

Er sah sehr zufrieden mit sich aus, und Coral fühlte sich wie eine Närrin. Sie wurde nicht gern manipuliert, hier war alles offensichtlich durchtrieben eingefädelt worden. Vielleicht wären andere geschmeichelt gewesen, sie aber fühlte sich in die Enge getrieben. Sie klatschte in die Hände. „Bravo", sagte sie, ihr Ton eisig. „Aber warum bin ich überrascht? Es ist so ganz deine Art."

„Ich bin ein Mensch der Tat. Ich war schon immer so, und deshalb bekomme ich alles, was ich möchte." Er neigte sich beim Gehen näher zu ihr.

„Diesmal wird es nicht funktionieren", antwortete sie und versuchte, ihre innere Anspannung zu verbergen.

„Oh, Coral, ich war so dumm." Er zog sie an sich, vergrub sein Gesicht in der Wärme ihres Nackens. „Sag mir, dass es nicht zu spät für uns ist, Baby", flüsterte er und suchte dringlich ihre Lippen.

Coral fühlte, wie sich ihr Körper angesichts seiner ungewöhnlichen und unangebrachten Zurschaustellung von Leidenschaft erschrocken versteifte. „Nein, Dale", sagte sie fest und schubste ihn weg. „Hör auf, bitte, hör auf …"

„Es tut mir leid", entschuldigte sich ihr Begleiter und hatte sich umgehend wieder im Griff. „Du siehst heute so schön und begehrenswert aus – aber du hast recht, vergib mir. Ich muss behutsam sein."

„Das wird keinen Unterschied machen. Selbst wenn ich noch gezweifelt hätte, was ich nicht tat, haben deine Worte mir deutlich gemacht, dass wir nicht zueinander passen. Genießen wir einfach den Abend, ja?"

„Gib mir eine zweite Chance, Coral. Ich weiß, dass ich mich wie ein Idiot benommen habe. Lass es mich wieder gutmachen. Ich fange damit an, dass ich uns beiden einen Drink hole, während du auf der Bank dort auf mich wartest." Er zeigte auf einen Holzsitz, der einige Meter entfernt unter einem prächtigen Baum stand. „Wäre dir Champagner recht?"

Coral nickte zustimmend und ging hinunter zum Rand des Sees. Sie würde keine Szene machen, nahm sich vor, an diesem Abend sogar freundlich zu Dale zu sein. Immerhin machte es Spaß, umworben zu werden. Während des letzten Jahres hatte ihr Ego einen grausamen Schlag hinnehmen müssen, aber wenn Dale ein weiterer von Lady Langleys Gästen war, würde sie ihren Aufenthalt in Narok vielleicht verkürzen.

Die Nacht war mit dem süßen, durch die kühle Brise schwebenden Duft der Büsche und Blumen erfüllt. Während sie die Wellen betrachtete, die sich auf der trüben Oberfläche des Sees bildeten, durchlief sie ein Schauder bei dem Gedanken daran, wie tief dieses Wasser war. Coral wollte gerade zurück zur Bank gehen, als ihr beschleunigter Herzschlag sie vor der Gegenwart einer dunklen Figur warnte, die bewegungslos neben dem Sitz stand. Sie hätte die Silhouette überall erkannt, musste aber trotzdem einen überraschten Ausruf unterdrücken und tief einatmen.

Corals sämtliche Vorsätze, bei einer erneuten Begegnung ruhig zu bleiben, waren dahin, als sie hervorstieß: „Was tust du hier?"

„Wahrscheinlich das Gleiche wie du – die kühle Luft einer friedlichen Nacht genießen."

„Wie lange stehst du schon dort?"

Rafe lachte knapp. „Oh … Ich würde sagen, lange genug, um Zeuge der Wirkung, die du auf deinen Begleiter hast und deiner eigenen sehr vorhersehbaren Reaktion zu werden." Seine ruhige Stimme hatte einen scharfen Unterton.

„Was meinst du damit?"

„Ich meine, dass man, wenn man ein so knappes Kleid wie dieses anzieht, nicht überrascht sein darf, wenn junge Männer daraufhin ihre Begeisterung zeigen. Wer mit dem Feuer spielt, verbrennt sich."

Der Ton war sarkastisch und wichtigtuerisch, und obwohl Coral seine Augen nicht sehen konnte, erriet sie deren Ausdruck. Er besaß die Unverfrorenheit, anzunehmen, dass er in ihrem Leben auftauchen, sie im Sturm erobern und sich dann beiläufig wieder entfernen konnte, ohne die geringste Rücksichtnahme auf ihre Gefühle. Und nun schien er ihr Verhalten zu verurteilen. Sie gab sich Mühe, ihren Ärger niederzukämpfen.

„Was geht es dich überhaupt an?" Sie hatte ihre Beherrschung wiedererlangt, aber ihre Stimme zitterte. „Ich bin alt genug, mich um mich selbst zu kümmern."

„Sicher. Trotzdem, es war nur als Warnung gedacht." Rafe trat aus den Schatten und lächelte sie schief an. Hier war er nun, nach all der Zeit aus dem Nichts aufgetaucht, und erwartete, sie sofort unter seinen Einfluss zu bringen. Wofür zur Hölle hielt er sich?

„Weißt du was, Monsieur de Monfort?", brach es aus ihr heraus, während sie ihre Fäuste so fest ballte, dass sie fühlte, wie sich ihre Nägel in ihre Handflächen bohrten, „du bist unverschämt … Du bist unfassbar unverschämt."

„Bin ich das? Und weißt du, Miss Sinclair, was ich jetzt am liebsten täte?", gab er mit einem bösartigen Glitzern in seinen Augen zurück.

„Nein, und nichts könnte mich weniger interessieren!", fuhr sie ihn an, schnitt ihm das Wort ab und nahm ihm die Befriedigung, es ihr zu sagen.

Coral holte mehrfach tief Luft, um sich zu beruhigen. Sie zitterte so sehr, dass ihr Körper außer Kontrolle schien. Verflucht sei dieser Kerl. Er hatte eine Art, sie anzusehen, die sie schwach vor … Nein, es war am besten, nicht darüber nachzudenken. Aus dem Augenwinkel sah sie Dale das Haus verlassen. Es würde nicht leicht sein, in dem enganliegenden knappen Kleid an Rafe vorbeizugehen, über das er so abfällig gesprochen hatte. Sie fühlte sich nackt und war sicher, dass er ihre Scham bemerken würde. Nun sammelte sie ihre gesamte Willenskraft, schaffte es, ihm einen hochmütigen Blick zuzuwerfen und ging zu Dale. Mit zitternden Fingern nahm sie den Drink von ihm entgegen, verschüttete dabei einige Tropfen Champagner.

„Was ist los?", fragte der junge Mann. „Du scheinst aufgebracht."

„Oh, nichts … Ich dachte, ich hätte in der Dunkelheit ein Tier gehört", erwiderte sie, sagte das Erste, das ihr in den Kopf kam. „Gehen wir hinein. Ich finde es hier draußen ziemlich kühl."

Sie gingen zurück ins Haus und schoben sich durch die Menge ins Esszimmer, wo sich bereits mehrere Gäste um das ansprechende Buffet versammelt hatten. „Sollen wir uns etwas zu essen holen? Der Geruch vom Buffet macht mich hungrig. Dich nicht?", fragte Dale.

„Ah, da bist du, Coral, Liebes!", rief Cybil aus und schlängelte sich durch die Gäste.

In ihrem locker sitzenden, von den Zwanzigern inspirierten Kleid aus grüner Seide sah sie unnahbar und mondän aus. Das ausgeschnittene Oberteil wurde von dünnen Schulterträgern gehalten, während der Rock bis auf die Knie fiel. Der verzierte Saum endete in Zipfeln, die ihre wohlgeformten Knöchel betonten. Die fuchsienfarbige Schärpe mit dem doppelten Knoten um die Hüften hob beim Gehen den Schwung ihres Körpers hervor. Alles von der perfekten Schmachtlocke mitten auf ihrer Stirn bis hin zu den Riemchenschuhen war darauf ausgerichtet, eine raffiniert aufreizende Wirkung hervorzurufen. Coral war sicher, dass Rafe damit angezogen werden sollte, was ihrem Herz einen eifersüchtigen Stich versetzte.

„Hallo, Cybil", sagte sie, als ihre Stiefmutter zu ihnen kam, mit den Perlenschnüren einer langen Halskette spielend, die locker bis unter ihre Taille hing. „Cybil, das ist Dale. Dale Halloway, ein alter Freund. Dale, dies ist Cybil Sinclair, meine Stiefmutter."

„Oh, ja, Dale Halloway, ich weiß … Ich habe Sie von den Fotografien erkannt." Cybils Blick glitt amüsiert über ihn, als sie die Worte betonte, sich auf die Fotos in den Gesellschaftsspalten beziehend, die ihre damalige Verlobung verkündet hatten. „Wie außergewöhnlich, dass ihr beide euch so wiedertrefft, so unerwartet und dazu noch an einem solch romantischen Ort. Wie klein die Welt doch ist!"

„Ja, es ist herrlich, Coral wiederzusehen", stimmte Dale zu und legte einen besitzergreifenden Arm um die Schultern seiner Begleiterin.

„Hm …" Cybil nahm einen tiefen Zug von ihrer Zigarette, die in einem eleganten Zigarettenhalter aus Bernstein steckte. Sie ignorierte die Anwesenheit ihrer Stieftochter, während sie fortfuhr und ihre Worte sorgfältig betonte, um ihre Botschaft einsinken zu lassen. „Coral war in letzter Zeit recht niedergeschlagen. Vielleicht wird es ihr guttun, eine alte Flamme wiederaufleben zu lassen. Ich zähle auf Sie, junger Mann." Cybil lächelte Dale an und drückte wissend seinen Arm, bevor sie zu einer Gruppe von Freunden schlenderte, die, wenn man von ihrer überschwänglichen Begrüßung ausging, begeistert waren, sie zu sehen.

„Ich hole uns etwas zu essen. Hast du Lust auf etwas Bestimmtes?", fragte Dale.

Coral fühlte sich elend, ihr war nicht länger nach Gesellschaft zumute. Es war schlimm genug, sich den ganzen Abend mit Dale auseinandersetzen zu müssen, aber zusätzlich noch unter Rafes Anwesenheit und seinen sarkastischen Kommentaren leiden zu müssen, war mehr als sie ertragen konnte. „Nein, ich bin nicht sehr hungrig."

„Nichts gibt einem mehr Auftrieb als eine warme Mahlzeit."

Coral seufzte. Diese Begegnung mit Cybil hatte ihr jeglichen eventuell vorhandenen Appetit vergehen lassen. Der Abend entwickelte sich zu einem unerwarteten Albtraum, und sie war kurz davor, sich mit vorgeblichen Kopfschmerzen in die Einsamkeit ihres Zimmers zurückzuziehen und ihn so umgehend zu beenden. Wäre sie ehrlich zu sich selbst gewesen, hätte sie erkannt, dass es Rafes Anwesenheit war, die sie verunsicherte und das in ihrer Magengrube sitzende Gefühl der Übelkeit verursachte. Sie hätte den quälenden kleinen Stich erkannt, der sie dazu brachte, jedes Mal zur Tür zu sehen, wenn jemand den Raum betrat. Coral wusste nicht, was sie tun oder sagen würde, wenn er wieder erschien. Trotzdem, obwohl er ihr emotionales Gleichgewicht bedrohte, sehnte sie sich absurderweise nach seiner Anwesenheit und … vielleicht nach mehr.

Dale kam mit zwei Tellern zurück, die mit appetitlichen Dingen beladen waren. Coral nahm ihren dankend entgegen und fragte sich, wie sie das alles essen sollte. Während ihr Begleiter gutgelaunt aß, stocherte sie unglücklich in den kleinen Häufchen aus Fleisch, Reis und Gemüse.

„Bist du nicht hungrig?"

„Ich habe ziemliche Kopfschmerzen bekommen." Coral war sich bewusst, dass sie der Atmosphäre einen Dämpfer aufsetzte und ihm den Spaß verdarb.

„Ich sag dir was … Das hier wird es richten", antwortete der junge Amerikaner, während er einem der Dienstboten winkte, die herumgingen und Champagner nachschenkten.

Bis zu dieser Reise nach Kenia hatte Coral Alkohol nie besonders gemocht, aber in letzter Zeit war sie auf den Geschmack gekommen. Sie kippte das zweite Glas des Schaumweins in einem Zug herunter. Trotz der Versicherung ihres Begleiters, dass dies „es richten" würde, wie er es ausdrückte, warnte der gesunde Menschenverstand sie, dass mehrere Gläser Champagner auf leerem Magen nicht die Lösung waren.

Dale redete gern. Er redete die ganze Zeit: über seine blühenden Geschäfte, die wirtschaftliche und politische Lage der Welt, die anscheinend wesentlich besser wäre, wenn die Entscheidungsträger nur seinen Rat angenommen hätten. Über den ersten Überschallflug der Concorde und natürlich darüber, wie er selbst an Bord gewesen war; über die Mondlandung im Juli des vergangenen Jahres und wie er sich stets über die neuesten Entwicklungen des Raumfahrtprogramms auf dem Laufenden hielt; und über seine Eltern und ihre Enttäuschung darüber, wie sich die Dinge zwischen ihnen beiden entwickelt hatten. Coral machte es eigentlich nichts aus, dass er so viel sprach – im Gegenteil –, es kostete sie keine Mühe, die Unterhaltung aufrechtzuerhalten. Sie konnte ihren Gedanken nachhängen, und genau das tat sie, mit uneingestandener Sorge über Rafes Verbleib, als das Essen beendet wurde, ohne dass er aufgetaucht war. Vielleicht war er nicht hungrig oder vielleicht hatte eine andere redselige Person ihn in ein Gespräch verwickelt. Soweit sie wusste, war er vielleicht gar nicht zur Party eingeladen gewesen … Aber was hatte er dann vorher im Garten gemacht? War die europäische Gruppe in Kenia mittlerweile so klein, dass solche Zufälle üblich waren? Wenn sie es sich recht überlegte, hatte Rafe erwähnt, dass er Freunde hatte, die in den südlichen Ebenen Kenias eine Kaffeeplantage besaßen, er hatte an jenem letzten Abend auf Whispering Palms sogar ihren Kaffee serviert.

Die Gäste gingen nun allmählich in ein benachbartes Zimmer, in dem eine Jazzband spielte. „Möchtest du tanzen?", fragte Dale, während er ihren Teller nahm.

„Äh … ja, das wäre reizend." Coral versuchte, enthusiastisch zu klingen. Es gab nichts Schlimmeres als ein Trauerkloß zu sein, und sie war entschlossen, nicht zuzulassen, dass Rafe ihr den Abend verdarb.

Die Möbel waren zu diesem Anlass aus dem Zimmer geräumt und Blinklichter waren strategisch platziert worden, um eine Nachtclubatmosphäre zu schaffen. Die Band saß auf einer erhöhten Plattform zwischen zwei sich auf die Terrasse öffnenden Fenstertüren. Drinks wurden an der Bar in einer Ecke serviert, während das restliche Zimmer als Tanzfläche diente.

Dale tanzte gut, er war leichtfüßig und hatte ein erstklassiges Rhythmusgefühl. Sie wechselten zwischen Tanzen und Trinken, was Coral wieder in Partystimmung versetzte.

Als es auf Mitternacht zuging, wurden die Lichter gedimmt und die Musik langsamer. Die sinnliche Stimme einer Sängerin hauchte durch die Schatten und füllte die Atmosphäre mit einer romantischen Melodie. Die Paare tanzten enger. Dale tat es ihnen gleich, zog Coral sanft an sich, hielt sie fest an seinem hochgewachsenen Körper, als er langsam mit ihr über die Tanzfläche glitt. Coral war durch den Champagner ein wenig schwindlig, und sie fand diesen männlichen Kontakt nicht unangenehm. Sie entspannte sich, schmiegte sich etwas enger an ihn und schloss ihre Augen. Während sie schweigend tanzten, strichen die Handflächen ihres Partners leicht über ihren Rücken, ihre Schultern und nackten Arme. Coral gab sich der Vorstellung hin, auf diese Weise von Rafe gehalten zu werden … Aber sie wusste nur zu gut, wie es sich anfühlen würde. Sie fühlte sich in Dales Armen wohl, aber sie hatte keine Schmetterlinge im Bauch, das Blut rauschte nicht heftig durch ihre Adern. Ihr Herz schlug in normaler Geschwindigkeit weiter, und der warme Schmerz, der sie durchflutet hatte, als Rafe sie berührt hatte, fehlte. In letzter Zeit hatte sie gehofft, über ihn hinweg zu sein, auch wenn die Gedanken an ihn stets in einem Winkel ihres Gehirns lauerten. Ihm an diesem Abend unerwartet zu begegnen, schien sie zurückzuwerfen und der bittersüße Schmerz ihrer Gefühle für ihn drohte wieder an die Oberfläche zu stoßen.

Die warme Stimme Frank Sinatras erfüllte den Raum, als die Musik zu „Strangers in the Night" wechselte.

„Amüsieren Sie sich, Miss Sinclair?"

Aus ihren Gedanken gerissen, entzog Coral sich wie ein schuldbewusster Teenager Dales Armen. Der süffisante Tonfall in Rafes Stimme war ihr nicht entgangen. Sie fühlte wie das Blut in ihre brennenden Wangen stieg. Abrupt fuhr sie herum, es kümmerte sie nicht, dass die Heftigkeit ihrer Reaktion auf Zusehende seltsam wirken würde. Aber der ihr auf der Zunge liegende Schwall beißender Worte erstarb sofort, als sie feststellte, dass Rafe seine eigene Tanzpartnerin zu nah an seiner Brust hielt: Corals glamouröse Stiefmutter.

Er beantwortete ihren wütenden Blick mit einem freimütigen Grinsen, als ob er sagen wollte: *Na, Miss Sinclair, wo ist unser Sinn für Humor?* Und sie wusste ohne Zweifel, dass die stumme Botschaft *Ich habe heute keinen, Mr. de Monfort*, die durch ihre eigenen finsteren Augen vermittelt wurde, für ihn ähnlich eindeutig war.

„Ist etwas nicht in Ordnung, Liebes?", erkundigte Dale sich, als sie sich wieder in seine Arme kuschelte. Sie schüttelte den

Kopf und lächelte zu ihm auf, ihre Augen fest auf sein Gesicht gerichtet, entschlossen, sie nicht wandern und ihr Geheimnis verraten zu lassen. Allerdings war es nicht einfach, Rafe auf der Tanzfläche zu meiden. Obwohl diese die gesamte Länge des Zimmers einnahm, spürte sie auch ohne es zu sehen, dass er nie mehr als einige Schritte entfernt war. Sie fühlte sich dadurch unbehaglich und beunruhigt, auch wenn seine Anwesenheit dem Abend definitiv Spannung verliehen hatte. Würde er sie zum Tanzen auffordern? Alle uneingestandenen Hoffnungen, die sie sich eventuell gemacht hatte, wurden rasch zerstört, als sie das Paar aus ihrem Augenwinkel sah. Das sich ihr bietende Bild bestätigte ihre größten Ängste: Ihre hinreißende Stiefmutter hing an Rafe wie eine Boa, strich mit ihren rotlackierten Fingern durch das dichte Haar, das sich an die Ecke seines Kragens schmiegte. Schmerzen nagten an Corals Brustkorb, während sich ihr Hals verengte.

Plötzlich flammten die Trauer und Wut der ersten Wochen nach dem Tod ihres Vaters wieder auf. Es war für sie nun offensichtlich: Sie waren früher und auch jetzt ein Liebespaar. Als das Paar wieder in ihr Blickfeld kam, biss Coral fest auf ihre Lippe und versuchte, die in ihren Augen aufsteigenden Tränen zurückzuhalten. Sie wandte den Kopf ab, konnte es nicht ertragen, sie anzusehen.

„Du zitterst", bemerkte Dale, während er die Möglichkeit, sie enger an sich zu ziehen, wahrnahm. „Ist dir kalt?"

„Nein, nein", flüsterte sie schwach. „Ich bin nur etwas müde."

„Setzen wir uns an die Bar."

„Ich glaube, ich sollte ins Bett gehen. Ich habe schon zu viel getrunken."

„Nur noch einen auf den Weg", beschwatzte er sie. „Er muss nicht stark sein. Ich bin sicher, Lady Langleys erfindungsreicher Bartender wird dir nur zu gern eine seiner nichtalkoholischen Spezialitäten mixen."

Zu müde, um ihm zu widersprechen, folgte Coral ihm schlapp durch die Menge und setzte sich auf einen der hohen Hocker. Dale bestellte die Drinks und fand bald ein Publikum für seine neuesten Vorstellungen über afrikanische Wirtschaftsstrategien.

Coral wurde mit jeder Sekunde erschöpfter. Ihr Kopf schwirrte, und trotz des kühlenden Drinks war ihr warm und ihr Mund fühlte sich trocken an. Sie überlegte, ob sie sich diskret zur Nacht zurückziehen sollte, als eine sonore Stimme ihre Gedanken unterbrach und ihr Herz rasen ließ.

„Tanzt du mit mir, Coral?"

Sie sah sich um und stellte fest, dass Rafe hinter ihr stand, seine schwarzbraunen Augen sie fast hypnotisch ansahen. Frank und Nancy Sinatras „Something Stupid" ertönte.

So eine verdammte Frechheit, dachte sie ärgerlich, der Mann war wirklich dreist. „Ich glaube nicht", antwortete sie fest, wandte ihm ein Gesicht gänzlich ohne Lächeln zu, während sie sich an ihm vorbeischob, um das Zimmer zu verlassen.

„Wie du möchtest. Vielleicht ziehst du die Gesellschaft deines amerikanischen Millionärs vor."

Sie spürte einen Stich der Enttäuschung, dass er ihren Bluff durchschaut hatte, aber als sie durch die Tür ging, blickte sie nicht zurück.

*   *   *

Coral wälzte sich stundenlang in ihrem altmodischen Doppelbett. Ungeordnete Bilder Rafes, Cybils und ihres Vaters wirbelten in einem wilden Karussell durch ihre Gedanken, vermischt mit Fetzen vergangener Unterhaltungen, die sie seit ihrer Ankunft in Kenia beschäftigt hatten.

Mit einem Ruck wachte Coral auf, saß aufrecht im Bett, ihre Brust hob und senkte sich so hastig, als ob sie gerannt wäre, um den letzten Zug ins Paradies noch zu erwischen. Ihre Ohren pochten im Takt mit ihren tobenden Herzschlägen. Unter ihrem Nachthemd fühlte ihre Haut sich heiß und klamm an, ihr Haar war feucht und klebte an ihrer Kopfhaut. Das Zimmer war beengend, also schob sie ihre Decken beiseite und taumelte aus dem Bett. Sie stieß die Fensterläden auf und füllte ihre Lungen, mit kühler Luft.

Coral schwankte zum Badezimmer, machte das Licht an, schaltete es jedoch mit einem Stöhnen wieder aus, da das plötzliche Leuchten ihr unerträglich war. Der Raum lag ohnehin im durch das offene Fenster strahlenden Licht der Sterne. Mit zitternden Fingern schenkte sie sich ein Glas Wasser ein und stürzte es hinunter, danach gleich ein weiteres Mal. Sie fühlte sich bereits besser, auch wenn ihr Körper immer noch steif und taub war. Nichts wird dich besser erfrischen als eine Dusche, dachte sie, als sie den Wasserhahn aufdrehte und sich unter den eisigen Strahl stellte, zitternd und schaudernd, während sie ihren mit Gänsehaut bedeckten Körper energisch wusch. Fünf Minuten später kam sie aus dem Badezimmer, in einen pinkfarbenen Bademantel gehüllt, ihre Haut fühlte sich sauber und glatt an.

Sie knipste die Nachttischlampe an und sah auf die Uhr. Es war gerade zwei Uhr geworden. Ihr Bett sah aus, als ob tausend Katzen darauf gekämpft hätten. Obwohl ihre Kopfschmerzen nachgelassen hatten, schien Schlaf jetzt nicht möglich. Sie knipste die Lampe aus, erinnerte sich, dass in Afrika Licht alle Arten unerwünschter Krabbeltierchen anzog.

Wie die meisten anderen Gästezimmer lag Corals im Erdgeschoss an einem hinter dem Haus liegenden Innenhof. Dorische Säulen stützten das Vordach des Bogenganges. Zwei Fenster blickten auf Gruppen dürrer exotischer Papayabäume, die im Hof verstreut standen und einen zur in der Ferne liegenden Kaffeeplantage führenden gepflasterten Weg begrenzten.

Sie ging zum offenen Fenster. Frische Luft strömte in den Raum. Hinter der Tür schlief Afrika in rätselhafter Dunkelheit …

Coral entfernte sich vom Fenster, zog ein sauberes blauseidenes, mit Spitzen verziertes Nachthemd an und ging hinaus in die kühle Stille. Der Mond, ungewohnt nah und immer noch hell, blickte von einem Himmel herunter, der über der undeutlichen Silhouette der Baumkronen dicht mit Sternen besetzt war. Eine Weile lang stand sie am Rand des gefliesten Patios, an eine Säule gelehnt und dem gleichmäßigen Atem des Buschs lauschend.

„Kannst du nicht schlafen?" Rafes Stimme erklang aus der Nacht und Coral zuckte zusammen. Ein unterdrücktes Japsen entfuhr ihr, als sie herumwirbelte, ihre Hände an ihren Hals flogen. Sie ließ ihre Blicke über die sie umgebende Leere schweifen, die Schatten starrten zurück – es war niemand dort.

„Bedauerlicherweise leide ich auch von Zeit zu Zeit an Schlaflosigkeit", sagte er, und Coral konnte das Lächeln in seiner Stimme hören, als er das ihrem gegenüberliegende Gästezimmer verließ, den Innenhof überquerte und auf sie zukam. Er hielt nur wenige Meter entfernt von ihr an, und sie ging instinktiv einen Schritt zurück, wusste nicht genau, was geschehen würde.

Auf diese Entfernung konnte sie den leichten Duft seines Eau de Colognes wahrnehmen. „Machst du es dir nun zur Gewohnheit, Frauen im Dunkeln aufzulauern?", fauchte sie und ignorierte die Wirkung, die seine Nähe auf ihre Sinne hatte.

„Es tut mir leid, aber ich habe die Angewohnheit, nachts umherzustreifen, wenn ich nicht schlafen kann. Außerdem ist der Garten für alle Gäste, nicht wahr?"

„Man sollte sich um diese unchristliche Zeit doch sicher fühlen können", murmelte sie.

Er kam näher, hob ihr Kinn mit Daumen und Zeigefinger an, sah ihr eindringlich in die Augen. „Merk dir dies, Coral", flüsterte er heiser, „im verräterischen Dschungel des Lebens ist es am sichersten, sich nie sicher zu fühlen."

Coral spannte sich unter seiner Berührung an, konnte sich ihm dann aber entziehen. „Das ist in deiner Welt sicher richtig."

Sein tiefes Lachen ertönte mit einem traurigen Unterton. „Was macht denn deiner Meinung nach meine Welt aus?", fragte er leise, als er zurücktrat und sich an einen in der Nähe stehenden Baum lehnte.

„Es ist eine primitive Welt", antwortete sie. „Barbarisch, gesetzlos und promiskuitiv, genau wie du selbst."

Rafe lachte knapp, verlagerte aber unbehaglich seine Position. „Diese Aussagen sind unbegründet. Dein Fall, Miss Sinclair, würde vor einem ernstzunehmenden Gericht nicht bestehen können. Also, sei spezifischer. Ich bin sicher, du kannst mehr liefern."

Die Herausforderung in seiner Stimme war unverkennbar. Der gesunde Menschenverstand riet ihr, es zu ignorieren und das Thema zu wechseln oder, noch besser, Rafe eine gute Nacht zu wünschen und sich in die Sicherheit ihres Zimmers zurückzuziehen. Aber plötzlich fühlte Coral sich bösartig und rachsüchtig; sie hasste diesen Mann mit seinem ruhigen Selbstbewusstsein; sie hasste es, wie er sie von oben bis unten ansah, als ob er seinen neuesten Wertgegenstand bewunderte; sie hasste seine Fähigkeit, mit allem davonzukommen. Doch wenn sie ehrlich war, hasste sie es am meisten, welche Wirkung Rafe auf ihre Gefühle hatte, was er ihrem Selbstbewusstsein antat … die Leidenschaften, die er in ihr erweckte.

„Du möchtest wirklich wissen, was ich von dir halte?" Sie bewegte sich auf ihn zu, ihre Augen glitzerten voller Trotz.

„Ich bin ausgesprochen interessiert an deiner Meinung, liebe Dame."

„Ich halte dich für einen illoyalen Freund und Schürzenjäger."

Rafe nickte nachdenklich. „Ich verstehe. Das sind ziemlich unerfreuliche Anschuldigungen, die du gerade gemacht hast, weißt du das?"

„Vielleicht." Coral zuckte eine nackte Schulter. „Aber sie sind berechtigt."

„Manche würden es anders sehen."

„Das glaube ich nicht. Jeder ist der Meinung, dass mein Vater dir ein guter Freund war. Es ist allgemein bekannt, dass du bei deiner Ankunft hier ein menschliches Wrack warst und er dich gerettet hat. Er ließ dich in sein Zuhause, half dir wieder auf die Füße, und du hast ihm seine Güte und Gastfreundschaft damit vergolten, dass du seine Frau gestohlen und sein Herz gebrochen hast."

„Cybil und ich sind alte Freunde. Wir kannten einander lange bevor einer von uns deinem Vater begegnete", sagte er.

„Oh, darüber weiß ich alles." In Corals Augen leuchtete ein angriffslustiger Funke und sie ging auf ihn zu – die Erwähnung von Cybils Namen reichte aus, um ihre Wut zu entfachen. „Ihr wart schon immer ein Liebespaar." Sie dachte, sie würde an dem Wort ersticken. „Und Daddys armes Herz konnte es nicht ertragen, also solltest du ein schlechtes Gewissen wegen seines Todes haben", schloss sie, hatte ihr giftiges Geschoss erfolgreich abgefeuert und bereute es, sobald es angekommen war. Sie wusste nicht, was sie glauben sollte, fühlte aber tief im Innern, dass ihre Worte nicht gerechtfertigt waren.

Rafe blieb kühl und ungerührt, seine Blicke musterten sie intensiv, obwohl sie sah, wie sich sein Kiefer anspannte. Plötzlich wurde ihr bewusst, wie nah sie bei ihm stand, ihre Wangen vor Wut glühend, und sie wünschte, sie wäre in mehr gekleidet als nur dem enganliegenden Stoff ihres Nachthemds.

„Ja, Cybil und ich hatten in einem früheren Leben eine kurze Affäre …", Rafe strich sich frustriert durch sein Haar, „aber das war, bevor ich deinen Vater kennenlernte und sein Freund wurde. Dein Vater verehrte Cybil. Aber es gab ein Missverständnis. Du musst es mir glauben. Ich hätte deinen Vater nie auf irgendeine Weise betrogen oder verletzt."

Verflucht sei dieser Mann! Er ließ es so überzeugend klingen, aber sie spürte, dass mehr dahintersteckte, als er zugab. Warum sollte sie ihm glauben?

„Und wegen deines Vaters hast du dich heute Abend geweigert, mit mir zu tanzen?", fügte Rafe hinzu, ohne ihr Zeit zum Antworten zu geben.

„Ja, unter anderem", erwiderte sie und wusste, dass er ihren Ärger sehen konnte.

„Weshalb noch?"

Sie hob eine Augenbraue. „Nun, zum einen, weil du denkst, du kannst nach all dieser Zeit einfach wieder ohne Erklärung in meinem Leben erscheinen und ich sinke dir verzückt zu Füßen."

Rafe lächelte sie an, während er ihr Gesicht musterte und seine Stimme sich senkte. „Ich bin zurück, Coral. Das ist alles, was du wissen musst, oder?"

„Oh, ist es das? Es gibt viel, das ich wissen muss, aber du scheinst zu denken, dass du über alle Erklärungen erhaben bist." Ihr trotziger Blick hielt seinem stand. „Tatsächlich finde ich so ein Verhalten ziemlich abstoßend." Sie war sich bewusst, dass sich die Atmosphäre zwischen ihnen aufgeladen hatte. Den bedrohlichen Ausdruck auf seinem Gesicht bemerkte Coral zu spät. Sie wäre zurückgewichen, wenn sie die warnenden Untertöne seiner betrügerisch leisen Stimme gespürt und die Gefahrensignale in seinen sich verengenden Augen erkannt hätte, aber sie war zu sehr in ihren kleinen Kampf vertieft, zu sehr darauf erpicht, Punkte zu machen und etwas von der sich in ihr angesammelten nervösen Anspannung herauszulassen.

„So, junge Dame, du hältst mich also für abstoßend?", stieß er rau hervor, während Feuer in seinen Augen aufflammte. Er griff ihre Schulter, wirbelte sie herum und drückte sie gegen den Baum. Sie war wie festgewurzelt, Gefangene seines eisernen Griffs. Rafe hielt inne, starrte sie an. Verblüfft stellte sie fest, dass sich der Ärger in seinen Augen in Leidenschaft verwandelt hatte; die Nähe seines Mundes zu ihrem ließ sie erstarren. Coral öffnete die Lippen, um zu protestieren, aber kein Laut verließ ihre Kehle. Während sie ihr eigenes Begehren bekämpfte, versuchte sie, sich seinem Griff zu entwinden, aber Rafe presste sich an sie, sein warmer, männlicher Körper dominierend und verlangend. Seine Lippen nahmen ihren Mund in Besitz, entzündeten sie mit hungrigen Küssen. Sie zitterte, als sich sein Brustkorb an ihre Brüste drückte, die sich an der zarten Barriere aus Seide rieben. Sie fühlte ihren Körper erwachen.

Als er einen Arm um ihre Taille schlang, bewegte die andere Hand sich weiter nach unten, liebkoste die sanften Kurven ihres Körpers. Er stieß sein Bein zwischen ihre Oberschenkel, presste seine Erregung gegen sie. Coral schmiegte sich an ihn, spürte sein Bedürfnis und drängte ihn unbewusst, es zu erfüllen. Plötzlich stöhnte er, zog sich zurück und drehte sich weg, murmelte etwas Unverständliches.

Ihre Augen flogen auf. „Was ist los?", ächzte sie, ihre Sinne noch schmerzend, ihre Gedanken in Aufruhr.

Kopfschüttelnd ließ er sie los, stützte eine zitternde Hand gegen die glatte braune Rinde des Baumes, seine Augen starr auf den Boden gerichtet. „Verdammt, Coral, du könntest einen Heiligen zum Trinker machen", sagte er, die Stimme belegt und vor Emotionen zitternd. „Ich weiß nicht, was über mich gekommen ist. Es tut mir leid. Ich hätte es nicht so weit kommen lassen sollen. Ich habe mir geschworen, es nicht zu tun. Geh ins Bett. Und schlaf."

„Ich kann jetzt nicht schlafen", protestierte sie, nach Luft ringend. „Mir ist zu heiß!"

„Dann nimm noch eine Dusche", schlug er vor, während er in die Nacht davonstürmte.

KAPITEL 7

Es war nur Stolz, der es Coral möglich machte, Rafe beim Frühstück gegenüberzutreten. Zuerst war sie versucht, den Morgen unter dem Vorwand eines Katers im Bett zu verbringen, aber das wäre gleichbedeutend damit gewesen, dass sie seine plötzliche Ernüchterung als Zurückweisung verstanden und sich zu Herzen genommen hätte.

Sie errötete bei der Erinnerung an ihre lustvolle Reaktion auf seine Hände, die über ihren Körper gestrichen waren, ihre schlanken Kurven durch den dünnen Stoff ihres Nachthemds gestreichelt und erforscht hatten. Sie hatte sich nie zuvor so begehrt gefühlt. Trotzdem war er derjenige gewesen, der sich zurückgezogen, sie in die Wirklichkeit zurückgerufen hatte. Wie würde er sich an diesem Morgen verhalten? Würde er ihre nächtliche Begegnung erwähnen? Sie hatte ihm einige sehr harsche Worte ins Gesicht gesagt und dann sein stürmisches Verlangen mit gleicher Heißblütigkeit erwidert. Würde er ihr Vorwürfe machen? Sie ignorieren? Sie verspotten? Zur Hölle mit dem Mann! Corals Gedanken loderten voller Ablehnung und Ärger, aber darunter erkannte sie Rafes Anziehungskraft auf sie. Trotzdem würde sie sich nicht wie eine zarte Blume verstecken. Sie nahm eine entschlossene Haltung an und zwang sich, nach unten zu gehen.

Als Coral das Esszimmer betrat, bemerkte sie zu spät, dass Rafe allein dort war und gerade auf die Anrichte zuging. „Ah,

Miss Sinclair", rief er heiter aus, als sie im Türrahmen erschien, „hast du gut geschlafen?"

Corals erster Impuls war, aus dem Zimmer zu eilen, aber sie blieb. Auch ohne ihn anzusehen wusste sie, dass er sie beobachtete und sie dachte gar nicht daran, ihm die Befriedigung ihres würdelosen Rückzugs zu geben.

„Darf ich dir Eier und Schinken auflegen? Absolut köstlich! Oder möchtest du lieber mit einer Tasse Kaffee beginnen? Es gibt nichts Besseres als eine Tasse dieses heißen braunen Gebräus, um sich auszunüchtern."

Coral begegnete seinem verschmitzten Blick. Sie hätte ihm zu gern das breite Grinsen aus seinem arroganten Gesicht gewischt, hielt sich aber zurück. „Danke, Mr. de Monfort", erwiderte sie kühl und brachte sogar ein tapferes Lächeln zustande, „aber ich glaube, ich nehme mir ein Glas Orangensaft."

Während sie auf ihn zuging, konnte sie nicht umhin zu bemerken, wie Rafes ausgeblichene Jeans sich um seine Hüften und muskulösen Oberschenkel schmiegten. Sie versuchte zu ignorieren, wie sein Anblick in dem nicht ganz bis oben zugeknöpften Hemd und die Ahnung des breiten Brustkorbes darunter sie berührte. Als er einen Schritt zurück machte, um sie vorbeigehen zu lassen, kitzelte ein Hauch des Eau de Colognes, vermischt mit dem sauberen, männlichen Geruch seiner Haut, ihre Nase und sandte unwillkommene Schauder durch ihren Körper. Das war letztlich doch kein guter Gedanke gewesen.

„Das Haus scheint ausgesprochen ruhig. Wo sind die anderen?", fragte Coral leichthin, während sie am großen Esstisch Platz nahm und hoffte, dass ihre Stimme nicht zu verunsichert klang.

„Die meisten haben schon gefrühstückt. Ich fürchte, wir haben einander für den Rest der Mahlzeit am Hals." Er strahlte und setzte sich ihr gegenüber. „Darf ich dir den Toast reichen?" Rafe streckte die langen, schlanken Hände aus, die sie nur wenige Stunden zuvor so wirkungsvoll gestreichelt hatten und griff nach dem silbernen Toastständer.

„Nein, danke", antwortete Coral, ohne ihn anzusehen, durch seine amüsierte Aufmerksamkeit seltsam aufgewühlt. Sie hätte nichts gegen eine erfrischende Papaya oder Mango einzuwenden gehabt. Der kunstvoll arrangierte, im Überfluss mit exotischen Früchten gefüllte Korb sah verführerisch aus, aber er stand auf seiner anderen Seite, und sein stetiger Blick brachte sie so sehr aus der Fassung, dass sie sprachlos und unbeholfen war.

„Du solltest etwas essen – du bist ein wenig blass. Vielleicht einige Früchte?", schlug Rafe mitfühlend vor, während er den farbenfrohen Korb hochhob und vor ihr hinstellte. Verflucht sei dieser Mann. Konnte er etwa Gedanken lesen?

„Danke", sagte sie, sah ihn widerwillig an und griff nach der ersten Frucht in Reichweite.

„Komisches Mädchen", murmelte er wie zu sich selbst.

„Was ist so komisch?", fuhr sie ihn an und nutzte die Möglichkeit, ihn herunterzuputzen. Spannung hing in der Luft.

„Du. Du benimmst dich plötzlich wie ein unbeholfenes Schulmädchen", sagte er heiser, seine Stimme offen stichelnd und doch liebevoll, „während jeder Zentimeter von dir lauthals verkündet, dass du nichts weniger bist als das." Rafe hob eine Augenbraue und lehnte sich zu ihr, Schalk funkelte in seinen Augen. „Eher wie die reife Frucht hier, wohlschmeckend und bereit, genossen zu werden …"

„Das reicht!", stieß Coral rau hervor, unterbrach ihn, während sie die durch ihre Adern rasende vertraute Hitze spürte. Sie wusste nicht, wie sie mit Rafes entwaffnender Direktheit umgehen sollte. Erneut hatte er es geschafft, sie in Rage zu bringen. Wie konnte er so schnippisch sein, nachdem sie sich ihm gegenüber in der letzten Nacht so verletzlich gezeigt hatte? Sie stieß ihren Stuhl zurück, stürmte aus dem Zimmer, eher beschämt als wütend, und stieß fast mit Cybil zusammen, die gerade im Türrahmen erschienen war.

„Was ist mit ihr?", fragte ihre Stiefmutter spöttisch.

Rafe zuckte mit den Schultern. „Anscheinend kein Morgen-mensch."

Es war später Vormittag, das Haus war stickig und Coral brauchte frische Luft. Sie musste sich bewegen, weg von diesem Ort. Sie hastete in den Garten, die Auffahrt hinunter und zum Eingangstor. Sie hatte kaum das Ende der unbefestigten Straße erreicht, die dem Grundstückszaun entlangführte, als sie ein Auto hinter sich hörte. Es war Rafes Land Rover. Das Auto rauschte an ihr vorbei, kam mit quietschenden Reifen ein wenig weiter zum Stehen und blockierte ihren Weg. Der Fahrer rollte das Fenster herunter. „Wo willst denn du hin, Rosenknospe?", ertönte die zu vertraute, aber irritierende Stimme. Sie fluchte leise. Konnte man diesem Mann nicht entkommen?

Sie ignorierte ihn, schob sich an dem Fahrzeug vorbei und setzte ihren Weg fort. Sie hörte, wie die Autotür zuschlug. Mit wenigen Schritten hatte er sie eingeholt und ergriff ihren Arm.

„Lass mich gehen", sagte sie scharf. „Lass mich." Sie ging auf ihn los, aber er wollte nicht hören und behielt sie in seinem Griff. „Ich werde dich wegen Körperverletzung anzeigen", drohte sie, trat und kämpfte verzweifelt, die Krallen ausgefahren.

Rafes Augen glitzerten im Sonnenlicht gefährlich. „Ruhig, kleine Tigerin", murmelte er. „Ich bin stärker als du, auch wenn du dich ganz gut schlägst. Ich versuche nur, dich davon abzu-halten, loszurennen. Ist dir nicht bewusst, dass du direkt auf den Dschungel zugehst?"

„Ich bin entweder eine Rosenknospe oder eine Tigerin." Sie kämpfte weiterhin darum, sich aus dem kräftigen Griff seiner Finger um ihre Handgelenke zu befreien. „Ich kann nicht beides sein, also entscheide dich. Was hast du denn schon mit mir vor? Du bist nicht mein Beschützer. Der ist tot, erinnerst du dich?"

Ihre Worte überraschten ihn anscheinend. Der Griff lockerte sich und sie riss sich los.

„Steig ins Auto", befahl er, während er sie finster ansah.

„Nein, das werde ich nicht", verkündete sie geradeheraus. Ihr Gesicht war gerötet, während sie den finsteren Blick fest erwiderte.

„Nun komm schon, Coral, steig ins Auto. Ich fahre dich hin, wo immer du hin möchtest."

„Ich denke nicht daran", gab sie hitzig zurück. „Ich möchte einfach nur einen Spaziergang machen, und du bist der letzte Mensch, den ich dabeihaben will."

„Ein Spaziergang kann in dieser Ecke der Welt gefährlich sein", entgegnete er. „Zum einen steht die Sonne schon hoch. Bald wird sie unerträglich sein und deine zarte Rosenknospenhaut verglühen. Das möchten wir doch nicht, oder?" Er lächelte sie nun nachsichtig an, seine Stimme weicher, fast zärtlich. „Zum anderen magst du seit deiner Kindheit aus Kenia weg gewesen sein, aber du musst dich doch daran erinnern, dass Weiße hier nie allein umhergehen, nicht einmal die örtlichen Expats. Außerdem sind wir in der Mitte des Busches, am Rande des Dschungels, du könntest einige sehr unerfreuliche Begegnungen mit Kreaturen haben, die wesentlich gefährlicher sind als ich. Was auch immer du von mir denken magst, Coral, versuche im Gedächtnis zu behalten, dass ich nur dein Bestes möchte." Rafes Ärger war der Besorgnis gewichen. Er hatte recht, dachte sie, es war wahrscheinlich keine so kluge Idee, an diesem fremdartigen Ort auf einen längeren Spaziergang zu gehen.

„Nun, was schlägst du vor, du Schlauberger?" Coral sah mit verschränkten Armen zu ihm auf. „Ich bin nicht daran gewohnt, eingeschlossen zu sein, außerdem habe ich Arbeit zu erledigen. Ich habe ein Jahr unbezahlten Urlaub, habe aber versprochen, Fotografien und Material für einen Artikel über Afrika zu sammeln, der nächstes Jahr erscheinen soll. Es ist nicht meine Art, Leute im Stich zu lassen."

„Ich habe nie vorgeschlagen, dass du jemanden im Stich lassen sollst", sagte Rafe, „aber es gibt andere Wege, das zu erledigen."

„Die da wären?"

Ein Lächeln umspielte Rafes Lippen. „Mir kommen ein paar Wege in den Sinn", meinte er nachdenklich. Für einige Sekunden schienen seine Gedanken abzuschweifen, dann drückte er liebevoll ihr Kinn zwischen Daumen und Zeigefinger zusammen. „Komm mit, Rosenknospe." Rafe lächelte spitzbübisch, als er die Tür des Land Rovers öffnete, damit sie einsteigen konnte. „Es ist schon zu heiß hier draußen. Setzen wir diese Unterhaltung im Auto fort. Ich fahre dich ein wenig herum und zeige dir die Umgebung." Coral widersprach nicht weiter und folgte ihm zum Auto.

Die schmale Straße wand sich entlang breiter Schluchten und Abgründe auf und ab durch das Vorgebirge. Die Aussichten waren unerwartet und prachtvoll. Orchideen wuchsen im smaragdgrünen Gras zwischen Gruppen dichter Faulbäume und flammenfarbiger Rohrpflanzen. Entlang der Straße ragten die blühenden Zweige von Akazien, Tamarinden, Frangipanis und violetten Jacarandas in den unendlichen Azurhimmel. In allen Richtungen war alles riesig, die sie umgebende Fläche ließ sie liliputanisch winzig wirken.

Sie fuhren schweigend, jeder in die eigenen Gedanken versunken. Rafe war ein sicherer Fahrer, und Coral betrachtete die vorbeigleitende Landschaft durch das Fenster. Sie spürte den Drang, mehr über ihn zu erfahren, wusste aber nicht, wie sie es angehen sollte. Offensichtlich war Rafe weit besser über sie informiert als sie über ihn, die von ihm gemalten Ölbilder allein waren schon Beweis dafür. Walter Sinclair musste Rafe von seiner Tochter erzählt haben, aber für Coral war der neben ihr sitzende Mann ein völlig Fremder. Auch wenn sie sich als verschlossenen Menschen bezeichnen würde, wirkte er noch wesentlich ausweichender, absichtlich vage. Sie dachte an ihre ersten beiden Begegnungen zurück. Rafe hatte sich absichtlich nicht vorgestellt. Vielleicht hatte er sich wegen des Tratsches über ihn, Cybil und ihren Vater unbehaglich gefühlt. Trotzdem musste ihm bewusst gewesen sein, dass sie einander früher oder später im gesellschaftlichen Rahmen begegnen würden, und sie seine Identität herausfinden würde. Kenias soziales Umfeld war immerhin nicht so groß, jeder kannte jeden, und jeder tratschte über jeden. Vielleicht war es Teil seines Stils und er wollte dadurch attraktiver wirken, sie hatte einige solcher Leute gekannt. Trotzdem machte sie seine sphinxartige Haltung beklommen.

Rafe, der Coral eine Weile beobachtet hatte, hielt das Auto an und riss sie zurück in die Realität. Sie war so in ihre Gedanken versunken gewesen, dass ihr ihre Ankunft bei einer Lichtung nicht aufgefallen war. Dort, inmitten der Senke, umschlossen von blühenden Büschen, lag eine phosphoreszierende Wasserfläche, die unter den Strahlen der Mittagssonne wie Seide schimmerte. Hoch über ihnen donnerte eine solide Masse aus weißem Schaum aus einer engen Wasserrinne, stürzte hinab, floss eine steile Bergwand hinunter, die wie ein unbeteiligter Wächter mit dem Kopf in den Wolken dastand. Weiter weg neigten sich exotische Bäume über den kristallklaren See.

Coral stieg aus dem Auto, genoss mit allen Sinnen diese prächtige Szenerie, tauchte in diese Welt der Farben ein. Abgesehen von dem leichten Rauschen der Wasserfälle und dem Gesang der Vögel war es ein beschaulicher Hafen der Schönheit. „Es ist so friedlich hier", murmelte sie.

Rafe kam um das Auto und stellte sich neben sie. Schweigend betrachteten sie eine Weile, wie das Sonnenlicht sich in den Wasserkaskaden fing, und sie wie Diamanten funkeln ließ. „Ist mir also verziehen, dass ich dich beim Frühstück geneckt habe?" Rafes Stimme war leise, der Tonfall eine verführerische Liebkosung. Coral sah zu ihm hoch, nahm seinen amüsierten Gesichtsausdruck in sich auf. Gelächter sprudelte ihre Kehle hinauf, eine spontane Antwort auf seine Frage.

„Möchtest du schwimmen gehen?", fragte er, seine Augen fast so wild funkelnd wie das Wasser.

„Mein Badeanzug ist im Haus", antwortete sie mit gedämpfter Stimme, während sie ihre Augen auf einen Punkt in der Ferne konzentrierte, sich seines aufmerksamen Blicks nur zu bewusst.

Er schmunzelte. „Das ist eine sehr schwache Entschuldigung, Rosenknospe. Da musst du dir was Besseres einfallen lassen. Wer braucht denn überhaupt Badekleidung?"

Sie fühlte, wie sich ihre Wangen verfärbten. „Ich", brachte sie hervor und konzentrierte sich weiterhin intensiv auf die gegenüberliegende Landschaft.

„Sehe ich da ein Erröten?", fragte er mit leisem Lachen. „Wie gehemmt ihr Engländer doch seid. Weißt du nicht, dass es ein köstliches Gefühl ist, das Wasser auf der nackten Haut zu spüren? Nacktheit ist ein völlig natürlicher und schöner Zustand. Wir wurden alle so geboren, und wenn wir als Babys nackt glücklich sind, warum dann nicht als Erwachsene?" Sein Ton war sachlich, während er sie weiterhin fest anstarrte.

„Das ist nicht das Gleiche." Ihre Wangen verfärbten sich stärker, als sie sich an die Ereignisse der vergangenen Nacht erinnerte. Verwirrende Gefühle rumorten in ihr: eine Mischung aus Beschämung und Erregung, von Sittsamkeit und Erwartung. Rote Lichter blinkten in ihrem Kopf auf, eine Warnung vor der Richtung, die diese Unterhaltung gerade nahm. Sie sollte das Thema umgehend beenden, bevor es kein Zurück mehr gab, aber sie war wie verzaubert.

„Warum die Hemmungen? Warum die Blockaden? Du hast den hinreißendsten Körper, mit dem du Männer in den Wahnsinn treiben kannst. Du solltest stolz auf ihn sein, in seiner Schönheit schwelgen, ihn verwöhnen, ihm Freude bereiten." Rafes Stimme war eine neckende Provokation und trotzdem glühte sie, aufgeladen mit allerlei sinnlichen Untertönen.

Coral zwang sich, ihn anzusehen, aber sie konnte mit diesen indiskreten, glänzenden Augen, die sich tief in ihre Seele bohrten, nicht umgehen und musste sich wegdrehen. Obwohl sie vollständig bekleidet war, fühlte sie sich ausgezogen, bis ins Innerste entblößt, insbesondere weil sie sich bewusst war, wie nah Rafes Körper ihr war. Er hatte eine körperliche Empfindsamkeit in ihr erweckt, die kein Mann bisher auch nur annähernd ausgelöst hatte, und sie wusste, dass es ihm bewusst war.

Plötzlich spürten sie einen Luftzug über sich, als ein Weißkopfadler mit mächtigen Flügeln aus dem Himmel herabstieg. Er schoss auf den See, die großen Krallen voran, und schnappte einen Fisch aus dem Wasser, den er ohne innezuhalten mit seinen starken Beinen an Land zerrte. Coral, aus ihren Grübeleien gerissen, sog die Luft ein.

„Das ist der Schreiseeadler", flüsterte Rafe, „eine von fünfzig Adlerarten, die in verschiedenen Teilen Afrikas heimisch sind." Schweigend sahen sie zu, wie der eindrucksvolle Raubvogel sich wieder in die Lüfte erhob, seine weiten, kräftigen Flügel vollständig ausgebreitet, während er majestätisch mit seiner Beute zu seinem Aussichtspunkt zurückglitt.

„Ich wünschte, ich hätte meine Kamera bei mir", sagte Coral sehnsüchtig.

„Wir können an einem anderen Tag zurückkommen. Sein Horst muss in der Nähe sein. Diese Tiere entfernen sich nie weit von ihrem Territorium. Da", sagte er und zeigte auf einen der entfernteren Bäume, der sich über den See neigte. „Schau, dort ist er." Tatsächlich war er dort, auf einem Ast, herrschaftlich und grandios, seine scharfen, hellen Augen begutachteten das Terrain, als ob ihm das gesamte Land gehörte. Dann, in einem Schwung flatternder Flügel, flog er abrupt hoch in den Himmel, Flecken aus schneeweißen Federn schienen hell im strahlenden Licht.

„Setzen wir uns eine Weile in den Schatten", schlug Rafe vor, nahm Corals Hand und führte sie zu einem leuchtend blühenden Flammenbaum. Er streckte sich vollständig auf dem weichen Gras aus und legte die Hände hinter den Kopf, gänzlich entspannt. Coral zögerte, bevor sie sich neben ihn setzte. Sie zog die Knie an, schlang ihre Arme darum und ließ ihr Kinn auf ihnen ruhen. „Möchtest du dich nicht hinlegen?", fragte Rafe. Coral fühlte sich befangen, während er sie mit unverstellter Erwartung ansah.

„Nein", antwortete sie und stellte sicher, dass ihr Ton endgültig klang. „Ich fühle mich so sehr wohl, danke."

Er lachte kehlig. „Ich verspreche, ein braver Junge zu sein."

Sie zuckte mit den Schultern und wandte sich hastig von ihm ab, um zu verbergen, wie verlegen sie war. „In Ordnung, du hast gewonnen", sagte er mit einem versöhnlichen Grinsen.

„Was für ein ungewöhnlich aussehender Busch", meinte Coral, während sie auf einen ausladenden Strauch zeigte, an dem sich Massen von malvenfarbigen, dunkelvioletten und weißen Blüten befanden.

„Er ist bekannt als der Morgen-, Nachmittag- und Nachtbaum. Sein berauschender Duft kann einen manchmal schläfrig machen. Tropische Pflanzen gedeihen an diesem Ort in besonderer Fülle, wahrscheinlich wegen der hohen Felsen um den See. Er fängt die Sonne ein und die Gegend ist abgeschieden und windgeschützt. Ich glaube nicht einmal, dass viele wilde Tiere sich hierher verirren. Zumindest habe ich nie welche gesehen. Es ist allerdings seltsam, ich hätte gedacht, dass sie den See zum Trinken nutzen würden."

„Du scheinst diesen Ort gut zu kennen. Kommst du oft her?" Coral entspannte sich nun, während sie ihn betrachtete. Rafe erwiderte den Blick und eine Pause trat ein, bevor er sprach.

„Hast du Hobbies? Ich meine, abgesehen vom Fotografieren und Schreiben, was wahrscheinlich nicht nur ein Job für dich ist."

Coral lächelte. „Zu Hause reite ich. Ich schwimme auch gern, aber ich mag Pools nicht besonders, und das Wetter in England ist für den Wassersport nicht gerade förderlich. Deshalb schwimme ich nur, wenn ich im Ausland bin."

„Reist du viel?"

„Manchmal, für meine Arbeit und üblicherweise im Urlaub, aber nicht annähernd so viel, wie ich gern würde. Bist du viel gereist?"

„Ja." Seine knappe Antwort deutete an, dass er zu diesem Thema nicht befragt werden wollte. Dies verstärkte Corals Neugier allerdings nur.

„Wohin?" Rafe hatte seine Augen geschlossen. Sie wiederholte ihre Frage. „Wohin bist du gereist?"

„Oh, hierhin und dorthin, zu viel, zu oft", antwortete er, sein Gesicht verriet nichts.

„Bist du deshalb nach Kenia gekommen? Und hast du deshalb Whispering Palms gekauft, um dich hier niederzulassen?", fragte sie weiter und fühlte sich ausnahmsweise einmal im Vorteil.

„Na, wir sind heute aber wissbegierig", sagte er, nicht verärgert, aber mit leichter Irritation. Er sprang auf die Füße und bürstete das Gras von seinen Jeans. „Es wird spät und sie werden sich fragen, wo wir sind. Der Lunch wird normalerweise um halb zwei serviert, und wir dürfen unsere Gastgeber nicht warten lassen."

„Oooh!" Sie war enttäuscht, ihre Lippen formten einen Schmollmund. „Ist es wirklich Zeit, aufzubrechen?" Das kleine Grübchen in ihrer Wange erschien. „Ich habe unsere Plauderei gerade genossen", neckte sie ihn.

Sein Kopf hob sich und seine schwarzen Pupillen fixierten sie mit einem intensiven Blick. Seine Brauen zogen sich zusammen, während er über seine Antwort nachdachte. Er kam zurück zu ihr und verschränkte die Arme. Coral begegnete seinem Stirnrunzeln mit kühnem Trotz.

„Wenn du Geschichten so magst, lass mich dir die afrikanische Sage des neugierigen Affen erzählen", schlug er vor. Seine Stimme war leise und ruhig, aber hinter den Worten und der kühlen Gelassenheit konnte sie eine Spur inneren Aufruhrs erahnen. „Es war einmal ein Hund, der gemütlich schlafend im Dschungel neben einem Feuer lag. Er war der erste Hund, der je auf der Welt geboren wurde, und er war ein glücklicher Hund. Er tat nichts, außer zu schlafen, bis ein Affe seinen Weg kreuzte." Rafe lehnte sich gegen den Flammenbaum, seine Arme weiterhin verschränkt, und warf Coral einen trockenen Blick zu, während er sich in seine Geschichte hineinfand.

„Der Affe war natürlich neugierig, wie es Affen sind, und er flitzte von seinem Baum herunter, um dieses seltsame neue Wesen genau zu betrachten. Er sah den Hund aus jedem möglichen Blickwinkel an und raste davon, um all den anderen Affen von dieser seltsamen Begegnung zu berichten. Bald hörten alle Tiere des Dschungels von dem Wesen, und gemeinsam mit dem Affen kamen sie dorthin, wo der Hund schlief. Sie diskutierten miteinander, welche Art Wesen es wohl war. Der Affe fragte alle Tiere, ob sie wussten, was es sei, bis nur die Schildkröte noch übrig war. Die weise alte Schildkröte wusste, was es für ein Wesen war, da sie seit Anbeginn der Schöpfung auf der Welt war. ‚Das ist ein Hund', sagte die Schildkröte, und als er seinen Namen hörte, wachte der Hund plötzlich auf.

Er sprang auf seine Füße, sah verwirrt all die Tiere um ihn herum an. Der Hund war wütend, dass er aufgeweckt worden war und er griff die anderen Tiere an. Er bellte, starrte finster drein und fletschte die Zähne. Das einzige Tier, das nicht flüchtete, war die Schildkröte – sie hatte dazu keinen Grund. ‚Du wirst mich nicht beißen, Hund', sagte sie und zog sich in ihren Panzer zurück, ‚aber von diesem Tag an bist du dazu verdammt, jedes Wesen zu jagen, das du ansiehst.'"

Rafe ging zu Coral und hockte sich neben sie, seine Unterarme ruhten auf seinen Knien, als er sie direkt ansah. „Und das, meine liebe Coral, ist der Hintergrund des Sprichworts: ‚Man soll keine schlafenden Hunde wecken.'"

Auf der Rückfahrt schwieg Rafe so lange, dass Coral ihn verstohlen ansah. Sein Gesicht war angespannt, eine kleine, an seiner rechten Schläfe pulsierende Ader gerade sichtbar. Ihren

prüfenden Blick anscheinend spürend, zeigten sich die Falten
um seine Augen in einem Lächeln, das sie ziemlich traurig fand.
„Hey, Rosenknospe", sagte er in seinem normalen, amüsierten
Tonfall. „Schau nicht so erschrocken. Ich bin kein tollwütiger
Hund, auch wenn ich von Zeit zu Zeit knurre." Sie lachten beide,
und Coral ging davon aus, dass sie sich die Traurigkeit nur eingebildet hatte.

*   *   *

Die nächste Woche folgte einer einfachen Routine. Coral wachte
früh – vor dem Einsetzen der Hitze – auf und schwamm einige
Bahnen im Pool. Die Luft war zu dieser Zeit des Tages etwas kühl,
aber belebend. Der restliche Morgen war der Erkundung der
Gegend um das Kongoni-Anwesen gewidmet, die Nachmittage
dem Dösen und Lesen.

Sie hatte mehrere farbenprächtige Fotografien von regionalen
Lebensmitteln auf dem Markt gemacht, und einige recht interessante von den Ureinwohnern. Diese genossen es, vor der Kamera
zu posieren, was ihre Aufgabe viel einfacher machte, obwohl sie
stets darauf achtete, ihre Erlaubnis einzuholen. In einigen Gegenden Kenias, insbesondere den ländlichen Regionen, herrschte
noch der Aberglaube, dass die Kamera Seelen stahl. Aber meistens
strahlten die hier Ansässigen, während sie eine Papaya hochhielten oder fröhlich bei einem auf einem umgedrehten Fass stattfindenden Dominospiel saßen, während Coral um sie herum ihre
Bilder schoss. Coral stellte immer sicher, Geld bei sich zu haben,
um mit der üblichen kleinen Zahlung anschließend höfliche
Dankbarkeit auszudrücken. Auch Süßigkeiten für die Kinder, die
in den Straßen Fußball spielten, hatte sie dabei.

Trotzdem hatte sie noch keine Bilder der Flora und Fauna
im Busch machen können. Eines Tages hatte sie auf dem Weg
in die Stadt fast eine Antilope überfahren, die die Straße über-

querte. Es war ein wahrhaft prachtvolles Tier gewesen, mit geschwungenen, glatten Hörnern gekrönt, mit einem graublauen Fell, das einen hellen weißen Streifen auf dem Rücken aufwies. Sie war langsam gefahren, sodass sie rechtzeitig hatte bremsen können, aber das Tier war mit einem gewaltigen Sprung in den Busch geflohen, bevor sie Zeit gehabt hatte, ihre Kamera hervorzuholen.

Coral hatte Rafe nach dem Morgen am See nicht wiedergesehen. Der Unterhaltung der anderen Gäste auf der Plantage entnahm sie, dass er zu einem besonderen Auftrag oder Ausflug aufgebrochen war – niemand war sich sicher wohin, da er sich sehr geheimnisvoll verhalten hatte. Einmal hatte sie versucht, an den magischen Ort zurückzukehren, an dem sie zuletzt zusammen gewesen waren, aber sie hatte ihn nicht finden können. Sie fragte sich, ob sie ihn vermisste? Natürlich, trotz ihrer entschlossenen Versuche, sein Bild jedes Mal auszulöschen, wenn es sich in ihre Gedanken schlich. Rafe war nicht für sie bestimmt. Sie hatte sich an jenem Tag von ihm zum See mitnehmen lassen und natürlich die bekannte Erregung gespürt, die sie immer in seiner Nähe überkam, aber sie sagte sich, dass es nur Lust war und sie sich bereits zu empfänglich für seine Aufmerksamkeiten gezeigt hatte. Sein Ruf war der eines zwanghaften Frauenhelden, aber sie brauchte nicht die Meinung anderer Menschen, um zu wissen, womit sie es zu tun hatte. Rafe war ein Jäger, er mochte Frauen, und sie wurden von ihm angezogen wie Schmetterlinge von einem Lavendelstrauch. Er genoss das Umwerben, das Necken und die gegenseitige Verführung, und sie wusste nur zu gut, dass er nichts weiter im Sinn hatte, als sie in eine Affäre zu locken. Aber sie würde nie seine Geliebte sein können, eine der vielen Morganas und Cybils, die auf sein Fingerschnippen hin in sein oder aus seinem Bett hüpften. Der reine Gedanke daran beschämte sie, es würde zu entwürdigend sein. Alunas Worte kehrten laut und kräftig in ihre Gedanken zurück: „Meine Missy ist tabu für

Sie", hatte die alte *yaha* ihm an jenem nicht so lang zurücklie-
genden Morgen entgegengeschrien, und sie hatte recht gehabt. Er
war falsch für sie, und damit musste die Angelegenheit abgeschlossen sein.

Es war früher Nachmittag und Coral saß auf Lady Langleys
Veranda in einem Schaukelstuhl, vertieft in ein Buch. Das Wetter
war kühler, eine frische Brise wehte aus dem Norden.

„Hallo, Coral." Dale war gerade auf die Terrasse geschlendert,
sein Gesicht hellte sich bei ihrem Anblick auf. „Hast du Lust auf
eine Ausfahrt? Es ist ein herrlicher Nachmittag, nicht zu heiß.
Vielleicht können wir ein wenig in den Busch wandern oder eines
der Naturschutzgebiete besuchen?"

Das Angebot war verführerisch. Coral fand die Aussicht, den
ganzen Nachmittag mit dem amerikanischen Magnaten zu verbringen, nicht sonderlich reizvoll, aber wenn Dale fuhr, gab ihr
dies zumindest die Möglichkeit, einige gute Fotografien zu
machen und mit ihren Artikeln weiterzukommen. Ihre Inspiration war versiegt, und sie lag mit ihrer Arbeit zurück. In einigen Wochen würde sie nach Malindi zurückkehren müssen,
und diese herrliche Möglichkeit würde sich vielleicht nie wieder
bieten. Obwohl der eigentliche Zweck ihrer Reise nach Kenia der
Antritt ihres Erbes gewesen war, hatte sie sich nun verpflichtet,
gutes Material für die anstehende Reportage mit zurückzubringen, und sie wusste, dass ihre Firma sich darauf verließ, dass
sie ihre Zusage einhielt.

„Danke, Dale", sagte sie und sprang leichtfüßig von ihrem
Stuhl auf. „Das ist eine ausgezeichnete Idee. Gib mir nur fünf Mi-
nuten, um meine Kamera und ein paar andere Dinge zu holen.
Ich bin gleich zurück."

Im strahlenden Sonnenschein fuhren sie mehrere Meilen.
Dales monotone Stimme, über seine vielen Erfolge als Ge-
schäftsmann berichtend, bot einen ständigen Hintergrund aus
Geplauder, sodass sie sich auf die vor ihr liegende Aufgabe kon-

zentrieren konnte. Dieser Mann mochte wirklich den Klang seiner eigenen Stimme, und das passte ihr gut. Corals Kamera klickte eifrig, als sie an Giraffen, selbstzufrieden mit Zebras zusammenstehenden Gnus und einer Gruppe örtlicher Frauen vorbeikamen, die hintereinander gingen, jede einen Gegenstand auf ihrem Kopf balancierend, die Hüften beim Gehen im Rhythmus zu ihrem Gesang schwingend. Sie kamen sogar an einem dunkelmähnigen Löwen vorbei, der majestätisch auf dem Gras ausgestreckt lag, sich schläfrig sonnte und zusah, wie die Welt an ihm vorbeiging. Coral drängte Dale, das Auto anzuhalten, damit sie ihn besser sehen konnte. Das riesige Tier starrte sie eine Sekunde lang an, dann schlossen sich die gelben Augen, und der Mund öffnete sich zu einem ausführlichen Gähnen. Er wandte den herrlichen Kopf verächtlich ab und klopfte mit seinem langen, kraftvollen Schwanz auf den Boden.

„Was für ein wundervoller Anblick", sagte Coral, ihre Wangen vor Aufregung gerötet.

„Mhm. Wir haben vor einigen Jahren einen von denen erwischt. Wenn ich drüber nachdenke, war es ziemlich einfach", überlegte Dale, als ob er sich in glücklichen Erinnerungen verloren hatte.

Coral runzelte die Stirn. „Was meinst du damit, dass du einen von denen erwischt hast?"

„Mein Vater und ich machten vor einiger Zeit mit ein paar Freunden einen Jagdausflug. Unser Führer war ein brillanter Jäger. Wir haben eine Art Räderfalle benutzt. Es funktioniert so, dass …"

„Ich will es nicht wissen", unterbrach sie ihn hastig und funkelte ihn an. „Das klingt grauenvoll. Wie konntest du so grausam sein?"

„Oh, sei nicht so ein Baby", schnaufte er. „Es ist das Gesetz des Dschungels."

„Das ist es ganz sicher nicht", gab sie hitzig zurück. „Eher ein Abschlachten. Es ist brutal und unsportlich. Es gibt keine Entschuldigung für eine solche Ausbeutung. Leute wie du verpassen Jägern einen schlechten Ruf."

„Ja, ja, sentimentales Gewäsch", antwortete er gedehnt, die Lippen in einem spöttischen Grinsen nach oben gebogen. „Es ist wie mit diesen Parks", fuhr er fort. „Sie sind nutzlos – nur umgekehrte Zoos. Wir sind in unseren Autos gefangen, die Tiere dagegen frei. Das kann doch nicht noch lächerlicher werden. Wer möchte denn überhaupt Tiere nur ansehen, hm?"

„Ich habe genug", fuhr sie ihn an. „Fahren wir zurück."

Coral schäumte. Mit jeder Minute, die sie mit Dale hier in Kenia verbrachte, fragte sie sich mehr, warum sie je ihr Leben mit seinem hatte verbinden wollen. Sie konnte sich nicht daran erinnern, dass sie ihn für ein aufschneiderisches Leichtgewicht gehalten hatte, als sie miteinander ausgegangen waren. Hatte er sich verändert – oder sie? Vielleicht fühlte er sich unsicher und versuchte, sie auf seine eigene ungeschickte Art zurückzugewinnen. In jedem Fall war sie knapp entkommen. Ein Schutzengel hatte anscheinend über sie gewacht. Allerdings, je mehr sie darüber nachdachte, desto bewusster wurde ihr, dass Dale ihr nie wirklich etwas bedeutet hatte. Hatte sie je die Möglichkeit gehabt, ihn wirklich kennenzulernen? Der Glanz New Yorks hatte sie überwältigt, sie in einem Wirbelwind davongerissen, der sie beide während der zwei aufregenden Wochen der Ausstellung ergriffen hatte, und irgendwie hatte ihre Fernbeziehung die Illusion noch eineinhalb Jahre lang aufrechthalten können. Wie naiv von ihr! Allerdings war sie in England ein wenig überbehütet gewesen. Dale war ihr erster richtiger Freund gewesen, davor hatte sie nur ein paar wenige Verabredungen gehabt. Die beschämende Tatsache war, dass sie im reifen, hohen Alter von fünfundzwanzig unerfahren war – unreif, wie manche sagen würden. Das Wort Rosenknospe fiel ihr ein. Coral lächelte wehmütig und fragte sich, was Rafe gerade tat. Wahrscheinlich war er mit irgendeiner Frau im Bett, dachte sie, und zwang ihn umgehend aus ihren Gedanken.

Es war spät, der Abend brach an. Sie hatten die Hauptstraße erreicht und Dale legte zahlreiche Meilen zurück, fuhr schneller und schneller. „Fahr langsamer, Dale, um Himmels willen, du bringst uns noch um!" Coral klammerte sich fest an den Rand ihres Sitzes, als der junge Mann beschleunigte, sodass der Land Rover hin und her schaukelte.

„Keine Sorge, Baby. Ich bin ein ausgezeichneter Fahrer. Ich bin in den gesamten Staaten herumgereist und habe es mit wesentlich gefährlicheren Straßen als dieser aufgenommen." Er legte weiter an Geschwindigkeit zu, während er die Schweinwerfer anmachte.

Er spielte sich auf, und sie konnte es nicht aushalten. „Fahr langsamer, Dale. Ich habe vor einigen Tagen nicht weit von hier fast eine Antilope überfahren, an der Kreuzung, glaube ich", warnte sie, aber Dale hörte nicht zu.

Coral war kaum verstummt, als ein Schatten in atemberaubender Geschwindigkeit an den Lichtern vorbeischoss. Es gab einen Knall und dann einen dumpfen Schlag, als das Auto von einer Straßenseite auf die andere geworfen wurde. Es prallte zweimal auf, überschlug sich erneut und landete auf dem Dach, die Räder in der Luft.

Einige Minuten vergingen, bis Coral sich unter Schwierigkeiten bewegen konnte, ihr Kopf schwirrte und schmerzte. Abgesehen von dem stechenden Schmerz hinter ihren Augen schien sie nicht verletzt zu sein. Das Letzte, an das sie sich erinnerte, war, dass sie Dale gesagt hatte, er solle langsamer fahren. *Dale ...* Wo war er? Coral hing im Sitz und versuchte, sich von dem Gurt zu befreien, der ihren Brustkorb an die Autodecke fesselte. Nach mehreren Versuchen gelang es ihr, sich zu befreien, sich auf die Seite zu drehen und durch das offene Fenster hinaus zu schlängeln. Dies war einfacher, als sie erwartet hatte. Ihr schlanker Körper glitt mühelos durch die Öffnung, bald fand Coral sich auf dem Boden liegend wieder. Aufzustehen war schon schwieriger. Ihre Beine zitterten, und ein seltsames Summen tönte in ihren Ohren.

Dale lag einige Meter entfernt, ein Scheinwerfer sandte einen schwachen Lichtstrahl über sein Gesicht.

Coral zitterte, und Tropfen einer klebrigen Substanz sickerten nun von ihrer Stirn. Weiterhin etwas unsicher auf den Beinen und mit leichter Übelkeit, gelang es ihr, langsam zu seinem bewegungslosen Körper zu gelangen und sich unter Schmerzen neben ihn zu knien. Er atmete gleichmäßig. „Dale", rief sie langsam, ihre Stimme zittrig. „Dale, kannst du mich hören?"

Ein Stöhnen erklang, als er versuchte, sich zu bewegen. Er öffnete die Augen. „Was ist passiert? Wo bin ich?", fragte er, seine Stimme leise und undeutlich.

„Wir hatten einen Unfall. Beweg dich nicht – du bist vielleicht verletzt. Ich versuche, Hilfe zu holen." Coral taumelte zurück auf ihre Füße und hielt inne, fragte sich, in welche Richtung sie gehen sollte. Abgesehen von dem einzelnen Autoscheinwerfer war die Nacht dunkel und still. Während sich ihre Augen an die Dunkelheit gewöhnten, konnte sie das Ausmaß des Schadens erkennen. Die Windschutzscheibe war zerbrochen, eine der hinteren Türen auf der Fahrerseite komplett eingedrückt. Dales Tür stand offen, sie nahm an, dass er so aus dem Wagen hinausgeschleudert worden war. Der Land Rover hatte wahrscheinlich einen Totalschaden, aber wenigstens hatten sie beide überlebt. Was konnte ein solches Desaster verursacht haben? Coral wandte ihren schmerzenden Kopf, gerade als ein schwacher Mond hinter einer Wolke hervorlugte. Und dann sah sie den Umriss einer enormen Masse auf der anderen Straßenseite liegen. Es war offensichtlich ein Tier, aber sie konnte sich jetzt nicht damit befassen. Sie durfte keine Zeit verlieren: Dale lag dort fast bewusstlos, und sie musste Hilfe suchen.

Coral hatte gerade die ersten Schritte in Richtung eines Dorfes gemacht, als ein Auto heranpolterte. Das knirschende Geräusch der Bremsen und von geöffneten und zugeschlagenen Autotüren ertönte, dann schien ihr der helle Strahl einer Taschenlampe ins Gesicht und verwirrte sie. „Hierher", rief eine gebieterische Stimme, die sie erkannte. „Hierher! Bringt eine Trage für den Mann – ich kümmere mich um sie." Eine Welle von Schwindel und Übelkeit durchlief Coral, und sie schwankte, bevor ihre Beine nachgaben. Starke Arme hoben sie rasch hoch. „Halt durch, Rosenknospe. Ich bin jetzt hier, ich kümmere mich um alles", hörte sie Rafe sagen. Dann öffnete sich das schwarze Loch der Besinnungslosigkeit.

*   *   *

Als Coral zu sich kam, lag sie in einem unbekannten Zimmer auf einem schmalen Bett. Abgesehen von einem schwachen, durch das geöffnete Fenster fallenden Strahl des Mondlichts war es dunkel. Ihr Kopf schmerzte, genau über den Schläfen, und ihr war immer noch ein wenig übel. Sie versuchte, sich aufzusetzen, fiel aber schwach zurück in die Kissen.

„Hey, wage es nicht, dich zu bewegen!" Rafes Befehl war scharf und knapp. Blitzartig war er an ihrer Seite, fühlte ihren Puls.

„Spielen wir wieder Doktor?", fragte sie, bereute die Worte aber umgehend. Sie hätte dankbar, nicht sarkastisch sein sollen, und Rafes grimmiges Gesicht zeigte ihr, dass er es nicht lustig fand. „Wo bin ich?", fragte sie und versuchte sich an einem tapferen Lächeln.

„In der Höhle des Löwen."

„Es tut mir leid", sagte sie, während Tränen alles vor ihren Augen verschwimmen ließen. „Ich war eine wirkliche Plage, nicht wahr?"

„Hör auf zu reden und schlaf." Rafes Gesicht war bestimmt, seine Miene verschlossen, als er leise wegging.

„Rafe?" Ihre Stimme war schwach, fast unhörbar. Er hielt abrupt an und drehte sich um, schlenderte zurück neben das Bett. Coral sah zu ihm hoch, betrachtete ihn unruhig. „Woher wusstest du, wo du uns finden konntest?"

„Als du nicht zum Abendessen kamst, machte Lady Langley sich Sorgen. Ich war gerade von einer Geschäftsreise aus Nairobi zurückgekehrt. Sie berichtete mir, dass du mit Dale aufgebrochen warst, um einige Fotos von Tieren in einem der Naturschutzgebiete in der Nähe zu machen. Ich fürchtete, dass etwas geschehen war, also habe ich einen Suchtrupp entlang der zum nächsten Naturschutzgebiet führenden Straße geführt, die ihr wahrscheinlich benutzt hattet. Ich wäre weitergefahren, bis ich dich gefunden hatte. Aber du warst letztlich nicht weit von der Plantage, nur ein paar Meilen, und als ich den Schweinwerfer des Wagens in die Bäume hochleuchten sah, wusste ich, dass ich Glück gehabt hatte."

„Was haben wir angefahren?"

„Eine Antilope." Rafe lächelte, sein Gesicht eine Mischung aus Amüsement und Besorgnis. „Mach dir keine Sorgen, Rosenknospe, du bist in guten Händen. Wir haben euch beide in diese Klinik gebracht. Sie gehört Dr. Frank Giles, einem Freund von mir und einem zuverlässigen Arzt. Das Krankenhaus war zu weit weg. Du bist in einer Wohnung, die an die Hauptklinik angeschlossen ist."

„Und Dale?" Coral bemerkte, wie ein Schatten der Irritation über Rafes Gesicht huschte.

„Dale geht es gut. Ihr hattet beide Glück. Ihr seid mit einer Gehirnerschütterung und einigen kleineren Kratzern und Blutergüssen davongekommen. Du hast dir den Kopf angestoßen – es ist aber nicht ernst, nur eine fiese Abschürfung. Frank hat dir ein Beruhigungsmittel gegen die Schmerzen gegeben, das ist wahrscheinlich der Grund, aus dem du dich schläfrig fühlst. Nach einer durchschlafenen Nacht wird es dir besser gehen."

Rafes Tonfall war warm und beruhigend, als er versuchte, ihre Ängste zu vertreiben. „Wir behalten dich für vierundzwanzig Stunden hier unter Beobachtung, nur um sicher zu gehen, dass alles in Ordnung ist. Wir haben eine Nachricht an die Plantage geschickt, damit man sich dort keine Sorgen macht. So, beantwortet das nun all deine Fragen?"

Coral öffnete den Mund, um etwas zu sagen, aber seine Finger strichen in einer sanften Liebkosung über ihre Wange. „Still, Rosenknospe. Schlaf jetzt. Wir sprechen morgen."

Sie nickte und schloss die Augen, fühlte sich sicher und voller Frieden.

Die Nacht verlief für Coral turbulent, mit Albträumen von wilden Monstern, die sie durch Schluchten, dichte Wälder und tiefe Ozeane hetzten, während Rafe sie nicht erreichen konnte. Sie hörte, wie er einige Male ihren Namen rief, als sie zwischen Schlaf und Wachsein schwebte; oft spürte sie ihn neben sich, ihre feuchte Stirn abtupfend, ihr ein Glas Wasser reichend, seine Stimme besänftigend und beruhigend.

Coral wachte am folgenden Nachmittag auf. Die Fensterläden waren geschlossen, aber das helle Sonnenlicht stahl sich durch die schmalen Öffnungen. Der Sessel neben dem Bett war leer. Sie hatte eine vage Erinnerung an Rafes Gegenwart während der Nacht, als Bewusstsein und Bewusstlosigkeit sich abgewechselt hatten. Coral richtete sich auf und schaffte es, sich hinzusetzen. Ihr Kopf schmerzte ein wenig, trotzdem setzte sie die Füße auf den Boden und versuchte, sich hinzustellen. Schwarze Punkte tanzten vor ihren Augen und mit einem leichten Stöhnen fiel sie schwach in die Kissen zurück.

„Was zur Hölle machst du da?" Rafe war in das Zimmer geschossen und sah finster auf sie herab. Coral sah zornig zurück, ihre Frustration wuchs. „Du kannst mich mit dieser hitzigen Miene anstarren, so lange du willst, ich lasse dich nicht aus dem Bett", sagte er mürrisch.

„Es geht mir besser. Ich möchte aufstehen. Außerdem muss ich aus diesen Kleidern heraus. Ich fühle mich schmutzig", erklärte sie, angesichts ihrer Hilflosigkeit beschämt und verärgert. Rafe wirkte müde, seine Miene erschöpft, Bartstoppeln warfen einen bläulichen Schatten über die gutgeschnittene Kieferpartie. Er hatte offensichtlich seit dem vergangenen Tag keinen Schlaf gefunden.

„Du bist immer noch schwach. Du hättest rufen sollen."

„Wo ist die Krankenschwester? Ich brauche saubere Kleider. Wo ist der Arzt?" Coral hasste es, dass er dastand, Stolz und Eitelkeit übermannten sie und ließen sie so gereizt auf ihn reagieren.

Seine dunklen Augenbrauen hoben sich. „Momentan ist keine Krankenschwester und kein Arzt verfügbar." Rafe betrachtete sie amüsiert.

„Ich dachte …"

Er unterbrach sie ungeduldig. „Aluna kam diesen Morgen vorbei, um dir saubere Kleidung zu bringen."

Corals Gesicht erhellte sich erleichtert. „Wo ist Aluna?", fragte sie.

„Die arme Frau war ganz außer sich vor Sorge. Du weißt, wie sie sich aufregen kann. Aber sie hat sich unmöglich aufgeführt, und dies ist kein Ort für solche Ausbrüche. Sie wurde angewiesen, die Kleidung hierzulassen und auf die Plantage zurückzukehren."

„Wer hat sie zurückgeschickt?" Coral fühlte plötzlich verzweifelte Sehnsucht nach ihrer alten *yaha*.

„Ich", bestätigte er knapp.

Coral nickte. „Wo ist Dr. … wie auch immer er heißt?"

„Dr. Giles macht seine nachmittäglichen Krankenbesuche, er wird später wieder hier sein. Aber ich bin hier, um dich im Auge zu behalten." Rafe grinste.

„Wo sind meine Kleider?", fragte Coral. „Ich muss duschen."

„Sie sind hier." Rafe öffnete einen Kleiderschrank und nahm die Kleider heraus, die Aluna mit einigen anderen Dingen gebracht hatte. „Auf die Gefahr, dich zu enttäuschen, muss ich dir sagen, dass es hier keine Dusche gibt, auch wenn es eine Klinik ist. Du bist nicht mehr in England. Falls du es vergessen hast, wir sind hier in der Wildnis. Wir können froh sein, heute überhaupt fließendes Wasser zu haben", fügte er kurz hinzu.

Coral knirschte mit den Zähnen und hob das Kinn. „Ich ziehe mich jetzt an", sagte sie entschlossen.

Seine Augenbrauen zuckten. Er lachte knapp und spöttisch, verschränkte die Arme und betrachtete sie. „Lass dich nicht aufhalten."

„Wo ist das Badezimmer."

„Am anderen Ende der Wohnung. Ich kann dir beim Waschen und Anziehen helfen, wenn du möchtest, Rosenknospe", schlug er mit einem spielerischen Blick vor.

„Niemals!", rief sie aus, ein wenig zu energisch.

Seine Augenbrauen flogen hoch. „Du vergisst ständig, dass ich Medizin studiert habe."

„Das macht dich nicht zum Arzt, und außerdem", sie warf ihm einen sarkastischen Blick zu, „bin ich bestens in der Lage, mich selbst anzuziehen, herzlichen Dank. Guter Versuch."

„Du musst dir keine Sorgen machen, Rosenknospe. Ich verführe die Schwachen und Hilflosen nicht."

„Ich bin nicht schwach und hilflos, nur etwas aufgewühlt. Das wärst du an meiner Stelle auch", gab sie scharf zurück. Sie nahm ihre Kleider, warf das Laken zurück und stand auf. Nach zwei Schritten schwirrte ihr Kopf erneut, sie taumelte, stöhnte leicht und wäre auf den Boden gestürzt, wenn Rafe nicht rasch reagiert und sie aufgefangen hätte.

„Siehst du nun ein, dass du nicht in der Verfassung bist, herumzulaufen?" Er legte sie sanft auf das Bett und zog das Laken über sie. „Ich bringe dir etwas zu essen und heißen Tee. Dann sehen wir weiter", erklärte er mit ausgeglichener Stimme, sah sie dann ernst an und ging hinaus, um sie allein im Zimmer zurückzulassen.

Coral unterdrückte ein Schluchzen. Sie fühlte sich wegen ihres Benehmens schuldig, aber Rafes provokante Haltung erzürnte sie, machte es ihr unmöglich, sich ihm gegenüber normal zu verhalten. Natürlich stand sie in Rafes Schuld. Er hätte nicht die

ganze Nacht an ihrer Seite bleiben müssen, immerhin waren sie
füreinander fast Fremde, auch wenn es zwischen ihnen offensichtlich eine starke Anziehungskraft gab. Und obwohl sie sich
in seiner Anwesenheit immer so entnervt fühlte, erinnerte sie sich
an die Erleichterung, die sie überkommen hatte, als sie am Un-
fallort seine Stimme gehört hatte. Und dann erneut später in der
Nacht, als er versucht hatte, ihre Ängste zu zerstreuen. Seltsamerweise fühlte sie sich bei ihm sicher. Sein ganzes Wesen strahlte
Autorität und Selbstvertrauen aus, und obwohl sie es hasste, es
zuzugeben, mochte ein Teil von ihr diese bestimmende Stärke.

Rafe war einige Zeit lang fort und überließ sie ihren düsteren
Gedanken. Coral konnte ihn irgendwo in der Wohnung pfeifen
hören und fragte sich, warum er so lange brauchte.

„Hier, meine unberührbare *princesse lointaine*", sagte er, als
er das Zimmer wieder betrat, einen Krankenhaus-Servierwagen
vor sich her rollend, den er am Bett über ihr positionierte. „Ich
hoffe, dir wird das Frühstück schmecken, das ich so liebevoll zu-
bereitet habe."

Sie musste zugeben, dass es ein einladender und appetitlicher
Anblick war. Coral betrachtete den hausgemachten Obstsalat –
exotische Häppchen glitzerten in der Mitte der Schüssel wie kleine
Juwelen –, die mit einer dünnen Schicht Marmelade bestrichene
Scheibe warmen Toast, das Glas frischgepressten Orangensaft
und die Tasse mit dampfend heißem Tee. Alles war auf einem
weißen Tischtuch angerichtet worden. Am anderen Ende des Tabletts verlieh ein Becher mit einer einzelnen pinkfarbenen Rosenknospe dem Arrangement den letzten Schliff.

Coral lächelte verlegen. „Danke", sagt sie, „es sieht sehr verlockend aus. Ich liebe Obst."

„Nun, Rosenknospe, hör auf, nur verlockt zu sein und iss was,
um Himmels willen", sagte er gutgelaunt, während er sich in den
Sessel neben ihrem Bett sinken ließ. „*L'appétit vient en mangeant*,
wie das alte französische Sprichwort besagt. ‚Der Appetit kommt

beim Essen.' Ich bin nicht daran gewöhnt, die Hausfrau zu spielen, aber um ein Lächeln auf deine hübschen Lippen zu zaubern, würde ich alles tun."

Coral aß langsam, kostete das Essen zuerst, fühlte sich unter Rafes stetigem Blick etwas unbehaglich. „Möchtest du etwas?", bot sie an, hielt ihm ihren Teller hin. „Die Früchte sind wirklich köstlich."

„Deinem Genießen zuzusehen reicht aus, um mich zu einem glücklichen Mann zu machen." Sie war verärgert, dass er sie wieder aufzog.

„Wo ist Dale?"

Rafe schnaubte verächtlich. „Ich habe mich schon gefragt, wann du dich nach ihm erkundigen würdest." Er grunzte herablassend. „Er wurde aus dem Auto geschleudert, wahrscheinlich bevor es umgekippt ist, also hat sein Kopf nicht so viel erdulden müssen wie deiner. Ich hätte den Hurensohn mit Vergnügen umgebracht, aber Frank hat was gegen Blut und Innereien. Mach dir jedenfalls keine Sorgen, dein verantwortungsloser Freund ist tatsächlich in besserer Verfassung als du. Frank hat ihn heute Mittag entlassen, und er ist nach Hause gefahren."

„Er ist nicht mein Freund", fuhr Coral ihn an.

Rafes sah sie ungläubig an. „Nicht?" Das Wort enthielt ein fast unmerkbares Beben.

„Nein." Ihre Stimme war fest.

Er betrachtete sie unbewegt, seine Miene leicht skeptisch, nach einer Erklärung verlangend.

Coral bewegte sich unbehaglich im Bett und konzentrierte sich auf die Tasse Tee, wich seinem eindringlich prüfenden Blick aus und nahm einen Schluck. „Auch wenn es dich nichts angeht, werde ich deine Neugier befriedigen", sagte sie knapp. „Dale und ich waren verlobt. Es hat nicht funktioniert, und damit war es beendet."

„Und deshalb ist er dir nach Kenia gefolgt?"

„Vielleicht, aber ich bin nicht Dales Aufpasserin, also wusste ich nichts davon. Jedenfalls gibt es keinen Grund, mehr in die Sache hineinzulesen. Dale und ich sind jetzt nur Freunde."

„Ich verstehe." Er zuckte mit den Schultern. „Nun, wie du mir mehrfach mitgeteilt hast, geht es mich nichts an. Ich bin nicht *dein* Aufpasser, und du bist alt genug, dich um dich selbst zu kümmern. Das hast du gestern ja bewiesen." Es war ein Schlag unter die Gürtellinie, aber Coral sagte nichts dazu. War er eifersüchtig? Egal. Sie war müde, und dies war nicht der richtige Moment für eine Auseinandersetzung. Sie löste sich aus seinem anschuldigenden Blick und schob sanft das Tablett weg. „Danke für das Frühstück", sagte sie beherrscht. „Ich fühle mich jetzt viel besser."

Rafe nahm den Servierwagen weg und rollte ihn aus dem Zimmer, sein Gesicht eine unbewegte Maske. Sie kannte diese Miene, er hatte sie nur einige Male gezeigt, was aber für sie ausreichte, um sie zu erkennen. Er grübelte. Warum konnten sie und dieser Mann nicht miteinander auskommen, ohne sich ständig an die Kehle zu springen? War es das, was man als Hassliebe bezeichnete? *Eher ein Kampf zweier Todfeinde.*

Rafe hatte recht gehabt, sie zum Essen zu animieren, es hatte ihr Energie verliehen. Sie stand auf und ging durch die Tür in eine Art Empfangs- und Wartezimmer mit einem großen, die hügelige Landschaft überblickenden Fenster. Die Sonne war nun hinter den Hügeln versunken, die mit Gruppen von Fackellilien übersät waren, die zwischen zusammenstehenden Aloen hervorschauten. Die Pracht aus Pink, Lila und Graublau über dem Tal war atemberaubend.

„Was tust du hier?" Rafes strenge Stimme unterbrach ihre Träumerei.

„Ich habe nach dem Badezimmer gesucht und hielt inne, um die Aussicht zu bewundern. Die Landschaft hier ist so erstaunlich, so beeindruckend", antwortete sie und hielt das Kleiderbündel ein wenig zu eng an ihre Brust gepresst.

„Ja", stimmte er zu. Er schien weit fort, seine Gedanken woanders.

Coral sah zu ihm hoch. Er hatte sich gewaschen und rasiert,
sich umgezogen, trug nun ein Paar beige Chinohosen und ein
nilblaues Polohemd. Die Farbe komplimentierte seine goldbraune
Haut, und der Baumwollstoff brachte seine Figur perfekt zur
Geltung. Unsichtbare Finger stachen ihr ins Herz, als sie erneut
das von diesem Mann ausgehende unbestreitbare Charisma feststellte. Er war kein Adonis im klassischen Sinn, aber jede Pore
seines geschmeidigen Körpers strahlte Manneskraft und Sex aus.
Coral räusperte sich.

„Wo ist das Badezimmer?"

„Direkt hinter dir." Er zeigte es ihr mit einer Kopfbewegung
an. „Es gibt fließendes heißes Wasser, Seife und saubere Hand-
tücher, aber kein Shampoo. Solche Luxusgegenstände sind hier
rar. Du wirst leider mit dem auskommen müssen, was momentan
verfügbar ist." Sein Mund bildete eine dünne Linie, sein Gesicht
war völlig ausdruckslos. Er war unnahbar geworden, sprach mit
ihr, als ob sie Fremde seien, seine Distanz errichtete eine Grenze
zwischen ihnen, die effektiver als jede Mauer war.

Es ließ ihr Herz frösteln. Ein großer Klumpen zurückgehal-
tener Gefühle schnürte ihr die Kehle zusammen, als Coral versuchte, die Tränen zurückzuhalten, die ihr jeden Moment aus den
Augen zu quellen drohten. Sie schluckte hart. „Das klingt perfekt,
danke", sagte sie tonlos, während sie hastig ging, um sich zu waschen und anzuziehen.

Im Badezimmer betrachtete sie sich im Spiegel und zog eine
Grimasse. Die Schürfwunde auf ihrer Stirn war gereinigt worden
und begann zu heilen, bildete hässlichen Schorf. Sie zu waschen
und abzutrocknen würde nicht einfach sein. Es war schwierig,
Hände und Gesicht über dem Waschbecken zu waschen, aber
sobald es ihr gelungen war, trocknete sie ihren Kopf mit einem
Handtuch und hielt ihre Haare in einem festen Nackenknoten

zusammen. Sie konnte die Wunde nicht verbergen. Nun, das war nicht zu ändern, es musste erst einmal so gehen. Coral nahm sich Zeit, verteilte die Seife sanft über ihren Nacken, um ihre Brüste, auf ihren Bauch, zwischen ihre Oberschenkel. Das warme Wasser auf ihrer Haut war eine Freude und wusch die Anspannung der letzten vierundzwanzig Stunden ab. Für einige Minuten vergaß sie Rafe und die bittere Kälte, die ihr Herz eingefroren hatte. Sie freute sich über die saubere Unterwäsche und Kleidung, die Aluna gebracht hatte. Gott segne sie, es war alles da: Zahnbürste, Kamm, die kleine Kosmetiktasche und sogar eine Flasche ihres Lieblingsparfums.

Als sie eine halbe Stunde später aus dem Badezimmer kam, war Rafe nicht allein. „Ah, da bist du", sagte er mit einem höflichen Lächeln, das an ihm fremd wirkte. „Dies ist Dr. Giles, mein alter Freund."

Frank Giles war groß, schlank und blond; er wirkte attraktiv, ohne besonders gutaussehend zu sein. Seine Vorfahren mussten Skandinavier gewesen sein, dachte Coral. Blassblaue Augen musterten sie freundlich, während sie zu dem neben Rafe stehenden Mann aufsah. „Ich hoffe, dass Sie sich besser fühlen?", fragte er, während ein warmes Lächeln auf seinem Gesicht erschien und sie sich sofort wohlfühlte.

„Ja, das tue ich." Sie erwiderte das Lächeln. „Danke, dass Sie mich aufgenommen und sich so gut um mich gekümmert haben."

„Leider ist dieser Ort nicht sehr modern. Wir halten alles auf einem absoluten Minimum, aber es ist effektiv. Wir tun unser Bestes." Er klang entschuldigend und Coral fühlte sich verpflichtet, ihn zu beruhigen.

„Ich habe mich wirklich sehr wohlgefühlt, und Rafe war ausgesprochen aufmerksam." Coral warf Rafe einen Blick zu und dachte für den Bruchteil einer Sekunde, dass die Kälte in seiner Miene verschwunden war – oder spielten ihre Gedanken ihr einen Streich?

„Die Beule an Ihrem Kopf scheint zurückgegangen zu sein, und wie ich sehe, heilt die Schürfwunde gut. Ich werde sie mir noch einmal ansehen müssen, nur um sicherzustellen, dass sie sich nicht entzündet. Ich nehme an, Ihre Impfungen sind noch alle aktuell?"

„Oh, ja, ja. Ich reise viel, also muss ich vorsichtig sein. Ich gerate zwar ab und zu in Schwierigkeiten, aber ich bin sehr vernünftig, wenn es darum geht, sich um solche Dinge zu kümmern." Sie lächelte schwach, und sie lachten alle.

„Frank wird dich zurück zur Plantage fahren", warf Rafe ein.

„Ich muss zu einem Termin und werde also leider nicht das Vergnügen haben." Einen Moment lang hatte sie den Eindruck, dass der alte Rafe zurück war, aber als sie sich ihm zuwandte, drehte er ihr den Rücken zu und war damit beschäftigt, seinen Aktenkoffer zuzumachen.

Die drei gingen gemeinsam hinunter. Als sie die Eingangstür erreichten, fiel Rafe einige Schritte zurück, überließ ihnen die Führung. Coral hatte keine Zeit, sich über seine Gründe zu wundern. Als sie hinaus auf das Pflaster ging, blieb sie plötzlich starr stehen, wie angewurzelt, während sie von widersprüchlichen Gefühlen überschwemmt wurde. Der luxuriöse schwarze Cadillac, der an ihrem ersten Tag am Hafen erschienen war, stand auf der anderen Seite der engen Straße, ihnen zugewandt. Die Straßenlaterne warf einen Lichtstrahl auf das offene Fenster. Die arroganten schwarzen Augen der Tänzerin trafen auf ihre hitzigen blauen Augen, die den Blickkontakt hielten.

„Ist etwas mit Ihnen? Fühlen Sie sich nicht wohl?", erkundigte sich Frank Giles, anscheinend durch Corals plötzliche Reaktion beunruhigt. „Mein Auto ist nicht weit weg, direkt hinter dem schwarzen Cadillac."

Coral erlangte ihre Beherrschung wieder und lächelte zu ihm auf. „Es geht mir gut, wirklich gut. Es war nur der Schock der frischen Luft nach der Zeit im Haus."

Rafe hatte nun das Gebäude verlassen. Er schlenderte über die Straße, zu dem Cadillac. Diesmal war der uniformierte Chauffeur schnell genug und hatte die Fondtür bereits geöffnet. Rafe verschwand im Auto, aber nicht ohne dass Coral das breite Lächeln auf seinem Gesicht bemerkt hatte.

„Wir lassen sie zuerst fahren, ja?", sagte Frank ihr. Sie nickte zustimmend und lächelte trocken.

Ein Gefühl des Verlustes überkam sie, als sie zusah, wie das schwarze Biest mit einem Brummen zum Leben erwachte und in die Nacht davonfuhr.

KAPITEL 8

Die folgenden Tage waren schwer. Während sie sich erholte, musste Coral mit Dales unerwünschten Avancen fertigwerden, da er der Meinung zu sein schien, dass der Unfall sie auf irgendeine Weise näher zusammengebracht hatte. Hinzu kamen Cybils Neugier über die Zeit, die sie mit Rafe in Dr. Giles' Klinik verbracht hatte und Alunas übertriebene Fürsorglichkeit. Die meiste Zeit verbrachte Coral, noch nicht wieder kräftig genug, um hinaus und weiter weg zu gehen, untätig im Haus, fühlte sich verärgert und wie erstickt. Außerdem war Rafe weiterhin weg, und sie vermisste ihn. Lady Langley hatte ihr eines Tages beim Lunch berichtet, dass Rafe ein zahlender Gast war und das Kongoni-Anwesen als Ausgangspunkt nutzte, wann immer er, wie jetzt, geschäftlich in der Gegend war; ein Arrangement, das ihnen beiden sehr zusagte.

Coral dachte klar genug, um zu erkennen, dass ihre Gefühle für Rafe eine neue Richtung eingeschlagen hatten. So sehr sie auch innerlich gegen diesen Wahnsinn protestierte, so sehr sie versucht hatte, ihre Panik vor einem erneuten Verletztwerden zu ignorieren, ihr Herz konnte es nicht leugnen. Sie begann, sich in ihn zu verlieben. Je mehr Coral Rafe kennengelernt hatte, desto mehr hatte sie Blicke auf den Mann hinter dem berüchtigten Ruf erhascht. Immer weniger konnte sie finden, was Alunas feindselige Worte über ihn oder die von ihren Freunden weitererzählten herabsetzenden Gerüchte rechtfertigte. Rafe war von Natur aus charmant und mitfühlend, Menschen fühlten sich zu ihm hingezogen. Coral hatte bemerkt, wie zuvorkommend und freundlich er die Dienstboten auf dem Anwesen stets behandelte, und sie schienen ihn alle zu respektieren und ehrlich zu mögen – er war kaum der Teufel, als der er dargestellt wurde. Abgesehen von seinen Sticheleien, die sie oft unerhört fand, war er stets nur gütig zu ihr gewesen. Außerdem war Rafe zweifellos kultiviert und wusste viel. Coral dachte an den Abend, den sie mit ihm auf seiner Pflanzung verbracht hatte. Es war wunderbar gewesen, er hatte an jedes Detail gedacht, um den Anlass für sie rundum erfreulich zu gestalten.

Auch wenn es schmerzhaft war, das zuzugeben, wusste sie, dass das Gefühl, das Rafe in ihr hervorrief, mehr als sexuelles Begehren war. Ja, er war ein geborener Frauenheld und Herzensbrecher, aber Coral fand dies nur deshalb so quälend, weil er ihre Gefühle tief berührt und aufgewühlt hatte. Natürlich fühlten Frauen wie Cybil und Morgana sich magnetisch von ihm angezogen, und Coral wusste, dass die Eifersucht, die sie durchfuhr, wann immer sie sich Rafe mit einer von ihnen vorstellte, ein vielsagendes Zeichen war.

Trotzdem plagte sie Rafes Verschlossenheit. Warum war er so ausweichend, wenn er nichts zu verbergen hatte? Manchmal, wenn er sie ansah, erkannte Coral Traurigkeit in seinen Augen, die die schmerzhafte Einsamkeit seiner Seele verriet. Lag das daran, dass er sich schuldig fühlte, mit der Frau seines besten Freundes eine Affäre zu haben? Sie erinnerte sich an Cybils Worte am Strand: *Walter steht uns jetzt nicht mehr im Weg. Du hast keine Ausrede.* Sie waren mehrdeutig – könnte es bedeuten, dass er sich auf keine Beziehung mit ihrer Stiefmutter eingelassen hatte, während ihr Vater noch lebte? Trotz seines Rufes schien Hinterhältigkeit nicht zu Rafes Charakter zu passen, er war zu direkt.

Rafe flirtete mit Cybil, wie er es mit jeder Frau tun würde. Aber Coral hatte sie zusammen gesehen, und selbst da schien er ihre Stiefmutter auf Abstand zu halten. Es war immer Cybil, die seine Gesellschaft suchte. Wenn sie an Lady Langleys Party zurückdachte, als es Coral aufgebracht hatte, sie zusammen tanzen zu sehen, war es Cybil gewesen, die sich an Rafe geklammert hatte. Sie konnte sich nicht daran erinnern, gesehen zu haben, dass Rafe die feurige Aufmerksamkeit ihrer Stiefmutter erwidert hätte.

Coral konnte sehen, dass Rafe Cybil nie so anblickte wie sie. In der Nacht in Whispering Palms hatten seine zärtlichen Worte sie denken lassen, dass er sich in sie verliebte, dass er nicht nur von ihrem Körper angezogen wurde. Gingen seine Gefühle für sie ebenfalls tiefer? Aber dann war er ohne ein Wort abgereist und hatte es Morgana überlassen, sich mit Coral auseinanderzusetzen.

Von Beginn an war Rafe unbeständig gewesen. In einer Minute hatte er sich leidenschaftlich, sensibel und zärtlich gezeigt, in der nächsten waren die Läden heruntergerauscht, er war ausweichend und wurde wieder Rafe, der charmante Frauenheld und ließ sie von Zweifeln geplagt zurück.

Coral würde nie endgültig die Wahrheit herausfinden, solange sie es nicht riskierte, ihm von ihren Gefühlen zu berichten und ihn zu den Gerüchten und dem Klatsch zur Rede zu stellen. Was verbarg er vor ihr? Wenn dies Liebe war, konnte sie es verkraften?

Auf dem Rückweg von der Klinik, im ramponierten alten Jeep des Arztes, hatte Coral zumindest etwas mehr herausgefunden. Im Laufe ihrer Unterhaltung hatte sie erfahren, dass Rafes und Dr. Giles' Freundschaft weit zurückging. Franks Eltern waren Missionare in Tansania gewesen. Er hatte mit einem Stipendium in England Medizin studiert und war dann nach Tansania zurückgekehrt, um eine Klinik zu eröffnen. Dort hatte er Rafe kennengelernt, und sie waren enge Freunde geworden. Frank war erst einige Jahre zuvor nach Kenia gekommen, um dabei zu helfen, eines der neuen Krankenhäuser aufzubauen.

„Haben Sie hier Familie?", hatte Coral gefragt.

„Nein. Keine Familie. Leider war ich mit meiner Arbeit verheiratet und die Zeit schien nur vorbeizufliegen. Ich habe mich immer so sehr meinen Patienten gewidmet, dass ich nie die Möglichkeit hatte, jemanden kennenzulernen", hatte er etwas traurig erklärt. Sie hatte versucht, ihn über Rafe auszufragen, war aber gegen eine Mauer gerannt, abgesehen von seiner offensichtlichen Abneigung gegen Cybil.

„Ich fürchte, Cybil ist die Art Frau, die gern ihren Willen durchsetzt, insbesondere, wenn es um Männer geht. Sie hat ein verblüffendes Talent, Schwächen herauszufinden und sie für ihre eigenen Zwecke zu missbrauchen. Zum Glück war ich gegen ihren Charme stets immun." Frank hatte kurz aufgelacht. „Und vielleicht ist das der Grund, aus dem die Abneigung auf Gegenseitigkeit beruht." Coral hatte den Rest der Fahrt zurück zum Kongoni-Anwesen schweigend nachgedacht.

Nun verbrachte sie ihre Zeit mit langen Ausfahrten, spazierte über die Märkte und machte Fotos, plauderte mit Menschen und schrieb Texte für die Reportage. Coral hielt sich an bekannte Straßen und Wege, stellte im Allgemeinen sicher, dass jemand auf der Plantage wusste, wo sie war. Sie hatte unter den Einheimischen Freunde gefunden, sie mochten ihre liebenswerte und ruhige Art und schienen von ihrem zarten, elfenhaften Aussehen bezaubert. Auf den Märkten fand Coral es sehr unterhaltsam, mit den Händlern zu feilschen, die unwillig waren, einen Preis für ihre Waren festzusetzen. „Was möchten Sie mir dafür geben?", fragten sie gutgelaunt. Von Aluna hatte sie gelernt, nach dem besten Preis zu fragen, wegzugehen und zu warten, um zu sehen, ob der Verkäufer sie gehen lassen oder für weiteres Feilschen zurückrufen würde.

Coral wollte zu den Wasserfällen zurückkehren, um deren Dramatik auf Film zu bannen, aber immer, wenn sie sich nach ihnen erkundigte, erntete sie leere Blicke. Niemand hatte von dem

See gehört, also konnte ihr niemand eine Wegbeschreibung geben. Anscheinend war Rafes kleiner Himmel ein gutgehütetes Geheimnis.

An einem Nachmittag, als Coral herumfuhr, kam sie an eine Kreuzung. Die Gegend schien ihr vage vertraut, aber sie hatte so viele Orte erkundet, und die meisten Teile des Dschungels sahen sich ähnlich. Sie fuhr auf gut Glück eine kleine Straße hinauf. Sie war schlammig und unangenehm zu befahren, da Büsche Teile der Strecke blockierten. War dies die Route, die sie mit Rafe genommen hatte? Zu der Zeit war sie abgelenkt gewesen, vielleicht lag es also daran, dass ihr nicht alles bekannt vorkam. Plötzlich sah sie einen Adler. Der König der Lüfte zeigte sich im wogenden Flug, während er über der Landschaft auf- und abstieg. Rafes Stimme erklang deutlich in ihren Ohren: *Diese Tiere entfernen sich nie weit von ihrem Territorium.*

Aufgeregt stieg sie aus dem Jeep. Der See musste in der Nähe sein, vielleicht war es besser, ihre Erkundung zu Fuß fortzuführen. Es war immer noch ziemlich heiß, aber sie trug Shorts und ein luftiges, knappes Top, also spürte sie die Hitze nicht. Der Adler war verschwunden, und Coral ließ ihren Blick auf der Suche nach dem Vogel über den wolkenlosen Himmel schweifen, ihre Augen mit einer Hand vor der blendenden Sonne schützend. Nach einigen Sekunden ertönte das Geräusch des tosenden Wassers; Coral bog um eine Ecke und die versteckten Wasserfälle erschienen direkt vor ihr.

Sie war von einer anderen Richtung gekommen, aber dies war der Ort, und ihr Herz machte einen jubelnden Sprung. Endlich hatte sie ihn gefunden. Sie eilte zurück zum Jeep, um ihre Kamera und ihr Notizbuch zu holen.

Sie saß im flackernden Schatten des Flammenbaumes, wo Rafe sich einige Wochen zuvor ausgestreckt hatte, bewunderte den See und die gezackten Gipfel, die sich hinter ihm in die schwere Luft erhoben. Die Strahlen der Sonne leuchteten auf dem Wasser, verwandelten es in einen großen goldenen Spiegel. In der Nachmittagshitze war das Naturleben deutlich sichtbar, blühend und lebendig. Die Luft vibrierte mit dem Summen der Insekten, dem Flattern lebhafter Schmetterlinge und dem leichten Rauschen der Blätter. Trillern und Gurren erklang aus dem Laub über ihr, während das stetige Rauschen der Wasserfälle im Hintergrund zu hören war. Von ihrem Aussichtspunkt aus hatte sie ausgezeichnete Sicht auf die schwarzen Felsen, wie mysteriöse Riesen, umgeben von prächtigen Bäumen. Coral verbrachte einige Minuten damit, Fotografien zu machen, legte sich dann hin und betrachtete die wilde Schönheit der kristallklaren Wasserkaskaden.

Der Adler war zurück und saß herrschaftlich auf einem nahen Baum. Er bauschte seine Federn, und Coral nahm ihre Kamera erneut zur Hand. Bei einem Blick durch den Sucher konnte sie den Kontrast zwischen dem weißen Oberkörper und Schweif, dem haselnussfarbigen Bauch und den herrlichen schwarzen Flüger noch besser bewundern. Sie machte weitere Fotografien, bewegte sich so verstohlen wie möglich, um ihn nicht zu stören, bis der Vogel sich wieder aufschwang. Coral betrachtete eine stahlblaue und feuerrote Eidechse, die eine Baumrinde hinaufflitzte, um sich an einige Wespen heranzuschleichen. Sie hielt inne und sah zu Coral zurück, betrachtete sie bewegungslos, als ob sie wusste, dass sie beobachtet würde. In der Sonne sahen ihre leuchtend bunten Schuppen aus, als ob ein Künstler sie mit großen Farbtupfern bedeckt hätte. Nach einigen Sekunden schoss sie fort und verschwand im Unterholz.

Coral fühlte sich entspannt und glücklich, als sie in einen Apfel biss, den sie mitgenommen hatte, und einen Schluck aus der Thermosflasche mit kaltem Wasser nahm, die sie auf ihren Ausflügen immer dabeihatte. Nachdem sie einige Zeilen in ihr Notizbuch geschrieben hatte, wurde sie schläfrig, legte sich wieder auf das grüne Moos und döste ein.

Als sie aufwachte, sank die Sonne rasch, reflektierte sich in den Baumwipfeln, den Felsen und dem Wasser, tauchte sie in die herrlichsten Schattierungen von Orange, Violett und Blutrot. Am Rande ihres Bewusstseins formte sich die vage Erinnerung an einen Traum, in dem Rafe sanft ihren Namen flüsterte und ihre Lippen mit einem Kuss streifte. Coral stützte sich auf ihre Ellbogen, ihre Augen noch schwer vom Schlaf, ihr Körper noch schlapp mit erfreulicher Trägheit. Sie blinzelte, dann weiteten ihre Augen sich. Träumte sie noch?

Er tauchte aus dem See auf, die sinkende Sonne hüllte ihn in goldenes Licht, die Tropfen auf seinem Körper schimmerten. Er kam selbstbewusst auf sie zu, fast jeder Zentimeter seines wohlgeformten Körpers enthüllt. Er trug nur seine schwarze Badehose. Jeder definierte Muskel glänzte, seine Gliedmaßen bewegten sich mit geschmeidiger Anmut, als er näherkam, seine Augen fest auf sie gerichtet. Coral sah gebannt zu, ein Sehnen schwoll in ihr an, begierig und erwartungsvoll. Die Luft zitterte in unendlicher Erwartung.

Er nahm sich Zeit, und Coral spürte, dass er es absichtlich tat, sie beide mit dem Schmerz der unerfüllten Sehnsucht quälte, bis er so überwältigend war, dass keiner von ihnen es länger aushalten konnte.

Wenige Schritte von ihr entfernt hielt Rafe an. Coral sah zu ihm hoch, ihre Lippen leicht geöffnet, und ihre Blicke trafen sich, blieben aufeinander gerichtet. Er streckte eine Hand aus. Seine offensichtliche Erregung ließ ihren Körper mit Wellen der Aufregung erzittern. Instinktiv legte sie den Kopf zurück, befeuchtete ihre trockenen Lippen mit ihrer Zungenspitze und dann, ihn immer noch ansehend, bog sie den Rücken durch, jede Nervenspitze ihres Körpers eine Einladung.

In einer plötzlichen, entschiedenen Bewegung zog er sie zu sich hoch, und sie erschauerte, fühlte die Stärke seiner Männlichkeit, als sich ihre Körper berührten. Er strich mit seinen Händen ihre

Kurven entlang, hielt an ihren Hüften inne, hob sie ein wenig an, drückte sie an sich, erweckte einen rasenden Drang in ihrem Körper. Ein tiefes, wildes Stöhnen entriss sich seiner Kehle, als ihre Brustwarzen sich verhärteten, sich gegen seine Brust pressten, und sie wusste, dass er ebenso leidenschaftlich nach ihr verlangte wie sie nach ihm. Er umfasste ihr Kinn und schob ihren Kopf ein wenig zurück, seine glänzenden Augen bohrten sich mit neuem Fieber und neuer Intensität in ihre. Wonne breitete sich in ihr aus, als seine warmen Lippen sanft über ihr Gesicht strichen, es mit Küssen bedeckten, die sie mit kleinen elektrischen Schocks durchjagten und sie in seinen Armen schmelzen ließen.

Dann nahm er ihre Lippen in Besitz. Sein Kuss begann sanft, schmeckte sie langsam, wurde dann zusehends verlangender, fast brutal. Er stieß seine Zunge tiefer, erforschte, neckte das Innere ihres Mundes. Seine Hand auf ihrer Kehrseite verband ihre zarte Figur mit ihm, ließ sie die Stärke seiner Erregung spüren. Je mehr sie merkte, wie er sie dominierte, desto mehr sehnte sie sich danach, sich zu unterwerfen. Sie fühlte zwischen ihren Oberschenkeln das Pulsieren einer feuchten Wärme. Schauder der Wonne durchrasten sie, und in diesem Moment wusste sie ohne Zweifel, dass sie auf der Welt nichts mehr wollte als sich ihm hinzugeben.

Mit plötzlicher Kühnheit, derer sie sich gar nicht für fähig gehalten hätte, ließ Coral ihre Hand hinuntergleiten, und Rafe spannte sich an, als ihre Finger die Härte seiner Männlichkeit erforschten. Er stöhnte, als sie ihn streichelte, reagierte mit einem Schauder, der ihr zeigte, wie viel Genuss sie ihm bereitete. Sein Kuss wurde tiefer, und die Schmerzen in ihrem Unterleib verstärkten sich, die Welle der Leidenschaft für ihn bäumte sich auf, sodass außer ihnen beiden nichts mehr zählte.

„Ich will dich. Liebe mich", seufzte sie, Herz und Sinne zitterten erwartungsvoll nach ihm. „Liebe mich, Rafe." Rafes Augen wurden zu weichem Bernstein, sein Atem ging schneller, seine starken Hände strichen über ihren Rücken, ein Arm umfasste ihre Taille, als er sie sanft ins Gras hinabließ.

Plötzlich ertönte ein furchterregendes Geräusch. Eine Mischung aus explosivem Gebrüll und bellendem Husten schrak sie aus ihrer Umarmung, ließ sie auf die Füße springen. Rafe sah hastig auf. Oben auf den Felsen lauerte eine enorme Kreatur, halb hockend, halb stehend, die langen muskulösen Arme in die Seiten gestemmt, die tiefschwarzen eingesunkenen Augen durch das dichte Laub der Bäume wild auf sie herabstarrend.

„*Mon Dieu!*" Rafe sog die Luft ein, unterdrückte einen ehrfürchtigen Ausruf. „Ein Silberrücken-Gorilla!" Coral hatte sich in seine Arme geflüchtet, krallte sich an seinen Brustkorb, panikerfülltes Zittern ersetzte jenes der Lust, das ihren Körper vorher erfüllt hatte. „Sie sind hier recht selten, aber kein Grund, beunruhigt zu sein", murmelte Rafe beruhigend, streichelte ihren Kopf. „Er ist zu weit weg, um uns zu erreichen, außerdem sind diese sanften Riesen recht scheu und greifen nur an, wenn sie sich bedroht fühlen."

Rafes sichere, leise Stimme zerstreute Corals Ängste. Sie sah zögerlich hoch, begriff, dass es wahrscheinlich nie wieder eine ähnliche Möglichkeit geben würde. Der Schock hatte wie eine kalte Dusche gewirkt, sie aufmerksam und wachsam gemacht. Plötzlich war sie wieder bei vollen Sinnen, und die Reporterin und Fotografin in ihr übernahm das Kommando. „Kann ich meine Kamera benutzen?"

„Nein, absolut nicht", warnte er. „Gorillas mögen es nicht, angestarrt zu werden – da für sie das Weiße unserer Augen sichtbarer ist, macht Blickkontakt sie nervös."

Das riesige Tier verlagerte abrupt seine Position, reckte sich zu voller Größe auf, eine majestätische Gestalt in einem glänzenden schwarzen Mantel, während es weiterhin finster auf das junge Paar starrte. Das Schreien stieß erneut wie Donner hervor, das Echo ließ die sie umgebenden Berge und den Busch erschauern.

Coral sprang verängstigt hoch. „Gehen wir", sagte sie mit gedämpfter Stimme. „Es wird dunkel, und dieser Ort ist wirklich
unheimlich." Beide sahen erneut hoch. Der große Silberrücken
trommelte wütend mit seinen großen schwarzen Händen auf
seiner Brust, stampfte und knurrte. Rafe und Coral gingen
langsam weg.

„Ich bin auf einem anderen Weg hergekommen als der, den du
mir letzters Mal gezeigt hast", erzählte Coral ihm.

„Ich weiß. Als ich vorhin ankam und dich hier vorfand, war es
mir klar, also habe ich mein Auto umgesetzt. Es parkt jetzt neben
deinem." Er strahlte sie an.

Die Sonne war untergangen, der bläuliche Schatten der Bäume
wurde allmählich violett. Der Busch war jetzt ruhig, aber bald
würde das Paar jene Geräusche erleben, die den tiefschwarzen
Vorhang afrikanischer Nächte auseinanderrissen.

Rafe hatte rasch ein Paar Hosen und ein Hemd angezogen,
die er aus dem Land Rover geholt hatte. „Ich fahre", sagte er
und schlüpfte in seine Schuhe, als Coral in den Jeep steigen wollte.

„Warum? Denkst du, ich kann nicht fahren? Ich habe es herge-
schafft."

„Steig in den Jeep, du irritierendes Wesen, und hör auf, zu widersprechen." Er grinste auf sie herab, als er ihr die Schlüssel aus
der Hand nahm. „Ich lasse dich nicht nachts in einem offenen
Jeep hier herumfahren, insbesondere nicht nach dem, was dir
letzte Woche passiert ist."

„Darf ich dich daran erinnern, dass ich nicht diejenige war, die
in jener Nacht fuhr?" Sie sah ihn schief an. „Du hältst mich
wirklich für unfähig, oder?"

„Nein, ich halte dich nicht für unfähig, aber ich denke daran,
dass diese Straßen nicht beleuchtet, dass wir nicht in London sind
und dass ich am Boden zerstört wäre, wenn dein hübsches, kleines
Gesicht irgendwie zugerichtet werden würde."

„Du nimmst aber auch kein Blatt vor den Mund, nicht wahr?"

„Ich habe es dir schon einmal gesagt, Rosenknospe, ich will nur dein Bestes." Er schob sie in den Jeep.

„Was ist mit deinem Land Rover?"

„Das kann warten. Ich hole ihn morgen. Außerdem ist er abgeschlossen und steht gut. Niemand kennt diesen Ort, also ist er hier sicher."

„Du hast wahrscheinlich recht. Ich habe in der letzten Woche viele Leute nach einer Wegbeschreibung zum See gefragt, aber niemand konnte mir eine geben. Ich habe ihn heute Nachmittag eher zufällig wiedergefunden. Tatsächlich hat der Adler mir den Weg gezeigt. Ich war nicht weit entfernt, als ich ihn sah und mich daran erinnerte, was du darüber gesagt hattest, dass er sich nicht weit von seinem Territorium entfernen würde. Woher wusstest du überhaupt, dass ich hier war?"

„Ich wusste es nicht. Als ich an diesem Nachmittag zurück zur Plantage kam, sah ich, dass du nicht dort warst. Jemand erwähnte, dass du nach einem See gefragt hättest, also ging ich davon aus, dass du versuchen würdest, ihn zu finden. Und da ich deine Entschlossenheit nicht unterschätze, ging ich davon aus, dass du ihn wahrscheinlich auch finden würdest, also habe ich mein Glück versucht."

„Du musst mich gesehen haben. Warum hast du mich nicht geweckt?"

„Ich muss zugeben, dass es verführerisch war. Ich habe sogar deinen Namen gerufen, aber du sahst so engelsgleich aus, als du dort lagst, dein Körper völlig entspannt, dass ich ein solch schönes Bild nicht zerstören wollte und mich damit zufriedengab, sanft deine Lippen zu küssen, während du schliefst." Rafe sah sie lächelnd an.

„Seltsam. Ja, ich glaube, dass ich es gespürt habe, aber ich dachte, dass ich träume." Es folgte eine kurze Pause, dann fragte sie abrupt: „Warum bist du letzte Woche fortgegangen?"

„Ich habe Termine, Arbeit, Pflichten, weißt du?", erwiderte Rafe gelassen.

„Du meinst, du hast eine Geliebte", gab sie zurück, erinnerte sich an Morganas Gesicht, das sie so trotzig aus dem schwarzen Cadillac angesehen hatte, der Rafe mitgenommen hatte.

„Ja, das auch, würde ich sagen." Sein Ton war ruhig, sein Blick nun fest nach vorn gerichtet.

„Eine einfache Tänzerin, wenn ich mich nicht irre."

„Tanzen ist ein Beruf wie jeder andere, der zudem viel Talent erfordert."

„Nicht unbedingt", höhnte Coral. „Die Frauen in Nachtclubs nutzen ihre Körper, um männliche Kunden aufzureizen und zu erregen, damit sie regelmäßig kommen und Geld ausgeben. Für Alkohol, Drogen und was auch immer sonst ihnen angeboten wird."

Rafe sah sie mit ernstem Blick an. „Morgana ist eine sehr gütige, warmherzige und schöne Frau."

„Sie mag gütig, warmherzig und schön sein, dass macht sie aber nicht weniger laut oder vulgär."

„Es gibt keinen Grund, so herablassend zu sein", gab er zurück. „Du kennst die Frau nicht einmal."

Coral drehte sich zu ihm, ihre Haltung steif und ihre Augen wild. Nun, da die Eifersucht wieder von ihr Besitz ergriffen hatte, brannte sie noch grausamer. „Ich kann nicht glauben, dass du sie verteidigst", sagte sie, die Stimme ein wenig zitternd. „Diese Frauen benutzen den Sexualtrieb der Männer, um sie auszunutzen", fuhr sie fort, ihn absichtlich reizend. „Sie sind berechnend und schamlos." Coral versuchte nicht mehr, ihre Verachtung oder ihre Eifersucht zu verstecken. Sie brannte vor Verletztheit und Ärger, wollte nun unbedingt die Gedanken hinter seiner verschlossenen Miene erfahren und herausfinden, wie tief seine Gefühle für Morgana waren.

„Und du bist nicht in der Lage, schamlos zu sein, Coral?", zahlte er es ihr in beleidigendem Ton heim.

Blut rauschte in ihr Gesicht, ließ Ohren und Wangen glühen. Rafe hatte recht, dachte sie, als sie sich an jene Momente zuvor erinnerte, als ihr ganzer Körper in seinen Armen vor ungezügeltem Begehren pulsiert hatte. Sie hatte sich ihm offenbart, ihr Körper hatte nach mehr gebettelt, und sie hatte sich nicht bemüht, ihre Begeisterung über seine Berührung zu verstecken. Sie hatte sämtlichen Selbstrespekt verloren, und nun sah er auf sie herab. Oh Gott, was hatte sie getan? Ihre Mutter hatte sie vor dieser Reaktion der Männer gewarnt, und sie hatte es ignoriert. Aber das war sie nicht, sie erkannte sich selbst nicht mehr. Sie hatte sich nie solchen fleischlichen Freuden hingegeben. Was hatte er aus ihr gemacht? Was wurde aus ihr? War es das, was die Leute Liebe nannten? Wenn ja, dann wollte sie damit nichts zu tun haben, es war zu schmerzhaft. Heiße Tränen brannten in ihren Augen, als sie versuchte, sie zurückzuhalten.

Rafe bemerkte ihre Verzweiflung, streckte eine Hand aus und streichelte sanft ihre Wange. Er zog ein Taschentuch aus seiner Brusttasche und gab es ihr. „Hier, es tut mir leid, Rosenknospe. Wisch dir die Tränen weg, und nimm diese dumme Neckerei nicht so ernst. Wenn es dich tröstet, es gibt wirklich keinen Grund, wegen Morgana oder sonst jemandem besorgt oder eifersüchtig zu sein. Du hast mich bezaubert, und nichts scheint die Sehnsucht, die ich nach dir fühle, stillen zu können."

„Das hat dich aber nicht davon abgehalten, die Klinik mit ihr zu verlassen, als ich dich brauchte", widersprach sie vorwurfsvoll, während sie genau wusste, dass sie irrational und ungerecht war.

Er lachte bitter. „Das war dir aber nicht anzumerken! Ich habe noch nie eine widerspenstigere und streitlustigere Frau gesehen. Ohnehin bin ich zwar gegangen, aber nicht lange weggeblieben. Ich bin zurück, ist das kein ausreichender Beweis?"

„Ja, du bist zurück, aber für wie lange?" Warum konnte sie nicht verhindern, dass ihre Eifersucht und Unsicherheit die Oberhand bekamen?

„Oh, ich weiß nicht." Rafe seufzte müde.

„Ich sag's dir", sagte sie mit blitzenden Augen. „Du bist für die Zeitspanne zurück, die es dauert, mich in dein Bett zu bekommen. Ich kenne Männer wie dich. Heute hier, morgen verschwunden."

Rafes Augenbrauen zogen sich zusammen. „Warum verurteilst du mich immer so rasch? Was weißt du über mich, Coral?"

„Dann erzähl mir von dir. Ich weiß nur, was du mir gezeigt hast. Ich möchte alles wissen. Ich glaube, ich verliebe mich gerade in dich." Die Worte waren herausgesprudelt – sie hätte sie am liebsten sofort zurückgenommen.

Rafe lächelte traurig, aber es war dunkel, sein Gesicht lag im Schatten, und Coral konnte seine Augen nicht sehen. „Du liebst mich nicht, Rosenknospe." Seine Stimme war leise und wehmütig. „Du entdeckst nur die Bedürfnisse deines herrlichen Körpers, er ist fordernd und du reagierst mit unendlicher Großzügigkeit auf ihn."

„Woher willst du das wissen?", fuhr sie fort. „Was weißt du überhaupt über Liebe? Für dich ist es nur eine sexuelle Übung, und du denkst, dass alle wie du sind." Coral wusste, dass ihr Verhalten grob war, aber die Gewalt ihrer Gefühle ließ sie sich töricht benehmen, während ihre weisere Seite nur zusehen konnte.

„Na komm, Rosenknospe, verdirb nicht den wunderbaren Nachmittag, den wir gehabt haben. Hör auf damit, mich zu quälen und dich zu verletzen. Es muss für dich mittlerweile offensichtlich sein, wie sehr ich dich will, selbst wenn es mich umbringt. Hat dir heute Nachmittag denn nicht jeder Teil meines Körpers dafür als Beweis gedient? *Mon Dieu*, Coral, keine Frau hat meine Sinne je so zum Leben erweckt wie du, keine Frau hat mich je so heimgesucht wie du. Das musst du doch endlich begriffen haben."

„Es tut mir leid, Rafe", flüsterte sie. „Aber ich kann den Gedanken nicht ertragen, wie du bei einer anderen Frau bist, mit ihr die Dinge tust, die du mit mir getan hast, und noch mehr. Es ist zu verletzend, dass du zu ihr flüchtest, um deine Bedürfnisse zu befriedigen."

„Das ist das Problem", murmelte er wie zu sich selbst. „Nichts kann dich aus meinen Gedanken löschen. Niemand sonst kann das Bedürfnis erfüllen, von dem du redest, absolut niemand."

Er tat es erneut, seine Worte fast eine fühlbare Liebkosung, sie streichelnd, sie entzündend. „Hör auf", rief sie. „Ich kann es nicht länger ertragen. Du treibst mich in den Wahnsinn!" Sie zitterte, ihre Sinne schmerzten mit dem Bedürfnis nach ihm, für das keine baldige Hoffnung der Erfüllung bestand.

„Willkommen im Club", murmelte er mit einem fast unhörbaren selbstironischen Knurren.

„Ich möchte kein Mitglied des Clubs der sich nach dir verzehrenden Frauen sein", antwortete sie hitzig. „Ich habe kein Bedürfnis, deine Marionette zu sein. Ich werde dich nicht mit mir spielen, mich hochheben und wieder ablegen lassen, wann immer dir danach ist …"

Er sog scharf die Luft ein. „Du hast mich falsch verstanden", unterbrach er, versuchte zu erklären. „Ich meinte es nicht so." Aber Coral hörte nicht zu. Ruhig parkte Rafe das Auto am Straßenrand.

„Wage es nicht, mit mir in diesem verführerischen Tonfall zu reden, den du so gut zu nutzen weißt", fuhr sie fort, die Wangen vor Zorn glühend, während Rafe sie mit einem verblüfften Gesichtsausdruck betrachtete. „Versuch nicht, mich zu verführen, Rafe de Monfort." Coral fühlte sich völlig außer Kontrolle, griff ihn mit ihren verletzenden Worten an, die ihr wahllos aus dem Mund strömten.

„Du solltest wirklich an deinem Temperament arbeiten", murmelte er, während er das Auto wieder anließ. „Es steht dir nicht."

Sie fuhren schweigend weiter. Als sie zur Plantage kamen, ging Coral direkt ohne Abendessen in ihr Zimmer. Aluna wartete auf sie. Niemand musste der alten *yaha* sagen, dass sie aufgebracht war. Coral konnte sehen, wie die aufmerksamen schwarzen Augen der alten Frau ihre geschwollenen Augenlider, ihr gerötetes Gesicht und ihre angespannte Haltung in sich aufnahmen.

„Du warst wieder mit diesem Franzosen zusammen", sagte sie mit einem missbilligenden Blick auf Coral.

„Das geht dich nichts an", antwortete Coral knapp. Sie merkte, dass sie schroff war, aber ihre *yaha* hatte sich die ersten zehn Jahre ihres Lebens um sie gekümmert, also fiel es Coral leicht, wieder in das Verhalten eines temperamentvollen, ihren stürmischen Launen ausgelieferten Mädchens zu fallen.

„Ich hab's dir schon gesagt, und ich werde nie müde werden, dir zu sagen, dass dieser Mann Gift für dich ist. Du musst mir glauben, meine Kleine, oder er wird dich zerstören."

Coral seufzte. „Nicht heute Abend, Aluna, bitte. Keine Predigten heute Abend."

„Du hast dich in ihn verliebt, nicht wahr?"

Coral antwortete nicht. Nicht, weil sie müde war, sondern weil sie keine Antwort hatte. Rafe verwirrte sie. Sie war noch nie jemandem wie ihm begegnet, weder Mann noch Frau. Sie konnte nicht verstehen, was mit ihr geschah. Sie neigte nicht zu Eifersucht, hätte sich einer solch niedrigen Emotion niemals für fähig gehalten. War es wirklich Liebe, was sie bei jedem Gedanken an Morgana vor Eifersucht beben ließ? Der stechende Schmerz in ihrem Herzen sagte ihr, dass es nichts anderes als Liebe sein konnte.

Coral duschte und kletterte ins Bett. Aluna kam mit einem Tablett voller Früchte zurück ins Zimmer und stellte es auf den Nachttisch.

„Wo warst du den ganzen Nachmittag?", fragte die ältere Frau, bohrte angesichts von Corals Wortkargheit weiter nach.

„Ich war beim See."

„So, du hast den See gefunden, nach dem du gesucht hast?"

„Ja, Aluna." Coral wurde allmählich verärgert.

„Aluna weiß, dass etwas nicht in Ordnung ist. Du hast sonst immer so viel zu erzählen, wenn du von deinen Ausflügen zurückkommst. Sprich mit mir, meine kleine *malaika.* "

„Was soll ich dir erzählen?"

Die ältere Frau kam und setzte sich auf den Bettrand. „Ich möchte, dass du mir erzählst, was du schon wieder mit dem Franzosen zu schaffen hattest. Er hat dich aufgeregt, das kann ich sehen. Er hat deinen Geist und deinen Körper aufgewühlt." Sie seufzte. „Davor hatte ich Angst. Ich wusste, dass er dir zu Kopf steigen würde, wie er es bei jeder anderen Frau in der Gegend tut."

„Wenn du schon alles weißt, Aluna, warum fragst du dann?", fuhr Coral sie an.

„Mit dir ist heute Abend nicht zu reden. Ich lasse dich schlafen." Aluna stand auf, löschte das Licht und verließ den Raum.

Coral wälzte sich eine Stunde lang im Bett. Der Schlaf stellte sich nicht ein, und alle möglichen Gedanken rumorten in ihrem Kopf. Sie konnte sich nicht einmal an die Hälfte der Dinge erinnern, die sie zu Rafe gesagt hatte, aber sie wusste, dass sie sich unhöflich und verletzend benommen hatte, wie es in der Hitze des Augenblicks auch ihre Absicht gewesen war. Sie bereute es jetzt. Rafe brachte wirklich das Schlimmste in ihr hervor, aber er hatte auch ruhende, körperliche Begierden geweckt, von denen sie nie geahnt hatte, wie überwältigend sie sein konnten. Wenn sie nur die Hindernisse zwischen ihnen überwältigen könnte. Aber zu welchem Zweck? Rafe war ein Jäger, er sammelte Frauen wie andere hier Wildtrophäen sammelten. Liebte er sie oder gelüstete es ihm nur nach ihr? Lust, wie kraftvoll auch immer, war vergänglich. Sie wünschte, sie könnte sich seiner sicher sein.

Coral stand auf und öffnete die Fensterläden. Ihr Herz lag wie Blei in ihrer Brust. Die Nacht war tiefschwarz. Der Himmel stand voller ungewöhnlich großer und deutlicher Sterne, die so stark funkelten, dass sie wie eine knisternde Glut wirkten, die ihre beredte Mitteilung in Glitzersprache vermitteln wollte.

Coral ging in den Garten hinaus. Die Atmosphäre war heiß und schwer, gänzlich ohne Luftbewegung. Sie brauchte einen Moment, um sich an die Dunkelheit zu gewöhnen. Die Bäume standen bewegungslos, unheimliche Schatten, wie dunkle Wächter in einer Sommernacht. Es herrschte vollkommene Stille, abgesehen vom stetigen Singen der Grillen und Ochsenfrösche.

„Treibt es dich immer noch wie eine wütende Wildkatze herum?" Rafes Lachen versengte Corals Haut, und sie wandte sich abrupt um, ihr Herz schlug etwas schneller. Rafe zog an seiner Zigarette, der kleine Feuerfunke zwinkerte sie trotzig an, verriet seinen Standort. Er lehnte lässig an einem einige Meter entfernten Baum, eine Hand in der Hosentasche, die Beine gekreuzt, seine dunklen, exotischen Züge versteckt.

Coral ging langsam zu ihm. Obwohl sie die ihr instinktiv auf der Zunge liegende bissige Antwort zurückhalten konnte, sah sie ihn gemächlich und bestimmt an. „Du weißt, wie man jemanden verletzt, nicht wahr?" Es war eher eine Aussage als eine Frage. Sie war nun nahe genug, um seine Augen zu sehen. Sie waren nicht von Ärger verdunkelt, sondern betrachteten sie mit einem schalkhaften Lächeln.

„Dann verdienen wir einander wirklich", meinte er, während sein Grinsen breiter wurde. In einem heftigen Ausbruch der Erleichterung lachten sie beide – ein fröhliches, gesundes Lachen, das einige Momente andauerte. Die Spannung schmolz, das Eis war gebrochen. Sie waren wieder Freunde.

Sie spazierten gemeinsam durch den Garten und sprachen lange Zeit miteinander, über zahlreiche Themen, vermieden aber vorsichtig alle persönlichen Fragen. Rafe stellte Fragen über ihre Arbeit, und Coral sprach offen über ihre Stelle und den Auftrag, den sie erhalten hatte; die Ängste, die sie davor hatte, den Standards und Erwartungen des Auftraggebers nicht zu entsprechen, ihre Ambitionen und die Orte, an die sie gereist war.

„Du musst dir keine Sorgen über das Sammeln von Material für deinen Auftrag machen. Ich habe heimlich eine Überraschung vorbereitet, die mich in der vergangenen Woche sehr beschäftigt hat", sagte Rafe mit einem selbstzufriedenen Lächeln. Coral sah ihn fragend an. „Bist du je in einem Ballon gefahren?" Sie schüttelte den Kopf, ihre Augen weiteten sich erwartungsvoll. „Ballonfahren ist schon seit einiger Zeit mein Hobby. Ich habe es ein wenig ausprobiert, als ich in Tanganjika war, aber erst in den letzten Jahren habe ich mich ernsthaft damit beschäftigt. Ich mache es recht oft."

„Ist es sicher?"

„Ja, wenn man die Regeln beachtet, ist es genauso sicher wie in einem Flugzeug zu fliegen. Letztlich ist ein Heißluftballon nur ein großer Beutel, gefüllt mit heißer Luft, an einen Korb angebracht, der Passagiere und Ausrüstung aufnimmt. Der Brenner, der als Motor der Ballons fungiert, treibt die Hitze hinauf in ihn und wird zwischen Korb und Ballon angebracht."

„Um ehrlich zu sein, klingt es absolut gefährlich", sagte sie, die Augenbrauen in einem besorgten Stirnrunzeln zusammengezogen.

„Wenn ich es so sagen darf, Ballonfahren ist eine Kunst, keine Wissenschaft. Man muss wissen, was man tut, und man kann es nur durch persönliche Erfahrung lernen. Ich habe schon viele Ballonfahrten gemacht."

„Es muss doch recht beängstigend sein", sagte Coral, weiterhin nicht überzeugt.

„Vielleicht in den ersten zehn Minuten, aber wenn man erst einmal am Himmel ist, gibt es nichts, was mit dem Gefühl der Freiheit vergleichbar wäre, das man hat, während man durch das Traumland gleitet. Die Stille und der Frieden in einem über die sich entfaltende Landschaft gleitenden Ballon sind beispiellos."

Das Glänzen in seinen Augen und das glückliche Leuchten auf seinem Gesicht ließen Coral seine Begeisterung spüren. „Wirst du mich eines Tages mit hinaufnehmen?"

„Lady Langley bat mich, eine morgendliche Ballonfahrt über das Rift Valley und die Masai Mara zu organisieren. Ich habe es für Ende der Woche arrangiert. Der Ballon kann bis zu sechs Passagiere aufnehmen. Wir heben kurz vor Sonnenaufgang ab, wenn die Luft noch kalt ist. Du wirst die wunderbarsten Fotografien machen und atemberaubende Landschaften sehen können. Das ist eine Erfahrung, die man nicht versäumen darf. Ich verspreche, du wirst nicht enttäuscht sein." Rafe lächelte in ihre Augen und sah dann in die Ferne, seine Miene war entspannt.

„Wer wird uns begleiten? Du hast gesagt, dass der Ballon sechs Leute aufnehmen kann. Mir fallen nur fünf ein."

„Frank wird mitkommen. Wir machten oft gemeinsam Ballontouren. Er hat damit in Tanganjika begonnen und war derjenige, der mich überhaupt an diesen Sport herangeführt hat."

„Ich mag Dr. Giles. Er scheint ein sehr gütiger Mensch zu sein."

„Das ist er auch", antwortete Rafe gedankenverloren. „Ein gütiger Mensch und ein sehr guter Freund. Die Einheimischen mögen ihn auch, sie misstrauen ihm nicht wie den meisten *bwanas*."

„Misstrauen sie uns wirklich?"

„Oh ja, sehr." Er warf seine Zigarette auf den Boden und trat sie mit seinem Fuß aus. „Einer unserer Arbeiter hat sich verletzt. Sein Bein wurde von einem Traktor zerquetscht. Ich wollte ihn zu Franks Klinik fliegen lassen, aber er bestand darauf, zurück in sein Dorf zu gehen. Ich sagte ihm, dass es in seinem Dorf keinen Arzt gäbe, der sich um ihn kümmern würde und dass die Wunde sich entzünden könnte – dass er sein Bein verlieren oder sogar sterben könne. Er grinste mich an, sah mir direkt, fast unverschämt, in die Augen. ‚Ich würde lieber in meinem Dorf sterben, *bwana*, als mich von einem weißen Arzt behandeln zu lassen.' Glücklicherweise war Frank zu der Zeit bei mir zu Besuch. Ich rief ihn hinzu, und innerhalb einer Stunde hatte er unseren widerwilligen Freund überzeugt, sich in seine Klinik transportieren zu lassen."

„Frank sagte mir, dass er nie geheiratet hat, weil er nie die Zeit hatte, der richtigen Person zu begegnen. Ich finde das furchtbar traurig, du nicht?"

„Er ist ein hingebungsvoller Mediziner, ein guter Samariter, der Afrika liebt und dem seine Einwohner sehr am Herzen liegen."

„Du liebst Afrika auch."

„Früher. Ich liebe es nicht mehr so sehr", erklärte Rafe, fast im Flüsterton.

Coral sah zu ihm hoch, spürte seine Anspannung und die Veränderung in seiner Stimme. Sie war klug genug, nicht nachzuhaken, endlich einmal führten sie eine zivilisierte Unterhaltung. Zu ihrer Überraschung fuhr Rafe ohne Aufforderung fort. „Afrika wurde sehr romantisiert. Nostalgie und die verschwommenen Erinnerungen der alten schriftstellernden Jäger haben Mythen geschaffen, die mit der Realität nichts zu tun haben. Es gibt Armut, Krankheit, Grausamkeit und Tod in jeder Ecke Afrikas. Rebellion, Krieg und Not sieden in seinem Herzen. Meine einzige Hoffnung ist, dass du nicht in die gleiche Falle tappst und deine Artikel und Fotografien kein durch die rosarote Brille gesehenes Bild darstellen werden."

Coral sah ein wenig verwirrt zu ihm auf. „Das heißt?"

Rafe zündete eine weitere Zigarette an, inhalierte und betrachtete, wie der Rauch sich hinauf in die Nacht schlängelte. Welches Gefühl ihn vorher auch ergriffen haben mochte, es war nun fort und er sah sie ernst an. „Möchtest du wirklich hören, was ich dazu zu sagen habe?", fragte er.

„Natürlich. Meine neuen Erfahrungen mit Afrika sind so gering, ich brauche jede Hilfe, die ich bekommen kann."

Rafe änderte seine Haltung und zögerte einige weitere Sekunden lang. „Ich meinte damit, dass ich hoffe, du wirst beide Seiten der Medaille betrachten, wenn du deinen Bericht ablieferst. Meistens beschreiben Autoren nur einen Aspekt einer Situation, normalerweise völlig aus dem Zusammenhang gerissen. Die Stammesmänner und -frauen werden zu unfassbar attraktiven Leuten, die ein idyllisches Leben führen. Die Unwissenheit, Armut und Krankheiten, die sie plagen, werden nicht erwähnt. Meere, Seen und Flüsse haben eine mächtige und geheimnisvolle Schönheit, aber die Haie, Krokodile, Pythons und anderen Biester, die sie bewohnen, werden bequemerweise vergessen oder kaum erwähnt. Elefanten, Löwen und Panther werden zu diesen fantastischen friedliebenden Tieren, die faul trompeten oder harmlos in der Sonne baden. Im Prinzip herrscht die Perfektion in einer Idealwelt." Rafe hob seine Hand, als ob er Corals Wange berühren wollte, hielt sich aber zurück.

„Und nun, Miss Sinclair", seine Stimme war zärtlich, als er ihr reuig zulächelte, „glaube ich, es ist weit nach deiner Schlafenszeit. Wir werden die Welt heute Abend nicht ins Lot bringen können."

*   *   *

Als Aluna am Morgen des Ballonausfluges noch vor dem Morgengrauen eine Tasse Tee in Corals Zimmer brachte, fand sie die junge Frau bereits angezogen und bereit zum Aufbruch vor. Die alte *yaha* sah, gelinde gesagt, schwermütig aus und schüttelte missbilligend den Kopf. „Die meisten Leute wären damit zufrieden, eine Fahrt auf sicherem Grund und Boden zu machen, aber du musst in irgendeiner fliegenden Maschine herumsausen."

„Oh, Aluna, verdirb mir nicht den Spaß. Ich bin so glücklich", sagte Coral, während die Aufregung angesichts des abenteuerlichen Ausflugs sie überkam. Rafe war in den Tagen seit ihrer letzten Unterhaltung weg gewesen, und ihr Herz hüpfte bei dem Gedanken, ihn wiederzusehen. Sie war erleichtert, dass er nach ihrem kindischen Ausbruch im Auto keinen Groll gegen sie hegte.

Sie warf einen letzten prüfenden Blick in den Spiegel, überlegte, ob sie Make-up tragen sollte und entschied sich, nur ein wenig Lipgloss aufzulegen. Ihre Augen funkelten vor Erwartung, und das kleine Grübchen zeigte sich an ihrem Mundwinkel, als ein heimliches Lächeln auf ihren Lippen erschien. Rafe hatte entschieden empfohlen, vernünftiges Schuhwerk zu tragen, also hatte sie zu ihrem figurbetonten beigen Overall ein Paar stabiler hellbrauner Safaristiefel gewählt.

Aluna sah sie lange schweigend an. „Du bist wie eine vom Feuer angezogene Motte. Deine Flügel werden verbrennen. Er ist ein *afiriti*, ein Teufel. Er hat dich mit einem *dua* belegt und du wirst ein *kizee* brauchen, um dich zu befreien. Glaub mir, meine Kleine, es gibt Geschichten über ihn, viele Geschichten werden sich von den Leuten erzählt."

„Ja, es gibt Geschichten. Und ich bin sicher, sie sind auch nur Geschichten. Ich brauche keinen Zauberer, der mich von irgendetwas befreit, also hör mit dem Hokuspokus auf, Aluna. Ich bin nicht in der Stimmung", gab Coral zurück, während sie sich weiterhin prüfend im Spiegel betrachtete. „Soll ich einen Gürtel tragen? Hm, ja, ich glaube, das werde ich tun", sagte sie und griff nach einem hellbraunen Gürtel mit einer großen kupfernen Schnalle in Form eines Elefantenkopfes, während sie versuchte, die kryptischen Worte ihrer *yaha* zu ignorieren.

Aluna versetzte sie in eine unbehagliche Stimmung. Viele einheimische Afrikaner schienen diesen unheimlichen sechsten Sinn zu haben, es war Teil ihrer Kultur. Coral war in Afrika geboren und hatte die ersten zehn Jahre ihres Lebens dort verbracht, und insgeheim konnte ein Teil von ihr den Aberglauben nicht einfach abtun. Die Worte ihrer *yaha* hatten einen Nerv getroffen. Tief im Inneren begriff sie, wie wenig sie eigentlich über Rafe wusste. Eine leise Stimme in einem Winkel ihres Gehirns sagte ihr, dass er etwas an sich hatte – etwas Primitives und Gefährliches –, das sie warnen sollte, die Flucht zu ergreifen, solange es noch möglich war.

Heute aber wollte Coral nicht daran oder an andere unangenehme Dinge denken. Sie war bester Stimmung und wollte das voll auskosten. „Ich gehe jetzt, Aluna." Sie schlang die Stofftasche mit ihrer Kamera, Filmen und anderen für ihre Arbeit notwendigen Sachen über die Schulter und gab der älteren Frau einen federleichten Abschiedskuss auf die Wange. „Versuche, nicht den ganzen Tag nachzugrübeln, damit wirst du dich krank machen."

Unten stellte Coral überrascht und ein wenig enttäuscht fest, dass Rafe, gemeinsam mit Cybil, schon vor den anderen losgefahren war, und dass Frank Giles Lady Langley, Dale und sie zu dem Abflugort des Ballons fahren würde.

„Warum hat Rafe nicht auf uns gewartet?", fragte sie Frank, als sie zum Auto gingen. Sie hielt ihre Stimme leise, damit Dale und Lady Langley sie nicht hören konnten. Frank lud all ihre Taschen hinten in seinen Jeep und legte eine freundliche Hand auf Corals Schulter.

„Als der Pilot muss Rafe früher als alle anderen vor Ort sein, um die Ausrüstung und die Windrichtung zu prüfen. Er muss auch den Aufbau überwachen und schließlich der Crew Anweisungen geben." Das erklärte nicht, warum ihre Stiefmutter bei ihm sein musste, dachte Coral verärgert, während sie nach Lady Langley in den Jeep stieg.

Die Sonne war noch nicht aufgegangen. Der Horizont war in eine leuchtende Farbschicht gehüllt, eine Mischung aus strahlendem Grün und Violett, der blaue Himmel direkt dahinter. Sie sah sie in dem Moment, in dem der Jeep auf das Feld fuhr. Sie standen gemeinsam über eine Landkarte gebeugt, ihre Vorderarme berührten sich, die Neigung ihrer Körper ein beredtes Bild. Als das Fahrzeug sich näherte, schoss Rafes Kopf hoch, und Cybils lange Finger legten sich um seinen Arm. Warum ließ Rafe zu, dass ihre Stiefmutter so offensichtlich nach ihm griff? Coral holte tief Luft und versuchte, ihren Ärger niederzukämpfen, während sie aus dem Jeep stieg.

Sich aus dem Griff der anderen Frau lösend, kam Rafe zu den Neuankömmlingen herüber. Ein träges Lächeln entblößte seine ebenmäßigen, weißen Zähne. Er war von Kopf bis Fuß in Schwarz gekleidet, was seinen raubtierhaften Charme betonte.

„Guten Morgen", sagte Rafe, als er auf die andere Seite des Allradfahrzeus ging, wo Lady Langley stand. „Es tut mir leid, Sie zu solch einer unchristlichen Stunde herzubringen, aber wir müssen vor dem Sonnenaufgang abheben, während der Luftzug auf den Ebenen noch kalt ist. Hallo, Dale. Frank." Rafe wandte seine Aufmerksamkeit Coral zu, ein verwegenes Lächeln spielte um seinen Mund, goldene Augen glitten anerkennend über ihre Gestalt. „Bereit?"

Coral versteifte sich etwas, als der männliche Körper ihr näher kam, und sie nickte nur, mied aber seinen Blick.

„Ausgezeichnet." Rafe lehnte sich vor, um ihr die Stofftasche von der Schulter zu nehmen und seine Hand strich gegen ihren Nacken. Coral sog instinktiv scharf die Luft ein und wandte sich ab, damit er nicht sehen konnte, wie sehr der bloße Kontakt mit seiner Haut sie verstört hatte. Er schien ihre Reaktion zu spüren, und Coral, die immer noch wegsah, war sich bewusst, dass er ihr Profil einige Momente lang musterte, bevor er fortging. Auf bleiernen Beinen folgte sie ihm zu einem auf dem Gras ausgebreiteten großen Gebilde aus leuchtend gemustertem Stoff.

„Es ist ein herrlicher Tag", fuhr er fröhlich fort, „perfekt für eine Ballonfahrt. Das ist der Ballon", erklärte Rafe und betrachtete Corals Gesicht, als sie einander näherkamen. Er sah ein wenig selbstzufrieden aus, als ob er einem Kind ein Geburtstagsgeschenk überreicht hätte.

Der in einem großen Haufen auf dem Boden ausgebreitete, noch nicht aufgeblasene Ballon war größer, als Coral es sich vorgestellt hatte, zudem ein wenig beängstigend. Ein halbes Dutzend Männer hantierten daran herum. Ein großer rechteckiger Weidenkorb mit einer Metallumrandung und einer daran befestigten Stahlröhre stand etwas entfernt. Sandsäcke hingen über seinem Rand, und er beinhaltete einige Seile, Drähte und zwei Zylinder. Rafe kam hinzu und stellte sich neben Coral. Er sah sie an, als ob er auf ein Zeichen der Anerkennung wartete. Coral hatte sich so sehr darauf gefreut, aber die Anwesenheit ihrer Stiefmutter und ihre offensichtlich besitzergreifende Haltung gegenüber Rafe hatten dem Tag ein wenig des Zaubers genommen. Sie freute sich aber weiterhin auf das vor ihr liegende Abenteuer und brachte genug Enthusiasmus für ein Lächeln auf.

Die Gruppe sah den Vorbereitungen für den Abflug zu. Cybil war wieder näher an Rafe gerückt, sodass er zwischen den beiden Frauen stand, gelassen, breitbeinig, die Arme über der Brust verschränkt. Aber er war nah, zu nah für Coral, die sich nicht wohlfühlte und daran zurückdachte, wie leidenschaftlich sie einige Tage zuvor am See ineinander verflochten gewesen waren. Ein Hauch seines Aftershaves, vermischt mit dem vertrauten sehr persönlichen Duft seines männlichen Körpers, fand seinen Weg zu ihr. Eine Lawine chaotischer Empfindungen, scharf und berauschend, strömte durch ihre Adern. Dies war weder der Zeitpunkt noch der Ort, wies sie sich selbst zurecht und vergrößerte den Abstand zwischen ihnen ein wenig. Rafe wandte sich um, ein verwunderter Ausdruck huschte über sein Gesicht. Sie konnte spüren, dass er sie dazu bringen wollte, ihn anzusehen. Einige Sekunden lang knisterte die Spannung zwischen ihnen, ein stummer Kampf des Willens, während Coral sich entschieden weigerte, sich dem zornigen Blick zu fügen. Die Pflicht rief, und seine Aufmerksamkeit verlagerte sich.

Sechs Männer hatten den Saum des Ballons angehoben und hoben ihn hoch über ihre Köpfe, zogen ihn dann rasch hinunter zum Gras. Dies ging einige Sekunden lang so weiter. „Sie versuchen, kalte Luft in den Ballon zu bekommen", erklärte Rafe seinem kleinen Publikum. Er zeigte nun die effiziente und bestimmte Art, die Coral bei ihrer ersten Begegnung auf dem Schiff aufgefallen war, ließ keinen Zweifel daran, dass er die Situation im Griff hatte und es auf dieser Expedition nichts zu fürchten gab.

Als der Ballon vollständig aufgeblasen war und seine endgültige Form erreicht hatte, war Dale der erste, der an Bord ging, während Frank Lady Langley und Cybil half. Bevor Coral sich's versah, hatte Rafe sie hochgehoben, setzte sie sicher im Korb ab und kletterte nach ihr hinein. Er sah auf seine Uhr. Einer der afrikanischen Männer auf dem Boden gab ihm ein Zeichen, dass der Ballon zum Abflug bereit war und rief den anderen Helfern zu, zur Seite zu gehen. „Nun geht es los. Es ist gerade die richtige Zeit", verkündete Rafe, während das Fahrzeug sich geschmeidig in die Luft erhob, fast zur gleichen Zeit, als die Morgenröte durch den über der Savanne hängenden Nebel strahlte.

Es dauerte mehr als ein paar Minuten, bevor Coral sich von der Fassungslosigkeit darüber erholt hatte, dass Rafe sie wortwörtlich von den Füßen gerissen hatte. Hitzewellen überliefen sie von Kopf bis Fuß. Sie konnte immer noch die starken Unterarme unter ihre Achseln gleiten fühlen, seine kräftigen Hände, die sich an die Seiten ihrer Brüste pressten, während er sie vom Boden hochhob. Rafe hatte ihre Sinne absichtlich gereizt, wusste um den erotischen Effekt, den seine Berührungen auf sie hatten, und er hatte damit nicht falsch gelegen. Die verheerende Wahrheit offenbarte sich ihr, während sie sich eingestand, dass alles in ihr immer instinktiv auf ihn reagieren würde. Sie warf ihm einen Seitenblick zu. Er war damit beschäftigt, Feuer in den Ballon zu pumpen.

Einige Minuten später überflogen sie eine Gruppe Nashörner. „Schau, das sind die schwarzen Nashörner", rief Rafe aus. „In Kenia gibt es zwei Arten: schwarz und weiß. Das weiße Nashorn sieht etwas anders aus und hat einen breiten Mund, geeignet zum Grasen. Die schwarzen Nashörner, die du unten siehst, haben eine zugespitzte Oberlippe, einen ausgezeichneten Geruchssinn und ein ebensolches Gehör, dafür sehen sie schlecht. Sie sind die gefährlicheren der beiden Arten. Glaub mir, du möchtest einem dieser Biester nie zu nahe kommen."

Allmählich hatte der Nebel sich gelichtet, die Sonne war herausgebrochen, ein Feuerball, der den Himmel in unnatürlich strahlende Farbtöne tauchte. Coral erinnerte sich an die kräftige Pinselführung und wilden Farben der fauvistischen Bilder in der

Galerie ihrer Mutter, die Coral immer geliebt hatte. Die Szenerie war nun bereit für den Beginn der Show: das Drama, in dem die weiten, atemberaubenden Landschaften Afrikas die Bühne und die Tiere die Schauspieler waren.

Der Ballon stieg weiter hinauf, seine Richtung durch die Laune des Windes bestimmt. Die Luft war frisch, eine flüsternde, leichte Brise strich ihnen um die Gesichter, während das Fluggerät sich erhob. Die Passagiere sahen schweigend zu, wie sich das mitreißende Spektakel des täglichen Lebens der Natur entfaltete. Sie erblickten eine Elefantenherde, die auf einen See in der Ferne zueilte: massive, prachtvolle Tiere, von einem Weibchen angeführt, ihre großen Ohren in der Morgenluft schwingend.

„Wo ist Ihre Kamera?" Lady Langley war die erste, die das Schweigen unterbrach, als sie sich an Coral wandte.

Coral fuhr zusammen, weiterhin durch Rafes Anwesenheit und ihre eigenen gereizten Sinne verstört. Sie hatte den Eindruck, dass Rafe sanft mit ihr spielte, wollte, dass sie darauf einging, aber sie fühlte sich für diesen Sport schlecht gerüstet.

Bevor Coral ein Wort hervorbringen konnte, antwortete Rafe für sie. „Sie muss hier drin sein", sagte er, während er ihr die Stofftasche reichte und ihm der Schalk aus den verschmitzten Augen blitzte. „Ich bin der Schuldige. Ich habe mir deine Tasche unter den Nagel gerissen, ein wachsames Auge darauf gehabt. Du hättest danach fragen sollen." Er betrachtete sie suchend, als sie sich ihm zuwandte, spielte immer noch das „Ich bin hier, sieh mich an"-Spiel. Unwillig erwiderte sie seinen Blick.

„Danke", sagte sie, die Stimme beherrscht, während sie sich fragte, ob der Ausdruck ihrer Augen sie verraten hatte. Sie fühlte sich unerfahren und weltfremd, und das führte dazu, dass sie sich etwas verletzlich vorkam.

Coral versuchte, ihre Beunruhigung abzuschütteln, wühlte in der Tasche und suchte die diversen Teile ihrer Spiegelreflexkamera zusammen. Sie stellte die Blende ein, setzte Farbfilter, um das grelle Licht abzuhalten, und befestigte ein Teleobjektiv, das zoomen und ihr eine bessere Perspektive geben würde, um der überwältigenden Landschaft mit ihren Fotografien gerecht zu werden. Sie war rasch in ihre Tätigkeit vertieft, wechselte gekonnt zwischen dem Teleobjektiv, das ihr erlaubte, ein besonderes Tier detailreicher abzulichten, und dem Weitwinkelobjektiv, das das gesamte Panorama erfassen konnte. Coral war nun ganz im professionellen Modus, völlig vertieft in ihre Arbeit und sich ihrer Begleiter kaum bewusst. Die unglaubliche Tiefe der Farben verzauberte, faszinierte sie, ebenso wie die Brillanz und Erhabenheit der Ausblicke und die prachtvollen Wildtiere am Boden. Sie beherrschte ihre Arbeit gut, bog ihren Körper auf alle möglichen Weisen, um die sich in verschiedenen Perspektiven präsentierenden Tiere und Landschaften bestmöglich einzufangen.

Coral bemerkte, dass Rafe sie ständig beobachtete, als ob er versuchte, ihre Gedanken zu lesen, ihren nächsten Zug vorauszusehen. War es Bewunderung, die sie in seinen Augen entdeckte? Als stiller Steuermann bewegte er den Ballon weiter hoch in den Himmel oder hinunter, manchmal fast die Oberfläche eines Baumkronendaches berührend, oder schwebte in die weißgebauschten Wolken, dann wieder hinaus, damit sie bessere Sicht auf einen Elefanten, eine Antilope oder ein anderes exotisches Tier hatte, an dem sie Gefallen fand. Er tat sein Bestes, ihre Arbeit zu erleichtern.

Sie flogen über die glatte und seidige Ausdehnung des Baringosees. Die entfernte Wasserfläche schien mit einem inneren Licht zu leuchten, zu dieser Tageszeit eine ehrfurchtgebietende Landschaft. Hier und dort fanden sich einzelne dunkle Inseln, die wie schwarze Punkte auf den silbernen Schuppen eines riesigen Fisches aussahen. Die Vegetation rund um den See bot unzähligen Vogelkolonien ein Zuhause, und Coral konnte herrliche Fotos von Kormoranen und den wunderschönen Flamingos machen, die auf der Suche nach Nahrung umherstelzten oder an den Ufern im Sonnenlicht badeten.

Als sie auf eine Entenschar stießen, nutzte Dale die Gelegenheit, allen zu berichten, wie er und sein Vater einmal während der dortigen Jagdsaison an einem Tag einhundert wilde Enten und Gänse geschossen hatten, und er noch nie besseres Wildfleisch gekostet hätte. „Die Stammesleute verstanden gar nicht, worauf wir aus waren." Er lachte verächtlich. „Sie sagten ständig zu uns: ‚Zu viel, *bwana*, zu viel.' Sie haben unseren Sport nicht verstanden", schloss er selbstgefällig. Coral dachte bei sich, um wie vieles unausstehlicher er seit ihrer Trennung geworden war. Dale rückte näher und zwinkerte ihr zu, aber sie wandte sich hastig ab und setzte ihre Arbeit fort.

„Stammesleute in Afrika töten Wild selten aus Lust am Töten", betonte Rafe kalt. „Sie töten, wenn sie in Lebensgefahr sind, oder wenn ein Aberglaube oder ein Stammesritus es erfordert, aber hauptsächlich töten sie, um sich zu ernähren. Wenn sie genug zu essen haben, besteht für sie kein Grund, weiter zu töten. Das ist auch unter den Raubtieren selbst das Gesetz des Dschungels." Dale ignoriere Rafes Bemerkung einfach und interessierte sich plötzlich sehr für die Aussicht.

Sie sahen Impalas und Antilopen, erfreuten sich an gewaltigen Luftsprüngen und erblickten zahlreiche Nilpferde, die in einem großen Teich nahe an der Wasseroberfläche spielten, während andere faul auf den umliegenden Felsen dösten. Ihre riesigen pinkfarbenen Münder gähnten in der strahlend goldenen Sonne, die nun hoch am Himmel stand.

Währenddessen arbeitete Coral leidenschaftlich und pausenlos. Sie bewegte sich rasch, wechselte geschickt Filme, stellte die Blende und den Fokus mit fachmännischer Präzision ein. Ab und an hielt sie inne, um Notizen zu machen, ihre Eindrücke aufzuschreiben, einige Zeichnungen zu fertigen. Alles fügte sich erfreulich zusammen, genau wie sie geplant hatte, und es begeisterte sie.

Sie schwebten über eine Herde schwarzer Büffel, deren mächtige Hufe graue Staubwolken aufwirbelten, als sie mit voller Geschwindigkeit dahindonnerten. Coral fragte sich, was das gefährlichste Tier des Busches in solche Panik versetzt haben könnte. Sie sahen Zebras, ihre schwarz-weißen Streifen glitzerten in der Sonne. Es fanden sich auch Böcke, Nashörner und wogende Türme aus Giraffen, die in Gruppen von sechs oder mehr beisammenstanden – ein wahres Fotografenparadies. Trotzdem blieb der Herrscher der Wildnis scheu.

Rafe sah auf seine Uhr. „Es ist Zeit, abzusteigen", verkündete er. „Zehn Minuten bis zur Landung. Räumt bitte alle Ferngläser, Kameras und andere Dinge fort. Vergesst nicht, dass ihr euch nur am Rand des Korbes festhalten dürft. Bitte seid wachsam und geht keine Risiken ein", warnte er. „Wenn ihr euch an den Seilen festhaltet, kann es passieren, dass sie schlaff werden und wenn sie sich dann wieder spannen, könnte jemand aus dem Korb katapultiert werden." Seine Stimme war ruhig, nur ein leichter Unterton wies auf die Gefahr hin.

Dale protestierte unerwarteterweise. „Wir haben noch keine Löwen oder Leoparden gesehen. Machen wir noch ein wenig weiter."

„Es ist zu früh für die Löwen." Rafes Worte knallten wie eine Peitsche. „Sie erscheinen erst später am Tag." Es war für Coral offensichtlich, dass Dale ihn verärgerte, und es amüsierte sie, zu sehen, dass er ganz entschieden keine Anweisungen von ihrem ehemaligen Verlobten entgegennehmen würde. „Nach dem Frühstück fahren wir zurück zum Haus und nehmen den Weg durch den Park", fuhr Rafe fort. „Wir werden sicher an einigen Löwen und anderen Wildtieren vorbeikommen." Seine Erklärung schien eher an Coral gerichtet zu sein, und sie tauschten einen kurzen Blick aus.

Rafe lächelte sie an, sein Blick gänzlich ohne Arroganz oder Spott. Etwas war anders an Rafe, stellte Coral fest, ein bescheidener Gesichtsausdruck, der ihn verletzlich wirken ließ und ihr Herz berührte. Sie erkannte seine Enttäuschung darüber, dass er ihr keine Großkatzen zum Fotografieren hatte bieten können. Coral lächelte ihn ruhig und ermutigend an.

Rafe steuerte den Ballon tiefer, begann, ihn zu stabilisieren. Coral betrachtete ihn, wie er mit schiefgelegtem Kopf hinunterblickte, als ob er die Risiken und Vorsichtsmaßnahmen mehrerer möglicher Routen abwog, seine Miene hochkonzentriert. Nach einigen Minuten stellte er den Brenner ab. Als der Korb das Gras berührte, manövrierte Rafe ein wenig, und der Ballon sank sanft auf den Boden, sicher aufrechtstehend.

Ein prächtiges Buffet erwartete sie, auf einem langen, aufgebockten Tisch unter einer weißen Markise angerichtet. Als sie aus dem Korb kletterten, brachte Cybil es fertig, sich in einem der Drähte zu verfangen, und Rafe blieb zurück, um ihr zu helfen. Coral ging mit den anderen zum Frühstückstisch, beobachtete von dort ihre Stiefmutter und Rafe, die anscheinend eine Meinungsverschiedenheit austrugen. Vielleicht beschwerte ihre Stiefmutter sich über seinen Mangel an Aufmerksamkeit während der Reise. Es konnte allerdings nicht zu ernst sein, dachte sie sich, denn bald war Rafe heiter, und Cybil, den Kopf zurückgeworfen, lachte und neigte sich provokativ zu ihm. Cybil schwankte erneut, stolperte, hielt sich an ihm fest, um wieder Halt zu gewinnen. Dann, sich für Corals Geschmack zu eng an Rafe schmiegend, kam sie mit ihm zu den anderen. Warum erlaubte er ihrer Stiefmutter stets, so unerhört mit ihm zu flirten? Coral fragte sich, ob sie die Beziehungsspiele der Menschen philosophischer betrachten würde, wenn sie erfahrener wäre, aber stattdessen regten sich die vertrauten Schmerzen der Eifersucht erneut, und sie fühlte sich wieder einmal verwirrt.

„Gesellen Sie sich für das Frühstück zu uns, Coral? Es sieht ziemlich einladend aus, das muss ich schon sagen." Frank Giles war leise neben sie getreten und sah Coral freundlich und beruhigend an. Er hatte nur einen kurzen Blick auf Rafe und Cybil geworfen, die sich näherten.

„Ja, natürlich", antwortete Coral und lächelte, dankbar über die Ablenkung, und beide gesellten sich zu der restlichen Gruppe um den Tisch.

Teller wurden hoch mit Guaven, Ananas, Passionsfrüchten, Papaya, Trauben und Sternfrüchten beladen, während Lady Langleys Dienstboten um die Gruppe herumeilten, dampfende Schüsseln mit *ugali*-Haferbrei tragend, den andere Dienstboten auf tragbaren Gaskochern erhitzten. Gläser wurden mit gekühltem Mineralwasser und Fruchtsaft, Kongonikaffee und *chai* gefüllt. Warme *chapatis* und *mandazis,* die hiesigen Backwaren, wurden mit fröhlicher Effizienz stapelweise serviert. Das Frühstück verlief lebhaft, alle tauschten ihre Eindrücke über den morgendlichen Ausflug aus. Dale schwärmte wie immer über seine eigenen Heldentaten, erzählte jedem, der zuhörte, von seiner Teilnahme an Jagdgesellschaften, die es auf große Elefantenherden abgesehen hatten. „Wir brachen von Baringo auf, über die Hügel von Kamasia in das Land der Turkana und Samburu. Aber natürlich ist der beste Ort für die Elefantenjagd der Tsavo Park. Leider scheinen die Jäger der Wakamba und Waliangulustämme dort das Monopol zu haben. Es ist wirklich eine Schande. Sie benutzen irgendein Gift, das sie im Busch finden. Ziemlich primitiv, aber recht clever, nehme ich an."

„Ja, sie benutzen Giftpfeile, die sie aus Geierfedern und Girafeninnnereien machen", trug Rafe bei. „Das Gift wird einem dortigen Baum namens *acokanthera frisiorum* entnommen. Nichts ist so giftig wie dieser Busch, und es gibt kein Gegengift dazu. Die Frucht sieht einer Olive sehr ähnlich." Rafe rutschte auf seinem Sitz herum und seine Augen verengten sich gefährlich. „Diese Leute, über die Sie reden, werden Wilderer genannt, nicht Jäger. Und was sie tun, ist illegal."

„Ach, illegaler Kram, das ist doch Blödsinn. Das Wort ‚illegal' existiert in Afrika gar nicht", höhnte Dale. „Die Hörner von Nashörnern werden exportiert, die Haut des Krokodils bringt ein Vermögen, Giraffen werden getötet, weil ihre Schwänze irgendeinen Zwirn ergeben, den man zur Pfeilherstellung nutzen kann. Alle sind da draußen und machen das schnelle Geld. Ich sage Ihnen, es ist ein organisiertes Geschäft und lange soll es leben. Seien wir nicht *plus royalistes que le roi,* wie Ihr französisches Sprichwort es formuliert." Er sah Rafe demonstrativ an. „Die Zollbeamten an der Küste wissen über all diese Praktiken Bescheid und drücken ein Auge zu."

„Was Sie sagen, stimmt alles, das macht es aber nicht legal oder richtig", entgegnete Rafe leise. Auch wenn sie seine Augen nicht sehen konnte, fühlte Coral die Anspannung unter seinem ruhigen Äußeren.

„Wir sollten aufbrechen", sagte Frank. „Ich muss zurück zur Klinik – Patienten warten auf mich." Er lächelte auf die freundlichste Weise, schien aber erpicht auf den Aufbruch. „Es tut mir leid, wenn Sie den Eindruck haben, dass ich das Zusammensein unterbreche."

„Keineswegs", sagte Lady Langley und sprang von ihrem Stuhl auf. „Wenn es Ihnen nichts ausmacht, komme ich mit Ihnen. Ich hoffe, es ist kein zu großer Umweg für Sie. Ich bin an das frühe Aufstehen nicht gewöhnt und fühle mich recht müde. Ich werde froh sein, die Füße hochlegen zu können."

Rafe wandte sich an Coral. „Hast du Lust auf einen Ausritt im Park? Heute Morgen hat es nicht geklappt, aber vielleicht haben wir Glück und sehen nachher einige Löwen. Es ist allerdings nicht überraschend, dass wir keine gesehen haben. Löwen ziehen es vor, erst am späten Morgen herauszukommen und sie jagen meistens in der Abenddämmerung." Er lächelte sie an, die glänzenden Augen fest auf ihr Gesicht gerichtet.

Sie lächelte angesichts seiner Bemühungen, freundlich zu sein. „Liebend gern. Ich bin nicht mehr viele Tage hier, und obwohl der Morgen außergewöhnlich war, wäre es schön, einige Löwen vor die Linse zu bekommen. Die Menschen scheinen diese Tiere zu lieben, und ein Artikel über Kenia wäre ohne sie irgendwie nicht vollständig."

Sie fuhren im Land Rover, Rafe und Dale vorn, Coral und Cybil auf dem Rücksitz. Die Sonne hing hoch am wolkenlosen Himmel. Sie fuhren durch Haine riesiger Akazien mit breiten Ästen und filigranen grünen Wipfeln, durch die das Sonnenlicht fiel. An anderen Stellen bogen sich tiefhängende Äste über den Weg und strichen gegen die Seiten des Fahrzeugs, als sie vorbeifuhren. Auf jeder Seite der Straße fand sich eine Welt aus flackernden Schatten und Licht, vor Insekten und kleinen, pelzigen Buschtieren wimmelnd.

Plötzlich sahen sie am Rande einer Böschung neben einer morastigen Senke einen Leoparden. Es war ein kolossales Tier in beängstigender Rage, der Hinterlauf in den kraftvollen Krallen einer mit einer langen Kette an einem Baum angebrachten Falle gefangen. Rafe hielt das Auto abrupt an und griff nach dem Betäubungsgewehr. Bevor jemand ihn aufhalten konnte, hatte Dale nach Rafes Gewehr gegriffen und den Land Rover verlassen.

„Der gehört mir", sagte er, als er sich dem Tier näherte. Die Großkatze wich zuerst zurück, knurrte wütend.

„Aufpassen!", schrie Rafe, als Dale das Gewehr anhob, um zu zielen und über einen kleinen Baumstamm stolperte. Während Dale zu Boden fiel, flog das Gewehr aus seinen Händen, ging mit einem lauten Knall los und verwundete das Tier. Der Leopard knurrte und sprang in wilder Wut hoch. Er erwischte Dales Arm in dem Moment, in dem Rafe, der mit dem Betäubungsgewehr dicht hinter ihm war, der Katze auf den Nasenrücken schoss und sie direkt zwischen die Augen traf. Das prachtvolle Tier fiel wie ein Stein um.

„Bleibt wo ihr seid, und bewegt euch nicht!", brüllte Rafe seine beiden vor Angst wie gelähmten Fahrgäste an. Dale war auf dem Boden ausgestreckt, bewusstlos. Rafe nahm sich zuerst sein Gewehr zurück, hob dann den jungen Amerikaner hoch und brachte ihn zurück zum Land Rover. Er untersuchte den zerfleischten Arm. „Es ist nicht so schlimm", brummte er, „ein sehr geringer Preis für solch ein kopfloses und leichtsinniges Verhalten. Dummer Kerl! Anscheinend ist er lebensmüde!" Rafe murmelte vor sich hin, während er den Erste-Hilfe-Kasten aus dem Kofferraum holte und die Wunde versorgte.

„Das Tier hat ihn nur gestreift", erklärte er Coral und Cybil, die beide zitterten, während sie Rafe halfen, Dale bequem im Fahrzeug unterzubringen. Coral nahm eine kleine Bandage aus Rafes Erste-Hilfe-Kasten, und sie und Cybil verbanden die Wunde.

„In einigen Tagen geht's ihm wieder gut. Ich werde Frank bitten, ihn zu untersuchen, nur um sicherzugehen. Coral, komm, setz dich nach vorn. Cybil, du kümmerst dich um Dale. Er wird bald aufwachen und beruhigt werden müssen, die Sache wird ihm einen ziemlichen Schock versetzt haben." Rafe grinste böse. „Vielleicht wird ihn das lehren, in Zukunft nicht mehr so großspurig zu ein." Coral bemerkte, dass Cybil ein langes Gesicht machte, sie schien kurz davor, gegen die Sitzordnung zu protestieren, tat aber dann, was ihr gesagt wurde.

Der Leopard lag immer noch bewusstlos am Boden. Coral hatte noch nie ein so schönes Tier gesehen. Sein Fell war sehr hell, fast silbrig, sein Hals umgeben von einem Band schwarzer Punkte, die ihn wie eine Halskette umschmiegten. Rafe zögerte, dann näherte er sich zu Corals und Cybils Entsetzen dem wilden Tier. Er untersuchte den Leoparden vorsichtig und ging dann daran, das Tier aus der Stahlfalle zu befreien und die Kette zu lösen, die es gefangen hielt. Er schlenderte zurück zum Land Rover und stieg wortlos ein, knallte die Tür zu und ließ den Wagen an.

Unter dem ruhigen Äußeren kochte Rafe. „Diese Fallen sind eine durchweg brutale und feige Art, Tiere zu töten", sagte er. „Glücklicherweise war der Leopard nicht lange dort gefangen und wird sich erholen und wieder ungehindert herumlaufen können. Und nun hatten wir wohl genug Aufregung für einen Tag. Fahren wir nach Hause." Er wandte sich an Coral und lächelte erneut. „Es tut mir leid, dass wir dir keinen Löwen präsentieren konnten, aber ich verspreche, es wieder gut zu machen. Ich habe noch einige Ideen in petto." Seine Augen funkelten vor grenzenlosem Schalk.

*   *   *

In der Nacht konnte Rafe nicht schlafen. Er saß im Dunkeln in einem Sessel in seinem Zimmer, lehnte den Kopf zurück und schloss die Augen, während die Bilder des Tages sein Gehirn beherrschten. Coral war voller Überraschungen gewesen. Es war schwierig, sie nicht anzusehen, wenn sie sich ihrer Arbeit widmete, so gekonnt mit ihrer Kamera umging. Er merkte, dass er an ihrer Erfahrung teilhaben wollte, auch wenn es nur dadurch war, dass er ihr zeigte, wo sie die besten Bilder machen konnte. Er hatte diese Seite von ihr nie zuvor gesehen, so professionell in ihr Handwerk vertieft. Sie war überwältigend. Ihre Energie hatte ausgestrahlt, ihren Teint leuchtend und ihre Augen glänzend gemacht. Er hatte seinen Blick nicht von ihr abwenden können, ihre Schönheit in sich aufgenommen.

Rafe hatte ihren Körper stets unwiderstehlich gefunden, doch nun hatte er eine andere Seite an ihr entdeckt, die noch verlockender war. Er riss sich zusammen, durfte den unmöglichen Traum nicht träumen. Sie würde nie ihm, ganz ihm gehören. Es war nicht gerecht, war nicht richtig. Ein großer Teil seines Lebens lag hinter ihm, während ihres noch ganz in der Zukunft lag.

Er würde sich dies immer wieder sagen müssen, um nicht vom richtigen Weg abzukommen. Aber er war sich der Stärke der Gefühle zwischen ihnen und der plötzlichen Entwicklung ihrer

Emotionen bewusst. In seinen Gedanken spielte er wieder durch, wie sie ihn angesehen hatte, als er aus dem See gekommen war. Er erinnerte sich an die stille Leidenschaft in ihren Augen; wie sie in seinen Armen gezittert hatte, als er sie an sich gezogen hatte, ihre Wärme, als sie seine Küsse erwidert hatte.

Die Versuchung, der gegenseitigen Anziehung nachzugeben, war so stark, dass er befürchtete, dass sein wildes französisches Blut übernehmen und er sich der in seinem Inneren brennenden Leidenschaft hingeben würde. Er konnte nicht. Er durfte nicht … Obwohl er daran gewöhnt war, bei Frauen sein Ziel zu erreichen und auf andere wie ein unbelehrbarer Frauenheld wirken konnte, würde er nicht damit leben können, wenn das geschah. Es wäre Coral gegenüber nicht fair. Er hatte es vorher schon vermutet, aber nun bezweifelte er nicht mehr, dass es weit über körperliches Begehren nach ihr hinausging. Er war nie ein eifersüchtiger Mann gewesen, nicht einmal bei seiner Frau, aber er konnte Dales Aufmerksamkeit für Coral nicht ertragen. Der unausstehliche junge Mann verärgerte ihn, manchmal hätte er sein selbstzufriedenes Gesicht am liebsten zu Hackfleisch verarbeitet. Rafe musste zugeben, dass er zum ersten Mal in seinem Leben den bitteren Schmerz der Eifersucht durchlebte.

Und dann war da noch die arme, loyale Morgana. Ihre Güte und ihr liebendes Wesen waren schon sehr lange die Medizin, die er brauchte, um seine Schmerzen zu dämpfen. Wann immer er von den Albträumen seiner Vergangenheit gequält worden war, hatte er sie zeitweise in Morganas Armen vergessen können. Aber seit Kurzem war dies unmöglich geworden. Rafe mied die Tänzerin und wies ihre Avancen zurück, seitdem er Coral kennengelernt hatte. Er konnte den Gedanken, mit einer anderen Frau als Coral zusammen zu sein, nicht ertragen, und dieses neue und schmerzhafte Gefühl überraschte ihn. Sein Leben war jetzt von einer Tyrannei der Stimmungsschwankungen beherrscht, wann immer er in Corals Nähe war: von Hochgefühl und neckender

Verspieltheit bis hin zu Melancholie, wenn die dunkle Seite in ihm übernahm und er nicht anders konnte, als etwas mürrisch zu sein. Es war nicht überraschend, dass das arme Mädchen nicht verstand, was vor sich ging. Er liebte Coral mit einer Heftigkeit, die er nie für möglich gehalten hätte. Der abgestumpfte Zyniker in ihm sah die Hürden auf dem Weg zu ihrer Liebe als unüberwindlich, solange er die Vergangenheit nicht hinter sich lassen konnte. Der romantische Träumer in ihm glaubte in einem kleinen Winkel seines Herzens immer noch an Regenbogen.

KAPITEL 9

Zwei Tage später saßen Coral und Cybil unbehaglich allein miteinander beim Frühstück. Die anderen Gäste waren den Tag über unterwegs, und Lady Langley war zum örtlichen Markt gefahren. Keine von ihnen sprach viel und die Atmosphäre war entschieden kühl. Cybil war offensichtlich immer noch über die Aufmerksamkeit verstimmt, die Rafe Coral während der Ballonfahrt gewidmet hatte, dazu zornig, dass er sie auf der Rückfahrt mit Dale auf den Rücksitz des Land Rovers verbannt hatte.

Die junge Frau dagegen war verwirrt. Rafe hatte offensichtlich Gefühle für sie, warum also erlaubte er ihrer Stiefmutter weiterhin, mit ihm zu flirten? Rafe zeigte ein deutliches, starkes Interesse an ihrer Arbeit, und die Atmosphäre zwischen ihnen war ständig mit leidenschaftlichen Unterströmungen aufgeladen. Manchmal hatte sie fast das Gefühl gehabt, dass er sie liebte. Während sie in ihren Gedanken verloren war, kam Rafe in das Esszimmer und sah sehr selbstzufrieden aus. Er war gerade aus Nairobi zurückgekehrt, wo er Dale zu seinem Flug zurück in die Vereinigten Staaten gebracht hatte.

„Was ist los, Rafe? Du kannst den Mann doch nicht ausstehen", hatte Cybil gesagt, als er seine Absicht, den Amerikaner zum Flughafen zu bringen, verkündet hatte.

„Ich möchte absolut sicher sein, dass er den verdammten Flieger erreicht", hatte er erwidert. „Dale ist ein Angeber, die gefährlichste Art des Draufgängers, die Art ohne jeglichen gesunden Menschenverstand in seinem gutaussehenden Dickschädel. Er ist an dem Tag bei der Begegnung mit dem Tier gerade noch davongekommen, aber ich bezweifle, dass er dadurch seine Lektion gelernt hat. Wer weiß, was ihm als Nächstes einfällt, und ich möchte nicht dabei sein, wenn es passiert."

Nun, da er von Dales Gegenwart befreit war, bedachte er Coral mit einem bezaubernden Lächeln. „Hast du heute Nachmittag Lust auf einen Rundflug über den Dschungel? Vielleicht finden wir diesen Löwen, der uns so geschickt gemieden hat."

Bevor Coral antworten konnte, warf Cybil ein: „Das wäre herrlich! Es ist schon ewig her, seit du mich auf eine deiner Flugzeug-Spritztouren mitgenommen hast." Sie kräuselte die Nase, lächelte ihn neckend und vertraut an.

„Dich hatte ich nicht gefragt", erwiderte er und ignorierte Cybils offensichtliche Entgeisterung über eine solch grobe Antwort. „Außerdem ist es ein Zweisitzer." Er wandte sich, erneut lächelnd, an Coral. „Also?"

„Was soll ich anziehen?"

„Dein Lieblingsparfum und ein Lächeln." Seine dunklen Brauen schnellten nach oben. Coral bedachte ihn mit einem spöttischen Blick. „Ich sehe, was ich tun kann, um diesem Wunsch nachzukommen."

Cybil räusperte sich geräuschvoll. „Nun, mir ist gerade eingefallen, dass es noch etwas gibt, das ich heute dringend in Nairobi besorgen muss, also hätte ich dich ohnehin nicht begleiten können", stieß sie hervor und schritt würdevoll aus dem Raum.

Coral ging hinauf in ihr Zimmer, um ihr Kamerazubehör zusammenzusuchen. Rafe behandelte sie diese Woche wie die Königin seines Harems. Nun, wenn es ihn amüsierte, es so zu sehen. Sie musste zugeben, dass er sich ein Bein ausgerissen hatte, um ihr dabei zu helfen, Material für ihre Reportage zu sammeln. Natürlich nahm sie an, dass er Hintergedanken hatte, aber es lag an ihr, nicht in seine Falle zu tappen. Immerhin hatte ihre Mutter schon immer gesagt, dass ein Mann einer Frau nichts nehmen könne, das sie nicht bereitwillig geben wolle.

Sie brachen eine Stunde vor dem Lunch auf. Der kleine Zweisitzer wartete bereits auf sie, glänzte auf dem Flugplatz. Nachdem Rafe auf der Rollbahn mit einigen Flugplatzangestellten geplaudert hatte, half er Coral hoch und kletterte nach ihr in das Flugzeug. Coral war noch nie in einem Leichtflugzeug geflogen, aber durch ihre Arbeit wusste sie von den vielen Zwischenfällen, durch die solche Maschinen im Dschungel abgestürzt waren. Es war kein beruhigender Gedanke. Die großen Entfernungen und schlechten Straßen Afrikas machten es schwierig, schnell und einfach zu reisen, sodass viele Leute Flugzeuge anstelle von Autos benutzten. Das half aber wenig, um die Schmetterlinge in ihrem Magen zu beruhigen.

„Etwas nervös?" Rafe betrachtete sie besorgt, als er sich zu ihr beugte, um sicherzustellen, dass sie angeschnallt war.

Coral zuckte mit den Schultern. „Ich habe so etwas noch nie gemacht."

„Es gibt immer ein erstes Mal." Er schmunzelte.

Es schien Coral, als ob Rafes Augen, sein Lächeln, sogar seine Stimme an diesem Tag voller Anspielungen waren. Es würde schwierig werden, dieses wilde Tier in Schach zu halten. Aber wollte sie das überhaupt? Coral warf ihm einen heimlichen Blick zu. Er trug ein beiges Safarihemd und engsitzende Jeans, sein Haar war kürzlich geschnitten worden, was ihm ein jungenhaftes Aussehen verlieh, das rührend wirkte. „Hier, trag die." Er gab ihr ein Paar Kopfhörer mit einem Mikrofon. „So können wir eine freundliche Konversation führen", fügte er hinzu und grinste, als er ihre hochgezogenen Augenbrauen sah.

Sie hoben direkt in die Sonne ab und ließen eine rot-blaue Staubwolke hinter sich. Es war ein schöner Nachmittag, nicht die Spur einer Wolke am Himmel. Coral fühlte Aufregung in sich aufsteigen, als sie sich über das Rift Valley erhoben, höher und höher in den Himmel stiegen. Das war anders als im Ballon zu fliegen, kraftvoller und beglückender. Ungläubig nahm sie das spektakuläre Panorama der Ebenen, schneebedeckten Berge, Steilhänge, Seen und Bergkämme in sich auf, das sich über Meilen erstreckte, alles Tausende von Fuß unter ihnen.

Nun wurde eine Vielzahl von Tieren sichtbar: Giraffen, Zebras, Impalas und Kuhantilopen standen dort, grasten und betrachteten in Gruppen, wie das Flugzeug sich näherte und über sie hinwegflog, was sie in die plötzliche Flucht schreckte. Wo auch immer das Flugzeug sich hinwandte, waren Tiere in unglaublichen Mengen und Arten zu sehen.

„Ich habe bemerkt, wie sehr du deine Arbeit liebst", kommentierte Rafe, als Coral ihre Kamera hervorholte.

„Hmm ..." Sie beschäftigte sich mit einer der Linsen. „Ich kann mich am besten durch die Kamera ausdrücken. Ich habe schöne Dinge schon immer geliebt, und was ist schöner als die Welt um uns herum? Jeden Tag begegnet man Schönheit, Szenen, die einen glücklich machen: ein atemberaubender Sonnenuntergang, eine ihr Kind stillende Mutter, ein allein in der Wildnis stehender Baum, der Ausdruck auf dem wettergegerbten Gesicht eines alten afrikanischen Weisen, die Freude auf dem Gesicht eines eiscremeessenden Kindes. Mit meinen Fotografien kann ich die Schönheit eines solchen Moments für immer festhalten und konservieren." Coral befestigte eine neue Linse an ihrer Kamera und sah kurz hindurch, prüfte die Blendeneinstellung. „Natürlich gibt es auch Hässliches und Unglück um uns herum, und manchmal gelingt es mir, auch dies einzufangen, in der Hoffnung, dass es einige stumpfe Gemüter aufwecken wird. Ich bin unbescheiden genug, um anzunehmen, dass ich etwas bewirken kann." Sie lachte ein wenig selbstironisch. „Kannst du das verstehen?"

„Ich verstehe das sehr gut", antwortete er.

„Wie ist es mit dir? Wo hast du das Fliegen gelernt? Ich wusste nicht, dass du ein Pilot bist."

Rafe grinste sie hinter seiner Pilotenbrille hervor an. „Ach, meine Liebe, es gibt so viele meiner Fähigkeiten, die du immer noch ignorierst."

Coral beachtete diese Neckerei nicht. „Ernsthaft, wo hast du Fliegen gelernt?"

Er zuckte müde mit den Schultern. „Hier und dort, nehme ich an." Rafe wich immer noch ihren Fragen aus.

„Du bist ein Jäger, nicht wahr? Jemand erwähnte, dass du Jagdsafaris veranstaltest." Coral blickte von ihm weg, war damit beschäftigt, Fotos einer Gruppe Störche zu machen, die sich um einen See sammelten, bevor sie ihren langen Flug nach Europa begannen.

„Ich *habe* gejagt. Ich tue es nicht mehr." Es war mühsam wie Zähneziehen.

„Warum?"

„Die Jagd ist in den letzten Jahren heruntergekommen. Es ist kein fairer Sport mehr. Zu viele Dales auf der Welt. Ich mache mir Sorgen – blutrünstige Wilderer, die Wildtiere als Trophäen töten, gleichgültig, ob das Tier selten ist oder nicht. Eine Millionärsgruppe hat in zwei Tagen zwölf Löwen erschossen. Sie gingen nicht zu Fuß, rasten in kleinen Trucks über die Ebenen und schossen alles ab, was ihnen vor die Augen kam. Solche Sachen machen mich krank. Diese Menschen werden diejenigen sein, die die großen Herden ausrotten, die einst frei überall über diesen Kontinent strichen."

„Du hast nicht nach Trophäen gejagt?"

„Nein, nicht wirklich, aber manchmal musste ich es für Klienten tun, die ich auf Safaris mitnahm. Es war Teil der Arbeit. Man konnte nicht widersprechen. Diese Leute kamen nach Afrika, um zu jagen, und genau das wollten sie auch tun."

„Wo war das, in Kenia?" Coral war entschlossen, tiefer zu graben.

Sie hatte aber ihre Frage kaum ausgesprochen, als Rafe aufschrie und auf etwas zeigte, das aus der Ferne wie ein gelber Fleck auf einem Hügel am Rande einer entfernten Lichtung aussah. „Da sind sie! Deine Löwen!" Er klang darüber so begeistert, wie sie es wirklich war. „Ich bringe dich so nah wie möglich hin, damit du ein paar gute Aufnahmen machen kannst."

Während er sprach, sank das kleine Flugzeug ab. Er brachte es so weit hinunter, dass sie fast die Wipfel der Akazien berührten. Coral hatte deutliche Sicht auf eine Herde Löwen mit ihren Jungen, die auf einer kleinen Erhebung auf der Lichtung lagen und sich in der Hitze des frühen Nachmittags sonnten. Als Rafe sie überflog, stand das Männchen auf. Es war ein prachtvolles Wesen, mächtig und stark. Das große Tier sah beiläufig nach oben, ging einige Schritte und ließ sich im Schatten einer Akazie wieder fallen, seine Mähne in der Brise wehend. „Ich hab ihn gut eingefangen", freute sich Coral mit einem triumphierenden kleinen Lachen.

Kurz darauf brachte Rafe sie wieder hoch in die Luft, stieg weiter in den strahlenden Himmel, beschrieb einen großen Kreis und flog erneut niedriger über die Herde. Die Löwin hatte sich einige Meter von ihren Kleinen entfernt ausgestreckt. Jetzt war sie auf dem Weg zu ihnen, zeigte ihre Zähne, der Rücken hochgewölbt, die Beine steif. Coral konnte fast spüren, wie sich die Rückenhaare der Löwin alarmiert aufstellten, das dröhnende Gebrüll hören, als sie sich elegant fortbewegte, den Kopf von rechts nach links bewegte, die Gefahr abschätzte.

„Wir haben ihren Frieden gestört. Sie fühlt sich offensichtlich bedroht", erklärte Rafe. „Ich bin froh, dass wir nicht dort unten sind, sie scheint nicht sonderlich erfreut zu sein."

„Ich habe einige Aufnahmen von ihr gemacht, und von ihren Jungen." Coral war begeistert. „Danke, Rafe, ich glaube, ich habe genügend Fotografien gemacht. Du bist ein Schatz."

„Es war mir ein Vergnügen." Sein Mund verzog sich zu einem leichten Lächeln. „Ich habe ein Picknick dabei. Das Frühstück liegt schon eine Weile zurück, und ich habe einen Riesenhunger. Nichts Besonderes, nur ein paar Sandwiches und eine Flasche Wein, wenn du Lust auf ein Glas hast, und eine Flasche Fruchtsaft. Nicht weit von hier befindet sich ein Tal. Darf ich dort landen?" Er warf ihr einen Blick zu, ein Lächeln funkelte in seinen Augen, als ob er sehen wollte, ob sie die Herausforderung annahm.

„Warum nicht? Ich finde, das ist ein hervorragender Vorschlag." Coral beschloss, das Spiel mitzuspielen. Sie wusste, worauf es hinauslaufen würde, aber dies bewirkte nur, dass sie noch mehr angespornt wurde und ihre Sinne sich belebten. Sie fühlte sich etwas wagemutig. Heute würde sie für den Moment leben, und der Moment war jetzt. Während des ganzen Tages schon, an dem Rafe ihr so nah war, hatte sie ein fast unkontrollierbares Bedürfnis, ihn zu berühren. Er war offensichtlich in seinem Element, tat das, worin er gut war. Ab und an blickte er zu ihr, und sein sinnlicher Mund zeigte ein Lächeln, das sie innerlich schmelzen ließ. Warum sich darüber sorgen, was geschehen könnte? Selbst wenn er nicht die Gefühle für sie hatte, die sie wollte – sie war sich sicher, dass er sie ebenso begehrte wie sie ihn. Ihre gegenseitige Anziehung war tief sitzend, fast wie ein Urinstinkt.

Das Flugzeug war mehr als eine Stunde in der Luft. Sie überflogen blaue Seen, Sturzbäche und durch die weiten Ebenen mäandernde Flussläufe, endlose Savannen mit trockenen Flussbetten, tiefe, rote, gelbe und weiße Erdspalten. Schließlich kamen sie zu einer Lichtung. Coral konnte einen schmalen Bach, dunkel gesäumt von immensen Akazien, auf dem Boden sehen. Fast zwei Meter hohe, mit goldenem Gras bedeckte Hügel lagen an jeder Seite des Wasserlaufes. Dahinter fanden sich massive graue Klippen, ihre silbrigen Gipfel erhoben sich und verschwanden im Horizont, hielten den herabhängenden Nachmittagsnebel gefangen.

Das Flugzeug landete in einem von schneebedeckten Bergen umgebenen Tal, und obwohl die Landschaft auf dramatische Weise schön war, fühlte Coral sich aus irgendeinem Grund unbehaglich.

„Es hat etwas länger gedauert, als ich erwartet hatte", sagte Rafe, als er die Tür des Cockpits aufstieß, sich mit den Füßen auf dem Flügel abstützte und auf den Boden sprang, „aber wir sind angekommen." Coral kletterte von ihrem Sitz und stieg vorsichtig auf den Flügel, blieb einen Moment auf ihm sitzen, während sie ihre Blicke über die Umgebung schweifen ließ. Der Ort hatte etwas Unheimliches an sich, so als ob sie nicht allein waren. Sie hatte das unangenehme Gefühl, von wilden Tieren angestarrt zu werden – und sie verspürte eine ungute Vorahnung. Ein Schatten schien über ihr Gesicht geflogen zu sein, denn Rafe runzelte die Stirn. „Ist etwas? Du wirkst beunruhigt."

Coral lächelte zu ihm hinab, wollte die Stimmung nicht verderben. „Es ist sehr wild, sehr schön. Du scheinst ein Faible für verzaubernde, abgelegene Orte zu haben."

„Dieser Ort ist gar nicht so abgelegen, wie du vielleicht denkst – er ist in der Nähe eines Masaidorfes. Nicht weit von hier führt eine Straße direkt nach Narok, in der Nähe von Lady Langleys Plantage."

Rafe streckte die Arme, um ihr vom Flugzeug zu helfen. Er hob sie zu sich, und sie spürte seinen starken Brustkorb an ihren Brüsten. Sie konnte ein Herz unkontrolliert schlagen fühlen, war es seines oder ihres oder beide? Sie konnte es nicht sagen. Als er sie absetzte, sah sie zu ihm auf. „Oh, Coral, sieh mich nicht mit solchen Augen an. Ich kann für meine Reaktion nicht garantieren, wenn du das tust", sagte er mit sinnlich leiser Stimme. Er ließ ihre Schultern los, schob sie sanft ein wenig von sich. Er nahm einen Picknickkorb und eine Decke aus dem Flugzeug und fügte hinzu: „Gönnen wir uns Lunch und ein Glas Wein."

Obwohl die Nachmittagssonne schwächer wurde, war die Luft immer noch heiß und schwer. Coral war von der sie umgebenden völligen Stille überwältigt. Kein Vogel in Sicht, kein Rascheln im Unterholz, sogar die Insekten verbargen sich. Sie kletterten die

Böschung über der Hochebene ein Stück hinauf und fanden eine Stelle mit Blick über die gesamte Lichtung. Rafe breitete die Decke unter einer Akazie aus. Sie aßen einige Hähnchensandwiches und Eier, leerten die Flasche Fruchtsaft. Sie plauderten zwanglos wie alte Freunde über unwichtige alltägliche Dinge, als ob sie beide das tatsächliche Thema vermeiden, die schwelende Glut in ihren Gedanken und Körpern ersticken wollten.

Die ganze Zeit über war Coral sich des in ihr erblühenden Bedürfnisses bewusst, das sämtliche Vernunft mit Begehren überlagerte. Sie bemerkte, dass er seinen eigenen Kampf ausfocht. Warum hielt er sich zurück? Wartete er darauf, dass sie den ersten Schritt machte? Rafe lag auf der Seite, auf einen Ellbogen aufgestützt, der Kopf in seiner Handfläche ruhend. Er betrachtete sie durch seine langen, dunklen Wimpern. Sein Atemrhythmus war etwas schneller, und sie konnte ein leichtes Pochen an seiner Schläfe erkennen, beides ein Zeichen seines inneren Aufruhrs. Rafe streckte eine Hand aus, um sie zu berühren, schien dann seine Meinung zu ändern und zog sie wieder zurück. Coral erwiderte seinen Blick, ihre Augen dunkel vor Sehnsucht. Sie musterte sein Gesicht.

Die Fensterläden zu seiner Seele schlossen sich. „Nicht, Coral", flüsterte Rafe, „reiz mich nicht. Jeder Mann hat nur eine begrenzte Kraft, dem zu widerstehen."

„Aber Rafe …"

Das Aufleuchten eines langen, blauen Blitzes zerteilte den Himmel, rasch gefolgt von Donner. Coral warf sich instinktiv in Rafes Arme, verbarg ihr Gesicht an seiner breiten Brust. Sie hatte schon immer eine ausgeprägte Gewitterphobie gehabt. Nun wusste sie, warum ihr der Ort unheimlich erschienen war, warum es weder Vogelgesang noch Insektengezirpe gegeben hatte, und auch kein Geraschel im Unterholz. Auch wenn der Himmel bei der Ankunft im Tal kein Vorzeichen des kommenden Gewitters gezeigt hatte, hatte ihr – wie bei den Tieren – ihr Instinkt mitgeteilt, dass etwas nicht in Ordnung war. Aber die knisternde Spannung zwischen ihr und Rafe hatte sie zu sehr abgelenkt, um auf den sich verändernden Himmel zu achten.

Rafe war ebenfalls aus seiner Benommenheit aufgeschreckt, wandte den Kopf und sah, dass die Sonne hinter dem Berg verschwunden war. Dichte Wolken waren in das Tal geweht worden und hingen nun wie ein schwarzer Umhang darüber.

„Wo kommt das denn her? Es war für heute kein Sturm vorhergesagt", murmelte er und sprang auf.

Ein weiteres unglaubliches Dröhnen des Donners ertönte, Blitze erhellten die gesamte Lichtung. Dann fielen auch schon schwere Regentropfen trommelnd auf die Baumwipfel und strömten durch das Laub.

Wind kam auf. Ohne zu zögern faltete Rafe die Decke in ein kleines Bündel und schob sie unter seinen Arm. Er schlang sich den Picknickkorb über die Schulter, hob Coral hoch und kletterte die Böschung ein Stück weiter hinauf zu einem vorstehenden Felsvorsprung, wo er den Eingang zu einer Höhle fand, in der sie Schutz suchen konnten. Coral zitterte. Sie barg ihr Gesicht an seiner Schulter, ihre Finger krallten sich in sein Hemd. Sie blieb völlig reglos, vor Angst wie gelähmt. Sie waren beide bis auf die Haut durchnässt.

Sie würden in keinem Fall an diesem Abend noch nach Narok zurückkehren können. Coral wusste aus ihrer Kindheit, dass die Gewitter in diesem Teil des Landes lange dauerten, und in ihrer Panik betete sie, dass er das kleine Flugzeug nicht durch diesen heulenden Sturm steuern würde. Hier waren sie zumindest vor dem Wetter geschützt. Es war noch nicht völlig dunkel. Rafe sah sich um, hielt sie weiterhin eng an sich. Coral brach in heftige Tränen aus, konnte das Schluchzen nicht zurückhalten.

„Es ist alles in Ordnung", flüsterte er ihr sanft ins Ohr. „Es ist nur ein Sturm. Morgen früh ist es vorbei." Er wischte ihr die Tränen weg, während weitere ihre Wangen hinabbrannten. „Ich setze dich für einen Moment ab, Coral. Ich muss ein Feuer für uns machen und dich aus diesen nassen Kleidern befreien."

Coral verstärkte ihren Griff. „Nein, nein, bitte, lass mich nicht allein." Ihre Stimme klang wie die eines verirrten und entsetzten Kindes.

Rafe drückte ihren zarten Körper an sich. „Ich lasse dich nicht allein", versicherte er. „Ich zünde nur ein Feuer an. Dir wird bald wärmer sein, und ein Feuer spendet uns etwas Licht." Sanft setzte er sie ab und entfaltete die Decke, die er unter seinen Arm geklemmt hatte. Er schien erleichtert, dass sie noch relativ trocken war. Rafe wickelte die Decke um sie, bevor er sich nach Feuermaterial umsah. In einer Ecke beim Höhleneingang fand er ein paar Zweige, einige Äste und einen Haufen trockener Blätter, die frühere Stürme in diese felsige Zuflucht geweht hatten. Zuerst konnte er keinen Funken entzünden, da die meisten der gefundenen Zweige feucht waren. Er musste einige der Äste zerbrechen und richtete dann das Holz in Pyramidenform auf. Nachdem er sein Feuerzeug an das trockene Holz gehalten hatte, flackerte bald eine Flamme auf. Sie fraß sich gierig in die Aststücke, und innerhalb von fünfzehn Minuten tauchte ein kräftiges Feuer die Höhle in ein fröhliches Licht.

Coral weinte nicht mehr. Sie saß auf dem Boden der Höhle, zitterte weiterhin, hatte aber keine Angst mehr. Sie fühlte sich jetzt sicher, Rafe schien die Situation unter Kontrolle zu haben und zu wissen, was er tat, was sie nicht überraschte. Sie schämte sich nun abgrundtief für ihr Verhalten. Wie konnte sie so schwach gewesen sein? Warum zeigten sich die weniger attraktiven Seiten ihres Charakters immer vor Rafe, wenn sie doch nur wollte, dass er sie bewunderte und liebte?

Coral sah zu, wie er sich um das Feuer kümmerte. Er hatte seine feuchten Kleider ausgezogen, abgesehen von dem knappen Slip, der wie eine zweite Haut an ihm klebte. Seine Haut war leicht gerötet, das nasse Haar zurückgestrichen und glänzend, seine

Augen erschienen im Widerschein des Feuers ungewöhnlich leuchtend. Sie sehnte sich danach, ihre Hand auszustrecken und über die Konturen seiner Muskeln zu streichen, erneut seine Härte zu berühren und an sich zu spüren, aber sie wagte es nicht. Direkt vor Ausbruch des Sturms hatte er sich ihr entzogen, obwohl er wissen musste, wie sehr sie ihn wollte. Und sie wusste, dass er das Gleiche fühlte.

Er sah auf und lächelte. „Fühlst du dich besser?" Er erhob sich und kam zu ihr.

„Ja, viel besser, danke. Es tut mir leid, dass ich vorhin so nutzlos war. Ich habe seit meiner Kindheit schon furchtbare Angst vor Gewittern." Coral zog die Knie an die Brust, zitterte trotz der sich ausbreitenden Wärme des Feuers immer noch. „Eines Nachts, als ich drei Jahre alt war, brach ein Gewitter aus. Meine Eltern waren für den Abend ausgegangen, und Aluna war krank und nicht in ihrem Schlafzimmer, als der Sturm mich weckte. Nicht weit von meinem Fenster wurde ein hoher Baum vom Blitz getroffen. Einige seiner Zweige brannten, und er wirkte wie ein enormer Riese, der im Wind schwankte. Ich sah, wie seine Glieder verschrumpelten und zu Boden fielen. Als Aluna endlich hereinkam, kauerte ich weinend und nach ihr rufend unter meinem Bett. Anscheinend dauerte es eine Weile, mich aus meinem Versteck herauszubekommen. Seit dieser Nacht bin ich astraphobisch." Sie lächelte schwach. „Es ist schon viel besser als früher. Ich hatte seit mindestens fünf Jahren keine solche Panikattacke, aber ich glaube, dass es der Aufenthalt im Freien war, der es ausgelöst hat."

„Es muss eine schreckliche Erfahrung gewesen sein." Rafes Gesicht war grüblerisch, dann schienen seine Gedanken eine andere Richtung einzuschlagen. „Jeder Mensch hat seine Dämonen, und jeder reagiert auf andere Weise auf sie. Daran ist nichts falsch. Du zitterst immer noch – du ziehst besser diese Kleider aus. Bei dem Feuer sind sie im Nu trocken." Es knisterte, als ein brennender Ast zusammenfiel und ein Funkenschauer aufstob. Rafe legte Holz nach. „Es ist wirklich nicht gut, nasse Kleider zu tragen", beteuerte er erneut.

„Es geht schon", meinte sie, „wirklich."

„Nein, es geht nicht. Du wirst dir den Tod holen. Keine Sorge, tu einfach so, als ob ich nicht da wäre. Ich verspreche, mich nicht umzudrehen." Rafe ging zum Höhleneingang und sah hinaus in den Abend. Der Himmel erstrahlte unter den gegabelten Blitzen, die sich wie goldene Drähte im Zickzack über die Lichtung zogen. Das dumpfe Grollen des Donners in der Entfernung war ein Vorbote weiterer Windstöße und sintflutartiger Regenfälle, die sich durch die Bäume näherten und den Wald durchschüttelten. Coral zog ihre Kleidung aus. Sie hüllte sich in die Decke ein und betrachtete dann den mit dem Rücken zu ihr stehenden Rafe, dessen Silhouette sich vor dem tintenschwarzen Nachthimmel abhob. Ihr Körper erinnerte sich an das angenehme Gefühl, das Schmelzen in ihrem Inneren, als sie am See in Rafes Armen gelegen hatte, und brachte ihre Gedanken dazu, die kleine Stimme wegzuschubsen, die ihr sagte, dass sie in ihr Verderben lief. Coral ließ die Decke auf den Boden gleiten. Sie schob ihre Hemmungen beiseite und ging zu Rafe. Blätter raschelten unter ihren Füßen, und er drehte sich um, als sie ihn fast erreicht hatte. Sie waren einige Schritte voneinander entfernt. Sie stand mit den Flammen hinter sich, bot sich willig an, sehnte sich danach, sich ihm hinzugeben.

Rafe erblasste und seine Augen verdunkelten sich. Die Intensität seines Begehrens war offensichtlich. „Oh, Coral. Coral", murmelte er, seine Stimme fast vorwurfsvoll, aber er machte keine Anstalten, den Abstand zwischen ihnen zu verringern. Unausgesprochene Worte und ungetane Gesten ließen die Luft erzittern. Im flackernden Licht des Feuers leuchtete seine bronzene Haut warm. Rafe stand bewegungslos, die Muskeln seines Körpers angespannt. Coral wusste, dass er auf sie wartete. Sie konnte den vertrauten Schmerz fühlen, der die letzten Reste ihrer Beherrschung zerschmetterte. Bevor sie sich's versah, war sie an ihn geschmiegt, ihre Arme um seinem Hals. Sie sah zu ihm hoch, ihre Lippen geöffnet, weich und feucht.

Rafe sah zu ihr hinab und sog rau die Luft ein. „Du bist so schön", sagte er mit heiserer Stimme.

„Das bist du auch, oh, das bist du auch, Rafe", seufzte sie.

Rafe senkte den Kopf und fand ihre Lippen. In seinem Kuss war nichts Weiches, nichts Zärtliches. Es war ein grober, fast brutaler Kuss, verzweifelt und verzehrend. Sein Kopf glitt ihren Körper hinunter, während eine Hand die Fülle ihrer einen Brust umfasste, sein Mund die aufstehende rosa Spitze umschloss, dann mit der Zunge liebkosend über die andere Brust glitt und diese mit der gleichen Leidenschaft in Besitz nahm. Wilde Flammen entzündeten jeden Zentimeter von Corals Haut, reagierten auf seine Berührung. Sie stöhnte, als Schmerz und Vergnügen in ihrem Körper miteinander rangen, und sie presste sich gegen seine Erregung, sehnte sich danach, ihn in sich zu fühlen.

Er hob sie sanft hoch und legte sie auf die Decke, die er vorsichtig neben ihr ausgebreitet hatte. Seine Augen vertieften sich in ihre, während seine Hände liebkosend über ihre Kurven strichen, liebevoll jede Stelle ihres Körpers erforschten. Die Intensität ihrer aufsteigenden Leidenschaft befeuerte seine eigene. Seine Finger fanden das Innerste ihrer Sehnsucht, wo sie noch nie berührt worden war, und sie flüsterte seinen Namen, während sie über ihre empfindsamste Stelle strichen, sie unter der Berührung erschauern ließen. „Ich möchte dich in mir", stöhnte sie atemlos, jede Faser ihres Körpers mit ihrem Bedürfnis nach ihm erzitternd. Ihre Hände suchten und fanden seine harte Männlichkeit, und sie streichelte und liebkoste die samtige Spitze, umfasste ihn, zeigte ihm, wo sie ihn am meisten wollte. Rafes Mund berührte den ihren, und dieses Mal war sein Kuss weich und beruhigend. Sie wusste, dass er ihren nahenden Höhepunkt fühlen konnte, da seine Finger sich mit vermehrter Dringlichkeit bewegten.

Einen Moment lang schien er zu zögern, als ob er mit einem inneren Gefühlsaufruhr kämpfen würde. Coral sehnte sich danach, dass er in sie glitt, und sie drängte ihre Hüften gegen ihn. Rafe ignorierte ihr Winden und hielt sie sanft fest. Seine Lippen verließen ihre, sein Kopf senkte sich langsam, und sein Mund strich zuerst über ihren Bauch, dann immer weiter hinunter, bis er das Erblühen ihrer Lust schmeckte. Coral schrie seinen Namen, als eine Reihe elektrischer Schocks durch sie hindurchschoss, und sie stöhnte und wimmerte, als eine Million Regenbogen in ihrem Gehirn explodierten. Erst dann ließ auch Rafe seiner Lust an sie gepresst freien Lauf, sein Körper erbebte in einem stürmischen Höhepunkt, als er erschauerte und stöhnte, sein Kopf wieder nach oben kam und in ihrer Nackengrube ruhte.

Sie lagen aneinandergeschmiegt, ihre Herzen schlugen im Gleichtakt, ihre Körper zitterten noch unter dem Einfluss der überwältigenden Gefühle, die sich in ihnen entladen hatten und explodiert waren.

Eine Stunde später lagen sie immer noch schweigend zusammen. Coral hatte sich an Rafe gekuschelt, er hatte den Arm um sie gelegt und hielt sie fest, als ob er sie nie wieder loslassen wollte.

Der Sturm hatte nachgelassen, aber es regnete draußen immer noch. Das Feuer war zu einem Haufen glühender Asche heruntergebrannt. Rafe stand auf und legte ein paar Zweige nach. Neu angefacht, entzündete sich das Feuer mit violetter Inbrunst. Als sie betrachtete, wie die Flammen tanzende Schatten auf die Wand warfen, wurden Corals Augenlider schwer.

Durch ihre Wimpern hindurch sah sie zu, wie Rafe die Flasche Wein entkorkte und sich ein Glas einschenkte. Er zündete eine Zigarette an und setzte sich neben das Feuer, an einen Felsen gelehnt, betrachtete den wabernden Rauch, der über ihm hochstieg. Er hatte einen seltsamen Gesichtsausdruck, wie eine Mischung aus Aufregung und Traurigkeit, und Coral wünschte, seine Gedanken lesen zu können. Er musste schon so

viele Frauen gekannt haben, dachte sie, vielleicht sogar ohne Vorbehalte mit vielen geschlafen haben. Was auch immer seine bisherigen Erfahrungen gewesen waren, er wirkte wie ein Mann, der
wahrscheinlich andere verletzt hatte, aber selbst auch verletzt
worden war. Er war zu einer Insel geworden, und sie wünschte, sie
könnte die Wasserfläche zu ihm überqueren und ihn befreien.
Coral lag dort halbwach, während Rafe in schweigendem Grübeln
beim Feuer saß, bis sie sich endlich einem tiefen und erschöpften
Schlaf hingab.

*   *   *

Als Coral erwachte, hatte der Regen aufgehört. Mit der Morgendämmerung war ein safranfarbener Lichtfleck in den
Höheneingang gewandert. Rafe stand an der Öffnung und sah
hinaus auf das Tal. Coral betrachtete ihn einige Minuten lang,
während die sanften Farben Schatten auf ihn warfen. Ihr Herz
quoll vor Zärtlichkeit über. Sie rollte sich in die Decke, trat
lautlos hinter ihn, schlang ihre Arme um seine Taille und legte
ihre Wange an seinen starken Rücken. Wie gut es war, ihm so
nah zu sein. Er spannte sich unter ihrer Berührung an
und drehte sich lächelnd um.

„Guten Morgen, Rosenknospe. Gut geschlafen?"

„Mhm", murmelte sie schläfrig. Die Baumwipfel waren von
einem honiggoldenen Heiligenschein umgeben. Als Coral in die
Ferne starrte, konnte sie die Spitze des Mount Kenya sehen, Hun-
derte von Meilen entfernt, eine eisblaue Erhebung vor dem
Glühen der Sonne. Das Bild war kurzlebig. Der Horizont entflammte, als die afrikanische Sonne durch den strahlenden
Himmel brach. Die Vision der schimmernden Bergspitze schmolz
dahin und einen Moment lang fragte Coral sich, ob sie es nur geträumt hatte. „Der Regen hat aufgehört. Schau, dort ist ein Regenbogen", rief sie und zeigte auf das schimmernde Wunder, das einen

durchbrochenen Bogen über die Lichtung warf. „Ist er nicht prachtvoll?"

„Ja, das ist er", murmelte er, auch wenn ein Schatten sein Gesicht verdunkelte, als ob das Bild für ihn eine Bedeutung hatte, über die er nicht sprechen wollte. Coral machte sich aus Prinzip über solche Dinge keine Sorgen, aber sie erinnerte sich an einen alten afrikanischen Aberglauben, den sie von Aluna erfahren hatte und fragte sich, ob er auch daran dachte. Ein kleiner gebrochener Bogen, so wie jener, den sie gerade sahen, bedeutete, dass sich aus dieser Richtung Feinde näherten. Aber wer würde das sein? Oh, dachte sie, das ist nur Hokuspokus. Rafe bewegte sich unbehaglich. „Es ist Zeit, dass wir aufbrechen", sagte er. „Auf der Plantage machen sie sich sicher Sorgen."

„Rafe", sagte sie, während sie ihm beim Anziehen zusah. „Darf ich dir eine Frage stellen?"

„Natürlich." Er lächelte.

„Warum hast du mich nicht wie eine echte Frau geliebt? Ich meine ... ich wollte dich in mir spüren." Coral spürte, wie sie errötete.

Rafe seufzte, kam zu ihr, nahm ihr Gesicht in eine Hand, hob es an und betrachtete sie ernst. „Ich habe dir genug deiner Unschuld geraubt. Aber ich bin nicht ganz gewissenlos, und glücklicherweise gibt es für dich noch viele Freuden zu entdecken. Eines Tages wirst du dem Menschen begegnen, der dich auf diese Reise mitnehmen wird, aber bis dahin, meine kleine Rosenknospe, beschütze und halte in Ehren, was du hast, denn wenn es erst einmal weg ist, ist es für immer weg."

„Ich wollte, dass du der Erste bist", flüsterte sie. „Ich liebe dich, Rafe. Du denkst, dass ich naiv und unerfahren bin. Und ja, das bin ich vielleicht, aber ich weiß, wie ich mich fühle und ich habe eine ziemlich gute Vorstellung davon, was ich möchte. Ich bitte dich nicht, mich zu heiraten, ich bitte dich nur, mich wie eine Frau zu behandeln und mit mir zu schlafen."

Er strich mit seiner Hand durch sein Haar und schüttelte den Kopf. „Du bist eine verdammt sture Frau, Coral", sagte er und hielt sie sanft. „Glaube mir, es wäre mir eine Ehre, dein Erster zu sein. Du bist eine schöne, sensible und großzügige Geliebte. Aber ich bin nicht der Richtige für dich, Coral, aus so vielen Gründen. … Ich bin mehr als zehn Jahre älter als du."

„Und?", widersprach sie. „Was hat das Alter mit der Liebe zu tun?"

Rafes Hände fielen herab. „Es hat alles damit zu tun. Kannst du das nicht sehen?" Er wandte den Kopf ab und ging von ihr weg.

Coral verstand nicht, was in seinem Kopf vor sich ging. In einer Minute ergab er sich ihr, in der nächsten schwankte er und zog sich zurück. Sicher war der Altersunterschied nicht der einzige Punkt, der ihn beschäftigte? War er etwa doch heimlich in Cybil verliebt, sein Herz zwischen Coral und ihrer Stiefmutter geteilt? War die Beziehung zu Morgana ernster, als er zugab?

Rafe riss sie aus ihren Gedanken. „Du hast dein ganzes Leben vor dir, während ich schon genug für zwei Menschen gelebt habe." Seine Worte überstürzten sich, als ob er nach Gründen suchte, sie wegzustoßen. Coral bemerkte, wie sein Kiefer sich entschlossen anspannte, aber sie kannte ihn mittlerweile gut genug, um die Panik in seinen Augen aufflackern zu sehen, bevor er sich abwandte. „Außerdem glaube ich nicht an die ewige Liebe. Ich kann kaum noch zählen, wie oft ich schon dachte, dass ich verliebt sei." Rafe lachte verbittert, und Coral sah, dass die Zugbrücke nun ganz heruntergelassen worden war. „Es tut mir leid, deine Illusionen zu zerstören, Rosenknospe, aber ich lebe für den Augenblick, und meine Liebe für eine Frau dauert eine Nacht, zwei Nächte, höchstens eine Woche, aber nie ein Leben. Es tut mir leid, aber das ist die Wahrheit über mich. Ist es das, was du möchtest?"

„Ich werde es schaffen, dass du mich liebst. Ich weiß, dass ich es kann. Du wirst nie wieder eine andere Frau wollen." Corals Stimme hallte in der leeren Höhle wider.

Er pfiff, als er sich wieder zu ihr drehte. „Das ist ein gefährliches Ziel, das du wahrscheinlich nie erreichen wirst."

„Ich bin willens, das Risiko einzugehen."

„Du bist nur in mich vernarrt, ich fülle die Lücke, die Dale
gerissen hat. Aber ich sage dir etwas", sagte er und sah sie direkt
an, „du denkst gründlich über diese Unterhaltung und die anderen lebhaften Unterhaltungen, die wir geführt haben, nach.
Wenn du dich danach immer noch auf diesen Wahnsinn einlassen
möchtest, stehe ich gern zur Verfügung."

„Halt mich so fest, wie du es letzte Nacht getan hast", bat sie
leise. Sie wollte ihn aus der Festung, in die er sich zurückgezogen
hatte, herausholen. Eine leichte Röte stieg in ihren Wangen auf, als
sie die Arme um seinen Hals legte und ihr Gesicht zu ihm auf-
wandte, die Lippen geöffnet, der Körper in deutlicher Bitte zu
ihm gebogen.

Sekundenlang stand Rafe bewegungslos wie eine Statue. Er
umfasste ihre Taille, seine Hand hielt sie wie in einem Schraub-
stock, als sie versuchte, ihm näher zu kommen, fast als ob er sie
von sich fernhalten wollte. Sein Kopf neigte sich und er berührte
ihre Lippen in einem flüchtigen, fast keuschen Kuss. Dann ließ er
die Hände fallen, noch bevor sie protestieren konnte, entfernte er
sich einige Schritte von ihr und hob den Picknickkorb und die
Decke auf. „Ich fürchte, wir müssen wirklich aufbrechen, Coral",
sagte er mit dem Rücken zu ihr. „Sie werden einen Suchtrupp
nach uns ausschicken, wenn wir nicht bald zurück sind." Coral
spürte, dass der Augenblick, sich mit ihm auszusprechen, vorbei
war. Also hob sie ihre Kleider vom Boden und zog sich rasch an.

Die Morgenröte war zum Tageslicht geworden. Regentropfen
glänzten auf den Blättern der Bäume vor der Höhle und fingen
das Morgenlicht ein. Rafe und Coral bahnten sich ihren Weg die
Böschung hinunter, kletterten langsam über moosbedeckte Steine,
die sich vor Urzeiten auf der Oberfläche der rötlichen Klippen her-
ausgebildet hatten und jetzt von zerbrochenen Baumstümpfen

bedeckt waren. Die warme Luft war schon von einer Sinfonie aus Vogelgesang und Zikaden erfüllt, als bronzefarbene Schmetterlinge und andere Fluginsekten unter der Sonne dahinflatterten und sich nach der überwältigenden Gewalt des gestrigen Sturmes wieder frei bewegten.

Als die Ebene am Ende des Tales sichtbar wurde, konnten sie sehen, dass sich in der Entfernung eine Gruppe eingeborener Männer und Frauen um das Flugzeug versammelt hatte. Rafe fluchte leise.

„Sie sind wahrscheinlich nur neugierig", bemerkte Coral.

„Ja, aber es wird schwierig sein, sie loszuwerden. Der Umgang mit den Stämmen ist manchmal kompliziert. Wir werden sie wahrscheinlich mit irgendeinem Geschenk bedenken müssen. Keine Sorge, ich kümmere mich darum."

„Welche Art von Geschenk?"

„Ich weiß es noch nicht, aber ich habe schon eine Idee. Wir müssen wahrscheinlich ihrem Häuptling unseren Respekt erweisen, was uns aufhalten wird, aber es könnte unvermeidlich sein. Vor einigen Jahren lag sein Sohn mit Typhus im Sterben. Der Hexendoktor, oder *mishiriki,* wie sie ihn nennen, hatte ihn nicht heilen können. Um es kurz zu machen, einer der gebildeteren Männer, die für mich arbeiten, erzählte mir von dem Fall. Ich konnte das richtige Antibiotikum besorgen, und er wurde gerettet."

„Also ist er dir sehr zu Dank verpflichtet!"

„So weit würde ich nicht gehen. Das Stammesgetränk der Masai ist eine Mischung aus Kuhmilch und Blut. Der Häuptling bot mir nach der Gesundung seines Sohnes davon an. Es zurückzuweisen wäre eine Beleidigung gewesen. Also trank ich etwas, was unsere Freundschaft besiegelte. Ich fürchte, es würde nicht wohlwollend betrachtet werden, wenn wir abflögen, ohne ihm einen Höflichkeitsbesuch abzustatten."

„Woher wussten sie, dass wir hier sind?"

„Diese Stämme haben Wege, alles herauszufinden, was in ihrer Umgebung geschieht. Jede Bewegung im Dschungel wird von unsichtbaren Augen beobachtet und in ihrer eigenen telegrafischen Sprache weitergeleitet."

„Die Tomtom?"

„Durch die Tomtom oder andere Methoden. Anders als die anderen Stämme benutzen die Masai die Tom-tom nicht. Sie benutzen Rauch, Licht oder Feuer."

Ihr unheimliches Gefühl, beobachtet zu werden, war also begründet gewesen. Coral zitterte, obwohl die Sonne schon heiß brannte.

Sie näherten sich nun dem Flugzeug. Die Dorfbewohner lachten und plauderten. Als Rafe und Coral näherkamen, verstummten die großen, schlanken und stolzen Männer und Frauen. Die Männer trugen rote Sarongs, die auf römische Art über ihre Schulter drapiert waren, sowie hölzerne Armreifen. Einige von ihnen waren mit Speeren, Assagais und Stöcken bewaffnet. Die Köpfe der Frauen waren geschoren, und um ihre schlanken Hälse trugen sie den herrlichsten Schmuck in aufwendiger Gestaltung aus Leder und weißen, roten, grünen, blauen und orangen Perlen. Obwohl sie über sie gelesen hatte, war Coral noch nie Mitgliedern des Masaistammes begegnet. Während ihrer Ausflüge durch die Märkte hatte sie oft nach ihnen Ausschau gehalten, immer vergeblich. Sie waren wirklich sehr ansehnlich mit ihren schrägen Augen und scharfgeschnittenen Zügen. Sie wünschte, sie könnte für ihren Artikel einige Fotografien machen, begriff aber, dass dies weder die Zeit noch der Ort dazu war.

Ein junger Mann mit ebenholzfarbener Haut löste sich aus der Gruppe, sein Gesicht war mit Ockerfarbe bestäubt. Coral bemerkte, dass er von herrlicher Gestalt war, größer als die anderen. Sein ganzes Benehmen war edler. Ein kastanienfarbener Stoff umhüllte seine Taille, und Fransen aus langem, weißem Fell hingen um eines seiner Knie. Er trug einen Kopfputz aus einer Löwenmähne und um den Hals eine Kette aus Löwenzähnen. Sie hatte irgendwo darüber gelesen. Es bedeutete, dass er mit bloßen Händen einen Löwen getötet hatte und deshalb ein Krieger war. An seinem Speer war ein Büschel befestigt, länger als das seiner Landsleute, was anscheinend seine Vorherrschaft verdeutlichte und zeigte, dass er in friedlicher Mission unterwegs war. Der junge Krieger wirkte sehr ernst, als er sich dem Paar näherte. Dann, als er sie erreicht hatte, erhellte sich sein Gesicht mit einem breiten Lächeln. *„Jambo, bwana"*, sagte er. Dann fuhr er fort, sprach mit Rafe in einem langsamen, aber korrekten Englisch, während er Corals Anwesenheit ignorierte. „Es ist viel Zeit vergangen, seit wir uns das letzte Mal begegneten. Mein Vater wird sehr glücklich sein, dich wiederzusehen. Vielleicht möchtest du unser Dorf besuchen und eine Spende machen, um uns zu helfen, eine Schule für unsere Kinder zu bauen? Wir sind eine der ersten Masai manyattas, die ein solches Projekt angehen."

„Das ist der Häuptlingssohn, den ich vom Typhus geheilt habe", murmelte Rafe leise an Coral gerichtet. „Es sieht aus, als ob er die Eunoto-Zeremonie durchlaufen hat, seit ich ihn zum letzten Mal sah. Sein Kopf ist geschoren", fügte Rafe hinzu, als er die Frage auf Corals Gesicht erkannte. „Das bedeutet, dass er kürzlich zur nächsten Stufe des Kriegers aufgestiegen ist, also will sein Vater ihn präsentieren. Ich fürchte, dass wir seine Einladung nicht ablehnen dürfen."

Eine halbe Stunde lang gingen sie durch die weiten Ebenen zum Dorf. Die flache Landschaft flirrte unter dem intensiven, reflektierenden Morgenlicht mit Luftspiegelungen, und die weißen Felder glänzten wie Schnee. Endlich erreichten sie die Masaisiedlung.

Das Dorf war komplett von einem hohen Zaun aus mindestens zwei Meter hohen Akazienästen umschlossen. In diesem befestigten Bereich formten ein Dutzend aus Ästen, Zweigen und Kuhmist erbaute Hüten einen Kreis. Eine Gruppe Kinder spielte Fangen, und einige Frauen saßen in den Eingängen ihrer Häuser, melkten Kühe oder fädelten Perlen auf. Eine Gruppe Masai-Ältester schien unter einem baobab-Baum eine Versammlung abzuhalten, während einige der jungen Männer summten und riefen, und gleichzeitig sie ihre Sprünge übten. Ihre schlanken, langen Beine stießen sich federnd vom Boden ab, als ob sie auf einem Trampolin wären. Als Rafe und Coral erschienen, hielten alle in ihren Tätigkeiten inne und starrten die Neuankömmlinge mit offenen Mündern an. Coral konnte erkennen, dass sie nicht an Fremde in ihrem Dorf gewöhnt waren und ihre und Rafes Anwesenheit misstrauisch betrachteten.

„Ich werde dich zu meinem Vater bringen", erklärte der Masaikrieger, der erneut zu Rafe sprach, als ob Coral nicht existierte.

„Warte hier. Dir passiert nichts, keine Sorge", flüsterte Rafe Coral zu, bevor er dem jungen Mann folgte und in einer Hütte verschwand, die ein wenig größer als die anderen war.

Coral stand allein unter der glühenden Sonne. Sie sah sich um, fühlte sich ein wenig unbehaglich und ging in den Schatten einer in der Nähe stehenden Akazie. Einige der Dorfbewohner nahmen ihre Tätigkeiten wieder da auf, wo sie sie bei der Ankunft der Fremden unterbrochen hatten, andere verschwanden einfach in ihren Hütten oder standen da und starrten sie an. Die Gruppe Ältester hatte sich verteilt und war ihrer Wege gegangen, abgesehen von einem einzelnen verschrumpelten Mann, der weiterhin mit einem Jungen zu seinen Füßen unter dem baobab-Baum hockte. Er schien Coral beharrlich anzustarren. Schließlich bedeutete er ihr, zu ihm zu kommen. Zuerst beschloss sie, ihn zu ignorieren und widmete ihre Aufmerksamkeit den Jugendlichen, die immer noch sprangen und riefen, aber sie fühlte einen seltsamen Zwang, zu dem alten Mann zurückzublicken. Plötzlich war sämtlicher Widerstand geschwunden, sie fühlte, wie sich ihr Kopf bewegte und dem festen, unbeweglichen Blick begegnete. Erneut winkte der alte Mann ihr, näher zu ihm zu kommen, und dieses Mal gehorchte sie.

Seine Augen hatten einen versonnenen Ausdruck, als ob er unsichtbare Horizonte absuchte, die Millionen von Geheimnissen enthielten. „Du bist *Bwana* Walters Tochter, er *Bwana* Georges Enkel. Er will Mpingo. Böser, böser Mann. *Matokeo ya utafutaji kwa.*"

„Was meinen Sie damit? Woher kennen Sie den Namen meines Vaters?" Die Worte des Mannes entsetzten Coral. Trotz der Hitze durchlief sie Kälte bis in die Knochen und kalter Schweiß ran ihren Rücken hinab. Das Gefühl, dass er in ihre Seele blickte, war fast körperlich spürbar. Dieser Mann musste der Schamane sein. Sie kämpfte die in ihr aufkriechende Angst nieder und fuhr fort: „Wer sind Sie? Kannten Sie meinen Vater?"

„*Matokeo ya utafutaji kwa. Matokeo ya utafutaji kwa*", ertönte der Singsang des Schamanen, seine Augen rollten, sein Kopf bewegte sich wie ein unkontrolliertes Pendel von rechts nach links.

In der Zwischenzeit hatte Rafe die Hütte verlassen, begleitet von dem Masaihäuptling und dessen Sohn. Sie kamen zu Coral. Rafe stellte sie seinen Freunden vor, verabschiedete sich dann von den Masai und machte sich auf zum Ausgang des Dorfes. Während sie fortgingen, hörten sie, wie die heisere Stimme des alten Mannes ihnen eine Flut unverständlicher Worte nachrief. Sie drehten sich um, und er stieß ein meckerndes Lachen aus, das widerhallte, anschwoll und dann wieder leiser wurde, bis es wie das vibrierende Grollen entfernter Trommeln klang.

Sie gingen rasch und schweigend. Coral zitterte, immer noch unbehaglich und von unbestimmten Ängsten erfasst. Zum ersten Mal begriff sie ein wenig dessen, was manche Leute eher geschmacklos als das Land des primitiven schwarzen Mannes bezeichneten. Es war eine Welt, die das Begreifen des westlichen Menschen überstieg.

„Du zitterst. Was war da los?", fragte Rafe, als sie den Rand des Dorfes erreicht hatten.

„Ich weiß es nicht", antwortete sie. „Der Mann schien dich zu kennen."

„Ja, er ist der Hexendoktor, den ich einige Jahre zuvor herausgefordert habe, weil er den Häuptlingssohn nicht vom Typhus heilen konnte. Der *mishiriki* war beleidigt, als mein Antibiotikum sich als effizienter erwies als all seine Tränke. Der *mishiriki* ist eine hochangesehene geistliche Person im Stamm, der alle Krankheiten mit seinen diversen Kräutern, Heilmitteln oder Ritualen heilen können sollte. Ich nehme an, es ist gefährlich, es sich mit so jemandem zu verderben, aber ich hatte keine Wahl. Ich konnte den Jungen nicht einfach sterben lassen."

„Er schien auch zu wissen, wer ich bin. Er sagte etwas über deinen Großvater. Hieß er George?"

Rafe schien sich unwohl zu fühlen. „Du darfst dich nicht von diesen Leuten beeinflussen lassen. Es gibt ein ganzes Spektrum von Gebräuchen, Traditionen und Glaubenssätzen, die wir nie verstehen werden. Wir leben in einer Welt, die sich von der ihren grundsätzlich unterscheidet, und denken auf völlig andere Art. Wir sind unter ihnen nicht wirklich zu Hause und werden nie völlig von ihnen akzeptiert werden. Wenn du in Afrika überleben möchtest, sollte dein Motto sein: ‚Sieh und höre zu, aber bleibe unbeteiligt.' Ich nehme ohnehin an, dass du nicht viel länger hier sein wirst. Du hast deine Reportage so gut wie fertiggestellt, und es wird bald Zeit für dich sein, nach Hause zurückzukehren. Afrika ist kein Ort für eine schöne, zarte Rosenknospe."

„Ich weiß nicht. Vielleicht möchte ich hier in Zukunft leben", erklärte sie.

„Das wäre unklug. Die kommenden Jahre gehören den Afrikanern. Die Leute, die du gesehen und getroffen hast, sind Teil der rasch verschwindenden Vergangenheit."

Eine halbe Stunde später hatten sie das Flugzeug wieder erreicht, und als sie endlich in Narok ankamen, war die Plantage in Aufruhr. Lady Langley hatte die Behörden informiert, dass das Flugzeug nicht wieder eingetroffen war und eine Suche war für den nächsten Morgen geplant, falls bis dahin keine Nachricht über das vermisste Flugzeug eingetroffen war.

Rafe hatte den Rückflug hindurch geschwiegen und sich hinter einer sehr dicken Mauer verschanzt. Coral fühlte sich, als ob sich zwischen ihnen plötzlich ein tiefer Spalt aufgetan hätte. Es wäre einfach gewesen, es mit Müdigkeit nach einer ereignisreichen und aufregenden Nacht zu erklären. Den Großteil des Tages durch den Busch marschieren zu müssen, hatte die Sache nicht besser gemacht. Trotzdem wusste sie tief in ihrem Herzen, dass mehr dahintersteckte; etwas hatte an diesem Morgen in der Höhle von ihm Besitz ergriffen, aber sie konnte es nicht genau benennen. War sie zu ehrlich damit gewesen, was sie für ihn empfand? Ihre Mutter hatte sie immer vor solchem Verhalten gewarnt. „Es vertreibt Männer", hatte sie ihr erklärt. Trotzdem wollte sie, dass Rafe wusste, dass sich in ihrem ganzen bisherigen Leben nichts so richtig angefühlt hatte wie an jenem Tag in seinen Armen zu liegen. Trotz seiner ehrenhaften Abfuhr wusste sie, dass das Begehren gegenseitig war, und sie war bereit, sich ihm hinzugeben, selbst wenn das bedeutete, dass sie ihn für immer als Freund verlieren würde.

Als Coral sich für das Zubettgehen fertig machte, klopfte es an ihre Tür. Cybil steckte den Kopf ins Zimmer. „Kann ich hereinkommen?", fragte sie und trat ein, bevor Coral antworten konnte. Ihre Stiefmutter setzte sich in einen Sessel und schlug die langen, gebräunten Beine übereinander. Wie immer war sie tadellos gekleidet und zurechtgemacht, auch wenn Coral bemerkte, dass trotz des gekonnten Make-ups feine verräterische Falten in ihrer Haut an diesem Abend allmählich ihr tatsächliches Alter verrieten. „Es ist an der Zeit, dass wir beide eine kleine Unterhaltung führen, junge Dame", sagte sie rau, während sie eine Zigarette anzündete.

Es gab eine kurze unbehagliche Pause, während der Coral weiter ihre Haare bürstete. Sie hatte keinen Zweifel, was sie erwartete, aber sie hatte nicht vor, sich von ihrer Stiefmutter einschüchtern zu lassen. Coral nahm sich absichtlich Zeit, ging ins Badezimmer und ordnete ihre Kleider. Dann kehrte sie ins Zimmer zurück und setzte sich mit angezogenen Beinen auf das Bett.

Sie zog fragend die Augenbrauen hoch. „Ich bin ganz Ohr", sagte sie ruhig und blickte ihrer Stiefmutter direkt in die Augen.

Cybil inhalierte tief und blies langsam den Rauch aus. „Ich werde direkt zur Sache kommen", verkündete sie und brachte ein gekünsteltes Lächeln fertig. „Wie ich dir zweifellos bereits mitgeteilt habe, kennen Rafe und ich uns schon lange. Um es geradeheraus zu sagen, ich bin seit vielen Jahren seine Geliebte. Unsere Beziehung geht bis zu der Zeit seiner Ehe in Tansania zurück. Wir waren damals ein Liebespaar, und wir sind es auch jetzt. Auf die Gefahr, dich zu schockieren, gebe ich zu, dass wir auch ein Liebespaar waren, während ich mit Walter verheiratet war." Coral bemerkte, dass der Blick ihrer Stiefmutter bei dieser Enthüllung unbewegt blieb. „Ich habe deinen Vater geliebt, doch zwischen Rafe und mir besteht ein ganz besonderes Band, das durch nichts je zerstört werden könnte. Er ist ein zwanghafter Frauenheld, für ihn ist die Verführung einer Frau wie ein Sport. Ich weiß das und habe es akzeptiert. Er wird mich nie heiraten, und auch keine andere Frau, wo wir schon dabei sind." Cybils grüne Augen verengten sich, als sie Coral durch den aufsteigenden Rauch ansah. „Seine Ehe war die Hölle auf Erden und der Tod seiner Frau letztlich ein Segen. Als Faye ertrank, wurde er endlich aus dem Käfig befreit, der ihn gefangen gehalten hatte. Rafe genießt die Jagd so, wie es Jäger tun, und seine Beute wird meistens Opfer seines Charmes. Manchmal kann sie unbeschadet entkommen, aber meistens spielt er eine Weile mit ihr, amüsiert sich, knabbert an ihr, zerfleischt sie sogar, wenn ihm danach ist, mit der gleichen Unbeherrschtheit wie ein wildes Tier. Und dann, wenn er seinen Spaß hatte, lässt er sie zurück und zieht weiter."

Nachdem sie ihre giftige Botschaft überbracht hatte, lehnte Cybil sich nach vorn, drückte ihre Zigarette in dem Aschenbecher auf dem Sofatisch aus und stand auf. Hohe Absätze klackerten über den Holzboden. An der Tür drehte sie sich um. „Ich sage dir dies nicht, weil ich vor dir Angst hätte oder gar eifersüchtig wäre. Ich weiß, dass Rafe eine Schwäche für dich hat. Wie könnte es auch anders sein? Du bist so jung, so frisch." Sie bedachte Coral mit einem bitteren Lächeln. „Aber ich habe es schon früher erlebt. Ich dachte, ich teile dir die Tatsachen des Lebens besser mit. Ich würde ungern sehen, dass du verletzt wirst. Immerhin bist du Walters Tochter, und wie ich dir eben sagte, hatte ich ihn sehr gern, trotz allem. Also sag nicht, dass du nicht gewarnt wurdest." Mit diesen Worten ging sie aus dem Zimmer, schloss die Tür hinter sich und ließ Coral perplex zurück.

Es waren bedeutsame Enthüllungen. Coral hatte sich immer gefragt, ob Rafe und Cybil eine Affäre hatten, trotz Rafes Behauptungen, dass ihre Stiefmutter nur eine Freundin war. Eine weitere Lüge? Nein, es war nicht möglich, dass er so liebevoll und zärtlich war, während er dies vor ihr verbarg. Oder war es das doch? Cybil hatte es gerade deutlich genug ausgedrückt. *Wenn er seinen Spaß hatte, lässt er sie zurück.* Nach ihrem Beisammensein hatte Rafe sich von Coral zurückgezogen – erneut. Die Saat des Zweifels versenkte ihre scharfen Wurzeln in ihr Gehirn, und Schmerz durchzog Corals Inneres, als ihr die volle Bedeutung der Worte ihrer Stiefmutter bewusst wurde. Sie presste ihre Hände auf ihr Herz, als ob sie es so vor dem Zerbrechen bewahren konnte. Sie fühlte sich leer und verloren, schlimmer noch, sie fühlte sich wie eine Närrin. Sie lehnte ihren Kopf an das Kopfende und schloss ihre Augen.

Rafe war direkt nach dem Abendessen zur Küste aufgebrochen, wie üblich ohne ein Wort darüber zu verlieren, wo er hinfuhr oder wann er zurück sein würde, was bedeutete, dass Coral tagelang warten musste, bevor sie ihn konfrontieren konnte. Aber womit konfrontieren? Sie hatte von Anfang an gewusst, dass er ein Frauenheld war, und er selbst hatte ihr sehr deutlich gesagt, dass er nicht zum Heiraten geeignet war. Er hatte auch zugegeben, dass er

Morganas Liebhaber war, also sollte es keinen Unterschied machen, ob er eine oder zehn Geliebte hatte. Warum also hatte er bezüglich Cybil gelogen? Nur eine Stunde zuvor war sie entschlossen gewesen, sich ihm hinzugeben, ohne etwas von ihm zu erwarten. Nur eine Stunde zuvor hatte sie ihm noch vertraut.

Rafe hatte sie hintergangen. Er hatte immer den Eindruck vermittelt, ein guter Freund ihres Vaters zu sein, und ein guter Freund schlief nicht mit der Ehefrau des Freundes. Tief in ihrem Herzen hatte Coral dem Tratsch, den sie über ihn gehört hatte, nie viel Glauben geschenkt, aber nun stellten sich ihr zahllose Fragen. Aluna hatte oft auf ein den Tod seiner Frau umgebendes Geheimnis angespielt, und laut ihrer alten *yaha* waren Cybil und Rafe sogar irgendwie am Tod ihres Vaters schuld, wenn auch nur durch ihren Ehebruch und dem Auslaugen seines Lebenswillens. Wenn Rafe über seine Affäre mit Cybil log, was verbarg er sonst noch aus seiner Vergangenheit? Wie das Licht eine Motte, so hatte die ihn umgebende geheimnisvolle Aura sie noch mehr angezogen, und nun verbrannte sie sich.

Seine Widersprüche verwirrten sie. Er hätte sie in der letzten Nacht ausnützen können, aber er hatte sich zurückgehalten. Hatte er ihr nicht erst an diesem Morgen energisch gesagt, dass sie lange und gründlich nachdenken sollte, bevor sie sich ihm hingab? Das war nicht das Verhalten des zynischen, herzlosen Menschen, den Cybil beschrieben hatte. War es ein Fall von Dr. Jekyll und Mr. Hyde? Eine gespaltene Persönlichkeit schien etwas weit hergeholt. Sie ahnte, dass es ein fehlendes Puzzleteil gab, das sie noch finden musste.

*   *   *

Sobald Rafe das Kongoni-Anwesen erreicht hatte, packte er eine Tasche und brach nach Nairobi auf. Seine Brust fühlte sich eingeschnürt an – sein Leben schien in den letzten Tagen plötzlich eine neue Richtung genommen zu haben. Er konnte das Ausmaß dessen, was zwischen ihm und Coral geschah, kaum glauben. Glücklicherweise würde er am nächsten Tag ein Flugzeug nach Paris nehmen. Es war zwar eine Geschäftsreise, die er Wochen zuvor geplant hatte, aber es kam ihm sehr gelegen, flüchten zu können. Coral liebte ihn. Und mittlerweile musste auch sie seine Gefühle für sie begriffen haben.

Auf dem Weg stoppte er an der Klinik und holte Frank ab, dessen Auto zur Bremsenreparatur in der Werkstatt war. Rafes Gesicht war blass und ernst, seine normalerweise lachenden Augen dunkel und sein Mund angespannt. Sie waren fünfzehn Minuten wortlos gefahren, als Frank das Schweigen brach.

„Was ist los? Probleme?", erkundige er sich freundlich.

Rafe warf dem Freund einen flüchtigen Blick zu. „Verdammt, Frank, ich habe letzte Nacht fast etwas getan, was ich nicht wieder hätte gutmachen können."

Der Arzt lächelte nachsichtig. „Worüber reden wir hier? Wenn du mir einige Einzelheiten nennen könntest, wüsste ich, ob du wieder einmal übertreibst."

„Coral. Wir saßen gestern während des Sturms in einer Höhle fest …" Rafe seufzte.

„Ah, es ist endlich etwas zwischen euch passiert. Sagst du mir jetzt, dass du mit ihr geschlafen hast?"

„Nun, ja und nein. Du weißt, was ich meine. Wir sind in letzter Zeit so oft *zufällig* aufeinandergetroffen, und es gerät alles ein wenig außer Kontrolle."

„Ich habe natürlich bemerkt, wie aufgeheizt die Atmosphäre ist, wenn ihr beide im gleichen Zimmer seid – die Art, wie ihr euch anseht."

„Ist es so offensichtlich?"

„Ja. Du musst dir doch darüber bewusst sein, dass sie in dich verliebt ist."

„Das bin ich. Natürlich bin ich das. Und ich habe es nie darauf angelegt, dass das passiert."

„Und warum das?"

„Du weißt, dass ich nicht der richtige Mann für sie bin, Frank. Wie soll ich sie so lieben, wie sie es verdient, wenn ich nicht einmal mich selbst liebe? Coral braucht einen jüngeren Mann, ohne den ganzen Ballast, den ich mit mir herumschleppe. Ich komme kaum mit mir selbst zurecht, wie soll ich erwarten, dass sie sich das antut? Dazu liebe ich sie zu sehr."

„Unsinn! Ich habe es dir schon einmal gesagt und sage es dir erneut, dass du diese ganze Sache gedanklich völlig übertrieben hast. Hör auf, dir Vorwürfe zu machen. Dafür gibt es keinen Grund. Im Gegenteil, du warst einfach nur das Opfer der Umstände und des Tratsches. Du hast dich immer ehrenhaft benommen, und es ist höchste Zeit, dass du diese Geißel wegwirfst, mit der du dich immer bearbeitest, und anfängst zu leben."

Rafe lachte selbstironisch. „Man hat nur ein Leben, Frank, und ich habe meins schon gelebt."

„Sei nicht albern. Du bist in der Blüte deines Lebens, du solltest es umkrempeln. Möchtest du keine Kinder? Warum willst du die Vergangenheit nicht ruhen lassen?"

Rafe schüttelte den Kopf. „Das wäre Coral gegenüber unfair."

„Um Himmels willen, Mann, sie ist eine erwachsene Frau. Der Altersunterschied zwischen euch macht sie nicht zu jung, um über ihr eigenes Leben zu entscheiden." Frank hob verzweifelt die Hände.

„Gut, Coral mag fünfundzwanzig sein, aber sie ist noch rein, Frank."

„Rafe, sie ist vielleicht unreif und weltfremd, wenn es um Männer geht, ganz sicher im Vergleich zu den Frauen, mit denen du dich in den letzten Jahren umgeben hast, aber sie ist nicht komplett unschuldig."

„Sogar wenn ich es ihr erklären würde, würde sie es nicht verstehen", seufzte Rafe und steuerte das Auto durch eine staubige Kurve. „Sie würde mir ohnehin nicht glauben."

„Ich glaube, du unterschätzt sie. Ich habe mit ihr gesprochen. Coral ist eine intelligente Frau mit guter Intuition. Sie ist unerfahren, also reagiert sie ab und zu etwas unreif, und sie ist so leidenschaftlich wie du, aber sie ist kein Dummchen. Eigentlich seid ihr zwei euch im Geiste recht ähnlich."

Rafe lächelte leicht, als er sich an einige ihrer Auseinandersetzungen erinnerte. „Ja, Coral ist eine sehr leidenschaftliche Frau. Sie ist auch intelligent. Sie an jenem Tag bei der Arbeit zu beobachten, hat mir die Augen geöffnet. Alles, was du sagst, stimmt … Aber ich fühle mich trotzdem schuldig."

Sie fuhren eine Weile schweigend weiter.

„Erinnerst du dich an den Hexendoktor, den ich vor einigen Jahren verärgert habe, als ich den Masaijungen gerettet habe?"

„Du meinst den Sohn des Königs?"

„Ja."

„Was ist mit ihm?"

„Nun, er tauchte heute auf, als wir das Masailager besuchten."

„Welches Masailager?"

„Das ist eine lange Geschichte. Kurz gesagt, waren wir wegen des Sturms gezwungen, mein Flugzeug auf einem Feld zu lassen. Als wir an diesem Morgen dorthin zurückkehrten, war es von einigen Masaikriegern aus dem Nachbardorf umringt. Der Königssohn war dort und bestand darauf, dass wir das Dorf besuchten. Natürlich konnte ich das nicht ablehnen. Der Schamane war dort und erkannte mich. Ich bin nicht sicher, welches Gift er Coral in die Ohren geträufelt hat, während ich beim König war, aber nachdem wir aufgebrochen waren, stellte sie mir alle möglichen Fragen."

„Und was hast du ihr erzählt?"

Rafes Miene verdunkelte sich, er war nicht stolz auf sich. „Nun, ich bin den Antworten wie üblich ausgewichen."

„Du magst ein raffinierter Geschäftsmann sein und normalerweise auch ein Meister in Herzensangelegenheiten, aber ich muss

sagen, dass du im Umgang mit Coral wirklich ungeschickt bist."
Frank schüttelte den Kopf.

Rafe lächelte kläglich. „Du hast natürlich recht, aber das liegt
daran, dass ich nie eine Frau so sehr wollte wie Coral. In ihrer
Nähe kann ich nicht klar denken."

„Du betrachtest das Problem aus der falschen Blickrichtung.
Du bist es von Anfang an falsch angegangen. Je eher du ihr alles
erklärst, desto besser wird es für euch beide sein. Es ist höchste
Zeit, dass du dich der Realität stellst und deine Vergangenheit
hinter dir lässt."

Rafes Gesicht schien sich ein wenig aufzuhellen. Vielleicht
hatte Frank recht, vielleicht gab es doch ein Licht am Ende des
Tunnels. Manchmal hatte er seine Fantasie spielen lassen und sich
vorgestellt, wie sein Leben wäre, wenn er Coral heiraten würde.

„Weißt du, Frank, ich würde alles geben, um den Rest meines
Lebens mit ihr zu verbringen."

„Nun, worauf wartest du dann? Wie du sagtest, haben wir nur
ein Leben, und du scheinst entschlossen, es verstreichen zu lassen,
ohne dir selbst irgendwelche Chancen zu geben."

„Ich weiß, dass sie mich liebt … Aber was ist, wenn sie mir
nicht glaubt?"

„Hör zu, Rafe. Ich kenne dich gut und habe diese ganze Tragödie von Beginn an miterlebt. Ich bin der Meinung, dass es der
einzige Weg ist. Ihr würdet beide eine sehr schöne Liebesgeschichte versäumen."

„Glaubst du, sie würde zustimmen, mich zu heiraten?"

„Vielleicht würde sie Zeit brauchen … Ihr würdet vielleicht
beide Zeit brauchen, um euch daran zu gewöhnen, aber du wirst
es nie wissen, wenn du sie nicht fragst."

„Ja, ich muss sie wissen lassen, dass meine Absichten ehrenhaft
sind …" Rafe runzelte die Stirn. „Ich muss erst einmal innehalten
und darüber nachdenken, bevor ich etwas anstoße, dass wir vielleicht beide bereuen würden. Ich kann ohnehin nicht sofort etwas

tun. Ich fliege morgen früh geschäftlich nach Paris, und es sieht so aus, als ob ich eine Weile weg sein werde."

„Das könnte gut sein. Vielleicht kühlen eure Gefühle ab und die Sache erledigt sich. Aber wenn nicht, gibt dir diese Reise immer noch die Möglichkeit, über alles nachzudenken und endgültig dieses unberechtigte Schuldgefühl hinter dir zu lassen, das dich seit Jahren erstickt."

Frank hatte recht. Es war an der Zeit, dass Rafe Ordnung in sein Leben brachte und damit aufhörte, die Vergangenheit zu durchleben. Er fühlte sich, als ob ihm eine Last von den Schultern genommen war.

„Danke, Frank. Du warst mir schon immer ein guter Freund."

„Das Problem mit dir, alter Junge, ist, dass du überanalysierst. Aber dann lässt du zu, dass deine Leidenschaft deine feste Überzeugung darüber, was richtig und falsch ist, erschüttert, was gar keine so falsche Sache ist. Du bist schließlich ein Mensch und kein Roboter."

Rafe brachte Frank zur Werkstatt in Nairobi und bat darum, das Bürotelefon benutzen zu können. „Tut mir leid, *bwana*, durch den gestrigen Sturm funktionieren die Telefonleitungen nicht und es wird eine Weile dauern, bevor sie repariert sind", erklärte der Büroangestellte mit einem entschuldigenden Lächeln.

Verdammt! Rafe ging unruhig auf und ab, wusste, dass er Coral eine Nachricht zukommen lassen musste. *Aber vielleicht ist es so am besten*, dachte er. Wenn er in Paris war und alles überdacht hatte, würde er ihr einen Brief schicken.

KAPITEL 10

Sobald Coral nach Mpingo zurückgekehrt war, fuhr sie nach Whispering Palms. Cybils Worte hatten sie zutiefst aufgewühlt, aber es gab immer noch einige klaffende Löcher in dem Wandteppich der Geschichte, den ihre Stiefmutter so geschickt gewoben hatte. Sie konnte nicht glauben, dass Rafe so abgründig war, wie er dargestellt wurde, aber sie musste die Wahrheit von ihm erfahren. Er war zu ihrer Besessenheit geworden, jede Faser ihres Körpers schmerzte vor Sehnsucht nach ihm, und die Erinnerungen an die stürmische Nacht, die sie mit ihm verbracht hatte, belagerten sie. Coral wusste nicht, ob sie ihn liebte oder verachtete. Wenn sie die Situation nicht bald irgendwie auflöste, würde sie noch wahnsinnig werden.

Als Coral in Whispering Palms ankam, war das Haus verrammelt und verriegelt. Sie ging durch den Garten und hinunter zur Pflanzung. Indische und afrikanische Erntehelfer banden die Sisalblätter zusammen und befestigten sie mit Gurten, bevor sie sie auf leichte Güterwagen luden, um sie zur Schälfabrik zu bringen. Keiner der Arbeiter war besonders gesprächig, alle waren mit ihren Aufgaben beschäftigt. Schließlich gelang es ihr jedoch, eine Unterhaltung mit einem von ihnen zu führen und erfuhr, dass Rafe weg war, aber niemand wusste, wann er zurückkehren würde.

Sie nahm den gleichen Weg zurück, den sie gekommen war, durch den Garten. Als Coral das Haus erreichte, bemerkte sie, dass einer der Fensterläden offen stand. Ihr Atem setzte einen Moment aus, und das rasende Schlagen ihres Herzens donnerte in ihren Ohren. Er war da. Sie beschleunigte ihre Schritte und war gerade die ersten Stufen zur Veranda hinaufgelaufen, als Morgana auf der Schwelle erschien. Sie trug einen safrangelben Kaftan, der sich wie eine Schlangenhaut um ihre Kurven schmiegte, und das üppige, kohlschwarze Haar, das ihre nackten Schultern umspielte, glänzte im Sonnenlicht. Abgesehen von der dunklen Linie um ihre großen, dunklen Augen trug sie kein Make-up. Sie war schön und sexy – ein weiblicher Rafe. Erneut hatte Coral keinerlei Schwierigkeiten, sich vorzustellen, was sie in intimen Momenten miteinander taten; etwas, das ihr nicht gelang, wenn sie ihre kalte Stiefmutter ansah.

„Guten Morgen, Miss Sinclair", sagte die Tänzerin und blickte auf die Besucherin hinab. „Verfolgen Sie ihn immer noch? Warum geben Sie nicht endlich auf? Haben Sie die Botschaft immer noch nicht verstanden?"

„Ich habe Ihnen nichts zu sagen. Ich muss mit Rafe sprechen", erwiderte Coral und gab ihr Bestes, hochmütig zu klingen.

„Sie haben wieder Pech. Er ist nicht hier."

„Wo ist er? Ist er noch nicht aus Narok zurück?"

Morgana ignorierte Corals Frage. „Ein Sprichwort, das ich mag, besagt: ‚Gefährlich ist's, den Leu zu wecken, verderblich ist des Tigers Zahn, jedoch der Schrecklichste der Schrecken, das ist der Mensch in seinem Wahn.' Versuchen Sie nicht, das wilde Tier in Rafe aufzuwecken. Wenn es einmal losgelassen ist, werden Sie nie wieder zurückblicken können, und es wird Sie zerstören."

Morgana war langsam die Stufen heruntergekommen und stand nun weniger als einen halben Meter von ihrer Rivalin entfernt. Coral konnte den schweren Duft riechen, den sie trug, konnte die sie heimlich verzehrende Glut deutlich sehen. Sie wirkte nach außen hin kühl, aber die Luft knisterte fast durch den Sturm, der durch die Frau aus dem Mittleren Osten tobte. Coral nahm all ihren Mut zusammen und stellte sich der hitzigen Tänzerin.

„Es ist noch nicht lange her, dass Sie mich davon überzeugen wollten, dass Rafe eine Art schwacher Gefangener ohne Seele sei, eingeschlossen in seiner eigenen albtraumhaften Welt. Die Person, die Sie jetzt beschreiben, klingt wie ein völlig anderer Mann, finden Sie nicht?", sagte Coral verächtlich. „Keine der beiden Beschreibungen ist sonderlich schmeichelhaft, und ich bin sicher, dass Ihre Ansichten über Rafe ihn sehr beleidigen würden. Außerdem, warum sollte ich Ihnen trauen? Sie verteidigen nur Ihr Revier, wie die Hexe, die ich zu Hause habe. Rafe tut mir leid. Wer braucht Feinde, wenn er Freunde wie Sie hat?"

Coral lehnte sich vor und blitzte Morgana an. „Ich sage Ihnen etwas. Ich habe den Mann kennengelernt und, auf manche Art, auch dieses ‚Tier‘, das Sie beschreiben. Sie können alle Ihre Theorien und die Geschichten, die ich über ihn glauben soll, verbreiten. Aber verlassen Sie sich darauf, ich habe keine Angst vor Ihnen. Ich liebe Rafe und werde ihn nie aufgeben. Und es ist sehr wahrscheinlich, dass er mich auch liebt", stichelte sie, hob trotzig den Kopf. „Also stecken Sie sich das in Ihre Wasserpfeife und inhalieren Sie es!" Sich an der Tänzerin vorbeidrängend, schritt sie davon.

„Wie Sie wollen", rief Morgana ihr nach. „Aber denken Sie daran, dass man für Begehren immer einen hohen Preis zahlen muss."

Als Coral wieder in Mpingo ankam, erwartete Aluna sie bei der Eingangstür. Die afrikanische Frau sah aus, als ob man ihrem Gesicht die Farbe entzogen hätte. „Wo warst du den ganzen Morgen? Du darfst nie weggehen, ohne mir Bescheid zu sagen."

Coral seufzte. „Oh, Aluna, wann wirst du lernen, dass ich nicht mehr deine kleine *malaika* bin? Ich bin eine erwachsene Frau."

„Hör mir zu, Kind", fuhr die *yaha* fort, ihre Stimme jetzt nur noch ein Flüstern. „Das Böse umgibt dich. Du musst auf mich hören und glauben, was die alte Aluna dir erzählt."

„Was ist denn jetzt wieder, Aluna? Ich bin wirklich nicht in der Stimmung für deine Räuberpistolen."

„Kraftvolle Geräusche ertönten unter der Erde. Der Stammesführer des Mijikenda-Stammes hat dich einbestellt." Aluna folgte Coral, als die jüngere Frau wegging und sich in einen Stuhl auf der Veranda warf. „Er hat seinen Boten hergeschickt, um mit dir zu reden. Der Junge hat dir etwas zu zeigen. Er wird dir das Geheimnis enthüllen, das dich vor dem Bösen beschützen wird."

„Von welchem Bösen sprichst du, Aluna? Ich habe wirklich genug davon, dass du hinter jedem Busch und in jedem Schatten Teufel und böse Wesen siehst."

„Sprich nicht so, liebes Kind – du wirst die Geister erzürnen. Wenn sie wütend sind, werden sie aufhören, dich zu beschützen. Bitte, sprich mit dem Boten, nur dieses eine Mal. Es ist wichtig."

„Gut, Aluna, nur dieses eine Mal. Hast du verstanden?"

„Ja, ja. Gutes Kind, gutes Kind."

„Wo ist der Bote?"

„Er ist im Garten. Ich werde ihn rufen."

„Nein, ich möchte nicht, dass er ins Haus kommt. Bring mich zu ihm."

Sie gingen in den Garten. Der Bote stand neben einem Jacarandabaum. Coral erkannte in ihm den Jungen aus dem Masaidorf, der neben dem alten Schamanen unter dem baobab-Baum gehockt hatte. Der alte Mann war der *mishiriki,* ihr Hexendoktor. Hatte er den Jungen geschickt? Als sie auf den Jugendlichen zuging, lächelte er schüchtern und nickte ihr zur Begrüßung zu. Er reichte ihr einen alten Zeitungsartikel und sagte etwas zu Aluna, das Coral nicht verstand.

„Er sagt, wenn du mehr erfahren möchtest, musst du zu der Hütte des *mishiriki* gehen, die nicht weit von hier ist."

„Wie das?" Corals Blick war misstrauisch. „Das Masaidorf ist Meilen entfernt."

„Nein, nein, er lebt nicht dort. Der *mishiriki* streift durch den gesamten Busch. Er ist daran gewöhnt, meilenweit zu gehen", antwortete Aluna.

Coral war müde und irritiert darüber, auf eine solch sinnlose Suche geschickt zu werden. „Sag ihm, er kann seinen schmutzigen Zeitungsartikel behalten, und ich werde nicht mit ihm zu irgendwelchen Hütten oder an irgendeinen anderen Ort gehen." Während sie sprach, kam eine leichte Brise auf und das Stück Papier flog aus ihren Händen. Sie lief ihm nach und hob es auf, murmelte vor sich hin. Ihr Blick fiel auf die Fotografie eines Paares und die darüberstehende Titelzeile, die lautete: Mpingo-Erbin brennt mit französischem Arzt durch. Die Schrift war schwach, fast unlesbar. Sie warf einen weiteren Blick auf die Fotografie. Etwas an dem Lächeln der Frau, der Kurve ihrer Augenbrauen, den scharf gezeichneten Lippen, aber insbesondere in den Augen kam ihr bekannt vor. Kalter Schweiß brach ihr aus. Könnten sie es sein? Ja, nun war sie sicher: Rafes Vater und Mutter blickten ihr aus dem Bild entgegen. Lieber Gott, warum um alles in der Welt hatte ein Hexendoktor in Kenia einen fast vierzig Jahren alten Zeitungsausschnitt? Und was hatte Mpingo damit zu tun?

Coral zögerte einige Sekunden und wandte sich dann an Aluna, ihre Entscheidung war getroffen. „Sag dem Jungen, ich gehe mit ihm. Du kommst besser zum Übersetzen mit, auch wenn ich das Gefühl habe, dass dieser *mishiriki* unsere Sprache gut genug spricht. Außerdem möchte ich nicht allein gehen."

Sie nahmen bis zum Ngomongo-Dorf außerhalb von Mombasa das Auto und ließen es dann am Waldrand stehen. Von dort bahnten sich die zwei Frauen und der Masaijunge zu Fuß ihren Weg durch langes Gras und Büsche in eine abwechslungsreiche Landschaft. Sie kletterten durch Bambusgruppen und überquerten felsigen Boden, dessen Steine schon oft als Fußweg genutzt und dadurch glattgerieben worden waren. Der Weg schlängelte sich nun steil abwärts, bis sie eine geschickt verborgene Lichtung in einem Talkessel der Grasfläche erreichten, auf der ein prachtvoller riesiger Banyanbaum stand. Coral hatte noch nie zuvor einen Banyanbaum gesehen, kannte sie nur von

Bildern. Er hatte große Luftwurzeln, die seitlich aus der Erde herauswuchsen, wodurch sie kaum vom Stamm unterscheidbar waren, während seine Zweige nach unten in den Boden wuchsen. Sie sahen wie hölzerne Säulen aus, die seltsame Bogengänge bildeten, durch die man hindurchgehen konnte. Dieser Banyan war besonders groß, und Coral stellte sich vor, was für eine wundervolle Fotografie für ihren Artikel er hätte abgeben können. Der junge Bote tätschelte im Vorbeigehen den Baum und sagte etwas auf Swahili, das Coral nicht verstand.

„Aluna, was hat er gerade gesagt?", flüsterte Coral.

„Er hat den Baumgeist begrüßt. Es ist wie ein Gebet um Glück. Jedes Mal, wenn ein Dorfbewohner an diesem heiligen Banyan vorbeigeht, sagt er es, damit der Baumgeist weiterhin dem *mishiriki* und dem Dorf seine Medizin gibt." Aluna sah vor Besorgnis zermürbt aus und umklammerte Corals Hand. Der Junge drehte sich um, lächelte und bedeutete ihnen mit einem Nicken, ihm zu folgen.

Die Hütte des *mishiriki* stand einige Schritte vom Baum entfernt. Sie war flach, rund und ziemlich breit, aus geflochtenen Ästen gefertigt, mit einem Loch als Eingang. Coral und Aluna krochen hinter dem Botenjungen hinein. Abgesehen von einem Feuer, das in einer primitiven, aus drei großen Steinen erbauten Feuerstelle brannte, war es drinnen dunkel. Die Hütte war überraschend groß, und sie stellten fest, dass sie aufrecht stehen konnten, sobald sie drinnen waren. Die gewölbte Wand war mit seltsamen Tierhäuten verkleidet, die von roten Adlern, Leguanen, Großen Ameisenbären und Boas zu stammen schienen. Der Boden war mit Muschelstücken und Bruchstücken anderer Meeresgeschöpfe bedeckt. Mit einem Schaudern bemerkte Coral den Totenschädel, der mit einigen Sisalzweigen über der Kochstelle befestigt war. Sie blickte Aluna an – die arme Frau sah völlig verängstigt aus. Ein unbestimmter Geruch des Verfalls vermischte sich mit dem aromatischen Duft wertvoller Hölzer und des

Harzes, die der Hexendoktor verbrannte. Sie war verrückt, hierhergekommen zu sein. Es war ein sehr abgelegener Ort, niemand würde sie je finden. Was hatte sie sich nur dabei gedacht?

Der *mishiriki* saß auf einem Sitz, der wie ein Thron aussah und aus den Knochen riesiger Büffelköpfe gefertigt worden war. Die Hörner waren nach unten gerichtet worden, um als Stuhlbeine zu fungieren, welche auf dem Boden von Kieselsteinen in allen Farben und Größen umgeben waren. Der Schamane sah noch ausgezehrter aus als im Masaidorf, die Falten seines langen Lebens waren tief in sein Gesicht eingegraben, mit tiefliegenden abgestumpften Augen und eingesunkenen Wangen. Die straff über seinem Brustkorb liegende Haut zeigte die Konturen seiner darunterliegenden Rippen und sein Haar war mit Lehm rot gefärbt. Er bedeutete den beiden Frauen, sich zu setzen. Dann spuckte er in einen großen eisernen Topf, der eine dicke, rote Flüssigkeit enthielt, bevor er ihn auf die Kochstelle stellte. Der alte Mann griff einige der Kiesel vom Boden, warf sie dann zusammen mit einer Handvoll eines Pulvers in den Topf. Ein lauter, wilder Schrei entfuhr ihm und der von der Decke hängende Totenkopf begann sofort, sich langsam um sich selbst zu drehen.

Der Zauberer bedeutete Coral, näher zu kommen und sich neben ihn zu hocken. Zögerlich gehorchte sie und fühlte sich wie durch eine seltsame Kraft gezwungen, in sein Gesicht zu sehen. Die toten Pupillen des alten Mannes schienen plötzlich ihre Sehkraft zurückzuerlangen, während er in einem seltsamen kehligen Murmeln eine Beschwörungsformel skandierte. Der Totenkopf nahm seine kreisenden Bewegungen in die umgekehrte Richtung auf und hielt letztlich genau vor Corals Gesicht inne.

Coral hielt den Atem an. Was würde mit ihr geschehen? Sie wurde sich einer kalten Taubheit in ihrem Körper bewusst, als eine zuvor nie so intensiv erfahrene Angst sie überkam. Instinktiv wollte sie blindlings aus der Hütte rennen, aber sie war wie angewurzelt. Der alte Zauberer trank etwas von dem Aufguss, den er in dem Topf zusammengebraut hatte und gab ihr ein Zeichen, den Mund zu öffnen. Während sie gehorchte, versuchte sie, ihr entsetztes Gehirn zum Denken zu bringen. Gab er ihr Gift? Wie hypnotisiert spürte sie, wie die Frage sich wieder verflüchtigte und sah zu, wie er mithilfe eines ausgehöhlten Knochens etwas von der Flüssigkeit auf ihre Zunge träufelte.

Der *mishiriki* stand von seinem Thron auf und legte sich auf ein Löwenfell, das der Junge auf dem Boden ausgebreitet hatte. Er schien in einen tiefen Schlaf zu fallen. Der Junge bedeckte ihn mit einem weißem Umhang, hockte sich neben ihn und begann, eine Art Litanei zu summen und unterstrich diesen düsteren Sprechgesang mit dem hypnotischen Schwingen seines Körpers von einer Seite zur anderen. Bald wurde die Bewegung schneller. Schweiß strömte seine Brust hinab, und seine nach oben gedrehten Augen wirkten leblos. Coral begann, sich seltsam zu fühlen, als der Raum dunkler wurde. Die Wände verschwammen zuerst, verschwanden dann völlig. Sie sank in einen Zustand halber Bewusstlosigkeit.

Die Zeit verging. Plötzlich hörte der Junge mit seinem Sprechgesang auf und stieß einen lauten Schrei aus, als er den Hexendoktor aufdeckte. Der *mishiriki* setzte sich auf, und Corals sämtliche Sinne schienen mit einem Mal zurückzukehren. Der *mishiriki* wandte sich ihr zu. „Du bist hergekommen, um etwas über den Franzosen zu erfahren", sagte er in perfektem Englisch. „Dieser Mann kam mit Hass in seinem Herzen in dieses Land, um sich durch Gewalt das zurückzuholen, das seiner Meinung nach rechtmäßig ihm gehört."

Corals Gehirn war nun wachsam. Die Taubheit war aus ihrem Körper gewichen, und sie fühlte sich so erfrischt, als ob sie aus einem langen, tiefen Schlaf erwacht wäre. „Wie meinen Sie das?"

„Die Mutter des Franzosen erzürnte ihren Vater, als sie mit ihrem französischen Liebhaber davonlief. Dem Vater gehörte Mpingo. Er enterbte sie und verkaufte Mpingo an den Weißen

Piraten, deinen Vater. Der Franzose kam in dieses Land, um sein Erbe zurückzuholen. Nach dem Tod seiner Frau hatte er ihr ganzes Geld und versuchte dann, Mpingo zu kaufen, aber dein Vater weigerte sich, es ihm zu verkaufen. Also hat der Franzose sich seinen Weg in deines Vaters Haus wie ein Schakal erschlichen und die Ehefrau des Weißen Piraten als seine Geliebte genommen. Nun bist du zurückgekehrt, und der Franzose will dich durch seine schwarze Magie versklaven, damit du dich ihm ergibst, und er Mpingo als sein Eigentum zurücknehmen kann. Er ist der Teufel! Laufe vor ihm weg, laufe, oder er wird dich zerstören, dich genau wie seine Frau ertränken, während er dich hinab in die Unterwelt zieht, aus der du nie wieder zurückkehren wirst."

Ein mächtiges Gebrüll erfüllte die Hütte, und in dieser Sekunde begegnete Coral dem Starren des Zauberers, sie sah Zorn und Hass, die sie mit Entsetzen erfüllten. Seine Mundwinkel waren auf eine so brutale Art heruntergezogen, dass es unmenschlich und böse erschien. Coral fühlte sich, als ob sie in die Augen eines Monsters starrte.

Der *mishiriki* nahm den Speer, den der Junge ihm nun reichte, hob ihn an und schleuderte ihn mit angehaltenem Atem auf den hängenden Totenkopf, wo er zwischen den Augenhöhlen einschlug und den Totenschädel in zwei Stücke zerbersten ließ. Als das geschah, schien der Boden unter ihnen zu erzittern und die Wände wackelten. Der *mishiriki* stand dann von seinem Sitz auf und humpelte wackelnd und gebückt aus der Hütte, ohne noch einmal zurückzublicken. Der Junge bedeutete Coral, dass es vorbei war und sagte etwas auf Swahili zu Aluna, die sich so nah wie möglich bei der Hüttenöffnung aufgehalten hatte, völlig gelähmt. Der Junge näherte sich Coral und signalisierte ihr, ihm zu folgen.

Im Auto auf dem Rückweg zum Haus plapperte Aluna unverständlich vor sich hin. „Ich habe dich gewarnt, dass das Böse kommen würde, Missy Coral. Du wolltest nicht auf die alte Aluna hören. Der Franzose ist der Teufel in Menschengestalt. Und was passiert jetzt mit meiner kleinen *malaika?* Ja, ja, renn von ihm weg, ja, renn von ihm weg!" Die afrikanische Frau schlang die Arme um sich und schaukelte von Seite zu Seite, während sie seltsame Worte auf Swahili murmelte.

Es war dunkel, als sie Mpingo erreichten. Coral ging direkt hinauf in ihr Zimmer, schickte Aluna in ihre Unterkunft. Sie war sich bewusst, dass die arme Frau lange brauchen würde, um sich von der erschreckenden Erfahrung zu erholen. Coral fühlte sich schuldig und ihr tat die *yaha* leid, die ihrer kleinen *malaika* auf ihrer unvernünftigen Expedition treu gefolgt war. Trotzdem bereute sie nicht, was sie getan hatte. Die Geschichte war ausgesprochen übertrieben, aber wenigstens hatte sie eine Art Antwort auf die meisten ihrer Fragen erhalten, selbst wenn diese Antworten ziemlich erstaunlich schienen. Coral fragte sich, wie der *mishiriki* überhaupt erst in den Besitz des Zeitungsartikels gekommen war, aber dann erinnerte sie sich an das, was ihre Mutter ihr einmal mitgeteilt hatte. „Diese Hexendoktoren sind keine Narren", hatte sie gesagt. „Sie sind mächtige und gefährliche Männer, wenn du es dir mit ihnen verdirbst. Sie haben überall Spione und Informanten – so halten sie ihre Leute unter dieser starken Kontrolle." Coral beschloss, dass sie die Worte des *mishirikis* durch einen Besuch in den Büros der Mombasa Gazette auf ihren Wahrheitsgehalt überprüfen würde. Dort konnte sie in den Archiven nach alten Zeitungsartikeln suchen.

Zurück in ihrem Zimmer bewegte Coral sich wie in Trance. Sie hing ihre Kleider auf, nahm ein heißes Bad und ging ins Bett. Erst dann reagierte sie auf die Informationen, die sie gerade erfahren hatte. Ihr Körper wurde eiskalt und begann wie unter einem Fieber zu zittern. Sie zog das Laken höher, lag gekrümmt wie ein krankes Tier, umarmte sich selbst beschützend, während eine Flut des Elends über sie hereinbrach.

Wie konnte ihre Intuition sie so getäuscht haben? Die schmerzliche Wahrheit zeigte sich: Rafe hatte sie in jedem Moment komplett getäuscht. Er hatte ihre körperliche Anziehung benutzt, um sie in die Verliebtheit zu locken. Sie wusste nicht, wen sie mehr hasste. Rafe, für seine machiavellistische Skrupellosigkeit oder sich selbst dafür, dass sie nicht nur leichtgläubig, sondern auch so schamlos gewesen war. Für Begehren muss man immer einen hohen Preis bezahlen, hatte Morgana ihr gesagt, und sie hatte so recht. Wie Rafe über ihre Naivität gelacht haben musste.

Wenn sie nur aufhören könnte, an ihn zu denken. Aber wie sehr sie auch versuchte, sein Bild aus ihren Gedanken zu verbannen, es hatte keinen Sinn. Sie fühlte sich schuldig und beschämt, konnte es aber nicht leugnen. Rafe war ihr unter die Haut gegangen, ihre Liebe für ihn floss durch ihre Adern. Aber wie konnte sie jemanden lieben, den sie so sehr verachtete? Warme Tränen liefen ihre Wangen hinunter, und sie schluchzte in tiefer Verzweiflung, während ihre Seele in eine Million Scherben zersprang.

*   *   *

Früh am nächsten Tag machte Coral sich auf den Weg, um die Worte des Hexendoktors in der *Mombasa Gazette* zu überprüfen. Die Büros waren in einem trostlosfarbigen Gebäude untergebracht, einem jener Minihochhäuser, die viele afrikanische Städte trotz der reichlich verfügbaren Landfläche als unwiderlegbaren Beweis für ihre Hingabe an den Fortschritt erbauten. Die Angestellten waren freundlich und hilfsbereit. Ein alter indischer Mann hinter einem beeindruckenden Schreibtisch schien sich an den Vorfall zu erinnern.

„Ja, ja, ich erinnere mich. Ich war noch ein Junge", sagte er. „Die Sache verursachte zu der Zeit viel Aufruhr. Ich weiß nicht mehr, in welchem Jahr es war. Es muss etwa vierzig Jahre her sein. Ihr Vater war ein bekannter Siedler. Sie war eine schöne Frau, nicht jung allerdings, in ihren Dreißigern, aber trotzdem sehr schön.

Eine richtige Dame. Niemand hätte sich das vorstellen können. Es zeigt, dass stille Wasser tief sind. Ich denke, es war nicht nur für ihren Vater ein Schock, sondern auch für viele andere Leute." Nachdem er dies berichtet hatte, wartete er und sah Coral schief an. „Warum wollen Sie das wissen? Ist sie eine Verwandte?"

„Oh, nein, nein! Ich schreibe einen Artikel über gesellschaftliche Skandale in Kenia", erwiderte Coral beiläufig. „Würden Sie derartige Artikel in Ihren Archiven aufbewahren?"

„Wir bewahren alle Artikel auf und sind sehr gut organisiert", antwortete er stolz.

Der Angestellte gab zwei jungen *kikuyus* Befehle, woraufhin sie losrannten, um sein Ersuchen zu erfüllen und ihnen Berge an Akten und Schachteln brachten. Coral wühlte sich den ganzen Morgen durch die Archive, blätterte sorgfältig durch staubige, gebundene Zeitungen, jedes Jahr aus dreihundertsechzig Ausgaben bestehend. Endlich fand sie eine Serie von Artikeln und Fotografien, die die ganze Geschichte erzählten. Carol Stevenson Wells war tatsächlich eine schöne Frau gewesen, stark und charismatisch. Ihr Sohn hatte offensichtlich nicht nur die betrügerische Seite ihres Charakters geerbt, sondern auch ihr Aussehen. Sie verfügten beide über jene Art umwerfender Anziehungskraft, denen sich nur wenige des anderen Geschlechts entziehen können und die üblicherweise Katastrophen verursacht.

Der *mishiriki* hatte nicht gelogen. George Stevenson Wells, Rafes Großvater, hatte seine einzige Tochter Carol tatsächlich enterbt, weil sie mit ihrem Liebhaber Dr. Paul de Monfort durchgebrannt war, einem Wissenschaftler, der für das Pasteur-Institut in Französisch-Guinea gearbeitet hatte. Eine harsche Strafe, dachte Coral, aber sie nahm an, dass die Verhaltensregeln in jenen Tagen viel strenger gewesen waren. Einige Jahre später allerdings hatte Carol Vater Mpingo an einen neuen englischen Siedler, Walter Sinclair, verkauft, war direkt anschließend nach England zurückgekehrt und niemand hatte danach wieder von ihm gehört.

Rafe war nun sechsunddreißig, was bedeutete, dass Carol Stevenson Wells schwanger gewesen war, als sie Mpingo verlassen hatte. Coral fühlte Mitleid für Rafe. Sie konnte ihm nicht vorwerfen, dass er sein Erbe zurückwollte, aber warum diese hinterhältige Manipulation? Wenn er ihr die Wahrheit gesagt hätte, hätten sie vielleicht eine Einigung erzielen können, dachte sie, als sie niedergeschlagen zum Haus zurückfuhr.

Am nächsten Morgen erwachte Coral von Stimmen vor ihrem Fenster. Sie hat eine unruhige Nacht verbracht und spürte nun den brennenden Schlafmangel. Sie kletterte aus dem Bett und ging zum Fenster, um zu sehen, wie der Briefträger ihrer Stiefmutter einen Brief übergab. Coral rieb sich die Augen und zog ihren Morgenmantel über. Vielleicht war es ein Brief ihrer Mutter. Angela Ranleigh schrieb ihrer Tochter regelmäßig, und ihre Briefe – obwohl voller Tratsch über ihr Dorf in Derbyshire und Leute, die Coral kaum kannte – waren oft unterhaltsam indiskret und lasen sich wie eine englische Seifenoper. Heute konnte Coral etwas gebrauchen, das sie aufheiterte, und Neuigkeiten von ihrer Familie würden ihr helfen, sich nicht so weit weg von zu Hause zu fühlen.

Während Coral die Treppen hinunterlief, sah sie Cybil im Garten stehen. Sie hatte den Brief aufgerissen und war in den Inhalt vertieft, ihr Gesicht etwas blass.

„Ist etwas für mich dabei?", fragte Coral. Der Kopf ihrer Stiefmutter schoss hoch, und sie stopfte den Brief hastig in die Tasche ihres Kleides.

„Nein. Nichts für dich. Nur ein Brief für mich von einem alten Verwandten", antwortete Cybil. Ihre Hand lag auf ihrem Hals und sie schien Coral fast schockiert zu betrachten.

„Ist etwas passiert? Ist einer von ihnen krank?", fragte Coral. Sie empfand nicht unbedingt Mitleid für Cybil, aber etwas am Gesichtsausdruck ihrer Stiefmutter und der Art, wie sie den Brief in ihrer Tasche umklammerte, wirkten seltsam.

„Ja. Ja, das ist es. Eine Krankheit in meiner Familie. Eine alte Tante." Cybil zupfte nun geistesabwesend an dem festen Haarknoten auf ihrem Hinterkopf, und ihr Blick schoss von Coral weg. „Eigentlich unvermeidlich." Ihre Stiefmutter lächelte kaum, als sie vorbeiging und Coral zurückließ. Diese fragte sich, welche Art lieber, alter Tante erforderlich war, um eine Frau wie Cybil so aufgewühlt aussehen zu lassen.

Die folgenden Wochen vergingen im Schneckentempo, mit bittersüßen Gedanken an Rafe, die sich durch Corals Gehirn wanden. Die wachen Stunden des Tages waren eine Qual, da ihre Gedanken umherirrten, versuchten, Unterhaltungen, Gerüchte und ihre eigenen Gefühle zu verstehen. Ihre Nächte waren ebenso schmerzhaft, die Schlafphasen unterbrochen durch unerfreuliche und lebhafte Träume.

Wo war er die ganze Zeit? Sie brauchte Erklärungen von Rafe, und die Warterei trieb sie in den Wahnsinn. Sobald er von seiner Reise zurück war, würde sie darauf bestehen, mit ihm zu sprechen. Trotzdem sagte ihr eine innere Stimme, dass dies nur Entschuldigungen waren, um ihn wiederzusehen, seine Arme um sich zu spüren, die Wärme seines Körpers an ihrem, das Gefühl des Zerschmelzens, das ihren Körper durchfloss, wann immer er ihr nah war. Nein, sie musste versuchen, diese Gefühle unter Kontrolle zu behalten, sonst würden sie sie zerstören.

Coral musste erfindungsreich sein, um sich zu beschäftigen. Ihre Artikel waren größtenteils fast fertiggestellt. Sie mussten aufpoliert werden, aber es fiel ihr schwer, sich zu konzentrieren, wenn ihre Gedanken, ihr Körper und ihr Herz im Geheimen immer bei Rafe waren. Das Mpingo-Anwesen führte sich fast von selbst. Robin Danvers leistete hervorragende Arbeit und schien ihre Unterstützung nicht zu brauchen. Sie sah Cybil kaum. Ihre Stiefmutter blieb sehr für sich, und wenn sie sich begegneten, gaben sie sich beide Mühe, zivilisiert miteinander umzugehen. Sie fragte sich oft, ob Cybil Neuigkeiten oder eine Ahnung von Rafes Aufenthaltsort hatte. In ihren Gedanken suchte sie nach irgendeiner lahmen Entschuldigung, das Thema zur Sprache zu bringen, traute sich aber trotzdem nicht, zu fragen, und sie war ohnehin sicher, dass ihre Stiefmutter keine Informationen preisgeben würde, selbst wenn sie welche hätte. Coral verbrachte viel Zeit am Strand und machte einsame Spaziergänge durch die Landschaft. Einmal oder zweimal schlenderte sie dabei in die Richtung von Whispering Palms, in der Hoffnung, dass Rafe zurückgekehrt wäre, aber sie wagte sich nicht zu nah ans Haus, damit sie Morgana nicht begegnete.

Die Zeit verging, und heute – zum ersten Mal seit Wochen – war Coral weniger grüblerisch. Sie lag faul in einer Hängematte unter einem Flammenbaum, lauschte dem Gezirpe der Zikaden und genoss den fröhlichen Glanz, den die Sonne über den Garten warf. Die Luft war heiß und bewegungslos. Flecken des ruhigen, blauen Himmels verflochten sich mit den obersten Zweigen der Bäume, und der schwere Duft reifer Früchte von den Mango- und Papayahainen umwehte sie.

An den meisten Nachmittagen versuchte Coral, ein Nickerchen zu machen, aber sie war nicht in der Lage, wirklich zu schlafen, döste nur, hing Tagträumen nach oder las ruhig auf ihrem Bett. An diesem Nachmittag war ihr Zimmer ziemlich drückend, weshalb sie sich auf einen Liegestuhl im Schatten der Veranda zurückgezogen hatte.

Die Hitze war intensiv, der Garten mit warmem Dunst und dem beruhigenden Summen der Bienen erfüllt. Sie konnte das Murmeln der Palmen und die Meeresbrandung in der Ferne hören, die sie einschläferten.

In ihrem Traum eilte sie den Weg eines unheimlichen Gartens entlang, durch Alleen, die beidseitig von wie schlafende Riesen aussehenden Palmen gesäumt waren, vorbei an Gruppen blühender Büsche, deren Blüten die Nacht jegliche Farbe genommen hatte. Im Mondlicht sahen sie wächsern und phosphoreszierend aus, ihr Duft schwängerte die Luft. Wohin ging sie in solcher Eile, eine Nymphe der Nacht, ihr hauchdünnes weißes Kleid hinter sich in der Brise wehend? Plötzlich wusste sie, dass sie zu Rafe rannte. Sie konnte hören, wie er sie aus der Entfernung rief, während er versuchte, sich aus der Gewalt seiner drei Fänger zu befreien. Nun sah sie ihn deutlich umgeben von Cybil, Morgana und dem *mishiriki*. Rafes Arme streckten sich nach ihr aus, aber ihre Beine schienen mit dem Boden verhaftet zu sein, traten auf der Stelle, bewegten sich nicht vorwärts. Ihr Herz trommelte gegen ihre Rippen, als sie versuchte, ihre Schritte zu beschleunigen, um ihn zu erreichen, aber vergebens. Dann wurde das Gesicht des *mishiriki* immer größer und größer, seine teuflischen Augen färbten sich rot, Zentimeter von ihren eigenen entfernt, als er seinen markerschütternden Schrei ausstieß. Höllenfeuer brach um die kleine Gruppe herum aus, verschlang sie alle in den Flammen, während Rafes Stimme in ihren Ohren wiederhallte, sie immer und immer wieder rief. Coral schrie seinen Namen. Sie konnte ihren Schrei noch hören, als sie aufwachte, zitternd, ihr Haar an ihrem Nacken klebend, ihr Brustkorb wie von einem riesigen Stein beschwert, der sie am Atmen hinderte.

*　　*　　*

Die Abenddämmerung war fast angebrochen, als Coral aufwachte. Sie duschte und ging hinunter zum Strand. Die Blumenrabatte im Garten waren vom Summen vielfarbiger Schwärmer eingehüllt, die Flügel so schnell flatternd, dass sie unsichtbar schienen. Blaue Schatten krochen die Wände hoch und Kakteen sowie die graugrünen spitzen Blätter der Aloen überragten sie zwischen den hohen, spärlich wachsenden Palmenstämmen.

Der Indische Ozean glänzte silbrig im Halbdunkel, breitete sich vor ihr aus, während sie faul und barfuß über den Strand schlenderte, das Gefühl des warmen Sands unter ihren Zehen, und die erfrischende Brise auf ihrem Gesicht genoss. Nur eine Handvoll Schwimmer störte die Ruhe dieser Stunde, die Landschaft lag friedlich da. Bei Anbruch der Nacht saß sie unter freiem Himmel an der Küste, die Arme um sich geschlungen, und blickte im schwindenden Licht auf das Meer hinaus, während die Wellen sanft an ihre Füße schlugen.

Corals Traum hatte sie tief aufgewühlt. Meistens erinnerte sie sich nicht an ihre Träume, und wenn sie es tat, waren sie selten so lebhaft. Aber dieses Mal hatte Coral eine dunkle Vorahnung. Wo war Rafe? War er in Gefahr? Warum war er schon so lange fort? Würde sie ihn je wiedersehen? Wollte sie es?

Die Sonne ging unter, färbte den Horizont rosa und tiefgold. Der Ball aus rotem Feuer fiel plötzlich in den Ozean, seine Spiegelung intensivierte und vertiefte sich, bevor sie leise in den Schatten der Nacht aufging. Bald nahm die Kugel des Vollmondes den Platz ein, so groß wie ein Ballon und rot wie Blut, ein ehrfurchtgebietender Anblick, der Coral den Atem nahm. Sie liebte die roten Monde, die in manchen afrikanischen Nächten aufgingen.

Die dunkler werdende Abenddämmerung war mit Melancholie aufgeladen. Nach dem langen heißen Tag war die milde Nachtluft sehr angenehm, aber sie musste daran denken, bald zurückzukehren. Die Schwimmer waren weg – niemand war mehr zu sehen. Sie war in Versuchung, ein wenig länger zu bleiben, auch wenn sie wusste, dass es nicht vernünftig war, zu dieser Stunde allein am verlassenen Strand spazieren zu gehen.

Plötzlich schnitt einige Meter entfernt ein dünner Lichtstrahl durch die Düsternis und erschreckte sie. Er schien direkt auf sie. Coral stand auf und schützte ihr Gesicht mit den Händen. Die Taschenlampe abstellend, erschien Rafe aus der Dunkelheit und blieb nur zwanzig Schritte entfernt stehen. Sie war so in ihre Gedanken versunken gewesen, dass sie ihn nicht kommen gehört hatte. Corals Herz machte einen Sprung, sie sog tief die Luft ein, fühlte, wie das Blut schneller durch ihre Adern rauschte. Schweigend starrten sie einander im Mondlicht an.

Eine Flutwelle von Gefühlen übermannte Corals Körper, übertönte jeden vernünftigen Gedanken abgesehen von dem, wie sehr ihr Körper sich nach seiner Berührung sehnte, aber sie sah ihn nur an.

„Wie hast du mich gefunden?", fragte sie leise.

„Ich habe im Haus angerufen. Ich weiß, dass du den Strand liebst, besonders zu dieser Abendstunde." Rafe sah aus, als ob er den Atem anhielt, sah sie angespannt an, blieb weiterhin in einigen Schritten Entfernung. „Hast du meinen Brief bekommen?"

„Nein. Welchen Brief?"

Er machte einen Schritt auf sie zu und sah plötzlich beunruhigt aus. „Hast du nicht? Aus Paris … Ich habe dir vor einigen Wochen einen langen Brief geschrieben … Ich wollte dir sagen …"

„Mir was sagen, Rafe? Was stand drin?" Nun, da er vor ihr stand, spürte Coral, wie eine Vielzahl Emotionen ihr Inneres verbrannte. Rafe starrte sie an, seine Miene wurde ernst, und sie erschrak über die Spuren der Anstrengung und Anspannung, die sich in seinem Gesicht abzeichneten, als er endlich näher zu ihr kam.

„Meine süße Coral, du bist die begehrenswerteste Frau, die mir je begegnet ist, und ich liebe dich wie verrückt. Die letzten Wochen waren die Hölle, und ich weiß jetzt, dass ein Leben ohne dich nicht lebenswert ist. All diese Jahre war es, als ob ein Teil von mir fehlte, aber seit du in mein Leben getreten bist, fühle ich mich komplett."

Oh, Gott, dachte Coral, *er liebt mich.* Ein fast unerträglich süßer Schmerz stach ihr ins Herz. Sie wollte seinen Worten glauben. Zugleich wollte die nörgelnde Stimme in ihrem Kopf nicht schweigen.

Rafe strich mit den Fingern über ihre Wange und dann lag sein Arm um ihre Taille, seine Augen noch auf ihre gerichtet, während er sie langsam an sich zog. Einen Moment wehrte sie sich, aber sein Arm zog sie mit sanfter Besitzergreifung an ihn, sein Gesichtsausdruck bittend, sein Mund sich zu ihrem bewegend. Er küsste sie mit absichtlicher Verzögerung, streichelte ihre nackte Haut, und ihr Puls schlug bei seiner Berührung sofort schneller. Sie hätte Zeit, sich aus der Umarmung zu lösen, wenn sie es wollte, aber dies fühlte sich so gut an, so richtig. Wärme durchflutete sie.

„Ich möchte, dass wir heiraten. Ich möchte, dass du meine Frau wirst", flüsterte er in ihr Ohr, seine Stimme leise und voller Leidenschaft.

Seine Worte waren wie ein kalter Guss. Die drohenden Schemen von Cybil und Morgana drängten sich in ihren Kopf, während ihre Gedanken vor Verwirrung und Schock schwirrten. *Er wird dich zerstören, dich wie seine Frau ertränken.* Die Worte des *mishiriki* hallten in ihrem Kopf wie kreischende Vögel wider, und ihr Herz pochte wie eine Trommel in ihrer Brust. So plötzlich waren seine Bedenken vergangen? Jetzt, da er dachte, er wäre in Sicherheit, dass sie so sehr in ihn verliebt sei, dass sie nicht zögern würde, seine Frau zu werden, erschien er aus dem Nichts und ließ die Maske fallen. Sie entwand sich ihm.

„Also stimmt es! Jedes Wort, das ich über dich gehört habe, ist wahr!", sagte sie, während Wut durch ihre Adern schoss. „Du möchtest mich also heiraten, ja? Ist das dein neuester Plan? Denkst du, ich weiß nicht, dass du mich heiraten möchtest, um Mpingo in die Hände zu bekommen? Du liebst mich nicht – es war alles vorgetäuscht. Du bist ein kalter, berechnender und skrupelloser Goldgräber." Coral schluchzte nun, stolperte hastig im Sand rückwärts. Worte schienen plötzlich nutzlos. In ihrer Verzweiflung wollte sie sein Gesicht zerkratzen. Sie ging auf ihn los, hämmerte mit ihren Fäusten gegen seine Brust. „Ich hasse dich, ich hasse dich, ich hasse dich …"

Er stand da und sah sie mit großen Augen an. „Würdest du mir sagen, was hier vor sich geht? Was soll das alles?" Er schien durch ihren wilden Ausbruch wie gelähmt. Coral begrüßte das durch ihre Adern rasende Adrenalin und fühlte Zorn in sich aufsteigen. Mit zusammengebissenen Zähnen griff sie an, um ihn so zu verletzen, wie er sie verletzte. „Ich durchschaue dich jetzt", fauchte sie zwischen den Schluchzern. „Du hast unsere Körper als ein Mittel für deine Zwecke benutzt. Sogar jetzt, da du mich fragst, ob ich dich heirate, hast du versucht, meine Antwort zu beeinflussen, indem du meine Schwäche nutzt und mich zuerst verführst."

Er ging ein, zwei Schritte von ihr weg, ein verwirrter Ausdruck lag auf seinem Gesicht und er fuhr sich wie ein in einem schlechten Traum gefangener Mann mit der Hand über den Kopf. „Ehrlich, Coral", sagte er stumpf. „Ich weiß nicht, wovon du sprichst. Ich liebe dich und dachte, du liebst mich ebenfalls …"

„Ja. Oh, ja, ich habe mich auch in dich verliebt, wie all deine anderen Frauen", antwortete sie höhnisch. „Du hast deine Rolle wundervoll gespielt. Aber ich bin stärker, als du denkst, und ich werde nicht zulassen, dass du mich wie deine Frau zerstörst – oder wie meinen Vater! Du hast mir nie gesagt, dass du der Enkel des Siedlers bist, der meinem Vater Mpingo verkauft hat. Du hast deine Erbin geheiratet, sie aus dem Weg geräumt und ihr Anwesen geerbt. Wie viel abscheulicher kannst du noch werden? Ist es das, was du mir antun möchtest? Nun, ich habe Neuigkeiten für dich …"

Er funkelte sie an, unterdrückte eine Obszönität, sämtliche Farbe war aus seinem Gesicht gewichen, seine Stimme durch Wut, aber auch Ungläubigkeit und Schmerz verzerrt. „Genug!", brüllte er. „Wage es nicht, diesen giftigen Schmutz hervorzukramen. Du weißt nichts über meine Vergangenheit und nichts über mich. Nichts! Du bist ein instabiles, hysterisches und verwöhntes Kind, und mir ist es gleich, wenn ich dich nie wiedersehe."

Sein Gesicht glühte vor Verachtung, als er eine kleine Schachtel aus seiner Tasche nahm und sie ihr zuwarf. „Hier, das gehört dir. Ich habe dafür keine Verwendung mehr", erklärte er, bevor er ihr den Rücken zudrehte und mit großen Schritten davonging.

Weiterhin zitternd und schluchzend sah Coral, wie seine Gestalt sich entfernte, bis sie von der Nacht verschluckt wurde. Sie
wartete darauf, dass er zurückblickte, aber er tat es nicht. Sie warf
sich auf den kalten Sand, kauerte sich zusammen, weinte bitterlich.

Sie hatte Rafe noch nie so die Beherrschung verlieren sehen.
Was verbarg er? Wenn das, was sie sagte, so eklatant unrichtig war,
warum verteidigte er sich nicht? Natürlich wusste sie nichts über
seine Vergangenheit. Wenn er etwas offener gewesen wäre, hätte sie
ihn besser verstanden. Dann erschien das Bild seines Gesichts vor
ihrem geistigen Auge, des schmerzlichen Ausdrucks, der ihn übermannt hatte. Entsetzt begriff sie, dass sie zu weit gegangen war.

Hasste sie ihn? Man sagte, dass Hass und Liebe verwandt
waren. Nun, da sie ihn verloren hatte, begriff sie, dass sie ihn aufrichtig liebte. Aber wie qualvoll dieses Begreifen auch war, sie
hatte das Richtige getan. Sie hatte auf die Vernunft anstelle des
Herzens gehört. Er war nicht der Mann für sie. Sie musste stark
sein und sich zusammenreißen. Sie war jung. Im Laufe der Zeit
würde sie über ihn hinwegkommen. Erschöpft fiel Coral in einen
tiefen und traumlosen Schlaf.

Als Coral ihre Augen wieder öffnete, verblassten die Sterne am
Himmel, als ob der erste eisige Atemzug des Morgens sie erreicht
und ihnen die Kraft genommen hätte. Sie setzte sich auf
und schlang gegen die Kälte die Arme um sich, wischte ihr Gesicht
mit ihrem Handrücken ab. Wie lange war sie hier gewesen? Der
Strand war verlassen und einsam, lag im plötzlichen Schweigen
vor dem Sonnenaufgang.

Coral bemerkte die kleine schwarze Schachtel auf dem Sand
neben sich. Sie streckte die Hand danach aus und öffnete sie. Der
herrlichste Diamantring lag wie eine große schimmernde Träne
auf seinem Samtkissen. Sie drückte die kleine Schachtel an ihre
Brust und weinte, dieses Mal um ihre zerstörten Träume. „Oh,
Rafe ... Rafe", schluchzte sie, ihr Gesicht in ihren Händen verborgen, ihr ganzer Körper unkontrolliert zitternd. Lieber Gott,

wie weh das tat. Warum hatte er nicht alles aufgeklärt, bevor es so
weit gekommen war? Sie wollte ihm vertrauen, sie hätte alles auf
sich genommen, um alle Zweifel und Bedenken aus ihren Gedanken zu löschen. Ein paar Worte hätten gereicht, aber diese
Worte waren ungesagt geblieben, andere waren an ihrer Stelle gesprochen worden und hatten irreparablen Schaden verursacht.

Sie würde Afrika so bald wie möglich verlassen. Sie hatte ihre
Artikel geschrieben, ihre Fotografien gemacht und gute Arbeit ge-
leistet. Es gab keinen Grund, weiter hier zu bleiben. Plötzlich
sehnte ihr Herz sich nach England. Sie vermisste die Weichheit
der englischen Farben, die Kühle der Luft, die ätherischen Düfte
in den Gärten. Afrika war zu grell, zu leidenschaftlich und zu
brutal. Ihr Leben in Derbyshire war ereignislos, aber wenigstens
konnte sie dort im Frieden mit sich und der Welt sein.

*   *   *

Rafe war die ganze Nacht herumgelaufen, hatte geraucht und an
Coral gedacht. Sie zu lieben zerriss ihn. Der Zorn war vergangen.
In Gedanken ging er Corals sinnlosen Ausbruch immer wieder
durch, fragte sich, was solch furchtbare Anschuldigungen verursacht haben könnte. Er war sich des Tratsches und der giftigen
Verleumdungen, die über ihn in Umlauf waren, bewusst. Sein
Schwiegervater hatte ihm stets geraten, es zu ignorieren. „Je mehr
sie über dich reden, mein Junge, je mehr Gift sie verspritzen, desto
eifersüchtiger sind sie auf dich. Es bedeutet nur, dass du erfolgreich bist." Rafe hatte diesen Rat befolgt und bösartige Zungen
ignoriert. Zu Beginn war es schwer gewesen. Mit der Zeit hatte er
gelernt, Gerüchte als Teil des Lebens zu akzeptieren. Bis zu diesem
Tag hatten sie ihm nie wirklich geschadet.

Heute hatte ihn das Böse dieses Tratsches endlich erwischt,
das Wundervollste zerstört, das er je gekannt hatte. Als er gerade
davon ausgegangen war, die Erfüllung seines Herzens nie zu

finden, war Coral in sein Leben getreten. Sie hatte ihn aufgeweckt und trotz seiner Bedenken hatte er sich in sie verliebt. Zum ersten Mal in seinem Leben hatte er erfahren, wie es war, sich sicher, geliebt und erfüllt zu fühlen. Er war so nah dran gewesen, seinen Traum einzufangen, und nun war er ihm aus den Händen gerissen worden.

Es war seine eigene Schuld. Er war so aufgeregt gewesen, sie zu sehen, dass er ihr nicht zuerst alles erklärt, sondern sie törichterweise mit einem Heiratsantrag überrumpelt hatte. *Warum hast du dich nicht verteidigt?* Die Stimme in seinem Kopf machte ihm immer wieder Vorwürfe. *Es ist noch Zeit. Geh zu ihr, such sie und erzähl ihr alles.* Aber nun regte sich sein Stolz. Sie hätte den Verleumdungen gar keine Beachtung schenken dürfen, hätte im Zweifel zu seinen Gunsten entscheiden müssen. Während dieser letzten Wochen in Paris hatte er endlich beschlossen, Coral zu sagen, was er fühlte. Er hatte sie gebeten, seine Frau zu werden und sie hatte ihm seine Frage vor die Füße geschmissen.

Sie liebte ihn offensichtlich nicht. *Ich bitte dich nicht, mich zu heiraten, ich bitte dich nur, mich wie eine Frau zu behandeln und mit mir zu schlafen.* Waren dies nicht die Sätze gewesen, die sie in der Nacht des Sturms zu ihm gesagt hatte? Wie er befürchtet hatte, waren ihre Gefühle für ihn simple Vernarrtheit, eine körperliche Anziehung, die er zugegebenermaßen ermutigt hatte. Aber war die Coral, die er kannte, nicht unfähig zu einer Leidenschaft ohne Gefühle? Nicht wie die anderen Frauen in seinem Leben, die ihn nur für gedankenlose körperliche Vergnügungen haben wollten. Das war ihm ganz recht gewesen, bis er Coral begegnet war und die wundervolle Vereinigung von Körper und Seele in ihren Armen entdeckt hatte. Und doch war es ihm nun unerträglich, dass ihr Vertrauen in ihn, ihre Liebe für ihn, ihr nicht ausreichte, um ihn zum Ehemann zu nehmen.

Sie hatte die Grundfesten seiner Welt erschüttert, und nun musste er sie neu erbauen. *Vielleicht war es letztlich besser so,* dachte er. Er war zu alt für sie, sie wäre seiner letztlich müde geworden, und er hätte sie früher oder später verloren. So hatten zumindest Schicksal oder die Umstände ihm die Entscheidung abgenommen, und er würde nicht versuchen, die Situation zu ändern, ganz gleich wie sehr er litt. Er hatte energisch gegen seine Dämonen gekämpft … aber es war nutzlos, er hätte von Anfang an wissen müssen, dass es ein sinnloser Kampf war. Es war Wahnsinn gewesen, zu denken, dass es anders hätte sein können.

Der Morgen brach an, als er nach Whispering Palms zurückkehrte. Morgana erwartete ihn, auf den Treppen sitzend, und er lächelte reumütig, als er sie sah. Arme, gütige, treue Morgana – wie sie ihn liebte. Manchmal wünschte er, sie auch zu lieben, eine aufrichtige, unkomplizierte Liebe, in der Leidenschaft keinen Platz hatte, sondern der Frieden regierte.

Sie kam zu ihm und legte ihre Hand auf seinen Arm. „Du siehst müde aus", sagte sie, ihn besorgt betrachtend. „Komm, ich werde dir ein heißes Bad einlassen. Es wird dich entspannen und beruhigen." Rafe wusste, dass es ihre Art war, zu fragen, ob er seine körperliche Frustration in ihren Armen ausleben wollte. Er schüttelte den Kopf. „Nein, meine Süße." Er strich mit dem Handrücken über ihre Wange. „Diesmal hat es keinen Sinn und wäre dir gegenüber nicht fair. Ich glaube, ich nehme eine Dusche und gehe direkt ins Bett."

Rafe ging in sein Zimmer und stand auf der Veranda, seine Miene versteinert und abwesend, auf den neuen Tag wartend. Die Dunkelheit verblasste, und er betrachtete den sich erhellenden Himmel, während die Farbflecken aus dem Osten hineinsickerten. Es war alles so sanft, das allmähliche Verschwinden der Schwärze, das Öffnen der Tore für den Tag, ein absoluter Kontrast zu dem Sturm in seiner Seele. Corals verletzende Worte trieben wie ein Wirbelwind durch seine Gedanken. In seiner ganzen dunklen Verzweiflung fühlte er keinen Hass für sie. Seine Liebe bestand weiterhin, vielleicht angeschlagen, aber noch da, an der Wurzel seines Seins zerrend, unversehrt und in ihrer Stärke beängstigend.

Die Sonne ging endlich auf. Er musste sich ausruhen, hatte einen langen Tag vor sich. Er hatte so sehr gewollt, dass sie ein Teil dieses neuen Lebens war, das vor ihm lag, aber nun würde er es allein angehen. Vorbereitungen mussten getroffen werden. Aber ohne Coral fand er die Aussicht ermüdend und fast sinnlos. Es gab so viele Dinge, die er an Afrika vermissen würde ... An einem Lagerfeuer unter einem Vollmond zu essen und die Geräusche der Tiere zu hören, im Busch unter leuchtenden Sternen zu schlafen, die plötzliche Salve der Tomtom-Schläge zu vernehmen, die Wärme und die lebendigen Farben in den Hügeln und das unaufhörliche Zirpen der Zikaden. Jetzt, ohne Coral, schienen die Zivilisation und all ihre Verpflichtungen monoton und unerträglich. Rafe ergab sich dem Schicksal der Einsamkeit im Dschungel. Er war wieder allein, wie er es immer gewesen war.

KAPITEL 11

Vierzehn Tage waren seit Corals Streit mit Rafe am Strand vergangen. Wie lange zurück das nun schien. Coral, in ihrer Hängematte zwischen den Frangipanibäumen liegend, fühlte sich resigniert. Nachdem der Morgen angebrochen war, hatte sie dort gesessen, traurig über die vergangenen Monate und die baldige Zukunft nachgegrübelt. Erst am späten Vormittag hatte sie die Kraft gehabt, nach Mpingo zurückzukehren.

Aluna war nicht müde geworden, Coral zu sagen, wie sehr sie ihr Verschwinden in jener Nacht beängstigt hatte. Als die junge Frau bei Einbruch der Nacht nicht aufgetaucht war, war Aluna am Strand auf die Suche nach ihr gegangen und hatte sie als zusammengesunkenes, erschöpftes Häufchen Mensch im Sand gefunden. Aluna hatte sie angefleht, nach Hause zu kommen, aber Coral war geblieben, in der geheimen Hoffnung, dass Rafe zurückkehren würde. Obwohl Coral in den folgenden Tagen nicht mit ihr sprach, wiederholte die ältere Frau ständig, dass „der teuflische Franzose" auf irgendeine Weise für die Verzweiflung ihrer kleinen *malaika* verantwortlich war.

Seitdem floss die Zeit dahin, während goldene, leuchtende Tage zu saphirblauen, mondbeschienenen Nächten wurden. Für Coral aber schien das Leben in einer Art Zwielicht stehengeblieben zu sein. Sie erwartete, jeden Augenblick das Telefon klingeln zu hören, aber es war stumm geblieben. Natürlich würde er nicht anrufen – was hätte er ihr nach ihren zerstörerischen Worten noch zu sagen? Sie hatte überlegt, ob sie zu ihm gehen sollte, aber Stolz, Schuld und Demütigung hielten sie davon ab, den ersten Schritt zu machen. Wie konnte sie ihm gegenübertreten, nach allem, was sie gesagt hatte?

Im kalten Licht des Tages erschienen Coral die Dinge nun anders, sie konnte keinen konkreten Beweis für ihre Anschuldigungen finden. Im Rückblick beruhten die meisten Behauptungen auf Hörensagen, und der Rest konnte ein Resultat ihrer falschen Schlussfolgerungen gemischt mit reiner Einbildung gewesen sein. Auch wenn sie wahr gewesen wären, warum hatte sie mit einem solch explosiven Ausbruch reagiert? Hätte sie sich nicht beherrschen und weniger verletzend sein, ihm wenigstens eine Möglichkeit zur Rechtfertigung geben können? Erneut hatte ihr eigenwilliges Temperament die Oberhand gewonnen. Sie war unreif und sogar ungerecht gewesen. Am schlimmsten aber war, dass sie das, was sie so tiefempfunden geteilt hatten, ihr herrliches Liebesspiel, zu etwas Vulgärem und Widerwärtigem gemacht hatte. Es gab keinen Grund, warum er ihr diesmal vergeben sollte. Ihre kurze und stürmische Beziehung war vorbei.

Bald würde sie wieder in England sein, etwas früher als geplant, aber das war gut so. Sie würde mit der neuen Reportage beschäftigt sein, das Leben würde wieder bodenständiger werden. Irgendwann würde sie nach Mombasa fahren, um ein Flugticket zu kaufen, aber im Moment wollte sie nur die Sonne, das Meer und den Strand genießen.

Einige Tage später beschloss Coral, zum Strand hinunterzugehen. Sie öffnete die Eingangstür und fand Morgana auf der Schwelle stehend. Die Tänzerin sah müde und blass aus, was sie teigig wirken ließ. Ihre Wangenknochen schienen besonders hervorspringend. Große dunkle Schatten unter ihren Augen verliehen ihr einen maskenhaften Gesichtsausdruck, und sie hatte offensichtlich viel Gewicht verloren. Verschwunden waren die üppigen Kurven und mit ihnen das hochmütige Verhalten, die Coral beide ein Gefühl der Unterlegenheit gegeben hatten. Trotzdem war sie weiterhin schön, mit einer neuen Verletzlichkeit, die sie weniger bezaubernd, aber dafür weiblicher erscheinen ließ.

Die Tänzerin lächelte. „Es tut mir leid. Sie wollen wohl gerade weggehen. Es wird nicht lange dauern, aber ich muss mit Ihnen sprechen."

„Kommen Sie bitte herein", sagte Coral ein wenig verwirrt, bevor sie Morgana ins Wohnzimmer führte. „Kann ich Ihnen eine Erfrischung anbieten? Es ist ein heißer Tag."

„Sie sind sehr freundlich. Aber das ist nicht nötig, vielen Dank."

Sie setzten sich. Einige Sekunden herrschte Schweigen. Morgana neigte ihren Kopf ein wenig. „Es geht um Rafe. Er ist sehr krank, und er braucht sie. Bitte, Miss Sinclair, er wird sterben, wenn Sie nicht kommen." Mit einer zitternden Hand strich Morgana sich durch die Haare.

Coral reagierte nicht sofort. Was hatte Morgana nun vor? Spielte sie irgendein krankes Spiel? Sie sah selbst sicherlich nicht gesund aus, aber Coral traute ihr nicht. „Wenn Sie etwas über unsere Beziehung herausfinden möchten, sollten Sie wissen, dass Rafe und ich einander nichts mehr zu sagen haben. Er gehört ganz Ihnen, meine Liebe", erklärte sie, froh darüber, dass sie es schaffte, kühl und unbeteiligt zu klingen.

Morgana schüttelte den Kopf. „Sie verstehen nicht." Ihre Stimme zitterte leicht. „Rafe hat irgendein Fieber. Dr. Giles sagt, dass es wahrscheinlich einer seiner Malariaanfälle ist. Er hatte es schon oft, aber diesmal kämpft er nicht dagegen an und lässt sich gehen."

Coral zuckte in gespieltem Desinteresse mit den Schultern. „Ich verstehe nicht, was das mit mir zu tun hat."

„Miss Sinclair, das ist nicht einfach für mich. Ich bin zu Ihnen gekommen, weil ich Rafe mehr als das Leben selbst liebe." Die Tänzerin schien ihr Bestes zu tun, ruhig zu bleiben, aber ihre Stimme stockte merklich. „Leider liebt er mich nicht. Nun, jedenfalls nicht auf die gleiche Art. Sie sind es, nach der er in seinem Delirium ruft, die er will, die er in dieser Zeit an seiner Seite braucht, denn sonst fürchte ich, dass er sich sein Leben durch die Hände gleiten lassen wird."

„Sicher übertreiben Sie." Coral war immer noch nicht überzeugt, wurde aber allmählich ein wenig beunruhigt.

„Bei Allah, ich sage Ihnen die reine Wahrheit, und ich übertreibe nicht", antwortete sie, rang die Hände, ihre Stimme wurde schrill. „Möchten Sie mit Dr. Giles reden? Er ist seit einer Woche nicht von Rafes Seite gewichen – so ernst ist die Lage."

Coral sprang vom Sofa auf, zitternd, ein wenig unsicher auf den Beinen, als sie zur Tür ging. Es hatte keinen Sinn, ihn mit ihren Gedanken zu bekämpfen, wenn ihr Herz sie drängte, zu ihm zu rennen. „Ich hole meine Tasche. Ich komme mit Ihnen. Haben Sie ein Auto?"

„Nein, ich bin zu Fuß gekommen."

„Dann fahren wir mit meinem."

„Danke", sagte Morgana, die Augen voller erleichterter Tränen. „Danke, und es tut mir leid, dass ich Ihnen in der Vergangenheit Kummer bereitet habe. Ich habe immer gewusst, dass Rafe Sie liebt, und ich war eifersüchtig. Seit er Ihnen begegnete, ist er mir immer weiter entglitten." Plötzlich sah sie niedergedrückt aus. „Ich hoffe nur, dass meine Worte nicht der Grund für Ihre Trennung waren."

Coral lächelte sie an. Sie kam zu der anderen Frau zurück und legte eine freundliche Hand auf ihren Arm. „Nein, Morgana. Sie können beruhigt sein. Sie haben in all dem nur eine sehr kleine Rolle gespielt", sagte sie. „Ich nehme an, ich bin jung und unerfahren. Ich habe nie zuvor jemanden wie Rafe getroffen. Er ist meine erste wahre Liebe. Ich habe ihn nicht verstanden, und ich fürchte, das ist zu einem Großteil meine Schuld."

Sie ging hinauf in ihr Zimmer, ihr Kopf schwirrte, sie hoffte, dass Morgana übertrieben hatte. In diesem Teil der Welt neigten die Leute dazu, aus einer Mücke einen Elefanten zu machen. Ihre

Mutter nannte es „ihr Drama im Alltag". Trotzdem wollte Coral sich selbst vergewissern. Wenn auch nur etwas Wahrheit in dem Gehörten war, dann musste sie an Rafes Seite sein. Ihre Hände waren plötzlich kalt und klamm, ihr Herz schwer. *Lieber Gott, mach ihn gesund.* Sie würde nicht mehr mit sich leben können, wenn ihm etwas geschah.

*   *   *

Als sie in Whispering Palms ankamen, war Frank Giles in der Küche und machte Tee. Er sah aus, als ob er in letzter Zeit nicht viel Schlaf bekommen hatte.

„Hallo, Coral", sagte er, als er mit einem Tablett aus der Küche kam. „Es ist schön, Sie wiederzusehen. Sie kommen gerade richtig zum Tee."

„Wie geht es Rafe?"

„Nicht sehr gut, fürchte ich", stellte er kopfschüttelnd fest. „Rafe hat sich damals in Tanganjika zum ersten Mal Malaria eingefangen. Er hat sich auf die Zeit und seine Erfahrung, es mit Chinin zu behandeln, verlassen und sich eine Immunität dagegen aufgebaut, die ihm viele Jahre gut geholfen hat, aber diesmal, als seine seelische Verfassung schlecht war, ließ sie ihn im Stich. Dummer Kerl, er scheint seinen Kampfgeist verloren zu haben." Er lächelte Coral traurig an. „Aber wir werden ihn bald wieder auf die Beine bringen, nicht wahr?" Er grinste die beiden vor ihm stehenden Frauen an. „Er weiß nicht, was für ein Glück er hat, dass zwei so schöne Damen sich um ihn kümmern." Frank versuchte, fröhlich zu klingen, aber Coral konnte die Besorgnis in seiner Stimme deutlich spüren. „Ich bringe Sie zu ihm. Er hat Momente bei klarem Bewusstsein, aber die meiste Zeit schläft er oder ist bewusstlos."

Rafe lag unruhig auf seinem Bett, sein dünnes, wächsernes Gesicht halb unter der Decke, Schweißperlen auf seiner Stirn. Coral sah das stumme Gesicht an, musterte die vertrauten Züge eindringlich. Der Mann, den sie von ganzem Herzen liebte, lag dort zwischen Leben und Tod schwebend, und es stand nicht in ihrer Macht, ihn zu retten. Sie hatte über diese tropischen Fieber gelesen, die den Körper übernahmen und gnadenlos töteten. Sie beherrschte ihre Verzweiflung, griff nach dem Damasthandtuch, das in einer Schüssel mit Wasser und Essig lag, welche auf einem kleinen Tisch neben dem Bett stand, und wischte seine Stirn mit flüchtiger Liebkosung ab, während Rafe etwas im Schlaf murmelte. Er wirkte so verletzlich, so hilflos und einsam, sie wollte ihn in ihre Arme nehmen und die Schmerzen lindern, ihn vor den ihn anscheinend umgebenden Sorgen beschützen.

„Schlaf ist gut für ihn", erklärte Frank. „Bald wird der Schüttelfrost zurückkehren und das Fieber steigen. Er wird schwitzen und sich dann eine Weile besser fühlen. Malaria ist eine üble Krankheit, die heutzutage unter Kontrolle gehalten werden kann, aber es ist die böse Plage Afrikas, die über Jahre hinweg schon viele Menschen getötet hat, und es leider immer noch tut. Setzen wir uns und trinken unseren Tee." Er bedachte sie mit einem beruhigenden Lächeln. Coral ließ sich nicht hinters Licht führen. Sie wusste, dass er seine Besorgnis hinter einer Fassade der Fröhlichkeit verbergen wollte.

Morgana hatte sich leise zurückgezogen, und Frank und Coral waren allein im Zimmer mit Rafe. „Wird er es schaffen?" Ihr Gesichtsausdruck ließ keinen Zweifel an ihren Gefühlen für Rafe.

„Er ist ein kräftiger Mann", sagte Frank und sah sie freundlich an. „Es gibt keinen Grund, warum er es nicht schaffen sollte. Er hat viel, für das es sich zu leben lohnt." Er drückte sanft ihre Hand.

„Wir haben uns gestritten. Ich war scheußlich zu ihm. Ich habe einige furchtbare Dinge zu ihm gesagt", gestand Coral, froh, endlich ihr Herz ausschütten zu können. „Ich fürchte, dass ich mich sehr kindisch benommen und alles verdorben habe. Ich habe dem Tratsch Beachtung geschenkt, Zweifel nicht zu seinen Gunsten ausgelegt, ihm keine Möglichkeit gegeben, sich zu verteidigen."

„Böse Zungen haben Rafe leider schon immer verfolgt. Als seine Frau starb, waren die Leute nur zu glücklich, böse Gerüchte über ihn zu verbreiten, die jeglicher Wahrheit entbehrten."

„Wäre es zu neugierig von mir, wenn ich fragen würde, um welche Gerüchte es sich handelte, und warum sie entstanden sind?"

„Ich bin wirklich nicht in der Lage, Ihnen alles zu erzählen. Die Familie wollte nicht, dass sie zu einem Psychiater ging. Ich kann nur sagen, dass ich der Arzt war, der Rafes Frau behandelte, und dass ich an meine Schweigepflicht gebunden bin. Aber Sie können mir absolut glauben, wenn ich sage: Rafe war der perfekte Ehemann, und er hat fast sein Leben verloren, als er ihres retten wollte."

„Hatte er zu der Zeit keine Affäre mit meiner Stiefmutter?"

Frank schüttelte den Kopf, lachte kurz. „Rafe hat feste Ansichten darüber, was richtig und was falsch ist. Erst nach Fayes Tod hat er Cybil nachgegeben. Sie ist ihm von dem Tag an nachgelaufen, als sie nach Tanganjika kam, aber er blieb treu, bis er Witwer war. Sie hatten eine sehr kurze Affäre. Cybil hat ihn mit allen erdenklichen Tricks dazu bringen wollen, dass er sie heiratet, aber letztlich gab sie auf und kam nach Kenia, zweifellos, um ihr Glück bei einem anderen arglosen Mann zu versuchen. Es war reiner Zufall, dass sie hier erneut aufeinandertrafen, und entgegen des hiesigen Tratsches hat er mit Ihrer Stiefmutter nicht wieder da angeknüpft, wo sie aufgehört hatten, trotz all ihrer Versuche. Sie ist sehr hartnäckig." Er seufzte.

„Aber Cybil sagte mir, dass sie und Rafe noch ein Liebespaar sind und es die ganze Zeit über waren."

„Das ist reines Wunschdenken von ihrer Seite, das kann ich Ihnen versichern. Rafe mag sie. Sie half ihm nach Fayes Tod durch eine schwierige Phase, und er ist ihr dankbar, aber er liebt sie nicht. Seit sie Tanganjika verließ, hatte er keinen Kontakt mit ihr, der über bloße Freundschaft hinausgeht. Wenn sie Ihnen etwas anderes erzählt hat, ist sie eine bösartige Frau, aber das überrascht mich nicht."

Coral zögerte, bevor sie ihre nächste Frage stellte, fragte sich, ob Frank über Rafes Anspruch auf Mpingo wusste. „Warum verließ er Tanganjika und kam nach Kenia?"

„Das ist eine lange Geschichte, die Rafe Ihnen selbst wird erzählen müssen. Fairerweise kann ich nur sagen, dass er Ihrem Vater ein guter Freund war, entgegen der hässlichen Gerüchte, die zu der Zeit verbreitet wurden", Frank hob eine Augenbraue, „und zu denen, da bin ich mir sicher, Ihre Stiefmutter beigetragen hat. Das würde zu ihr passen, und so hat sie es auch nach Fayes Tod gemacht, um Rafe in ihre Arme zu treiben. Rafe macht von Zeit zu Zeit den Eindruck eines zynischen Playboys, aber das ist er keineswegs. Nach Fayes Tod dachte ich, er würde nie wieder von diesem dunklen Ort zurückkehren. Er tat es zwar, aber nicht als derselbe Mann. Er zog sich mit fehlgeleiteter Schuld in sich selbst zurück, und deshalb lernte er, eine Maske zu tragen, um sich zu schützen."

Während sie Frank zuhörte, dachte Coral an alles zurück, das sie und Rafe erlebt hatten, und plötzlich passten die Puzzleteile zusammen. Sie konnte sich auch vorstellen, wie Rafe und ihr Vater Freunde geworden waren, und wie Walter Sinclair Rafe wie einen Sohn angesehen hatte.

„Kannten Sie meinen Vater?"

„Ich bin ihm einige Male begegnet, aber ich kannte ihn nicht gut. Er war jedenfalls ein echtes Original. Sehr charismatisch, aber vielleicht etwas zu leicht zu beeinflussen, besonders wenn es um Frauen ging."

Rafe bewegte sich. Ein Tremor schüttelte ihn, dann kam der unkontrollierbare Schüttelfrost, der seinen Körper mit schrecklichen Krämpfen quälte und ihn aus seiner Benommenheit weckte. Frank und Coral eilten an seine Seite. Rafes Blick wanderte von Frank Giles' Gesicht zu dem von Coral. Sie lächelte ihn an und berührte seine glühende Stirn. „Ich bin hier, Rafe", flüsterte sie, versuchte, die Tränen zurückzuhalten. „Ich bin hier, und ich werde dich nie wieder verlassen."

Rafe zuckte zusammen, als ob das Licht seinen Augen wehtat. Er versuchte, sie zu öffnen und Coral anzusehen, sein Gesicht leuchtete kurz auf, als er seine Hand ausstreckte. Aber dann verzerrte sich sein Gesicht vor Schmerz und seine Augen schlossen sich erneut.

„Ich fürchte, dass das Sprechen zu anstrengend für ihn sein wird", sagte Frank dicht an Corals Ohr.

„Es ist alles in Ordnung, mein Liebster", flüsterte sie, während sie seine fieberheiße Stirn liebevoll streichelte, „du wirst bald wieder auf den Beinen sein. Aber halte durch, du bist uns sehr wichtig." Sie konnte ihre Tränen nicht mehr zurückhalten und sie rannen offen ihre Wangen hinab.

Frank legte eine tröstende Hand auf ihre Schulter. „Sie müssen Ihre Nerven und Stärke behalten, meine Liebe", sagte er ernst. „Sie müssen stark für Rafe sein."

*   *   *

Das Licht tat ihm weh, ein unerträglicher Schmerz wütete in seinem Kopf, der mit erschreckenden Explosionen widerhallte, als ob ein Gewehr direkt an seinen Ohren abgefeuert würde. Coral … Coral war da, sein Engel war zurück. Träumte er? Er wollte sie ansehen, die geliebten Gesichtszüge in sich aufnehmen, aber der Schmerz war unerträglich. Seine Augenlider waren schwer, sie schlossen sich über seinen brennenden Pupillen.

Rafes Temperatur stieg. Während der kurzen wachen Momente war er sich Corals Anwesenheit an seiner Seite bewusst, ihrer kühlen, sanften Berührung, während sie sein Gesicht sanft mit einer Hand liebkoste und sie mit der anderen seine hielt. Er konnte ihre süße Stimme liebende Worte murmeln hören, die ihm das Herz zerrissen, ihn mit ihrer Kraft und Liebe erfüllten, ihm den Willen gaben, dieses bösartige Fieber zu bekämpfen und durchzuhalten. Er wünschte, er hätte die Energie, ihr jetzt alles zu erklären, ihr über die Dinge zu berichten, die er so lange in sich verschlossen hatte, weil es weh tat, sie herauszulassen. Aber die Anstrengung des Denkens war zu viel für ihn. Er fühlte sich schwach und müde, und der Schmerz war so stark.

In der Nacht wachte er viele Male auf. Er wand und drehte sich unruhig, schrie ihren Namen, streckte blindlings die Hand nach ihr aus, während sein Gehirn sich durch die Halluzinationen des Deliriums kämpfte. Er fiel in schwarze Abgründe, sein Gehirn hämmerte in seinem Kopf, während er nach Luft rang, vor Schmerzen in der Brust kaum atmen konnte. In den ersten Morgenstunden, nachdem Frank ihm eine Injektion gegeben hatte, fiel er endlich in einen tiefen Schlaf, Corals Hand festhaltend.

*   *   *

Rafe schlief den ganzen Tag, während Coral neben ihm saß, ihm aufhalf, ihn an sich gedrückt hielt, wenn er von Anfällen des wiederkehrenden Schüttelfrosts durchgerüttelt wurde, oder seine Schultern sanft zurück in die Kissen drückte, wenn das Fieber ihn aufwühlte. Von Zeit zu Zeit flößte sie ihm einige Löffel heißen Tees ein oder drückte ein wassergetränktes Baumwolltuch an seine ausgedörrten Lippen, um ihn zu erfrischen.

Am Abend rief Coral Aluna an und teilte ihr mit, dass sie ein paar Tage bei Freunden verbringen und am Morgen vorbeikommen würde, um einige Kleider zum Wechseln zu holen. Morgana erschien kurz, um zu fragen, ob sie irgendetwas bräuchten, und ob Coral sich ein wenig ausruhen wollte, während sie ihren Platz an Rafes Seite einnahm. Coral dankte ihr, sagte aber, dass sie bleiben würde. Sie würde auf dem Sofa schlafen, das sie neben sein Bett geschoben hatte.

Letztlich verbrachte Coral den Großteil der Nacht damit zu, Rafe anzusehen und zu versuchen, ihre Angst in den Griff zu bekommen. Sie hatte nie zuvor mit einer solchen Krankheit zu tun gehabt und es erschütterte sie, dass der Mann, den sie liebte, nun so verzweifelt kämpfte.

Um sechs Uhr morgens bestand Frank darauf, dass Morgana Coral ablöste. „Sie müssen sich ausruhen. Es wird eine lange Reise bis zu seiner Gesundung, und Sie sollen nicht selbst krank werden. Rafe braucht Sie, also seien Sie vernünftig." Sein Ton war freundlich, aber entschieden.

„Was, wenn er aufwacht und ich nicht da bin?"

„Keine Sorge, er wird mindestens noch vier Stunden schlafen. Sein Puls ist regelmäßig, was schon seit Wochen nicht mehr der Fall war. Das Beruhigungsmittel, das ich ihm gegeben habe, ist stark, und er scheint gut darauf reagiert zu haben."

„Werden Sie mich rufen, wenn er aufwacht?"

„Ja, das verspreche ich. Legen Sie sich hin. Sie können mindestens vier Stunden schlafen, bevor er aufwacht. Morgana wird Sie zum Gästezimmer bringen."

„Dann werde ich wohl nach Hause fahren und eine Dusche nehmen. Ich brauche Kleidung zum Wechseln. Ich bin innerhalb einer Stunde zurück und verspreche, dann ein Nickerchen zu machen."

Zurück in Mpingo wurde Coral mit Aluna konfrontiert, die ihr hinauf in ihr Schlafzimmer folgte, sie misstrauisch ausfragte, wo sie gewesen war.

„Ich bin sicher, dass du nicht bei Freunden warst. Du warst bei diesem Franzosen, nicht wahr?" Aluna war verärgert, und es hatte keinen Sinn, ausweichend zu antworten oder jemanden anzulügen, der sie so gut kannte. Zögernd erklärte Coral, was geschehen war.

„Das ist das Werk des *mishiriki*", warnte Aluna. „Du darfst dich nicht einmischen, oder der Fluch wird sich auf dich übertragen."

„Hör zu, Aluna, ich habe genug von deinem ganzen ignoranten Müll", fauchte Coral gereizt, als sie einen kleinen Koffer packte, einige Kleider und andere notwendige Dinge hektisch hineinwarf. „Schau, ich habe dich sehr gern, aber dieses ganze Gerede über Hexer und Zauberer hat keine Wirkung auf mich, weil ich daran nicht glaube, und das solltest du auch nicht."

„Du hast es selbst gesehen."

„Was ich gesehen habe, war das sehr aufwendige Bühnenbild für eine Theatervorstellung, von einem bösen und raffinierten Mann inszeniert, um naive und unwissende Menschen zu manipulieren. Ich war zu der Zeit aufgebracht und verwirrt, und es hat mein Urteilsvermögen beeinträchtigt. Jetzt ist alles viel klarer."

„Dein Vater war kein unwissender Mann, und er hat daran geglaubt."

„Ja, und ich fürchte, dass das sein Untergang war."

Aluna verließ plötzlich den Raum und kehrte mit einem kleinen, abgenutzten ledergebundenen Buch in der Hand zurück. „Hier, das hat er neben seinem Bett aufbewahrt. Lies es, und vielleicht wirst du verstehen, was ich meine."

„Ich habe wirklich keine Zeit für diese Albernheiten, Aluna. Ich bin in Eile."

„Nimm es, Kind, und lies es, wenn du Zeit hast."

„Gut, gut." Coral warf das Buch in ihre Tasche.

„Wann wirst du zurück sein?"

„Ich habe nicht die geringste Ahnung. Mach dir keine Sorgen um mich. Ich habe dir schon einmal gesagt, dass ich alt genug bin, um auf mich aufzupassen. Kannst du Robin bitte sagen, dass er meiner Mutter ein Telegramm schicken soll, um sie zu benachrichtigen, dass ich meine Reise nach England verschoben habe? Ich werde sie informieren, sobald ich ein neues Datum für meine Rückkehr habe." Sie schloss den Koffer und rannte die Treppen hinunter. Auf dem Weg hinaus kam sie auf der Treppe an Cybil vorbei.

„Wo gehst du in solcher Eile und mit so einem großen Koffer hin?", fragte ihre Stiefmutter, als Coral an ihr vorbeieilte.

„Ich gehe weg!", war die knappe Antwort. Cybil war die letzte Person, die sie jetzt sehen, oder mit der sie reden wollte.

Die ältere Frau lief ihr nach und ergriff ihren Arm. „Du gehst zu Rafe, nicht wahr? Er ist krank. Ich war dort, aber sie haben mich nicht zu ihm gelassen. Diese Bauchtanzperson und Frank bewachen ihn wie Dobermänner", stieß sie hervor.

Coral zuckte zurück. „Lass mich los", sagte sie rau, als sie ihren Arm dem Griff ihrer Stiefmutter entwand. Sie eilte hinunter zum Auto.

„Du hasst mich, nicht wahr?", fuhr Cybil fort, während sie ihr nachrannte. Sie holte Coral in zwei Schritten ein. „Ich bin es, die dich hassen sollte. Rafe liebte *mich,* bevor du auf der Bildfläche erschienen bist." Ihre Hände waren in ihre Taille gestemmt und ihre grünen Augen glitzerten gefährlich. Sie kam einen Schritt näher, lehnte sich über Coral. „Du bist nur Opfer einer jugendlichen Vernarrtheit – du wirst ihm entwachsen. Er bedeutet mir alles, und er liebt mich, auch wenn er im Moment abgelenkt ist." Ihre Stimme wurde lauter und harsch. „Niemand kennt ihn wie ich … Du wirst sein Verderben sein! Du wirst ihn zerstören! Lass uns in Ruhe … Geh zurück nach England und komm nie wieder her!" Sie schrie den letzten Satz, während Coral sie zur Seite schubste und ins Auto stieg.

Coral ließ den Motor an und kurbelte das Fenster herunter, versuchte, angesichts dieser Boshaftigkeit ruhig zu bleiben. „Ich denke, dass du das wirklich glaubst, Cybil. Ich hasse dich nicht, meine Liebe. Ich bemitleide dich", erklärte sie kühl und fuhr davon.

Rafe schlief noch, als Coral auf Whispering Palms ankam. Morgana brachte sie ins Gästezimmer. „Ich hoffe, Sie werden es bequem haben", sagte sie zu Coral, während sie einige saubere Tücher auf das Bett legte. „Das Badezimmer ist nebenan. Die Schränke sind leer, Sie können Ihre Sachen dort aufbewahren, wenn Sie möchten. Wenn Sie etwas brauchen, finden Sie mich im Gästehaus." Morgana lächelte matt. „Ich bin vor einigen Monaten dorthin gezogen", erklärte sie und verließ rasch das Zimmer.

Die Frau tat Coral leid. Morgana liebte Rafe offensichtlich innig. Sie erinnerte sich an den Streit, den sie mit Rafe am Abend ihrer Rückkehr vom See gehabt hatte. Er hatte gesagt, dass Morgana gütig und treu war. Coral hatte es zu der Zeit nicht verstanden, aber er hatte recht gehabt. Scham überkam sie, als sie sich erinnerte, wie sie die Tänzerin beschuldigt hatte, vulgär und berechnend zu sein. Coral lernte schmerzlich und schnell.

Nachdem sie ausgepackt hatte, duschte Coral und streckte sich auf dem Bett aus. Sie atmete die durch die Fenster hereinströmende frische Seeluft ein und lauschte der durch die Palmen im Garten streichende Brise. Ein Gefühl der Erleichterung erfüllte sie. Sie nahm das Buch heraus, das Aluna ihr gegeben hatte – sie nahm an, dass es die Bibel ihres Vaters war. Es war auf Französisch. Der Titel lautete *L'Exteriorisation de la Sensibilité, une Étude Experimentale et Historique*. Coral schlug das Inhaltsverzeichnis auf und las die ersten vier Einträge: Esoterische Psychologie, Hypnotismus, Reinkarnation und das Okkulte. Sie lächelte. Es sah ihrem Vater ähnlich, ein solches Buch neben seinem Bett zu haben. Er hatte intensiv an das Okkulte und schwarze Magie geglaubt. Es hatte ihre Mutter wahnsinnig gemacht. Sie fragte sich, ob diese seltsamen Überzeugungen letztlich die Oberhand über Walter Sinclair gewonnen und seine Gesundheit beeinträchtigt hatten – dies und das exzessive Trinken, das nicht geholfen haben konnte. Seit ihrer durch den *mishiriki* verursachten nervenzermürbenden Erfahrung hatte Coral sich einige Bücher über Autosuggestion besorgt und über den überwältigenden Einfluss, den diese auf Gesundheit oder Krankheit, Glücklich- oder Unglücklichsein haben konnte, gelesen. Rituale schwarzer Magie konnten anscheinend tödlich sein, wenn die Bestandteile des Glaubens – Angst, ein Gefühl der Nichtswürdigkeit und Autosuggestion – schon kombiniert in einem Menschen vorhanden waren. Was ihren Vater anging: Waren diese Dinge zur Zeit seines Todes in seinen Gedanken vorhanden? Wenn er wirklich geglaubt hatte, dass Rafe und Cybil ihn aus dem Weg räumen wollten und zu diesem Zweck einen Hexendoktor genutzt hatten, konnte es sein, dass er alle möglichen imaginären Zeichen

gedanklich heraufbeschworen und zu seinem eigenen Tod beigetragen hatte? Sie las einige Seiten in dem Buch, von dem Walter
Sinclair so besessen gewesen war und döste bald ein.

Coral wachte drei Stunden später auf, fühlte sich viel besser,
war aber erpicht darauf, Rafe zu sehen. Während sie sich anzog,
bemerkte sie einen Silberrahmen auf dem Nachttisch und hob
ihn hoch. Es war eine Farbfotografie zweier Männer am Strand,
die einen Hai zwischen sich hochhielten, breites Grinsen lag auf
den Gesichtern: ihr Vater und Rafe. Coral starrte die Fotografie
an. Sie sahen glücklich aus und die starke Zuneigung zwischen
ihnen war offensichtlich. Ihr Hals schnürte sich zu. Wie konnte sie
Rafe so falsch beurteilt haben? Würde er ihr je verzeihen?

Rafe schlief noch, als sie sich zu Morgana und Dr. Giles im
Krankenzimmer hinzugesellte. Sie teilten ihr mit, dass Rafe einige
Übelkeitsanfälle durchlitten, aber auch einige gute Stunden un-
unterbrochenen Schlafes gehabt hatte. Die Wirkung des Beruhi-
gungsmittels war abgeklungen und er würde wohl jeden Moment
aufwachen.

„Ich kümmere mich jetzt um ihn, Dr. Giles", sagte Coral
und nahm auf dem Stuhl neben dem Bett Platz.

„Nennen Sie mich Frank."

„In Ordnung, Frank." Sie lachte schüchtern.

„Er muss jetzt gewaschen werden", sagte Morgana. „Ich mache
das. Ich weiß, wie man es macht." Sie sprach ruhig, aber fest.

Bevor Coral etwas sagen konnte, stimmte Frank ihr zu. „Ja,
meine Liebe. Ich habe Ihnen zugesehen. Sie sind gut darin. Sie
sollten Krankenschwester werden."

Coral spannte sich sofort an, der Gedanke, dass eine andere
Frau ihn berührte, war ihr unerträglich, insbesondere, wenn es
Morgana, seine ehemalige Geliebte, war. Coral wollte gerade wi-
dersprechen, als sie Frank Giles' freundlichem Blick begegnete, der
ihren einige Sekunden hielt und sie schweigend anwies, es ohne
Diskussion hinzunehmen. „Rafe ist in einem besonders verletz-

lichen Stadium", erklärte er. „Er darf sich nicht verkühlen und muss außerdem ruhig bleiben." Die Botschaft kam bei Coral an.

Rafe bewegte sich. Coral ging zum Bett hinüber, und er lächelte schwach. „Coral", flüsterte er. Sie beugte sich hinunter und küsste zärtlich seine fieberheißen Lippen. Die roten Flecken auf seinen Wangen leuchteten wie Farbtupfer auf der tödlichen Blässe seiner Haut. Corals Herz schmerzte, als ihr bewusst wurde, dass er noch lange nicht genesen war. Trotzdem lächelte sie ihn an und drückte seine Hand.

Frank näherte sich dem Bett und fühlte seinen Puls. „Wie geht es dir heute, alter Junge? Du hast besser geschlafen als in den letzten zwei Wochen. Ich glaube, wir sind auf dem Weg der Besserung."

„Wirklich?" Rafes Stimme war schwach, fast unhörbar. Er klang wie ein trauriger, kleiner Junge, und Coral wandte das Gesicht ab, damit er ihre Tränen nicht bemerken würde, aber er ergriff ihre Hand. „Warum weinst du, Rosenknospe?"

„Ich weine nicht, nein." Corals Handrücken schoss über ihr Gesicht.

„Es gibt keinen Grund zum Weinen", sagte Frank. „Kommen Sie, wir haben doch entschieden, dass es keine Emotionen und keine Aufregung geben würde." Er nahm Corals Arm, seine feste Hand führte sie entschieden zur Tür. „Wir lassen nun Morgana in Ruhe, damit sie sich um ihn kümmern kann."

„Kann ich nicht bleiben?"

„Nein, nicht heute, meine Liebe. Nicht heute. Gehen wir in die Küche und wärmen etwas Suppe auf. Ich bin sicher, Rafe wird sich nach dem Waschen darüber freuen."

Coral schluckte hart, als sie merkte, wie ihr Hals sich zusammenschnürte. Waschen? Morgana würde Rafe aufsetzen, um ihn zu waschen, würde ihn festhalten, er würde sie an sich spüren und sie würde mit ihren Händen überall seine Haut berühren … Röte schoss in ihr Gesicht. Sie fühlte sich schuldig und beschämt, dass ihre Fantasie Bilder der beiden zusammen heraufbeschwor, versuchte, sie zu vertreiben. Sie musste diese zwanghafte Eifersucht hinter sich lassen. Rafe kämpfte um sein Leben, und sie hatte nichts Besseres zu tun, als sich Geschichten auszudenken, die niemandem halfen.

Als Coral zwanzig Minuten später mit einer Tasse dampfender Fleischbrühe in sein Zimmer zurückkehrte, war Rafe allein, saß gegen Kissen gelehnt und lächelte. Sie setzte sich neben ihn. „Du siehst definitiv besser aus. Anscheinend bewirken Morganas Hände Wunder", meinte sie und hasste sich noch beim Aussprechen der Worte dafür, so durchschaubar zu sein.

Lag es am Licht oder entdeckte sie ein schwaches Funkeln des alten ironischen Glänzens in seinen müden Augen? „Eifersüchtig?", fragte er.

„Ja, sehr." Sie lachten beide.

„Habe ich dir nicht schon gesagt, dass du keinen Grund zur Sorge hast?"

„Ja, das hast du." Coral liebkoste zärtlich sein Gesicht. „Ich bin eine sehr besitzergreifende Frau, Rafe. Ich kann nicht ertragen, dass jemand anderes dich berührt, insbesondere wenn es eine Frau ist, mit der du intim warst."

Er hob ihre Hand an seine Lippen, drehte sie um und küsste ihre Handfläche. „Alles andere in meinem Leben liegt nun in der Vergangenheit. Jahrelang habe ich für den Moment gelebt, in dem ich Sex um des Sexes willen hatte, nur für die reine Erregung. Ich bin leichtsinnig mit meinem Leben umgegangen. Jetzt möchte ich mehr, ich möchte mit der Frau leben, die ich liebe. Ich möchte dich, Coral. Ich brauche dich. Ich werde dich nie verlassen", erklärte er heiser.

Er war aufgewühlt und atemlos. Coral konnte sehen, wie die Schweißperlen wieder auf seiner Stirn erschienen, seine Haut fühlte sich feucht an. Es war alles ihre Schuld. Sie hätte diese Unterhaltung nicht anstoßen sollen. Erneut fühlte sie sich, als ob sie ihn auf irgendeine Art im Stich gelassen hätte. Panik brodelte in ihr hoch. Was, wenn er es nicht schaffte? Was, wenn sie ihn für immer verlor?

„Sch, mein Liebster", sagte sie und versuchte, das leichte Zittern ihrer Stimme zu unterdrücken. „Ich weiß … ich weiß das alles. Es liegt an mir. Ich bin unverbesserlich, beachte es nicht. Jetzt musst du versuchen, zu schlafen, nicht zu denken. Es ist schlecht für dich, wenn du dich ermüdest." Während sie sprach, nahm sie die Kissen weg, die ihn aufrecht hielten, half ihm wieder in eine liegende Position und strich seine Haare zurück. Sie zog die Decken hoch und gab ihm eine kleine Umarmung, spürte, wie er sich bei der Nähe zwischen ihnen anspannte und zitterte. Sie fragte sich ängstlich, ob es eine Auswirkung des Fiebers war, oder ob sein Körper auf ihre Umarmung reagierte. Falls es das Letztere war, hoffte sie, dass es ein Zeichen für seine Erholung war.

Wochen der Übelkeit, des Fiebers und des gefürchteten Schüttelfrosts vergingen. Manche Tage waren besser als andere, aber Coral verließ nie Rafes Seite oder verlor die Hoffnung. Sie hatte entschieden alle negativen Gefühle für Morgana beiseitegeschoben, deren einzige Sorge es war, Rafe gesund zu pflegen. Frank Giles kehrte zu seiner Klinik in Narok zurück, zuversichtlich, dass die beiden Frauen zusammenarbeiten würden, um Rafe zu helfen. Aber er kam zweimal pro Woche vorbei, um ein Auge auf die Fortschritte seines Patienten zu haben.

Und Fortschritte gab es. Rafe war ein guter Patient. Sein Drang, gesund zu werden, zeigte sich endlich, und Frank hatte von Beginn an darauf beharrt, dass es ein wichtiger Faktor der Genesung war – die halbe Schlacht wäre damit schon gewonnen. Coral bemerkte, dass Rafes Sinne sich jeden Tag zu schärfen schienen, während er sich seine tägliche Injektion geben ließ, seine Fleischbrühe trank, alles aß, was ihm vorgesetzt wurde und viel schlief. Nach einer Weile wich die Gefahr, Rafe war über den Berg. Von da an verbesserte sein Befinden sich deutlich, und Coral sah mit Hoffnung und Erleichterung, wie er täglich kräftiger wurde.

Endlich war die Genesung in Reichweite. Coral und Rafe begannen, zusammen auf der Veranda von Whispering Palms zu sitzen, wenn es kühl war. Dann machten sie allmählich kurze Spaziergänge im Garten, bis sie in der Lage waren, am frühen Abend eine Stunde spazieren zu gehen. Sie vermieden stillschweigend alle anstrengenden Themen, taten nichts, das Rafes völlige Genesung körperlich oder seelisch beeinträchtigen konnte. Morgana erschien jetzt nur selten. Sie hatte wieder mit dem Tanzen im Golden Fish begonnen und schlief morgens lange, blieb meistens im Gästehaus und verschwand leise für den Rest des Tages. Coral bewunderte still die selbstlose Liebe und Hingabe dieser Frau für Rafe. Die Tänzerin hatte großmütig akzeptiert, dass der Mann, den sie liebte, sein Glück nicht mit ihr fand und war stolz in den Hintergrund getreten.

An einem schönen, sonnigen Tag lag Coral in einer Hängematte an einer besonders hübschen Stelle des Gartens, während Rafe ihr unruhig in einer Laube weißer Gardenien gegenübersaß. Coral war sich bewusst, dass er sie ansah und hatte Angst, dass die magnetische Unruhe, die in seiner Nähe stets in ihr hochkam, zu überwältigend wäre, deshalb versuchte sie, einen vorsichtigen Abstand zwischen ihnen beizubehalten. Frank Giles hatte strenge Anweisungen gegeben: keine Emotionen und keine seelische oder körperliche Anstrengung, bis Rafe völlig genesen war.

Sie plauderten beiläufig, lachten – es war so einfach, im Sonnenschein zu lachen, wenn sie zusammen waren. Plötzlich erklang ein lautes Zwitschern über ihren Köpfen und riss das Liebespaar aus ihrer Traumwelt. Erschrocken fuhr Coral hoch, seit ihrer bösen Erfahrung mit dem *mishiriki* war sie in Rafes Gegenwart weiterhin etwas nervös und beschützend.

„Was ist das?" rief sie, sprang aus der Hängematte, eilte instinktiv zu Rafe und kuschelte sich in seine Arme.

Er umarmte sie, versuchte offensichtlich, den ihn bei der Berührung überwältigenden Gefühlsrausch zu ignorieren, und lachte.

„Kein Grund zur Sorge, Liebste", sagte er. „Es ist nur ein Honiganzeiger. Komm, folgen wir ihm. Er führt uns vielleicht zu einem Bienenstock auf dem Anwesen, von dem ich noch nichts weiß." Angesichts ihres überraschten Gesichtsausdrucks erklärte er es ausführlicher: „Ich stimme zu, dass es ein seltsames Phänomen ist und muss zugeben, dass ich es noch nie selbst erlebt habe, aber ich habe darüber gelesen. Der Vogel kreischt und zwitschert über deinem Kopf, bis du ihm folgst. Siehst du, er ernährt sich von Bienenwachs, Larven und Wachswürmern in den Bienenvölkern. Deshalb braucht er jemanden, der den Stock öffnet, und er weiß, dass Menschen Honig mögen. Die Legende besagt, dass er sehr ärgerlich wird, wenn du den Honig nicht mit ihm teilst, und wenn er um seinen Anteil betrogen wird, sucht er Rache und führt dich zu einer Schlange oder irgendeiner anderen schrecklichen und gefährlichen Kreatur."

„Wie furchtbar." Coral runzelte die Stirn. „Es ist so ein hübsches Wesen." Sie sah zu, wie das kleine Tier mit den grauen Flügeln aus den Blättern hervorkam, seine weißen Schwanzfedern entfaltete und die strahlendgelben Streifen in seinem Federkleid vorführte.

Sie folgten dem Honiganzeiger etwa zwanzig Minuten lang und kamen schließlich an eine sehr alte und beeindruckend große Akazie. „Es muss hier sein", sagte Rafe, als sie sich dem Baum näherten, der von einer Menge summender Bienen umschwirrt wurde. „Du bleibst hier. Ich sehe es mir an."

„Sei vorsichtig. Du bist nicht darauf vorbereitet. Bienen können bösartig sein, wenn sie ihr Eigentum verteidigen."

„Im Gegenteil, glaube ich. Ich las irgendwo, dass sie tatsächlich sehr sanftmütig sind." Er näherte sich weiter dem Punkt, von dem die Bienen anscheinend herkamen.

Zu ihrer Überraschung fand Rafe den Bienenstock im riesigen Stamm der Akazie eingebettet. „Das ist definitiv ein Volk sehr glücklicher Bienen, das hier lebt", sagte er gutgelaunt. „Dieser

Stock ist sicher fast vierzig Zentimeter hoch und tief." Als er etwas
näherkam, um es zu untersuchen, wurde er von den Insekten ein
wenig angestupst, aber zum Erstaunen der jungen Frau verletzten
sie ihn nicht. „Und wir haben von seiner Existenz nichts geahnt",
schmunzelte er, kam zurück zu Coral. „Vielleicht ist es nur ein
temporärer Bienenstock. Ich bin sicher, wir hätten ihn bemerkt,
wenn er schon lange hier gewesen wäre. Ich werde ihn von einem
der Arbeiter öffnen lassen."

An jenem Tag aßen Rafe und Coral bei Einbruch der Abenddämmerung auf dem Patio, wo Rafe ihr einige Monate zuvor ihr
Abendessen serviert hatte. Es war der letzte Abend gewesen, den
sie vor ihrer Reise nach Narok gemeinsam verbracht hatten. Die
Sonnenstrahlen begannen, inmitten der Palmen schwächer zu
werden. Das sägeartige Lärmen der Zikaden, das den ganzen Tag
pausenlos ertönt war, hatte aufgehört, und das schrille Quaken
der Frösche, die inmitten der Farne bei den kleinen Wasser-
tümpeln im Garten lebten, hatte zugenommen. Coral liebte
diesen Patio. Sie und Rafe kamen oft her, um sich nach ihrem täglichen Spaziergang zu entspannen oder um abends, wie heute,
hier zu essen. Ihr abgeschiedener kleiner Ort schien nun im
Mondlicht zu träumen. Es war friedlich und ruhig, und die
Blumen, von denen die meisten schon ruhten, gaben ihren süßen
Duft ab, der sich mit der salzigen Luft des Meeres vermischte.
Nach dem Abendessen lehnte Rafe sich vor und zündete die
Kerzen auf dem Tisch an. Sie sah das Leuchten seiner Augen
und die überwältigende Wirkung seines Lächelns. Coral dachte,
wie gut er aussah, und ihr Herz füllte sich mit Freude, nicht nur
um seinetwillen, auch für sich selbst. Er hatte die Hölle durchlebt.
Hoffentlich konnte sie ihm all das Glück geben, das er verdiente.

Sie blickte auf, bemerkte Anatole Frances Zitat auf dem
Brunnen. Rafe folgte ihrem Blick und lächelte auf die vertraute
Art, die sie so gut kannte. „Wir jagen Träume und umarmen die
Schatten", murmelte er.

Sie hatten in den vergangenen Wochen viel geredet, aber es gab noch so viele unbeantwortete Fragen zwischen ihnen, und obwohl Coral gern auf einige Antworten gedrängt hätte, wagte sie es nicht.

„Ein Penny für deine Gedanken", sagte er, als sein Blick zurück zu ihr wanderte.

Coral fühlte die Wärme in ihre Wangen schießen. Sie schüttelte den Kopf, wusste aber, dass er sich ihrer Gedanken bewusst war, er hatte sie schon immer so gut durchschauen können. Als Rafe den Kopf neigte, bemerkte sie, wie ein Muskel an seiner Schläfe sich anspannte. Sein Gesichtsausdruck war an diesem Abend frei von Sarkasmus, stattdessen mit Traurigkeit angehaucht. „Der Moment, all deine Fragen zu beantworten, ist für mich gekommen, nicht wahr?"

„Rafe …", flüsterte sie, wusste nicht, was sie sagen sollte oder wollte.

„Ich weiß. Früher oder später muss ich mich diesen schmerzlichen alten Erinnerungen stellen."

Coral sah ihn weiter an. Er nahm ihre Hand und bedeckte sie mit seiner eigenen. „Ich werde nicht für immer weglaufen können. Da wir den Rest unseres Lebens zusammen verbringen werden, ist es nur fair, dass ich offen und ehrlich mit dir rede, dir berichte, wie es war … wie es ist, und all deine Zweifel über mich ausräume."

„Rafe, ich liebe dich. Ich interessiere mich nicht für …", begann sie, aber er legte zwei Finger auf ihre Lippen, sein Gesicht war ernst. Seine plötzliche Berührung machte sie schwindlig. Sie hatten sich schon so lange nicht mehr innig berührt.

„Still, meine Liebste", sagte er. „Früher oder später werde ich mich allem erneut stellen müssen." Sein Lachen war dumpf. „Frank sagt, es ist der einzige Weg, mich wirklich von meinen Dämonen zu befreien." Er nahm einen Schluck Scotch, seine Miene war freudlos.

Es schockierte Coral, ihn so belastet zu sehen. Sie hatte Angst, überhaupt etwas zu sagen. Ihn zu bedrängen und ihn das, was ihn so quälte, erneut durchleben zu lassen, war das Letzte, was sie wollte. Trotzdem musste sie es erfahren. Ansonsten würde seine Vergangenheit immer zwischen ihnen stehen und irgendwann Verstimmungen verursachen. Sie schenkte ihm ein kleines, ermutigendes Lächeln.

Rafes Gesicht entspannte sich ein wenig, und er griff erneut nach ihrer Hand. „Wir werden es sehr langsam durchgehen, wenn es dir nichts ausmacht", sagte er mit einem entwaffnenden Lächeln, das ihn sehr jung aussehen ließ. Er rieb seinen stoppelbesetzten Kiefer. „Beginnen wir mit Anatole Frances weisen Worten, die dich so verwirren. Wir jagen Träume und umarmen die Schatten." Er räusperte sich. „Als ich Faye begegnete, war ich sehr jung: zweiundzwanzig und Medizinstudent in Paris. In jenem Jahr verbrachte ich die Osterferien anders als sonst zu Hause in Conakry in Französisch-Guinea. Sie war mit ihrem Vater dort, Stanley Bradshaw, ein reicher englischer Siedler aus Tanganjika und ein Philanthrop, der in großem Stil in verschiedene Pasteur-Institute und andere gemeinnützige Organisationen in Afrika investiert hatte." Er nahm einen weiteren Schluck Scotch. Im flackernden Kerzenlicht hatte sein Gesicht einen träumerischen, versonnenen Ausdruck angenommen.

„Zu der Zeit hielt ich sie für das bezauberndste Wesen, das ich je gesehen hatte. Sie war sehr groß und gertenschlank. Sie hatte das perfekte ovale Gesicht, Züge wie eine Madonna mit magnolienblasser Haut, kohlschwarzem Haar und Augen, so dunkel und trügerisch wie die Nacht. Sie war wunderschön und unfassbar verwöhnt. Ich war jung, impulsiv und blind. Ich verliebte mich hoffnungslos, aber das war nur der Anfang."

Er hatte mit einem rauen Unterton gesprochen. Coral erblasste und wandte instinktiv ihr Gesicht ab, als der brennende Stich blinder Eifersucht ihr Herz wie ein glühender Schürhaken traf. Wie konnte sie auf eine tote Frau eifersüchtig sein? Nichtsdestotrotz eine tote Frau, die eine so tiefe Narbe hinterlassen hatte, dass er immer noch zitterte, wenn er über sie sprach. Nun musste sie nicht nur damit fertig werden, dass verführerische Frauen ihm nachliefen, sondern musste es auch noch mit einer wunderschönen, verstorbenen Ehefrau aufnehmen, in die er hoffnungslos verliebt gewesen war. Nichts davon ergab Sinn.

Rafes aufmerksame Augen hatten die Reaktion der jungen Frau nicht übersehen. „Schau mich an", sagte er barsch. Sein Ton wurde sanfter, als er die Verzweiflung in ihren Augen erkannte. „Oh, Coral, versteh mich nicht falsch. Das ist alles vor sehr langer Zeit geschehen. Ich war jung und wusste es nicht besser. Wenn ich dich aufrege, sollten wir diese Unterhaltung vielleicht besser gleich hier beenden, aber ich schulde es dir, alles Geschehene offen und ehrlich zu berichten. Ich liebe dich, Coral, das tue ich wirklich. Ich liebe dich mit der Erfahrung eines Mannes, der vom Leben verbrannt wurde. Dann kamst du, mit deiner Unschuld und deiner reinen und gebenden Liebe. Durch dich habe ich einen zweiten Blick auf mein Leben geworfen, auf den, der ich war, der ich wurde. Ich erkannte das Fiasko, das ich aus allem machte. Du hast mir Hoffnung gegeben, einen Grund, wieder ein richtiger Mensch sein zu wollen."

Wie immer vertrieb sein Blick, der so liebevoll und nun so leidenschaftlich auf ihr ruhte, alle Zweifel und Ängste aus ihren Gedanken. „Es geht mir gut, wirklich", versicherte sie ihm. „Es ist wohl nur mein eifersüchtiges und besitzergreifendes Wesen." Sie lächelte ihn an.

„Du musst dir um nichts Sorgen machen. Das habe ich dir schon einmal gesagt. Aber du musst lernen, mir zu vertrauen. Ich werde dafür sorgen, dass du mir vertraust."

„Ist Faye der Grund, aus dem du das Medizinstudium aufgegeben hast?"

Bei dem Gedanken zuckte Rafe zusammen. „Ja … ja", sagte er. „Sie wollte, dass ich meine gesamte Zeit mit ihr verbringe, und ich war zu verliebt, um zu der Zeit irgendetwas anderes zu wollen. Ich hatte zum Ende der Ferien einen gewaltigen Streit mit meinem Vater darüber. Er hatte die ganze Sache durchschaut. Siehst du, er war Arzt. Ich hätte wissen sollen, dass etwas seltsam war, aber ich habe nicht auf die Stimme der Vernunft gehört. Ich habe meinen Traum verfolgt. Außerdem hat Stanley Bradshaw, der dann mein Schwiegervater wurde, uns sehr unterstützt und alles sehr einfach gemacht. Ich nehme an, er wollte unbedingt, dass Faye sesshaft wurde …"

Coral sah Rafe fragend an. „Entschuldige, ich verstehe nicht. War mit Faye etwas nicht in Ordnung?"

Rafe hielt einen Moment inne, sah Coral konzentriert an, mit einer Traurigkeit, die sie nie zuvor an ihm gesehen hatte. Er holte tief Luft und fuhr fort.

„Wir heirateten in Tanganjika. Es war eine aufwendige Hochzeit, an die ich mich fast nicht erinnere. Während der gesamten Zeremonie und dem Großteil der luxuriösen Flitterwochen, die Stanley für uns in Hawaii organisiert hatte, war ich wie in Trance, was das Erwachen so viel brutaler und grausamer machte. Es dauerte nicht lange, bevor ich begriff, dass Faye depressiv war – der Begriff, den Frank benutzte, war manisch-depressiv. Sie war schon seit ihrer Kindheit übernervös, aber als sie erwachsen wurde, verschlimmerte sich alles. So bin ich Frank zum ersten Mal begegnet. Er war der Familienarzt, behandelte sie seit einigen Jahren, hielt ihre Stimmungsschwankungen mit Medikamenten unter Kontrolle. Zu Beginn war es nicht so schlimm. Als die Zeit verging, stellte sich dann heraus, dass Faye nie Kinder bekommen können würde.

„Das war, als die Trinkerei anfing …" Er zögerte, dann wurde seine Stimme leiser. „Die Trinkerei und die Promiskuität." Er kippte den Rest seines Scotchs hinunter, schenkte sich ein weiteres großes Glas ein und stand auf. Er lehnte sich an ein Rankgitter und fuhr fort: „Ich stürzte mich in die Arbeit. Stanley war Eigen-

tümer des größten Touranbieters in Dar es Salaam und einer be-
deutenden Sisalfarm. Er liebte mich inzwischen wie einen Sohn
und hatte offensichtlich ein schlechtes Gewissen, wie sich alles
entwickelt hatte. Er brachte mir das Jagen und Fliegen bei
und machte mich mit allen Aspekten des Handels vertraut, gab
mir so viel Arbeit, wie ich bewältigen konnte. Ich reiste oft. Ich
nehme an, dass ich flüchtete. Wenn ich zurückblicke, muss ich
zugeben, dass ich Faye keine gute Unterstützung war. Ich war
wütend und verletzt … die ganze Zeit. Du kannst dir nicht vorstellen, was das jemandem antut.“

„Also hattest du viele Affären“, sagte Coral schlicht.

Rafe antwortete nicht sofort. „Coral, wie schnell du voreilige
Schlüsse ziehst und verurteilst.“ Sein Ton war grob, und obwohl
seine Augen im Schatten lagen, wusste sie, dass sie dunkel
und grüblerisch waren. „Amüsanterweise keine Affären. Ein paar
One-Night-Stands, ja. Aber sie waren bedeutungslos – nur eine
Methode, Druck und Frustration loszuwerden … und den
Schmerz zu vergessen.“

„Deine Beziehung mit Cybil war ganz sicher mehr als ein One-
Night-Stand“, beharrte sie.

„Ich bin erst nach Fayes Tod mit Cybil ausgegangen“, verbesserte er sie, „und die Affäre endete, als sie Tanganjika verließ. Wir
haben sie nie wieder aufgenommen, das musst du mir glauben.“
Er änderte seine Position und nahm einen weiteren Schluck von
seinem Scotch.

„Am Tag des Unfalls hatten Faye und ich einen heftigen Streit.
Ich wollte nicht, dass sie auf diese Jagdexpedition geht. Sie war
in einer ihrer spannungsgeladenen, überreizten Stimmungen,
und das waren die schlimmsten, denn sie machten sie waghalsig.
Außerdem hatte sie eine Affäre mit einem widerlichen Kerl begonnen, von dem ich wusste, dass er hinter ihrem Geld her war. Er
war bei der Jagdgruppe dabei, und mir behagte der Gedanke
nicht, ihr dabei zuzusehen, wie sie sich lächerlich machte. Ich

wäre fast nicht mitgegangen, und das wäre so viel besser gewesen. Aber im letzten Moment musste Stanley sich um ein Problem auf der Farm kümmern und bat mich, sie zu begleiten." Er seufzte, wechselte seine Position erneut, kam dann zurück zum Tisch und setzte sich. Er leerte sein Glas.

„Ich habe das noch nie jemandem erzählt. Frank war an dem Tag dort, aber wir haben nie darüber gesprochen." Seine Stimme stockte, aber er versuchte, ihre Reaktion abzuschätzen. In seiner Miene lagen Schmerz, Hoffnung, Schuld, Liebe und so viele andere Gefühle, die Coral nicht deuten konnte. Sein Gesicht war blass, teilweise mit Verletzung überschattet. Sie wusste, dass er diese ganze grässliche Episode seines Lebens neu durchlebte und dass die Wunde noch empfindlich war. Sie wollte ihre Arme um ihn legen, ihm durch ihre Zärtlichkeiten und Liebe den Schmerz nehmen, aber sie musste ihn zu Ende erzählen lassen. Frank hatte recht gehabt: Seine Dämonen zu vertreiben war für Rafe der einzige Weg, die Verletzungen zu heilen und weiterzuziehen.

„Faye trank den ganzen Morgen und während des Lunches. Sie war bester Stimmung. Ich hatte sie noch nie so freudig erregt erlebt. Ich versuchte, sie zu beruhigen, sie vom weiteren Trinken abzuhalten, aber sie beschimpfte mich vor allen, sagte, dass ich als Ehemann nutzlos sei, dass ich nur an Geld dächte, und so weiter und so fort. Am Nachmittag gingen wir am Ufer eines in den Tanganjikasee mündenden Nebenflusses entlang – die Stromschnellen dort sind bekannt dafür, heimtückisch und gefährlich zu sein. Faye wollte ihren Freunden unbedingt zeigen, wie kühn sie war. Erneut versuchte ich, sie zu beruhigen, davon abzuhalten, aber sie fing an, zu schimpfen und zu schreien, also ließ ich sie letztlich und entfernte mich von der kleinen Gruppe. Sie sprang von Felsen zu Felsen, singend und lachend, eine Flasche Champagner in der Hand. Dann rutschte sie aus und fiel ins Wasser." Rafe hielt inne und seine Stimme zitterte ein wenig, als er fortfuhr.

„Das Wasser trug sie fort. Sie konnte sich am Schilf festhalten. Ich hörte den Schrei und sprang ins Wasser, bahnte mir meinen Weg durch die Felsen, um sie zu erreichen. Ich griff ihre Hand, kämpfte gegen die Strömung, versuchte, sie herauszuziehen, aber sie tat nichts, um sich zu retten. Ich sagte ihr immer wieder, dass sie sich festhalten solle, dass wir es schaffen würden. Ich kämpfte eine Weile, und wir näherten uns dem Ufer, aber plötzlich sah sie mich an und ließ meine Hand los, bewusst, absichtlich, das weiß ich. Ich versuchte erneut, sie zu erreichen, aber die schnellen Strömungen rissen sie fort, und sie verschwand in der Schlucht weit unter uns." Er verbarg sein Gesicht in den Händen, als ob er die schreckliche Erinnerung auslöschen wollte „Es war alles meine Schuld", flüsterte er heiser. Dann begannen die herzzerreißenden Schluchzer.

Coral ließ ihn lange weinen, während er die Wut und Schuld, die ihn erdrückt hatten, hinausließ. Sie verstand jetzt so viel. Natürlich lag er ganz falsch. Sie konnte sich vorstellen, wie es auf einen Zuschauer gewirkt hatte, als Faye davontrieb, und jemand wie Cybil könnte das leicht für ihre eigene Zwecke ausgenutzt, die Gerüchte angefacht haben. Rafe hatte seinen Schmerz so lang genährt, dass er die Fakten völlig verdreht hatte. Er hätte sofort Hilfe suchen sollen, Frank hätte sich darum kümmern müssen. Ihr Herz zog sich schmerzhaft zusammen, als sie an die Hölle dachte, die er all diese Jahre durchlebt haben musste. Sie war ihm keine Hilfe gewesen, aber sie würde es wieder gut machen.

Als Rafe endlich aufsah, waren seine Lider geschwollen und rot, er wirkte krank. Coral fühlte sich schuldig. Sie hätte ihn nicht reden lassen sollen. Er war dem noch nicht gewachsen, war noch in der Genesungsphase. Sie schwieg einige Sekunden, überlegte, was sie sagen sollte. Dann streckte sie die Hand aus, nahm seine und küsste sie auf die gleiche Art, wie er es so oft bei ihr getan hatte. „Ich liebe dich, Rafe", flüsterte sie. „Ich werde dich immer lieben."

Er griff ihre andere Hand über den Tisch, seine langen Finger streichelten sie sanft und schlossen sich um ihr Handgelenk. Er stand auf, kam zu ihr und zog sie an sich, verbarg sein Gesicht in ihrem Haar. Seine Nähe machte sie schwindlig, aber sie ließ zu, dass er sie eine Weile fest an sich drückte, spürte seiner Berührung nach, als er mit seiner Wange ihren Kopf liebkoste. Dann konnte sie die Qual seiner Erregung fühlen. Er atmete heftig, seine Augen glänzten, seine Hände strichen über ihren ganzen Körper. Es ging ihm noch nicht gut genug, der Arzt hatte sie vor solchen Genüssen gewarnt. Sie wandte ihr Gesicht ab, damit er nicht das heftige Bedürfnis sehen konnte, das ihren Körper schmerzen ließ. Sanft schob sie ihn weg.

„Warum, Coral, warum weist du mich zurück?"

„Ich weise dich nicht zurück, mein Liebster", antwortete sie und keuchte leicht, als sie zwei Schritte über den Patio machte, um ihm zu entkommen. „Ich schütze dich. Du warst heute schon genügend aufgewühlt, denkst du nicht? Wir müssen vernünftig sein."

„Ist das alles, was dich abhält?", fragte er, seine Augen glänzten verschmitzt, das alte Feuer in ihnen brannte so stark wie eh und je. Er kam auf sie zu.

„Nicht, bitte nicht, Rafe", bettelte sie mit leiser Stimme. „Ich würde dir nicht widerstehen können."

Das reichte aus. Mit einem Schritt überwand er die Distanz zwischen ihnen und sie war in seinen Armen. Er zog sie an sich und seine Hände fanden ihre Kurven, Handflächen strichen über sie, suchten, fanden, liebkosten sie dann mit Hunger und Leidenschaft, ließen sie zittern. Wellen der Lust nahmen ihren Körper in Besitz. Umso mehr sie erschauderte, desto mehr gab sie nach und desto mehr berührte und erregte er sie, was seine eigene Erregung steigerte.

„Coral, ich liebe dich. Ich will dich so sehr", flüsterte er an ihrem Mund, küsste sie genüsslich langsam und nahm ihr Kinn in beide Hände, als seine Küsse drängender und verlangender wurden. „Fühlst du, was du mit mir machst?" Seine Hände glitten unter ihre dünne Bluse und zogen ihr den trägerlosen BH aus. Das Hemd nahm den gleichen Weg und sehnsüchtig ergab Coral sich seinen Liebkosungen, ihre Brüste vor Lust geschwollen. Seine Zunge fand ihre Brustwarze und seine Zähne begannen, mit ihr zu spielen.

Aufregung durchlief sie, sie war nun fast verzweifelt erregt. Das Donnern ihres Herzens und Rasen ihres Atems musste es ihm offenbart haben. Er schob seine Hand sanft in ihre Shorts. Instinktiv spreizte sie die Beine ein wenig, aber er war grausam – seine Berührung war dazu gedacht, ihre Lust zu vergrößern, sie warten zu lassen, ihren Hunger nach ihm zu verstärken. Unwillkürlich strichen ihre Hände unter seine Taille. Sie öffnete seine Jeans und entdeckte seine warme, seidige Erregung. Sie hörte, wie er die Luft einsog, als sie ihn sanft umfasste, leicht drückte, auf und ab streichelte. Sie spürte, wie seine Fingerspitze ihren empfindlichsten Punkt fand, zuerst leicht dagegen strich, dann härter und fester rieb, während sie sich mit ihm bewegte, bis sie beide über den Rand einer hohen Klippe fielen, aufsteigend, gleitend und in den Qualen ungezügelter Leidenschaft wieder auf die Erde hinabsanken.

KAPITEL 12

In dieser Nacht schliefen sie umschlungen in seinem großen Bett. Rafe schlief zuerst ein, während Coral da lag, an seinen warmen Körper gekuschelt, seinem gleichmäßigen Atem lauschend und durch das offene Fenster auf die mondbeschienene Dunkelheit schauend. Sie schlief schließlich ebenfalls ein, ihr Herz und ihre Gedanken von Rafe erfüllt.

Als sie am nächsten Morgen aufwachte, stellte Coral überrascht fest, dass er gewaschen, rasiert und angezogen auf seiner Seite des Bettes saß, sein Blick liebkoste sie bewundernd.

„Guten Morgen, Rosenknospe", sagte er, setzte einen Schmetterlingskuss zuerst auf ihre Nasenspitze, dann auf ihre leicht offenen Lippen. „Deine Haut ist durchscheinend wie feines Porzellan, so frisch, so makellos. Solche Perfektion ist fast eine Sünde." Er grinste und strich eine Locke blonden Haares von ihrer Stirn. Coral war noch schläfrig, lächelte ihn träge an und streckte sich faul. Rafe zog sie an sich, in die Zuflucht seiner Umarmung, und sie spürte, wie gut ihre Körper zusammenpassten. Coral spürte, wie er einen Moment lang mit seiner Lust rang, sie dort und umgehend zu nehmen, aber widerwillig zog er sich zurück und sprang vom Bett „Wir haben heute viel zu tun", sagte er. „Ich werde dich im Garten malen. Ich weiß genau, wo. Ich habe darüber nachgedacht, als ich dich schlafend sah."

Er richtete das Frühstück auf der Veranda an, während Coral duschte und sich anzog: Champagner, frischgepresster Ananassaft, der Obstsalat, von dem er wusste, wie sehr sie ihn mochte, Straußenrührei und Kaviar, Toast, köstliche, exotische Konfitüren, Eukalyptushonig und seinen besonderen Kaffee vom Kongoni-Anwesen.

Nach dem Frühstück führte er sie zu einem abgelegenen Teil des Gartens, den sie noch nicht gesehen hatte. „Das ist mein Studio", erklärte er, als sie ein rechteckiges, terrakottafarbenes Außengebäude mit gedecktem *makuti*-Dach erreichten, das von korallenfarbenen Kapokbäumen und einigen Akazien umgeben war. Er stieß die Vordertür und die Fensterläden auf und die weißen Wände des Raumes waren plötzlich in Sonnenlicht gebadet. Rafes Stimmung war sowohl überschwänglich wie gelassen, als ob eine große Last von seinen Schultern genommen worden wäre. „Wirst du mir draußen Modell sitzen, oder wird es zu heiß sein?" Er nahm einen weißen Leinenkittel von einem Haken und zog ihn an.

„Ich werde dir mit Begeisterung an jeder Stelle deiner Wahl Modell sitzen." Sie lachte, ihr Gesicht strahlte vor Glück, während sie zurück in den Garten gingen. Rafe hatte sich erholt. Nicht nur das, er war ein neuer Mann. Sie hatte ihn oft energiegeladen und aufgeweckt erlebt, aber an diesem Morgen war etwas anders. Zuerst konnte sie es nicht benennen, aber dann begriff sie es: Die Traurigkeit, die sie so oft im Hintergrund seiner Augen gesehen hatte, war verschwunden.

Corals Haare wurden in einem losen Knoten zurückgehalten, vorwitzige Ringellocken umrahmten ihr Gesicht. Sie trug ein spitzengesäumtes weißes Baumwollkleid, fast durchsichtig und in seiner Schlichtheit charmant weiblich, es ließ sie unwirklich aussehen. Rafe starrte sie an.

„Was ist?" Sie war von seinem intensiven Blick fast eingeschüchtert.

„Nichts, Rosenknospe. Du erinnerst mich nur an die Nymphen in meinem Lieblingsballett, Les Sylphides."

Rafe platzierte sie auf einer Steinbank unter einem weißen Kletterrosenstrauch. In der Nähe war eine einsame Eidechse bewegungslos auf einer flechtenbedeckten alten Mauer ausgestreckt, während zänkische Vögel in den Kapokbäumen herumsprangen und -flatterten, versuchten, einander zu vertreiben. Es war ein verträumter Morgen, ungestört von den Gedanken der Außenwelt.

Er stellte eine Leinwand auf eine Staffelei, nahm einige Pinsel auf und begann rasch, Farben auf seiner Palette zu mischen, als ob er fürchtete, dass seine Inspiration bald verschwinden würde.

„Wo hast du das Malen gelernt?", fragte Coral, während seine geschickten Künstlerhände mit dem Skizzieren begannen.

Er zuckte mit den Schultern. „Ich glaube, es kam von allein. Als ich ein Kind war, malte meine Mutter. Sie nahm mich immer mit an den Strand, und wir verbrachten Tage damit, so zu tun, als ob wir beide Künstler wären. Wir brachten unsere Leinwände mit nach Hause und abends fungierten mein Vater, mein Kindermädchen, die Köchin und manchmal einer unserer Nachbarn als Preisrichter. Der siegreiche Maler erhielt einen Preis, normalerweise einen schokoüberzogenen Kokosriegel, welchen ich unglaublich genossen habe, wie ich mich erinnere." Ein schiefes Lächeln lag auf seinem Gesicht und seine Augen waren träumerisch.

„Wo war das, in Französisch-Guinea?"

„Ja, in Französisch-Guinea. Das war alles vorbei, als ich elf war und meine Mutter starb." Ein Muskel in seinem Kiefer zuckte angesichts der schmerzlichen Erinnerung. „Dann wurde ich nach Frankreich geschickt, zu den Eltern meines Vaters im Luberon, wo sie wohnten. Ich wurde in ein Jesuiteninternat gesteckt. Ich hasste es, lief zweimal weg. Einmal im Jahr, während der Sommerferien, kehrte ich nach Conakry zurück, um meinen Vater zu besuchen. Die Weihnachts- und Osterferien verbrachte ich bei meinen Großeltern. Sie waren sehr gütig, aber alt, und es gab in der Nachbarschaft keine Kinder, mit denen ich spielen konnte. Ich konnte nach Belieben über die manoir und das Grundstück verfügen. Die

Söhne des Gärtners kamen von Zeit zu Zeit vorbei, das hat Spaß gemacht. Trotzdem war ich sehr einsam. Jedes Jahr wartete ich sehnsüchtig auf, les grandes vacances, wie es in Frankreich genannt wird, damit ich zur Sonne, dem Meer und den weiten Landschaften Afrikas zurückkehren konnte."

„Es war also keine glückliche Kindheit?" Coral begann zu verstehen, was hinter Rafes Komplexität steckte.

„Es war keine unglückliche, aber wie ich sagte, ich hasste das Internat. Außerdem vermisste ich meine Mutter entsetzlich. Sie war eine bezaubernde Dame – sehr liebevoll, leidenschaftlich und auf manche Weise extravagant. Sie war keine Schönheit, aber die Leute sagten immer, dass sie Charme und Charisma hatte, und sie war gütig, sehr gütig. Ich glaube, das war die Eigenschaft, in die mein Vater sich verliebt hatte. Ich erfuhr von ihrer Liebesgeschichte erst, als mein Vater starb und ich das Tagebuch meiner Mutter fand. Bis dahin wusste ich nichts über die Familie meiner Mutter. Mir wurde gesagt, dass sie alle tot seien, dass sie außer meinem Vater und mir keine Angehörigen hätte. Ich habe nie daran gedacht, Fragen zu stellen, und so wusste ich nicht, dass sie aus Kenia mit meinem Vater durchgebrannt und von ihrer eigenen Familie enterbt worden war. Bis dahin wusste ich auch nichts über Mpingo. Als ich Jahre später nach Kenia kam, wusste ich nicht einmal, dass Mpingo noch existierte. Ich war fasziniert, es zu entdecken, aber nicht aus finanziellen Gründen – ich hatte bereits Geld. Stanley Bradshaw war ein anständiger und großzügiger Mann. Als ich Faye heiratete, hatte er mir einen Anteil seiner Firma übertragen."

„Wahrscheinlich aus Schuldgefühlen heraus", warf Coral umgehend ein.

„Vielleicht. Trotzdem war es sehr großzügig von ihm – einige Menschen hätten sich um ihren Schwiegersohn nicht gekümmert. Ich glaube, er mochte mich wirklich. Nach Fayes Tod blieb ich in Tanganjika, um ihm mit seinen Geschäften zu helfen – hauptsächlich aus Trägheit – aber ich war sehr unglücklich. Es gab dort zu viele negative Erinnerungen, und der Tratsch über den Unfall ließ nie nach. Als ich von der Vergangenheit meiner Mutter und Mpingo erfuhr, gab es mir einen Grund, mein Leben neu zu beginnen. Mein Schwiegervater kaufte freundlicherweise meinen Unternehmensanteil. Er war viel wert und hätte mehr als ausgereicht, um mich zu versorgen, ohne dass ich das bescheidene Erbe anrühren musste, das ich nach dem Tod meiner Großeltern von meinem Vater erhielt. Ich habe mich irgendwie nie für all das interessiert. Außerdem bestand es eigentlich nur aus dem manoir, so groß es auch ist. Anwälte in Paris kümmerten sich um alles, also habe ich es nie wirklich als meins betrachtet. Aber Mpingo war anders. Es hatte meiner Mutter gehört, und ich wollte diesen Teil von ihr – und meine eigenen Wurzeln – zurückbekommen, der verlorenging, als ihr Vater sie enterbte. Ich gebe zu, dass ich nach Kenia kam, um mein Erbe zurückzukaufen. Ich habe deinem Vater sogar eine erhebliche Summe dafür geboten. Aber als er mir erklärt hatte, dass es nicht zum Verkauf stünde und dass er es für seine wundervolle Tochter bewahren wollte", er sah sie lächelnd an, „habe ich es mir aus dem Kopf geschlagen."

Beim Reden hatte Rafe ohne Unterlass gearbeitet und trat nun zurück, um die Wirkung seiner Kreation zu betrachten.

„Darf ich es mir ansehen?"

Rafe streckte ihr sein Skizzenbuch hin. Das Abbild einer schönen jungen Frau mit großen Saphiraugen sah ihnen von der Seite entgegen, mit Feuer im Blick und leicht geöffneten Lippen – Merkmale, die auf den anderen Bildern, die er früher von ihr gemalt hatte, fehlten. Er hatte beim Skizzieren ihre Gedanken gelesen, es war provokativ und sinnlich – das Gefühl, das er ihr vermittelte, wenn er ihr nahe war. Ihre Augen waren weich und leuchtend. Sie sah aus wie eine verliebte Frau, von jemandem gemalt, der so innig verliebt war, dass er das vertraute Wesen der Person, die er liebte, heraufbeschwören und ihre innersten Geheimnisse erspüren konnte. Erneut hatte Rafe ihre Seele eingefangen.

„Es ist wunderschön", murmelte sie, „aber du hast mich entblößt, ich fühle mich nackt. Du hast mich so genau erfasst. Woher
wusstest du es?"

„Ich liebe dich und lasse mich von meinem Herzen führen."

Er kam zu ihr und nahm sie in seine Arme. In der Bewegung
strich er gegen einen Rosenzweig und eine Masse voll aufge-
blühter Rosenblätter kam herunter. Sie fielen in einer schneear-
tigen Kaskade auf Corals Haar. Sie lachte hell und jubelnd auf. Bei
ihrem Anblick schnappte Rafe nach Luft und machte einen Schritt
zurück, von dem Bild vor sich offensichtlich überwältigt.

„Warte!", sagte er, drückte sie zurück auf die Bank. „Bleib, wo du
bist. Beweg dich nicht." Er verschwand in sein Studio und kehrte
mit einer großen blauen Samtschachtel zurück. Er ging auf ein
Knie und nahm ihre schlanke Hand mit unendlicher Zärtlichkeit.
„Coral, mein Liebling, ich verspreche, dass ich dich von diesem
Tag an, solange die Sonne aufgeht und die Nacht hereinbricht, aus
tiefstem Herzen lieben werde. Ich werde dich bis zu meinem
letzten Atemzug beschützen und erfreuen, werde dir treu sein
und niemanden höher schätzen als dich, für den Rest unseres
Lebens. Willst du meine Frau werden?"

Coral konnte das Gefühl in seiner zitternden Stimme hören
und sah die Intensität seiner Liebe in sein Gesicht geschrieben. Sie
blieb eine Minute lang stumm, konnte kaum glauben, was sie
gehört hatte, bevor sie ihre Arme um ihn schlang.

„Oh Rafe! Ja, ja, ja", rief sie mit einem erleichterten Aufatmen.
„Ich hatte gedacht, du würdest mich nie wieder fragen, so wie ich
mich benommen habe." Ihre Stimme brach. „Ich liebe dich, verehre
dich mit meinem ganzen Herzen, meinem Körper, meinen Gedanken, mit jedem Atemzug in mir, und das werde ich bis zu meinem
letzten Tag tun. Ich glaube, ich habe dich von dem Moment an geliebt, in dem du zum ersten Mal mit mir gesprochen hast, bevor ich
dich überhaupt richtig kennenlernte." Sie schloss ihre Arme enger
um seinen Hals, versuchte, ihm ihre ganze Hingabe zu vermitteln.

Rafe hob ihr Kinn an und küsste sie sehr sanft, setzte sich dann neben sie auf die Bank. „Das Leben wäre nicht mehr dasselbe gewesen, wenn du Nein gesagt hättest." Coral sah ihn an und bemerkte den verschmitzten Blick. „Das hier ist sehr weit gereist, um zu dir zu gelangen", erklärte er, während er die Samtschachtel auf ihre Knie legte.

„Aber Rafe, du hast mir bereits den herrlichsten Ring gegeben", protestierte sie. „Er ist im Safe in Mpingo. Ich brauche kein …"

Er drückte zwei Finger auf ihre Lippen und zog mit der anderen Hand ihre an seinen Mund. „Still, meine Süße. Das ist lange her, war in einem anderen Leben …"

Coral hob den Deckel hoch und konnte kaum atmen. „Oh, Rafe", seufzte sie, als sie die Schmuckgarnitur aus einem Saphirhalsband mit Diamanten, einem Armband, einem Ring und passenden Ohrringen aufdeckte, die auf einem Samtkissen ruhte. „Sie sind wundervoll." Sie streckte eine Hand aus und nahm einen tränenförmigen Ohrring heraus, der das Sonnenlicht einfing und in einer Explosion aller Farben des Regenbogens erstrahlte. Coral war beinahe sprachlos. „Das ist zu viel", flüsterte sie. „Das verdiene ich nicht, nicht, nachdem ich …"

„Meine süße, kleine Rosenknospe, diese gehörten meiner Urgroßmutter und nach ihr meiner Großmutter. Unter anderen Umständen wären sie meiner Mutter übergeben worden, da mein Vater keine Schwestern hatte, aber ich bezweifle, dass sie sie je zu Gesicht bekam. Sie hatte ein neues Leben in Afrika begonnen, und der Schmuck wurde im Safe des Anwalts in Paris aufbewahrt, bis er heute Morgen per Kurier hier ankam." Rafe strich sanft mit einem Finger über Corals Wange. „Ich möchte unbedingt, dass du ihn bekommst. Eines Tages wirst du ihn der Ehefrau unseres ältesten Sohnes übergeben. So funktioniert das mit den Familienerbstücken, zumindest in der Familie de Monfort."

„Danke", murmelte sie. Sie sah zu ihm auf. „Ich fühle mich, als ob wir schon ein Teil voneinander sind. Ich möchte niemals wieder von dir getrennt sein." Sie schmiegte sich an ihn und legte ihren Kopf an seine Schulter.

„Dann müssen wir bald mit den Hochzeitsvorbereitungen beginnen." Er lachte leise, beugte seinen Kopf, seine Lippen glühend auf ihren. Er schloss seine Arme enger um sie.

„Wo wird sie stattfinden?", fragte sie aufgeregt.

„Wo immer du möchtest, meine Liebste. Es wird dein Tag sein." Seine Hände umfassten ihr Gesicht.

„Meine Familie und Freunde sind in England."

„Wenn du es möchtest, wird sie in England stattfinden."

„Nein, ich möchte, dass sie auf Mpingo stattfindet. Hier in Afrika, wo wir uns trafen und verliebten. Meine Mutter und meine Freunde, jedenfalls die, die es wert sind, werden nur zu gern nach Kenia kommen. Aber ich möchte keine große Hochzeit. Ich möchte eine kleine, intime und romantische Feier." Sie hielt plötzlich inne, begriff, dass sie vielleicht egoistisch war, wenn sie alles ohne einen Gedanken an ihn bestimmte. Sie errötete. „Es tut mir leid, vielleicht möchtest du, dass sie woanders stattfindet? Wo sind deine Freunde?"

„Ich habe einige Freunde hier, aber ich brauche niemanden, wenn ich dich habe, meine Süße." Er drehte sie in seinen Armen zu sich und zog sie fester in seine Umarmung, presste seine Lippen auf ihren Mund, ihre Schläfen, ihre Wangen und ihren Hals, mit unendlicher Zärtlichkeit, fast ehrfürchtig. „Für mich bist du das kostbarste Juwel im ganzen Universum", flüsterte er. „Ich werde dich mein ganzes Leben wie einen Schatz hüten. Jetzt, da ich dich gefunden habe, werde ich dich nie mehr gehen lassen. Nichts sonst ist wichtig."

„Werden wir auf Whispering Palms leben?"

„Ich dachte, wir könnten in der Manoir de Monfort leben", sagte er zögerlich. „Niemand wohnt dort, seit meine Großeltern vor zehn Jahren starben. Es ist der Familiensitz und stirbt an Vernachlässigung. Es ist mein Erbe und wird eines Tages das unserer

Kinder sein. Wir schulden es ihnen, es gut zu pflegen. Wirst du mir helfen, ihm ein neues Leben zu schenken?"

„Was wird mit Whispering Palms und Mpingo geschehen?" Bedauern färbte ihre Stimme. „Ich dachte, du liebst Afrika."

Er schüttelte seinen Kopf, und ein Schatten huschte über sein Gesicht. „Das Afrika, das ich kenne, verschwindet allmählich, aber wir können jedes Jahr zurückkommen, wenn du möchtest und Zeit auf Whispering Palms und Mpingo verbringen. In Frankreich hätte außerdem deine Karriere bessere Entwicklungs-möglichkeiten. Wir können für lange, faule Ferien herkommen, zwei oder drei Monate am Stück. So haben wir das Beste beider Welten." Ein Lächeln hellte seine Miene auf. „Würde das meiner romantischen Rosenknospe zusagen?"

Sie lächelte zustimmend. „Ja, das klingt sinnvoll." Hand in Hand schlenderten sie zurück zum Haus.

*   *   *

Die Hochzeit würde im August auf Mpingo stattfinden. Obwohl sie wussten, dass es ihnen schwerfallen würde, hatten Coral und Rafe gemeinsam beschlossen, den Monat vor dem großen Tag über ge-trennt zu bleiben und nicht zu kommunizieren. Er musste sich um Geschäfte in Paris kümmern, und sie war völlig in die Hochzeits-vorbereitungen eingebunden. Corals Mutter und Onkel Edward waren aus England eingeflogen, um bei der Organisation zu helfen. Die Zwillinge, die als Blumenmädchen und Pagen fungieren würden, würden kurz vor dem großen Tag mit ihrem Kinder-mädchen nachfolgen. Innerhalb von einem Monat waren die Gäs-telisten erstellt und die Einladungen verschickt, Menü, Musik und Blumen ausgesucht worden. Grundstück und Haus von Mpingo waren hergerichtet.

Die Zeremonie würde am Nachmittag an einer abgelegenen Stelle des Gartens stattfinden, an der die etwa zweihundert Gäste leicht Platz finden würden; Familien und Freunde, einige aus der Gegend, andere waren aus verschiedenen Ecken der Welt eingeflogen waren, um dieses besondere Ereignis zu feiern. Obwohl einige der Gäste auf Mpingo und Whispering Palms übernachten würden, waren Hotelzimmer reserviert und Busse bestellt worden, um die restlichen unterzubringen.

Lady Ranleigh war die Verkörperung englischer Reserviertheit, aber sogar sie konnte nicht anders, als in den Hochzeitsvorbereitungen ihrer Tochter zu schwelgen, und Coral war begeistert gewesen, als ihre Mutter ihr eigenes Hochzeitskleid hervorgeholt hatte. „Ich hoffe, dass du es deiner Tochter übergibst, wenn die Zeit gekommen ist", sagte sie, als sie den Originalkarton von Worth überreichte, in dem das zarte Kleid zwischen Schichten aus Seidenpapier lag, zusammen mit dem Schleier, den zierlichen, hochhackigen Schuhen und der Satinschatulle, die den passenden Schmuck enthielt.

Als Aluna sorgfältig den siebenundfünfzigsten winzigen Perlmuttknopf auf dem Rücken ihres Kleides zugeknöpft hatte, betrachtete Coral sich kritisch im Drehspiegel, der in der Zimmerecke stand. Das lange Kleid war ein Kunstwerk, das Coral so gut stand, dass es speziell für sie geschaffen schien. Es kombinierte verträumten, eierschalenfarbenen Chiffon mit dazu passenden Einsätzen aus Seidenspitze, der Rock war kompliziert geschnitten und umschmiegte ihre Hüften, bevor er mit fließender Eleganz in vollem Faltenwurf zum Boden floss. Die Seidenspitzeneinsätze waren mit Perlen und Ton-in-Ton-Kristallperlen verziert, die Blätter, Ranken und voll aufgeblühte Blumen darstellten – ein Design von ausgesprochen weiblichem Reiz.

„Ich hoffe, er ist ein geduldiger Mann", brummte die alte *yaha* kopfschüttelnd. „Diese Knöpfe aufzumachen, wird eine Ewigkeit dauern."

Zuerst hatte Aluna, stets beschützend und festgefahren, versucht, Coral von der Hochzeit mit dem Franzosen abzubringen, obwohl sie nun wusste, dass Rafe nicht der Teufel war, für den sie ihn gehalten hatte. Aber als die Zeit verging und die Hochzeitsvorbereitungen voranschritten, war die afrikanische Frau etwas nachgiebiger geworden und hatte sich angesichts des Glücks und der Ausgelassenheit um sich herum mit dem Gedanken angefreundet und ihrer kleinen *malaika* endlich ihren Segen gegeben.

„Binde dies um deine Taille. Es wird die bösen Geister abhalten", sagte sie barsch und versuchte, ihre Gefühle zu verbergen, als sie Coral ein weißes Samtband reichte, an dem eine kleine blaue Perle befestigt war. „Ihr werdet so ein schönes Paar sein, dass ihr zweifellos Neid und Eifersucht hervorrufen werdet."

„Oh, Aluna. Liebe Aluna, danke!" Corals Stimme klang erstickt, als sie ihre alte *yaha* liebevoll umarmte. „Etwas Altes, etwas Neues, etwas Geliehenes, etwas Blaues. Das vervollständigt es. Du hast mir ein Leben in perfektem Glück gesichert."

„Hoffe nicht auf ein Leben in perfektem Glück, mein Kind", sagte Aluna ernst. „Lebe den glücklichen Moment in jedem Fall intensiv, aber erinnere dich, dass Glück seine Stürme hat."

„Du bist eine geborene Pessimistin, Aluna. Sogar an meinem Hochzeitstag belehrst du mich noch", sagte Coral lachend.

Sie wand und drehte sich, versuchte, das Kleid aus jedem möglichen Blickwinkel zu betrachten. Der seidene Unterrock an ihrer Haut liebkoste ihren Körper bei jeder Bewegung. Dadurch sehnte sie sich nach Rafes Berührung, sich der angesichts seiner Abwesenheit gähnenden Leere in sich sehr bewusst. Obwohl der Monat wie im Flug vergangen war, waren ihre Gedanken ständig bei ihm gewesen. Sie hatte sich oft gefragt, wie er sich fühlte, wenn sie getrennt waren. Coral blickte auf den Diamantring, den er ihr gegeben hatte und der in tausend Regenbogenfarben funkelte. Nur ein Beweis seiner Liebe: An diesem Morgen hatte auf ihrem Frühstückstablett ein Liebesbrief neben einer Rosenknospe gelegen. Sie hatte die Botschaft gelesen, bis sie sie teilweise auswendig konnte. In wenigen Stunden würden sie wieder vereint und heute

Abend würde die Verbindung für immer sein. Coral fühlte ihr Inneres schmelzen. Ihr Herz sang geradezu.

„Miss Coral, würdest du bitte eine Weile stillstehen", protestierte Aluna, während ihre geschickten Finger sich dem Haar der jungen Frau widmeten, das in Ringellocken ihren Rücken hinabfloss. „Ich kann diese Perlen nicht in dein Haar flechten, wenn du deinen Kopf wie eine Wetterfahne bewegst!"

In diesem Moment stürmten Thomas und Lavinia in das Zimmer, lachend und einander schubsend. Die Zwillinge waren ebenfalls in Kleidung aus eierschalenfarbener Seide gekleidet und sahen mit ihren runden Gesichtern, Grübchen und großen blauen Augen wie kleine blonde Cherubim aus.

„Ruhig, ihr zwei", sagte Aluna, setzte ihr ernstes Gesicht auf. „Geht und setzt euch dahin, auf das Sofa, wie zwei wohlerzogene Kinder."

Immer noch kichernd sausten die Zwillinge so plötzlich aus dem Zimmer, wie sie hereingekommen waren.

Aluna wandte ihre Aufmerksamkeit dem Kopfschmuck zu. Die enganliegende, glockenförmige Haube war elegant und gutgeschnitten. Sie war aus Spitze, gesäumt von einem schmalen Band aus Schleierkraut. Der dramatische drei Meter lange Schleier bestand aus sehr zarter Spitze und wurde unter den Ohren an jeder Ecke von kleinen Blumensträußchen gehalten.

„Lavinia und Thomas müssen diese Schleppe hochhalten, damit sie nicht über den Boden schleift. Sie wird im Garten ruiniert werden", murmelte die *yaha*. „Ha! Wie kann man Fünfjährigen solche Verantwortung übertragen."

Sandy, die die einzige Brautjungfer war, kam herein, als Aluna gerade den Kopfschmuck auf Corals Kopf befestigte. „Oh, Coral", seufzte sie, „du siehst einfach hinreißend aus! Wie erlesen weiblich." Sandy ging um Coral herum und kicherte. „Der arme Rafe wird es schwer haben, bis heute Nacht seine Hände von dir fernzuhalten."

Coral spürte, wie sie errötete. Rafes Hände! Sie wollte jetzt wirklich nicht an Rafes Hände denken. Es war wichtig, dass sie kühl und gefasst blieb; an seine über ihren Körper streichenden Handflächen zu denken, war sicher nicht die vernünftige Vorgehensweise. „Du siehst selbst herrlich glamourös aus", versicherte sie ihrer Freundin, als sie das Kleid der Brautjungfer betrachtete. Es war entsprechend ihrem eigenen entworfen, aus eierschalenfarbener Rohseide, das Oberteil verziert mit einem Satinband, der volle Rock war über der Hüfte mit diagonalen Spitzenrüschen verziert. „So richtig Zwanzigerjahre!"

„Ich habe deinen Brautstrauß", verkündete Sandy und legte ihn vorsichtig auf den Tisch. Es war ein herrlicher Wasserfallstrauß aus alabasterfarbenen Anthurien mit weißen Orchideen, die nach unten kaskadierten, grüne Blätter verzierten die Stiele. Coral hatte lokale, exotische Blumen anstelle der traditionelleren Rosen und Nelken gewählt und dadurch ihrer Ausstattung die letzte Note geheimnisumwitterter Romantik verliehen.

„Vergiss nicht, ihn in meine Richtung zu werfen, wenn es so weit ist – ich möchte die nächste Braut sein." Sandy lachte. „Mir den Garten unten und all die prachtvollen Vorbereitungen anzusehen, hat in mir wirklich Sehnsucht nach Familiengründung erweckt."

Lady Ranleigh kam mit der Schmuckschatulle herein. „Oh, Liebling, lass mich dich ansehen", sagte sie. „Alle Bräute sind an ihrem Hochzeitstag schön, aber ich finde, du siehst himmlisch aus. Ich hoffe nur, Rafe begreift, was für ein glücklicher Mann er ist."

„Auch ich habe Glück, Mummy", erinnerte Coral sie mit einem süßen Lächeln. Ihre Mutter und Onkel Edward waren Rafe nur einige Tage vor dessen Abreise nach Paris sehr kurz begegnet. Auch wenn man nichts zu ihr direkt gesagt hatte, hatte Coral zufällig gehört, wie ihr Stiefvater ihn als stilles tiefes Wasser beschrieben hatte, und sie spürte, dass sich beide ein wenig Sorgen über die Verbindung machten.

Lady Ranleigh nahm den Schmuck aus der Schatulle. Zuerst die lange Perlenschnur, die Coral mehrere Male um ihren Hals wand, dann das passende Armband und schließlich ein exquisites Paar diamantener Ohrstecker, von denen eine tränenförmige barocke Perle baumelte. Coral schlüpfte in die passenden zarten Stöckelschuhe, die sie um einige Zentimeter größer machten, und sah sich ein letztes Mal im Spiegel an, bevor sie zur Zeremonie hinunterging. Sie hatte sich nie für glamourös gehalten, aber heute funkelte sie. Sie blickte auf das Zifferblatt der Diamantuhr, die ihre Mutter ihr für den Anlass geliehen hatte; sie war schon zwanzig Minuten zu spät. Sie durfte Rafe nicht länger warten lassen.

Es war ein idealer Nachmittag für eine Hochzeit. Die Sonne war den ganzen Tag heiß und durchdringend gewesen, aber zu dieser Stunde war der Augusthimmel von einem tieferen Blau, während die Luft frischer und kühler wurde.

Die Zeremonie würde in Mpingos geheimem Garten stattfinden. Er war von hohen Hecken umgeben, ein schmales Holztor fungierte als Eingang, hinter dem ein duftender Gang zum Zentrum der Anlage führte. Der gesprenkelte Tunnel aus klassischen Bögen, die mit weißem Geißblatt und zartem rosa Trompetenwein überwachsen waren, führte zu dem im römischen Stil erbauten Pavillon in der Mitte, wo der Altar aufgebaut worden war. Blumeneimer waren auf der Anlage verteilt, quollen mit einer Fülle von süßriechenden weißen Blumen und Grünpflanzen über und reicherten die Umgebung mit opulentem Duft an. Stühle für Familie und Freunde waren auf jeder Seite der Bögen im milden und friedlichen Schatten der Akazien in Reihen aufgestellt. Eine Orgel war von einem Secondhand-Laden in Mombasa ausgeliehen und für den Anlass passend gestimmt worden.

Coral stand einige Sekunden lang mit Onkel Edward am Tor, während Sandy den Zwillingen half, mit den Metern aus zarter Spitze zurechtzukommen, aus denen die Schleppe ihres Schleiers bestand. Das Signal wurde gegeben, und die ersten vollen Töne des Hochzeitsmarsches stiegen in die ruhige Luft. Köpfe wandten sich um. Am Arm ihres Stiefvaters begann Coral, langsam den Gang hinab zu schreiten, auf einem Teppich aus Rosenblättern, gebadet in gesprenkeltes Licht. Ein hörbares Raunen ertönte, als das gesamte Gefolge behutsam den Weg entlangschritt. Coral bemerkte im Vorbeigehen die vielen lächelnden Gesichter ihrer Freunde und Verwandten. Sie war tief gerührt, wie viele von ihnen eine solch weite Strecke gereist waren, um ihr Glück zu wünschen.

Am Ende des Ganges konnte sie Rafe sehen, eine große, schlanke Figur, der mit seinem Trauzeugen Frank Giles neben sich auf den Stufen des Pavillons stand. Rafe war in seinem maßgeschneiderten Cutaway mit dem gestärkten weißen Hemd und einer weißen Krawatte perfekt gekleidet. Sein Haar war frisch geschnitten, seine kräftige gebräunten Gesichtszüge schienen sogar noch beeindruckender als die in ihr Gedächtnis eingegrabenen. Sie musste kurz nach Luft schnappen, als sein glühender Blick sie mit goldener Anerkennung fast verglühte. Sogar auf diese Entfernung war sie sich der überwältigenden körperlichen Anziehung zwischen ihnen bewusst. Ihre Beine fühlten sich plötzlich schwach und wacklig an und ihr Herz hämmerte so stark, dass sie den Arm ihres Stiefvaters umklammerte, um sich zu stabilisieren. Rafe und Frank strahlten ihr beide ein ermutigendes Lächeln entgegen.

Endlich war sie da, an seiner Seite. Coral sah bewundernd zu ihm auf. Einige Sekunden lang schien nichts zu zählen – Menschen, Ort oder Zeit –, während sie in jene Welt schlüpften, in der es nur sie beide gab. Er wandte sich ihr mit der ihm eigenen mühelosen Grazie zu und nahm Corals Arm.

„Du siehst unglaublich aus. Ich bin so stolz, dein Ehemann zu werden, mein Liebling." Seine Stimme war ein samtiges Murmeln, während sie die Stufen zum Altar hinaufgingen.

„Liebe Freunde, wir sind heute hier versammelt …"

Die restliche Zeremonie flog wie in einem Traum vorbei. Als die Gelöbnisse und Ringe ausgetauscht worden waren, zögerte der Pastor einige Sekunden, bevor er lächelnd hinzufügte: „Sie dürfen die Braut jetzt küssen."

Rafe drehte sich um, sein dunkler Kopf ernst dem emporgehobenen Gesicht seiner Braut zugewandt. „Ich liebe dich", flüsterte er, während seine Lippen langsam über ihre glitten, eine instinktive Reaktion hervorriefen. Ihr Kuss wurde inniger und alles andere versank in Vergessenheit. Der Pastor räusperte sich und als die ersten Töne der Orgel erklangen, trat das Paar hastig auseinander, ein wenig verlegen. Lauter Jubel stieg unter den Anwesenden hoch, während sie sich ihren Gästen zuwandten, die Arme ineinander verschlungen, und in den nachlassenden Nachmittagsdunst gingen.

Rafe beugte sich vor, um in Corals Ohr zu flüstern, und sie spürte, dass er ihren Duft einatmete wie ein Mann in der Wüste, der endlich Wasser gefunden hatte. „Ich kann dir nicht sagen, wie glücklich du mich gemacht hast, Rosenknospe. Ich habe im vergangenen Monat Tag und Nacht von dir geträumt. Jeder Teil meiner Gedanken, jeder Nerv meines Körpers hat dich vermisst und sich nach dir gesehnt, mein Liebling. Ich kann es nicht erwarten, heute Nacht mit dir allein zu sein."

Coral dachte, dass sie schmelzen würde, als eine heiße Woge der Erwartung sie durchlief, und sie versuchte, sich zusammenzunehmen, um ihr Erröten in den Griff zu bekommen.

Die Sonne ging über dem Garten unter, und der Augusthimmel glühte golden und rosa über Mpingo. Während das Grau sich über ihnen in ein Indigo-Zwielicht verwandelte, wurde der Grund um das Haus gleichzeitig mit regenbogenfarbigen Lampen erleuchtet, die in den Bäumen blinkten und leuchteten. Die Leute begannen, nach drinnen zu schlendern, als Musik aus dem Haus ertönte, um die Hochzeitsgesellschaft zu begrüßen. Die seidenweiche Stimme Andy Williams' sang „Moon River", während Kellner mit Tabletts voller Champagner und Kanapees herumgingen.

Hand in Hand mischten sich Rafe und Coral unter die Gäste. Jeder wollte sie begrüßen, umarmen und ihnen Glück wünschen.

Der Empfang rauschte in einem Wirbelwind aus Gelächter, Umarmungen, Gratulationen, Küssen und Trinksprüchen vorbei. Sie hatten kaum das hervorragende Abendessen gekostet, als gekühlter Champagner floss und Reden gehalten wurden, der Kuchen angeschnitten und der Brautstrauß geworfen wurde. Bald begann das Tanzen. Eine der kenianischen Bands aus dem Golden Fish begann, eine verwegene Zusammenstellung von Taarabmusik zu spielen, der herrlichen Mischung aus afrikanischen, arabischen und indischen Melodien, die zusammenflossen, als sich die lautenartigen Klänge des udj-Instruments mit den Tamburinen und Akkordeons zu einem wilden und fröhlichen Rhythmus vereinten. Dann jubelten alle, als die Musiker das traditionelle kenianische Hochzeitslied „Verlass deine Freunde, vergiss die Tänze!" anstimmten. Die Sänger jauchzten und schrien jede Zeile heraus:

„*Raphael, nun bist du verheiratet. Du solltest wissen, du bist nun ein Ältester.*
Coral! Coral ist verheiratet. Wisse, dass du nun eine Ehefrau bist.
Die Gemeinschaft ist gewachsen. Mambwa schlief.
Die Gemeinschaft verheirateter Frauen ist nun um eine größer."

Die Musik wurde schneller und alle wirbelten in einem glücklichen Trubel aus Lächeln und Lachen auf der Tanzfläche herum. Coral tanzte abwechselnd mit Rafe, Onkel Edward und Frank und sah glücklich zu, wie ihr hinreißender neuer Ehemann mit seiner Schwiegermutter und Lady Langley tanzte.

Während sie tanzten, schlug Coral, die ihren unhandlichen Schleier für den Empfang abgelegt hatte, vor, dass sie vor Verlassen des Hauses etwas Zwangloseres anziehen könnte. Rafes Mund verzog sich zu seinem verschmitzten Lächeln. „Niemand anderer als dein liebender Ehemann wird das Privileg haben, dir dieses Kleid auszuziehen", sagte er rau und zog sie enger in seine Umarmung.

„Diese Knöpfe sind ein Albtraum." Coral lächelte, als sie sich an Alunas Worte am Nachmittag beim Anziehen erinnerte.

„Dann wird es mir ein Vergnügen sein, den Albtraum in einen wundersamen Traum zu verwandeln", gab er zurück, seine goldenen Augen verrucht lächelnd.

Es war fast Mitternacht, als sie sich unter einem leuchtenden Schauer aus Blütenblättern von den Festlichkeiten losreißen konnten. Zu ihrem Abschied tauchte ein Feuerwerk den Himmel in überwältigende Farben. Kaleidoskopartige Explosionen und Funken flitzten seitlich und hoch über das Grundstück und in die Luft.

Endlich schafften sie es zum wartenden Auto. Rafes Alfa Romeo, dekoriert mit weißen Bändern und Blumen, glitt weich im Dunkeln die Straße entlang, der leuchtende Strahl der Scheinwerfer ein unverwechselbarer Schein in der tiefdunklen Nacht. „Wo fahren wir hin?", fragte Coral zum unzähligsten Mal seit ihrem Aufbruch von Mpingo.

Rafe bedachte sie mit seinem genüsslichen Lächeln und drückte leicht ihre Hand. „Geduld, Frau! ‚Lass deine Gedanken in ein weitentferntes Land reisen'", flüsterte er. „‚Ein Ort deiner Träume, an den du dich sehnst. Entspann dich, lass deine Seele davonfliegen und zu den Wolken klettern, und du wirst leben wie nie zuvor.'"

„Das ist wunderschön. Ist das von dir?"

„Schön wäre es. Es ist das Zitat eines kaum bekannten Philosophen, Gilbert de Villier."

Das Auto bog in eine unbefestigte Straße ein. Durch das offene Fenster konnte Coral das Meer hören und riechen. Es gab kein Anzeichen von Besiedlung, die Landschaft war von wüstenhafter Einsamkeit. Plötzlich schlängelte die Straße sich zwischen hohen Klippen hindurch. Dort, auf dem weißen Sandstrand, in herrlicher Abgeschiedenheit zwischen den Dünen eingebettet und friedlich auf den Indischen Ozean hinausblickend, stand ein weißgetünchtes Häuschen, glänzte unter dem silbrigen Licht des Vollmonds wie Perlmutt. Coral sog die Luft ein. „Oh, Rafe, wie hast du solch ein Juwel entdeckt?", flüsterte sie, als er das Auto geschmeidig anhielt.

„Es ist Franks Refugium. Er hat es all die Jahre sehr geheim gehalten", antwortete er schmunzelnd. „Sogar ich wusste bis vor Kurzem nichts von seiner Existenz. Hier flüchtet er sich hin, wenn die Arbeit ihm zu viel wird." Er verließ das Auto und kam herum, um ihr herauszuhelfen. Dann hob er sie mit seinen starken Armen hoch und trug sie den ganzen Weg bis zur Vordertür.

Das Häuschen bestand aus zwei bezaubernden Zimmern, groß und weißgetüncht, mit einem Badezimmer und einer kleinen Küche. Eine breite, die gesamte Vorderseite einnehmende Veranda ragte über den Strand und bot einen wunderbaren Blick über den Ozean, der in dieser Nacht tiefdunkel war, im Mondlicht fast surreal schimmerte. Die Kraft und Magie der Landschaft schufen eine ungewöhnliche Atmosphäre von Stille und Frieden, die das Liebespaar wie ein Zauber umfing. Ehemann und Ehefrau, sie waren endlich allein. Ein kaltes Abendessen aus Hummersalat und Champagner erwartete sie, aber sie brauchten kein Essen, waren nur hungrig aufeinander.

„Du kannst dir nicht vorstellen, wie oft ich von diesem Moment geträumt habe", sagte Rafe und umfasste Corals Gesicht mit seinen Händen. „Ich sehne mich schon so lange nach dir. Ich hätte nie gedacht, dass du eines Tages mein sein könntest. Ich fühle mich immer noch ein wenig wie ein Verführer. Du bist so schön und unschuldig, meine Liebste."

„Vielleicht nicht so unschuldig." Coral lächelte, als sie sich an ihn schmiegte, ihm mit jedem Zentimeter ihres Körpers mitteilte, was er wissen wollte.

„Oh, mein Liebling ..." Rafe hob sie hoch und trug sie hinüber ins Schlafzimmer. Er stellte sie sanft neben dem großen Doppelbett ab. „Bleib, wo du bist. Beweg dich nicht", sagte er, als er blitzschnell seine Kleidung auszog. „Ich möchte dich lieben."

Coral legte ihren Schmuck ab, ihr Blick auf den muskulösen Körper ihres Ehemanns gerichtet: eine herrliche Bronzestatue eines archaischen Gottes. Es war ihre Hochzeitsnacht und sie war eine Jungfrau. Sie hätte von seiner offenkundigen Manneskraft schockiert, angesichts der vielversprechenden Besessenheit ein wenig ängstlich sein sollen, stattdessen spürte sie, wie Flammen des Begehrens ihren Körper verzehrten. Sie wollte ihn berühren, wollte seine Haut an ihrer spüren. Als sie die Arme hob, um ihr Kleid aufzuknöpfen, hatte er die Bewegung schon erwartet und war neben ihr, zog sie zurück in die Wärme seiner Umarmung. „Geduld ist eine Tugend", flüsterte er.

Rafe stellte sich hinter sie und begann, den ersten Knopf der langen Reihe auf ihrem Kleid zu öffnen. Nach jedem geöffneten Knopf hielt er inne, um sie zu küssen, überschwemmte sie mit der herrlichen Qual der Erwartung. Rafes erfahrene Lippen und geübte Hände bewegten sich wissend, erotisch über ihre Wange, ihren Nacken und durch ihr Haar. Als er nun ihre Taille erreichte, befreite er ihre Schultern und ihren Rücken von dem Kleid. Coral konnte seinen warmen Atem, seinen brennenden Mund und die kühle Zungenspitze auf ihrer Haut fühlen, als seine Küsse sich von ihrem Halsansatz zu ihren Schulterblättern bewegten, entlang jeder Erhebung ihrer Wirbelsäule ihren Rücken hinunter, sie zittern und hilflos stöhnen ließen.

Bald glitt das Kleid auf den Boden. Er öffnete ihren BH mit einem Schnipsen seines Fingers und zog ihr das winzige Höschen aus. Dann hob er sie wieder hoch, hielt sie in seinen Armen und legte sie vorsichtig auf das Bett. Sie lag auf dem weißen Laken, ihre Haare auf dem Kissen ausgefächert, ihr zitternder Körper in Mondstrahlen gebadet. Sie sah zu ihm auf, entzündet vom Glühen in seinen Augen und seinem offensichtlichen Begehren. Atemlos flehte sie nach Erlösung, als sie ihren Puls gegen ihre Haut pochen fühlte und die Lust sich immer und immer mehr in ihr aufbaute. Sie streckte die Arme nach ihm aus. „Jetzt. Liebe mich jetzt, Rafe …"

Rafe kniete sich auf das Bett und streckte sich neben ihr aus. Coral drehte sich ein wenig und strich gegen seinen muskulösen Oberschenkel. Sie fühlte das Schaudern in ihm, als ihre Hand die samtige Spitze seiner Erregung fand. Er stöhnte, als ihre Finger ihn umfassten.

Als ob er sonst die Kontrolle über sich verlieren würde, schob Rafe vorsichtig ihre Hand weg. Als sie dem widerstand, vergrub er sein Gesicht in der Wärme ihrer Nackengrube, als ob er die Leidenschaft bekämpfte, die kurz vor der Explosion stand. „Noch nicht, mein Liebling, noch nicht", seufzte er. „Das ist unsere Hochzeitsnacht. Lass mich dir zuerst langsam Freude bereiten, sonst kann ich mich nicht zurückhalten, so wie du mich gerade erregst."

Sie hörte das dringliche Beben in seiner Stimme und erkannte, wie viel Willenskraft er aufbrachte, um sich zurückzuhalten. Sie schloss ihre Augen und gab sich ihm ohne Einschränkung hin.

Rafes Mund nahm ihre hungrigen Lippen in Besitz und seine Hand glitt über ihre weiche Haut, streichelte und liebkoste ihre Brüste, ihren Bauch, dann ihre Oberschenkel. Seine Berührung war wild, trotzdem sanft, besitzergreifend, ließ sie stöhnen und erbeben und seinen Namen rufen. Coral ließ sich gehen, von der Magie seiner Berührungen bezaubert, ihren Genuss herausstöhnend. Unersättlich wand sie sich, und je mehr sie nachgab, desto mehr befriedigte er sie, als ob ihr Begehren ihn anfeuerte. Mehrere Male brachte er sie an den Rand der Wonne, nur um sie zurückzuholen und sie dann zu neuen Höhen zu führen. Es gab keine Stelle an ihrem Körper, die seine Finger, sein Mund, seine Zunge nicht kunstvoll und kenntnisreich erforscht hatten.

Endlich, als alle Muskeln in ihren Körpern sich anspannten, als der Schmerz ihres Bedürfnisses überwältigend schien, bewegte er sich auf sie, achtete darauf, sie mit seinem Gewicht nicht zu sehr zu belasten. Instinktiv öffnete sie ihre Oberschenkel für ihn, lud ihn in ihre Wärme ein, wusste, dass der Moment, nach dem sie sich all diese Monate gesehnt hatte, gekommen war. Seine

Handfläche unter ihrem Hinterteil hob sie hoch, sie bog den Rücken, um ihm entgegenzukommen und mit einer geschmeidigen, langsamen Bewegung glitt er in sie.

Corals Muskeln spannten sich an, als er in ihr war, und sie unterdrückte einen leichten Schrei, als ein brennendes Gefühl durch ihren Körper schoss. Und dann öffnete sie ihren Körper, um ihn tiefer und tiefer in sich aufzunehmen, bewegte sich mit ihm, rief seinen Namen immer und immer wieder, als sie gemeinsam den endgültigen Fall in den luftleeren Raum antraten, von dem heftigen Sturm ihrer Leidenschaft fortgerissen in eine Welt der Ekstase. Dort verblieben sie aneinandergeklammert, die perfekte Vereinigung, in ihrem erotischen Traum gefangen, wo Gefühl und Empfindung eins wurden und die Grenzen ihrer Sinne übertraten.

Völlig erschöpft, trunken vor Liebe und erfüllter Leidenschaft schliefen sie letztlich in der Hängematte auf der Veranda ein, unter den Sternen, von der warmen Sommerbrise und den Geräuschen des Meeres eingelullt. Der Morgen brach an, als sie aufwachten. Wie sie einige Monate zuvor Zeugin der Geburt ihrer Liebe an Deck eines Schiffes gewesen war, konnte die Morgendämmerung heute dem Auftakt ihres gemeinsamen Lebens beiwohnen, diesmal in einem Holzhäuschen an einem einsamen Strand.

„Ich liebe dich", flüsterte er.

„Ich liebe dich mehr", antwortete sie.

Sie lagen dort, aneinandergeschmiegt, ihre Körper berührten sich, ihre Arme verschränkt, die schwelende Glut ihrer Liebe leuchtend, während sie betrachteten, wie die langen dünnen Strahlen des Morgenlichts herrliche Farben in den Himmel fließen ließen und den Beginn eines strahlenden, neuen Tages ankündigten. Und gemeinsam, schweigend, schworen sie, einander nie mehr loszulassen.

ENDE

Das Echo der Liebe

Hannahs preisgekrönter Roman

In der romantischen und mysteriösen Stadt Venedig und in der wunderschönen Landschaft der Toskana spielt *Das Echo der Liebe* – eine ergreifende Geschichte von verlorener Liebe und Verrat, entfesselter Leidenschaft und dem Lernen, um jeden Preis wieder zu lieben.

Venetia Aston-Montague ist in die faszinierendste Stadt Italiens geflohen, um im Architekturbüro ihrer Patin zu arbeiten und eine verlorene Liebe hinter sich zu lassen.

Paolo Barone, ein charismatischer Unternehmer, dessen Leben von einer tragischen Vergangenheit auf den Kopf gestellt wurde, bemüht sich, sich ein neues Leben aufzubauen.

Eine neblige Karnevalsnacht in Venedig bringt diese beiden Menschen zusammen. Ihre Liebe blüht in den wunderschönen Hügeln der Toskana und der wilden sardischen Macchia auf. Aber bevor sie sich gemeinsam eine Zukunft aufbauen können, müssen sie sich nicht nur ihrer Vergangenheit stellen, sondern auch dunklen Mächten, die sich in den Schatten verbergen, und die entschlossen sind, einen Keil zwischen sie zu treiben.

Wird die Liebe über ihre übermächtigen Dämonen siegen? Oder wird Paolos sorgfältig gehütetes und verheerendes Geheimnis sie für immer auseinanderreißen?

Indiskretion

Der fesselnde erste Roman aus der Serie
Andalusische Nächte.

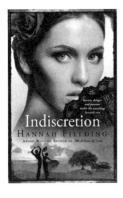

Indiskretion ist eine Geschichte von Liebe und Identität und dem Aufeinandertreffen von Idealen beim Streben nach Glück. Aber kann Liebe in einer Welt überleben, in der Skandal und Gefahr nie weit entfernt sind?

Frühling, 1950. Alexandra de Falla, eine junge halb englische, halb spanische Schriftstellerin, gibt ihr privilegiertes, aber erdrückendes Leben in London auf und reist nach Spanien, um sich mit ihrer lange entfremdeten Familie wieder zu vereinen.

Anstatt ihr das Gefühl von Zugehörigkeit zu vermitteln, nach dem sie sich so sehnt, werden die de Fallas von brodelnden Emotionen und den wilden Bräuchen und Traditionen Andalusiens angetrieben, die Alexandra vollkommen fremd sind.

Unter den seltsamen Charakteren und der schwülen Hitze dieses Landes trifft sie den Mann, der Gefühle in ihr weckt, von denen sie kaum wusste, dass sie existieren. Aber ihr Weg ist voller Hindernisse: gefährliche Rivalen, unvorhersehbare Ereignisse und unvermeidliche Indiskretionen.

Was hält Alexandras Schicksal für sie in diesem extravaganten Land des Dramas und der alles verzehrenden Leidenschaften bereit, in dem rituell Blut im Sand von Stierkampfarenen fließt, mysteriöse Zigeuner in Magie und Rache verwickelt sind, und wunderschöne Tänzer mit dunklen Augen ihre Geheimnisse hinter eleganten Fächern verstecken?

Maskerade

Der herzzerreißende zweite Roman aus der Serie
Andalusische Nächte.

Maskerade ist eine Geschichte von verbotener Liebe, Wahrheit und Vertrauen. Trügt der äußere Schein immer?

Sommer, 1976. Luz de Rueda kehrt in ihr geliebtes Spanien zurück und nimmt eine Stelle als Biografin eines berühmten Künstlers an. An ihrem ersten Tag in Cádiz trifft sie auf den bezaubernden, leidenschaftlichen jungen Zigeuner, Leandro, der sofort ihr Herz erobert, obwohl eine Beziehung zu ihm tabu ist.

Von dieser verbotenen Liebe heimgesucht, lernt sie ihren neuen Arbeitgeber kennen, den raffinierten Andrés de Calderón. Zurückhaltend, aber doch fesselnd, ist er völlig anders als Leandro – könnte aber als Doppelgänger des Zigeuners durchgehen. Beide Männer wecken in Luz ungewohnte und aufregende Gefühle, obwohl Mysterien und Gefahr sie auf eine Weise umgeben zu scheinen, die sie noch enträtseln muss.

Luz muss sich entscheiden, was sie wirklich will, da das schillernde Cádiz mit seinem rätselhaften Mond und den flüsternden, türkisfarbenen Ufern sie in seinen Bann zieht. Warum fühlt sie sich so von den wilden und magischen Seezigeunern angezogen? Was steckt hinter den finsteren Warnungen der alten Wahrsagerin vor „den Zwillingen"? Wird Luz in diesem Labyrinth von Geheimnissen und Lügen endlich ihr Glück finden ... oder ihren Untergang?

Vermächtnis

Das spannende Ende der Serie
Andalusische Nächte.

Vermächtnis **ist eine Geschichte von Wahrheit, Träumen und Verlangen. Aber in einer Welt voller Geheimnisse müssen man vorsichtig sein, was man sich wünscht.**

Frühling, 2010. Als Luna Ward, eine Wissenschaftsjournalistin aus New York, um die halbe Welt reist, um verdeckt in einer alternativen Gesundheitsklinik in Cádiz zu arbeiten, gerät ihr geordnetes Leben in Aufruhr.

Der Arzt, den sie untersuchen soll, der umstrittene Rodrigo Rueda de Calderón, ist nicht das, was sie erwartet. Mit seinem wilden Zigeunerblick und seinem teuflischen Sinn für Humor will er sie an sich ziehen. Aber wie kann sie sich einer Leidenschaft ergeben, die jegliche Vernunft bedroht? Und wie kann er jemals lernen, ihr zu vertrauen, wenn er ihre wahre Identität entdeckt? Dann stellt Luna fest, dass Ruy ein eigenes Geheimnis in sich trägt …

Lunas spanisches Blut beginnt in diesem Land exotischer Legenden, extravaganter Zigeuner und verführerischer Flamenco-Gitarren zu kochen, als das schillernde Cádiz seine ganz eigene Magie auf sie anwendet. Kann Lunas und Ruys Liebe das Vermächtnis ihrer Familien aus Fehden und Tragödien überleben und sich wie der Phönix aus der Asche der Vergangenheit erheben?

Aphrodites Tränen

Hannahs eindrucksvoller neuer Roman – eine Geschichte über Geheimnisse und Verführung.

Aphrodites Tränen ist eine wildromantische Geschichte von wiederentdeckter Liebe und unvergesslicher Leidenschaft, die Sie bis lange in die Nacht lesen lässt.

Im antiken Griechenland bestand eine der zwölf Aufgaben von Herakles darin, einen goldenen Apfel aus dem Garten der Hesperiden zurückzubringen. Für die Archäologin Oriel Anderson scheint es wie ihr eigener goldener Apfel zu sein, als sie die Chance bekommt, sich einem Team griechischer Taucher auf der Insel Helios anzuschließen.

Doch der Traum wird zum Albtraum, als sie den teuflischen Besitzer der Insel, Damian Lekkas, kennenlernt. Schockiert erinnert sie sich an eine romantische Nacht in den Armen eines Fremden vor sechs Sommern. Ein ganz anderer Mann steht jetzt vor ihr, und Oriel spürt, dass der sardonische, griechische Autokrat unbedingt ein Katz-und-Maus-Spiel mit ihr spielen will.

Während sie die Schwerter kreuzen und Leidenschaften aufblühen, ist sich Oriel bewusst, dass böswillige Augen sie aus den Schatten heraus beobachten. Dunkle Gerüchte werden über die Familie Lekkas geflüstert. Welche Gefahren liegen in Helios verborgen, einem bezaubernden Land, in dem noch alte Rituale durchgeführt werden, um die Götter zu besänftigen, junge Männer ihr Leben in den tückischen Tiefen des Ionischen Meeres riskieren, und die brüchige Erde jeden Moment auseinanderbrechen kann? Wird Oriel die verborgenen Schätze finden, nach denen sie sucht? Oder wird Damians tragische Vergangenheit sie einholen und beide verschlingen?

Concerto

Hannahs verführerischer Roman über verlorene Liebe und Vergebung.

An den wunderschönen Wassern des Comer Sees ist *Concerto* eine unvergessliche und bewegende Liebesgeschichte – wie eine exquisit eindringliche Melodie wird sie Ihnen in Erinnerung bleiben.

Als Catriona Drouot, eine junge Musiktherapeutin, der Bitte einer sterbenden Opern-Diva nachkommt, ihrem Sohn Umberto Monteverdi zu helfen, seine musikalische Begabung wiederzugewinnen, weiß sie, dass der Fall schwierig werden wird. Catriona hatte zehn Jahre zuvor eine Nacht voller Leidenschaft mit dem einst gefeierten Komponisten verbracht – mit unerwarteten Folgen.

Das Ausmaß ihrer Herausforderung wird deutlich, als sie auf dem Anwesen ihres Patienten am Comer See ankommt. Der Mann, der durch einen fast tödlichen Autounfall seiner Sicht beraubt wurde, ist arrogant, verbittert und widersteht jeder Bemühung, ihm zu helfen. Trotzdem singt Catriona ihm einen Sirenenruf, der nicht ignoriert werden kann.

Catriona ist in den stürmischen Intrigen in Umbertos Palladio-Villa gefangen und entdeckt, dass ihre Anziehung zu dem blinden Musiker so stark ist wie immer. Wie kann sie ihm mitteilen, was sie ihm in den letzten zehn Jahren verschwiegen hat?

Bald merkt sie, dass ihr Geheimnis nicht das Einzige ist, das sich unter der Oberfläche kräuselt. Dunkle Mächte verfolgen den blinden Komponisten und bedrohen sein Leben – zum zweiten Mal.

Besuchen Sie bitte meine Webseite

WWW.HANNAHFIELDING.NET